中公文庫

武王の門 (上)

北方謙三

中央公論新社

武王の門（上）　目次

武王の門（下）目次

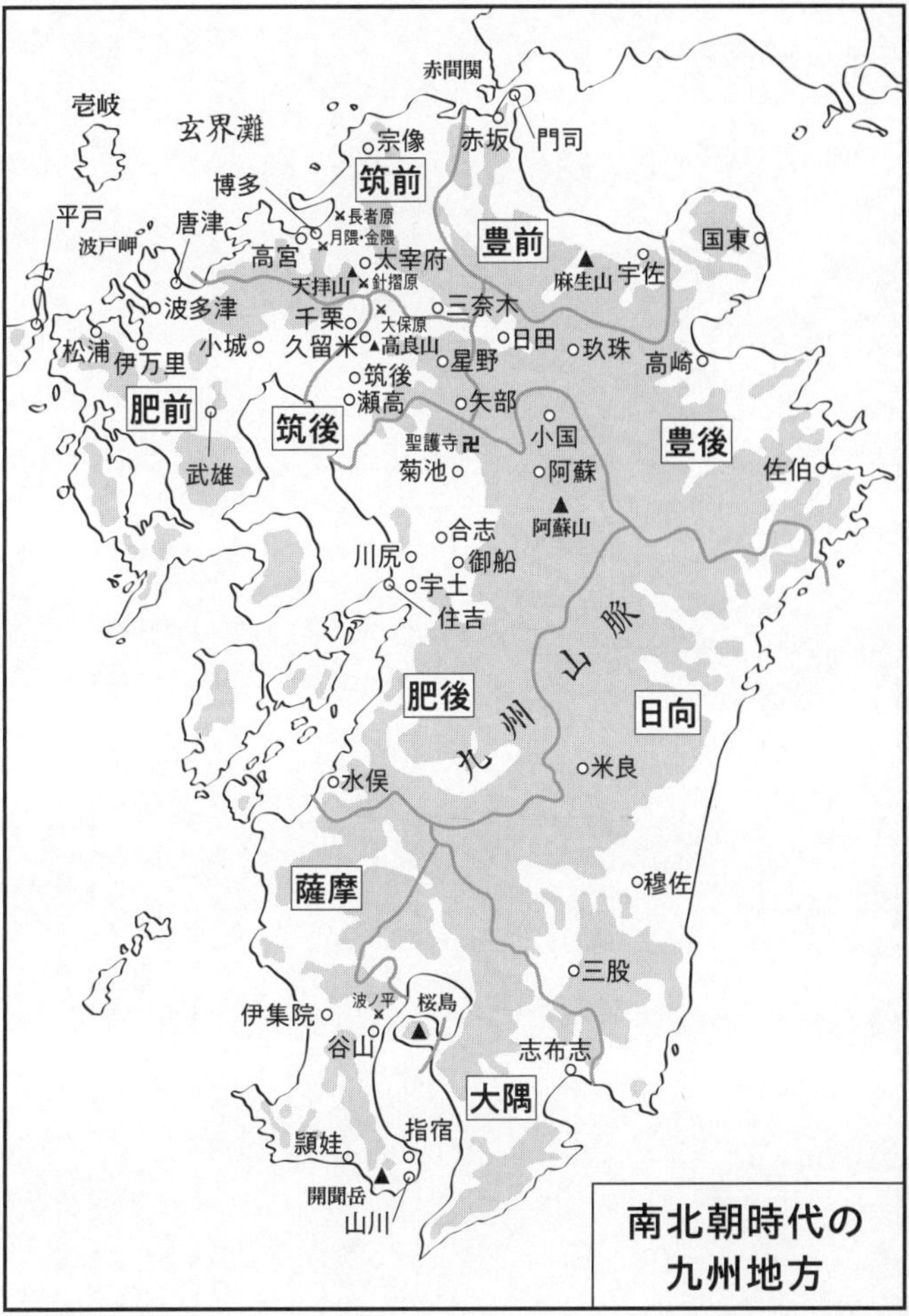
赤間関
壱岐
玄界灘
宗像
赤坂
門司
筑前
博多
長者原
平戸
唐津
月隈・金隈
波戸岬
高宮
太宰府
豊前
麻生山
宇佐
国東
天拝山
針摺原
波多津
三奈木
千栗
大保原
松浦
小城
久留米
高良山
日田
玖珠
高崎
伊万里
星野
筑後
肥前
瀬高
矢部
小国
筑後
豊後
聖護寺
武雄
菊池
阿蘇
佐伯
阿蘇山
合志
川尻
御船
宇土
住吉
脈
山
肥後
州
日向
九
米良
水俣
薩摩
穆佐
三股
波ノ平
桜島
伊集院
谷山
志布志
大隅
指宿
頴娃
開聞岳
山川

南北朝時代の九州地方

武王の門（上）

第一章　海より来たるもの

1

海は、いつもなにかを孕《はら》んでいた。

幼いころから、海が運んでくるものを待ちながら、生きてきた。恐怖も希望も死も、海が運んできた。海と闘い、海に育てられた。

義範《よしのり》は、岩から腰をあげ、浜の方へ降りていった。

闇《やみ》の中でも、径《みち》を踏み違うことはない。何カ所かに、火が見えた。それは毎夜のことで、今夜にかぎったことではなかった。

堀田小十郎《ほったこじゅうろう》が、寄り添うように付いてくる。浜に出る前に、かすかな気配が義範の神経に触れた。小十郎を手で制し、ひとりで波打際《なみうちぎわ》まで歩いた。砂を踏む音もなく、影がひとつすり寄ってくる。

闇そのものが、囁《ささや》くような声だった。葦影《あしかげ》。この男は、明るい昼日中でも、唇《くちびる》をほとんど動かさない喋《しゃべ》り方をする。数歩も離れていると、男が無言で立ち尽しているようにしか見えない。耳から二尺に近づいた時、不意に明瞭《めいりょう》な言葉が聞えはじめるのだ。

「沖の伏勢《ふくぜい》にか」

「二刻《ふたとき》ほど前、船溜《ふなだま》りから進発する重明《しげあき》殿の声は聞き申した。なにやらきびきびとして、戦の前の気負いかとも思いましたが」

「気になって、大浦館《やかた》の様子を窺《うかが》ってみたというわけだな」

「誰にも、気取られてはおりませぬ」

義範は、闇の拡《ひろ》がりに眼をやっていた。海は、人の運も試す。負ければ、それまでのもの。海で生きる男の思い切りだった。何度も試されながら、自分もこれまでやってきた。

「穏やかすぎるな、春の海は」

葦影はなにも答えなかった。返答の必要の有無は、いつも勝手に判断する男だった。

「口外いたすな。たとえ頼元《よりもと》殿に問い詰められたとしてもだ」

言って、義範は浜を歩きはじめた。葦影の姿がいつの間にか消え、小十郎が駈《か》け寄ってきて、先触れをするように前に立った。

風が変ってから、どれほどの時が過ぎたのか。

夜明けまであと半刻。その間にやって来るはずだ。迫りつつあるものの気配は、すぐ間近でずっと感じ続けている。

風の仕業としか思えぬ砂の盛りあがりの蔭《かげ》には、必ず五、六名の兵が潜んでいた。盛りあがりのかたちによって、下に落とし穴があるかどうかも判別できる。浜を歩ききって、物見櫓《ものみやぐら》の下まで来た。本陣はそこに構えてある。浜に散開させた兵の数はおよそ二百。本陣脇《わき》に五十。沖の伏勢に五十。総勢三百である。迎える敵は、一千に近かった。

物見櫓のそばには、火がある。岩の上に薪《まき》を組んだだけの小さな焚火《たきび》だが、暖を取る用は足すようだ。泳ぎ帰った物見が二人、褌《ふんどし》姿で火に手をかざしていた。

「この暗さで、船が操れるのでしょうか、叔父上？」

名ばかりの本陣の、四つある床几《しょうぎ》のひとつに重勝《しげかつ》が腰を降ろしていた。胴丸に手甲《てっこう》、半袴《はんばかま》に足半《あしなか》の草鞋《わらじ》という、雑兵《ぞうひょう》に近い姿だった。水軍の戦に、重い甲冑《かっちゅう》は不要なのだ。海に落ちれば、枷《かせ》にしかならない。

重勝は、烏帽子《えぼし》の鉢巻《はちまき》を気にして、何度も結び直していた。緊張しやすい男だった。豪放に構えているよりいいとも言える。戦では、神経質すぎるということはないのだ。見過した些細《ささい》なことが、命取りになることはめずらしくなかった。

「河野勢は一千。数を恃《たの》んで、ひた押しに押してくるのではありませんか」

まだ、数度の戦しか経験していない。初陣《ういじん》が、一年ほど前のことだった。兄、重清《しげきよ》の長子である。重清は、足利尊氏《あしかがたかうじ》が大軍を率いて九州から東上する時、恩賞に釣《つ》られて南軍を離反した。重勝はそれを武士の恥として、父に従わずに叔父に従ったのである。まだ十六歳だが、白黒をはっきりさせねば気が済まぬ、潔癖なところが幼いころからあった。父に似て、骨格はしっかりしていた。背丈も、すでに義範を見降すほどに伸びている。

　重清は、義範と争って敗れてから、隠居して泰山の庵《いおり》で侘《わ》び寝の暮しを続けている。その父を、決して粗末には扱っていないようだ。黒は黒、されど父は父。そういう重勝の性格が、義範は嫌《きら》いではない。

「なにも、この島を戦場にしなくても、と思いますが」

「犠牲を少なくするために、考えたことよ」

　内海の西を扼《やく》する忽那《くつな》七島と呼ばれる群島の、どのひとつに拠《よ》っても、二千の敵を撃退できる自信が、義範にはあった。まともに攻めこんで来てくれればである。河野通盛《みちもり》も、義範のその自信は頭に入れているだろう。いく度となく、干戈《かんか》を交えてきた相手だった。

　夜襲。奇策だが、通盛の立場なら自分でもそうする。その奇策に対する奇策。沖の伏勢がそれだった。

　水軍は、夜戦を避ける。海という、巨大な敵と闘わなければならないからだ。夜の海の底知れぬ恐しさは、海で生きるからこそ知り尽している。ただ、今度ばかりは、通盛には、絶対に負けられない理由があるはずだった。

　夜襲をかけるとしても、散在する島々の船隠しなどは、慎重に避けて接近してくるだろう。風のむきも夜明け近くには変り、こちらからは櫓《ろ》の音さえ聞きとれなくなる。こちらに備えがあれば、それほど気にしなくてもいいことだった。より犠牲を少なく、しかも勝利を完璧《かんぺき》なものにする。そのために、夜の海にひそませた伏勢なのだ。重明の献策だが、あるいは違うところから出たのかもしれない。

　伏勢が接近する敵を見落とせば、いたずらに迎撃の兵力を割《さ》いただけのことになる。その意味では、賭《か》けに近い要素もあった。夜の海では、風に乗ってくる櫓の音を聞きつけるしか、発見の術《すべ》はない。

　忠重が本陣に入ってきたので、義範は床几を勧めた。一族の長老である。七十に近づいても、戦となると三尺近い長刀を佩《は》いてやってくる。

「この老いぼれの腰が、しゃんと伸びてきましたぞ、お館」

　忠重も、夜襲があるなら夜明け前と読んでいるのだろう。義範は、東の空に眼をやった。明るくなる気配は、まだない。

「火矢だっ」

　物見櫓から声があがった。弾《はじ》かれたように、重勝が腰をあげる。

　闇を二つに裂くように、一条の光芒《こうぼう》が走っていた。それは、流星とも見えた。

　義範は、床几に腰を落ち着けたまま、光芒が消えた闇の方角に眼をやった。ほんとうに待つことがはじまるのは、これからだった。

重勝の息遣いが、先刻からかすかに荒くなっている。

風が強かった。松籟《しょうらい》に、波の音が入り混じる。そして重勝の息遣い。時が、長かった。浜は、沈黙で覆《おお》われたままだ。義範は、数を数えた。百まで数えたら、また一に戻る。何度でも、それをくり返す。童《わらべ》のような真似《まね》をするようになったのは、この三、四年の間のことだった。

気配が肌《はだ》を打つ。櫓の軋《きし》る音が耳に届いた時、船影は波打際のすぐそばまで迫っていた。風に逆いながら、すべての櫓を使っての押し走りだった。船底が砂を嚙《か》む音。敵の動きを、義範は見きわめようとした。小型の関船《せきぶね》がおよそ十五艘《そう》。船べりを寄せ合って、動く気配はない。七、八艘は、船底をしっかりと砂に嚙ませたようだ。楯《たて》で固めているので、矢を射かけてもそれほど効果はなさそうだった。

二百を越える兵力だろう。思い切った夜襲だった。しかも楯の内に籠《こも》って、上陸の気配は見せない。

沈黙が続いた。通盛の作戦を、義範はほぼ読みきった。ここで攻めれば、矢を射かけてくるだろう。攻めなければ、すぐに夜が明ける。本隊が現われるのは、時間の問題だった。本隊に対処しようとすれば、浜辺の船から攻めあげてくるに違いない。思うところに、本隊は上陸できるということになる。

　要するに、敵陣の中に船で砦《とりで》を築くという作戦だった。

「やりおるな、河野も」

　呻《うめ》くように、忠重が言った。力で押して、夜明けまでに決着が付くかどうか、微妙なところだった。犠牲も覚悟しなければならない。義範の取りうる策としては、敵を島の中に呼びこむことしかなかった。

　奇妙な、沈黙の対峙《たいじ》が続いた。いきなり駆け出そうとした重勝の腕を、義範は押さえた。

「あの船を蹴散《けち》らしてみせますぞ、叔父上」

　若さは、性急な勝利ばかりを望む。そのあとに来るもののことを、考えないのだ。

「待つことも戦ぞ、重勝。夜明けまでには間があろう」

「しかし、夜が明ければ」

「その時の策はある。待てる時は、できるだけ待つのだ」

　押さえた重勝の腕が、ぶるぶるとふるえていた。

　いつも待っていた。義範は、ふとそう思った。なにかがやって来るのを、いつも海を眺《なが》めながら待っていた。それがなにかは、自分でもわからない。待っていて敵が来たこともあれば、遠い都の騒擾《そうじょう》を知らせるように、軍勢督促状が届いたこともある。

　まだ、深く濃い闇だった。かすかな予感のようなものが、義範の胸に走った。胸騒ぎと似ているような気がするし、ときめきのようでもあった。

沈黙の対峙は、長くは続かなかった。闇の中に、かすかな明りを義範はいくつか認めた。それは見る間に大きくなった。炎。近づいてくる。海が、赤く照らし出されていた。

沖の伏勢の五艘の関船。それぞれが、枯木を積んだ小舟を曳《ひ》いている。燃えているのは、その小舟だった。

船べりをしっかりと寄せ合い、楯をめぐらせた敵に、明らかな動揺が走る。それも見てとれるほど、火はすべてを照らし出していた。

「まだだ」

重勝の腕を押さえながら、義範はひとつのものだけを見ていた。先頭を切って突っこんでくる伏勢の一艘。その舳先《へさき》に仁王立ちになった若者の姿。見とれていた、と言ってもいいであろう。予感が、明確なかたちになっていた。これを待っていた。故《ゆえ》もなく、そう思った。十年も、二十年も前から、ただこれを待っていた。肌がふるえている。いや、ふるえているのは心なのか。

「かかれっ」

声が出ていた。伏勢の五艘が、火もろとも敵にぶつかるのと同時だった。浜のそここから、喊声《かんせい》があがった。

陣形は二段に構えてある。突っこんだのは、前段の百名だった。敵の楯が割れ、蟻《あり》の巣を砕いたように敵兵が飛び出してきた。

「第二陣」

声を出しながら、義範はあの若者の姿を捜していた。忠重が、しわがれ声で名乗りをあげる。重勝も、義範の手を振り切るようにして走っていく。燃え盛る炎が、浜の白兵戦を照らし出していた。

緒戦の勝敗は見えている。張りつめた敵の楯が割れた時、すべてが決したのだ。離脱しようとした二艘に、後方の伏勢の三艘が襲いかかっている。十五艘のすべてを逃がさずに済みそうだと見きわめをつけた時、義範はようやく浜に踏み出していった。

算を乱した敵兵のひとりが、浜を駈けあがってくる。追っているのは、あの若者だった。敵兵の前に、義範は立ちはだかった。眼を剝《む》いた敵兵が、ふり返って、若者と義範を一瞬見較《みくら》べた。弾かれたように敵兵は反転し、若者に剣をむけた。若者は、中天に剣尖《けんさき》を立てた。隙《すき》はない。魅入られたように、義範はその場に立ち尽した。舳先で仁王立ちになった姿と、義範の視界の中で二重写しになっている。

「お斬《き》りなされい、敵でござる」

自分が、と思いながら、口からはそういう言葉が出ていた。さきに気合を発したのは、敵兵の方だった。むっという詰まったような低い声で、若者はそれを受けた。刃風。白い光のひらめき。一直線に、中天の剣尖が振り降ろされた。

肩口から胸まで裂けて、敵兵は倒れた。

返り血を全身に浴びた若者が、剣を低く構えたまま、はあっと大きな息を吐いた。

「お見事」

「斬ったのか？」

呟《つぶや》くような声だった。

「見事に、ひと太刀で両断なさいましたぞ」

若者の肩が、波打つように上下しはじめた。呼吸が荒い。義範は、砂に片膝《かたひざ》をついた。

敵兵のほとんどが、得物を捨てはじめていた。離脱しようとしていた二艘も、浜に引き戻されている。やはり返り血で赤く染まった重明が、息を切らせて駈け寄ってきた。

「小十郎、御所様に血をお拭《ぬぐ》いする布を。それから、直垂《ひたたれ》でもよい、新しいものを捜して参れ」

背後に控えた従者に、義範は静かな声で命じた。征西将軍宮が、どこで手に入れたのか、雑兵と変らぬ胴丸姿だった。

「そんな場合ではないぞ、義範。牧場《まきば》のどこかで火を燃やせ。盛大にだ。夜襲の軍勢が、島の奥深くへ攻め入ったと見せかけるのだ。それから浜の船を」

「忽那義範でございますぞ、それがしは」

「わかっている」

「ならば、そのような御下命は無用のこと。沖に伏勢を出した時から、その備えは済んでおります。間もなく、火の手もあがりましょう」

「そうか。そうであろうな」

仰ぎ見るように、義範は顔をあげた。牧宮《まきのみや》が白い歯を見せて笑った。

「儂《わし》が斬ったのだな、その兵を」

「儂などと申されますな、征西将軍宮ともあろうお方が」

「おまえまで、そう言うか、義範」

「余人なき時はいざ知らず、いまは、兵どもの眼もあります故に」

かすかに、牧宮は頷《うなず》いたようだった。

義範は、まだ牧宮の手に握られたままの太刀を受けとり、自らの指で丁寧に血を拭った。

牧宮は、眼を閉じている。

「人を斬った、この手でな」

「ここは、戦場でございます。ここにおられるかぎり、たとえ御所様といえど、襲いかかる敵は倒さねばなりますまい」

「後悔しておるのではない。戦をしたかった。いや、しなければならぬと思った」

「お見事でございました、武者であられるならば。御所様の御身は、おひとりだけのものではございませぬ。この義範が倒れようと、重勝がおります。重明も。されど」

「小言ならば、後で聞こう、義範。敵の本隊は、島に迫っているのではないのか」

牧宮の息遣いは、すでに収《おさま》っているようだった。

「されば、なにをいたすべきかは、武者どものひとりひとりが心得ております。それより、頼元殿が、いまごろは眼を血走らせておられるに違いありませぬ。義範には、その方が心配でございます」

「気にいたすな、義範。見よ、あれを」

「なにを、でございます？」

「朝日だ」

牧宮が指差した方角に、赫奕《かくやく》たる赤い日輪があった。斜めからの光を照り返して、海面は魚鱗《ぎょりん》のようにきらきらと輝いている。

ふっと息を吐き、義範は眩《まぶ》しさにしばし眼を細めた。

2

血を拭い、真新しい直垂に着替えると、牧宮はふだんの表情を取り戻していた。

浜には、二百の兵が四段に分れて散開している。海上には十艘の関船。河野勢は、まだ八百近く残っているだろう。夜襲の軍勢が潰滅《かいめつ》したことは、知られていないはずだ。

本陣には、牧宮と義範の二人だけだった。脇の物見櫓の下に、孫九郎重明がじっと控えている。

「九州へ入る前に、一度だけ闘っておきたかった。九州では、儂は兵を集めるための旗印にならざるを得まい。しかし、それだけでは不満なのだ。名実ともに、征西将軍でありたい」

それが危険なことなのかどうか、義範には判断できなかった。ただ、似ていると思った。同じ後醍醐《ごだいご》帝の皇子の中で、牧宮より二十歳ほど年長であった大塔宮護良《おおとうのみやもりよし》親王である。建武《けんむ》の御新政を守るために、父なる人に追われなければならなかった。そして鎌倉の幽閉さきで、不慮の死に見舞われたのは、義範が二十二歳の時だった。武門の棟梁《とうりょう》たる征夷《せいい》大将軍の地位を望んで、足利一門と対立した結果の暗殺であった、と忽那島にも聞えてきた。

峻烈《しゅんれつ》にして剛直な皇子だったという。足利が権勢を振うこの時代を、すでに見抜いていたに違いない。

あれから、六年以上の歳月が流れている。後醍醐帝は崩御せられ、新田義貞《にったよしさだ》も楠木正成《くすのきまさしげ》もすでに亡《な》い。

「重明が献策いたしました、沖の伏勢。あるいは、御所様のお考えではありませぬか」

牧宮は、本陣脇にうなだれて控えている重明に、ちょっと眼をくれた。

「孫九郎を責めないでくれ。断りきれなかったのだ」

重明は、義範と二人だけになった時も、ひと言の弁明もしようとしなかった。征西将軍宮を、戦場に連れ出した。それだけで、万死に価《あたい》すると覚悟は決めているのだろう。腹を切れと言えば、すぐにも切りそうな気配があった。

「孫九郎の罪を問うというのなら、儂は黙っているわけにはいかぬ」

床几から腰をあげ、牧宮は鐺《こじり》を岩に突いて杖《つえ》のように太刀を持った。膝立ちのまま、義範はちょっと笑みを洩《も》らした。

「なにがおかしい？」

「海賊大将でございますぞ、それは」

「村上義弘《よしひろ》は、太刀をこのようにするか」

「征西将軍宮のなされることでは」

「儂はこれでよい」

「よく、津和地《つわじ》には行かれておりましたな、御所様は」

「忽那七島というが、あそこが一番性に合った。孫九郎が、兄弟のように儂を扱ってくれたからだ」

「聞いたか、重明」

「はっ、恐れ多くも」

「たわけが。儂に耳打ちでもすればよいものを」

「そうすれば、義範は許してくれるかもしれぬ。孫九郎もそう言い、儂もそう思った。だから黙っていたのだ」

九州統一を目指す征西将軍宮、九州渡海は、すでに目前に迫っていた。九州の南軍が優勢というわけではない。むしろ、これ以上遅延するわけにはいかないという、瀬戸際《せとぎわ》に立っていた。五条頼元《よりもと》を通じて出された多数の令旨《りょうじ》に対しても、有力な豪族は応じていない。なんの準備もなく九州へ渡るようなものだ。

九州に渡る前に初陣を。義範にも、そういう思いはあったかもしれない。ただ、言い出せる立場ではなかった。

「三年になりますな、この島へ渡られてから」

「叡山《えいざん》を出てからは、六年だ。八歳であった。いろいろと、知ることも多かった。吉野でも熊野《くまの》でも、将軍宮として崇《あが》められたわ。人間として扱われたのは、この島へ来てからだという気がする」

「滅相もないことを。われらとて、将軍宮として崇めて参りましたぞ」

「そういう意味ではない。孫九郎は、儂に武術を教えてくれた。義範は、牧場で思う存分に馬を責めさせてくれた。時には叱《しか》りつけながらな。それが、どれほどの慰みになったか、わかるか」

「春でございましたな、この島へお渡り遊ばしたのも」

疲れ果てた、十三名の一行だった。幼い将軍宮に拝謁《はいえつ》して、ある同情を禁じ得なかったのは確かだった。

大浦に館を建てた。暮しに不自由がないように、できるかぎりのこともした。しかし、この三年も、河野通盛を中心とする北軍と、戦に明け暮れていたのだ。宮に対する態度は、無骨なものだっただろう。

「この島に、兄弟が二人いる。儂はそう思うことにしたぞ。大きな兄と、小さな兄だ。ここへ戻ってくれば、兄たちがいる。なんと心が穏やかになることか」

牧宮が、白い歯を見せて笑った。ようやく、少年らしい表情が顔に浮かんだ。

「儂は十四歳になった。武家の子なら、元服して初陣の歳《とし》だ」

重明を罰するな、と重ねて言っているようだった。義範は軽く頭を下げた。

そろそろ、大浦館から、五条頼元以下の側近が駈けつけてくるころだった。牧宮がここで戦を観戦したと、すでに伝えてある。頼元がそれを信じるかどうかは、大して気にしなかった。どこか、すべてを達観したような感じのある老人だった。騙《だま》そうという気は、義範にはなかった。ただ、戦に出たと報告ができないだけのことだ。

「お健《すこ》やかに」

「なんと。それは別れの言葉ではないか」

「御所様の御渡海は、われらが戦に出ている間となりましょう。河野の本隊を撃退し、余勢を駆って、湯築《ゆづき》城を叩《たた》くことになっております。土居《どい》通世は、そのために軍勢を集めて待っております」

「この三年のことを、ゆっくりと語り明かすこともできぬのか」

「男子《おのこ》の別れとは、そうしたものでござる」

牧宮の眼が、沖の海にむいた。持っていた太刀に力でも籠めたのか、鐺が岩と擦れ合って音をたてた。

「九州へ渡るために、儂は男子になった。よくわかったぞ、義範」

「河野に、御渡海の邪魔はさせませぬ。九州に弟がひとりいる。義範もそう思うことにいたしましょう」

平時ならば、皇子と小さな島の領主が交わせる言葉ではなかった。

物見からの注進が来た。頼元が駈けつけてくるより、河野の本隊の方が早かったようだ。遠慮していた重勝や忠重も、本陣の外に控えた。

「さらばじゃ、義範、孫九郎」

さらりと言ってのけて、牧宮は義範に背をむけた。姿が消えるまで、重明は平伏していた。

河野の本隊が、厳しい攻めをしてきたのは、最初だけだった。当てにしていた夜襲の軍勢が姿を見せないので、それも途中で腰砕けになった。

夕方まで、三度、寄せては返した。そのたびに、人数は減っていた。

「御所様は、おまえがお気に入られている御様子だな」

追撃の準備にかかった時に、義範は重明に言った。

「九州が目と鼻のさき。内海の西の喉元《のどもと》たるこの島にいながら三年間、進むことができなかったのでござる。九州の守護は、すべて足利に靡《なび》いておりますゆえ。なにも仰《おお》せられはしなかったが、御心中は察して余りありました」

「それにしても、伏勢の中にお加えするとは、思い切ったものよ」

「九州へ渡る自分の運を試したいと」

「そう仰せられたか。運は強いお方じゃ。沖の伏勢というのも、並の軍略では出てくるものではない」

「それがしには、太刀の使い方しかお教えできませんでした。楠木から新田、北畠《きたばたけ》顕家《あきいえ》殿の軍略まで、それがしが教えられたようなものでござる」

重明は、忽那一族随一の剣の使い手と言ってよかった。牧宮の側近には、武術とは縁遠い公家《くげ》がいるだけである。

「沖に伏勢を置くと言われた時も、まさかお館が採られるとは思いませんでした」

「楠木流の奇策だな」

「自らの武をもって九州を制圧したい。心中、そう決意しておられることは確かだ、とそれがしは見ております」

「なにを、でござる？」

「大塔宮という兄君もやはり、自らの武をもって、足利と対抗しようとなされた。朝廷が、武士を使い、武士に頼るようでは、その武士が力を持つばかりだとな。間違ってはいなかった。いまの足利の権勢を見ればな」

「しかし大塔宮と言えば」

「足利直義《ただよし》の命によって、暗殺」

重明の表情に、翳《かげ》が走った。義範は、船溜りにむかって歩きはじめた。浜はすでに静寂を取り戻している。付いてくるのは、小十郎だけだった。そして多分、見えないところに葦影もいる。

「待っていたものが、海からやってきた。儂はそう思った。うまくは言えぬが、儂はいつも待っていたのだよ」

重明は、義範にちょっと眼をくれただけだった。それ以上の説明を、義範はしようという気をなくした。ほかの人間に説明して、わかって貰《もら》えることではない。自分ひとりで長い間抱いてきた、ほとんど夢と言ってもいいような思いだ。

「重明。今度のことでは、おまえに罰を与えねばなるまいな」

「いかような罰であろうと。間違えば、忽那一族の末代までの恥になることを、独断でいたしたのでござる。覚悟はできており申す」

「島に残れ。これからの戦には連れて行かぬ」

「お館、それは」

重明の顔色が変った。次の戦で鬼神の働きをして。重明がそう考えていることは、義範にもよくわかっていた。

「覚悟はできている、と申したではないか」

「戦をせぬという覚悟ではござらん。せめて、武士らしい死に場所を頂戴《ちょうだい》しとうござる」

「それも許せぬな。罰はそれだけではないぞ。津和地から追放じゃ」

「追放」

重明が歩みを止めた。

「最後まで聞け、孫九郎」

ふりかえり、幼名で重明を呼んで、義範はまた歩きはじめた。

「儂は内海にまだ仕事を残しておる。それまでは、ここにおらねばなるまい。それが片付いたら、忽那の惣領《そうりょう》は重勝に譲ろうと思う。もともと、あれが継ぐのがほんとうだったのだ」

「それで、お館は？」

「まだ考えておらぬ。だが、おまえの仕事はもう決めてしまったぞ。御所様と九州へ行け。その身に代えて、お守りするのだ」

「まことでござるか」

「小さな兄ぐらいは、付いていた方がよかろう。またぞろ、伏勢に潜りこもうなどという気を起こされるかもしれぬ」

「心得申した。二度と、あのような場所にはお出しいたしませぬ」

「なあ、孫九郎。おまえの夢と儂の夢は、違うのかもしれん。ただ、同じ時を戴《いただ》いた。忽那の、小さな領主でしかないわれらが、思ってもみなかったことが、できるかもしれんのだ。本懐とは思わぬか」

「どこで朽ち果てようと、正直なところこの島から出とうござる。いまは乱世。本来なら目通りもかなわぬお方と、親しく言葉を交わすことができる。そのお方の夢を、わが夢と思うこともできる。しかし、お館まで、同じ考えをお持ちだったとはな」

「小さな島にいようと、眼は広く外にむいてしまう。水師の眼とは、そのようなものよ。すべてのものが、海からやってくる。だから海を見ていろ。よくそう言われたものだ」

「誰に？」

「爺様《じいさま》じゃ。あの爺様は、弘安の役に一族を率いて赴かれた。海のむこうから来るものの恐しさを、儂に教えようとなさったのかもしれぬ」

忽那島のすぐ南に、高島と呼ばれる無人島がある。鷹島《たかしま》で奮戦した忽那一族の戦功を伝えるために、祖父の久重《ひさしげ》が命名したのだという。重明とは、同じ祖父を持つ従兄弟《いとこ》だった。

船溜りでは、三十艘ほどの関船が、義範を待っていた。逃げる河野通盛の軍勢を追撃する。四国では、土居通世が兵を募って待ちうけている。要するに挟撃《きょうげき》ということだ。それによって、征西将軍宮の九州渡海を容易なものにできるはずだった。

「頼元殿か」

白い直垂姿の老人がひとりで、義範の船のそばに立っていた。

「お別れでござるな、義範殿」

「御所様とは、すでにお別れはしてござる」

「さよう仰せられておりました」

五条頼元には、都の公家らしい尊大さがなかった。三年前、この島へ来た時も、義範に深々と頭を下げたものだ。後醍醐帝より九州統一の命を受けた征西将軍宮一行の、長い旅の苦悩を、この老人が一身に背負っていると言ってもいい。

「いよいよ、九州でござる。ここまで来れたのも、義範殿のお蔭であった」

今朝のことについて、頼元はなにも触れようとはしなかった。義範も、なにも言わなかった。

「御座船や、護衛の船団は、すでに整ってござる。村上や熊野の海賊どもの船団も、すでに豊後《ぶんご》佐伯《さいき》で待っておりますぞ」

「渡海の心配はしておらぬ。ただ、九州の情勢がのう。菊池は惣領が定まらず、阿蘇《あそ》は令旨に応ずる気配もない」

「おめずらしい。頼元殿が愚痴でござるか」

「これも、相手がおことだからこそよ」

「御身は慈《いつく》しまれよ。御所様にとっては、これよりさきもなくてはならぬお方」

「なんの、このような老骨」

「ひとつ、お願いの儀がござった。これなる忽那重明、九州へ同道させてはいただけませんか？」

「同道と言われると？」

「征西将軍宮の幕下にお加えいただければ、と思っております」

「渡海の同行という意味ではないのだな。九州においても、常にその幕下にある、と解してもよいのか？」

　義範が頷くのと、重明が頭を下げるのが同時だった。重明には、汚点がひとつあった。尊氏に靡《なび》いた重清に従ったのである。尊氏に従ったのではなく、忽那の惣領に従った。十七歳の時だ。重明らしい純粋さだった。武術に秀《ひい》で、自分の上に立つ者には絶対の忠誠を尽す。一族の者はみな理解していたが、頼元がどうかはわからない。

それ以上なにも言わず、義範はただ笑ってみせた。頼元も笑みを返してくる。顔の皺《しわ》が深くなった。重明が頼元にいいように使われて終るなら、それだけの男だったということだろう。

「御武運を」

頼元が言った。軽く頭を下げ、義範は船に乗りこんだ。すぐに舫《もや》いが解かれる。帆と櫓を使った押し走りである。船溜りの岩に立つ二人の影は、見る間に遠く小さくなった。

3

忽那島を発して八日後の、興国三年三月二十六日、征西将軍宮の御座船は、豊後佐伯の小さな港に着いた。

護衛は、忽那重明率いる関船六艘、伊予佐田岬《みさき》の沖で落ちあった村上、熊野の水軍十八艘。兵にして二百五十名に満たない船団であった。

懸念された伊予の北軍の首魁《しゅかい》、河野通盛の襲撃はなかった。義範と土居通世が、しっかりと押さえこんだようだ。

佐伯には、さらに村上、熊野の関船十五艘が待機していた。とりあえず、頼元は用意されていた屋敷に、征西将軍宮の御座所を移した。

冷泉《れいぜい》持房が、船旅の疲れを見せていた。頼元の長子良氏《よしうじ》も、船はまったく駄目《だめ》だった。ひとり、牧宮だけは潑剌《はつらつ》としていた。忽那島では、頼元の眼を盗んで、よく小型の関船で沖へ出かけたりしていたものだ。御座船ほどの大きさならば、地上にいるのと変りないのかもしれない。

牧宮の行動を、頼元はほとんど止めなかった。九州の情勢は、叡山を発《た》つ時よりさらに厳しい。ひ弱な親王に育たれては困るのである。

驚かされることは多かった。忽那義範が献上した、連銭葦毛《れんせんあしげ》の馬を突き返し、牧場を疾駆する黒い荒馬を所望した。笑って、義範はそれに応じた。ふた月の間、毎日その黒馬を責め、見事に乗りこなしたのだ。牧宮以外、誰ひとりとして乗せようとしない馬になった。

忽那島では馬責めと弓くらいのものだったが、津和地島などへ渡った時は、関船の雑兵を集めて組打ちをしたり、真剣で重明とやり合ったりもしたようだ。武辺に秀でることは歓迎できた。兄である大塔宮護良親王のごとき存在が、足利の権勢にすべてが靡くいまこそ、南朝には必要なのだ。

先日の戦では、観戦だけでなく、実際に戦場に出たのだ、と頼元は思っていた。南朝のための戦に明け暮れる忽那水軍の中で、三年も暮したのである。あの性格ならば、実戦に出てみたいと思わない方が不思議だった。

そして、人を斬った。多分、間違いはあるまい。眼の底に、強い、兇暴《きょうぼう》とも言えるような光が宿っていた。武術に心得はないが、五十有余年、武士を見てきた。長い戦乱の中にもいた。血を知る者と知らぬ者の見分けは、つけられる自信がある。

土地の豪族の屋敷らしい。持主は、将軍宮滞留の間、よそへ移っているのか。下働きの女の姿と、警備の水軍の兵が見えるだけである。

「頼元、海賊どもの頭目が伺候に参っているのではないか？」

庭から声をかけられた。船旅で若い肉体を持て余していたのか、牧宮は剣を振っていた。上半身は裸で、十四歳とは思えぬ骨格と肉付きだった。風貌《ふうぼう》も、後醍醐帝よりも、母の権《ごん》大納言三位局《だいなごんさんみのつぼね》の血を引いたようだ。眉《まゆ》も眼も顎《あご》も鋭い。耳までとがって立っているような感じだった。鼻のあたりに、わずかに後醍醐帝の面影《おもかげ》があるのか。

「直々に謁見《えっけん》なさることはございません。旅のお疲れが出た、とでも申しておきましょう」

実際、村上義弘も、熊野水軍の長《おさ》も、やってきてはいない。若干の兵力を差しむけたというにとどまっている。

参じてきた近郊の武士たちも、名もない小さな土豪ばかりだった。想像した以上に、九州の情勢が南朝にとって厳しいことを、出迎えた顔ぶれを見て頼元は感じとっていた。

「それよりも、人眼のあるところで、そのようなことはおやめくだされ」

「こうしていれば、誰も征西将軍宮だとは思いもすまい。供の者が剣を振っている。そう見えるだけではないのか」

「いずれ、宮のお顔は、誰もが知ることとなりますぞ」

「ならば、なおさらだ。この懐良《かねよし》のまことの顔は、はじめから見せてやった方がよいではないか」

「頼治《よりはる》がおりますゆえに、書などを御覧くだされ。九州本土を踏んだとは言え、いまだ旅の途次。場合によっては、明日にでも出立せねばなりません」

「この六年間、旅の途次でなかったことがあるのか、頼元」

言いながらも、牧宮は額に浮いた汗を腕で拭い、縁にあがってきた。

別室へ入り、頼元は中院義定《なかのいんよしさだ》を呼んだ。

「あのお方は、いまだ見えられてはおらぬようだな」

「いつも、ふらりとおいでなさる。待つだけ無駄な方でござるよ。それより、水師どもを引見してやってくださらぬか。会ってやるかどうかで、今後が多少なりとも違うかもしれませんぞ」

頼元は、ちょっと頷き、腰をあげた。自分の仕草が、ひどく年寄臭いという感じがする。いまはじまったことではなかった。京にいるころからそうだったのだ。気になりはじめたのが、最近のことだった。

五人の男が控えていた。狩衣《かりぎぬ》姿で、一様に日焼けした顔をしている。ひとりは、忽那重明だった。幕下に入ったといっても、まだ将軍宮警固の任にある。それに、村上と熊野の船団の頭《かしら》。

「この二名の者は」

村上の船団を率いている男が、残りの二人の説明をはじめた。佐伯付近で船を扱う者らしい。

頼元は、表情を変えずに聞いていた。最後に、言葉が必要なのか文書が必要なのか、判断すればいいだけである。文書は、男たちの主人に宛《あ》てる。重明ならば、忽那義範宛である。

いきなり、板戸が開いて、直衣《のうし》姿の牧宮が入ってきた。頼元の次男の良遠《よしとお》が付いている。中院義定は、ひどく驚いたようだった。指の動きなどで、それがわかる。

牧宮は、自ら左手に太刀を握っていた。

「征西将軍、牧宮懐良親王にあらせられる」

居住いを正し、頼元は声を張りあげた。

恐懼《きょうく》したように、重明が縁にまで退《さ》がり、平伏した。ほかの四人も、慌《あわ》ててそれを真似ている。

「警固の任、大儀である」

はっ、と重明が声を出した。直々の言葉。それだけで、男たちにとっては大変な名誉のはずだ。

牧宮は、太刀を持ち直し、音をたてて鐺《こじり》で板敷を突いた。そのままの姿勢でいる。

「顔をあげよ、忽那重明。ほかの者も」

全員が顔をあげるまで、しばらくの時間がかかった。

「その方らに、護《まも》られているのではない。護らせているのだ。旅はこれからも続く。それを心せよ」

重明ともうひとりが声を出し、また平伏した。ほかの三人も真似る。

「村上義弘はいずれに？」

「はっ、わが主《あるじ》は」

「主？　陪臣が来ておるのか、謁見に」

声がいくらか大きくなっただけで、五人はまた縁に額を擦りつけた。

「拝謁の儀など思いもよらぬことで。われら、今後の旅の指図を、五条頼元様に仰ぎに参っただけでございます」

平伏したまま答えたのは、重明だった。

「直答はならん」

中院義定が、ようやく落ち着きを取り戻して言った。

「よい、ここは戦場と同じだ。ところで、その方の主は太刀をこのように持つというが、まことか？」

「はっ、船上にては」

牧宮は、もう一度太刀を持ち替え、男の前になにか抛《ほう》った。

「今後、そう持つことは禁じよう。それは、わが太刀の鐺の飾り金具だ。主のもとへ持ち帰り、佩刀《はいとう》の鐺にいたすように伝えよ」

男は平伏したまま動かなかった。良遠が進み出て、金具を男の前に置いた。

「忽那重明。その方は、これよりわが幕下に入れ。忽那水軍には義範がおる。その方が抜けても、大事あるまい」

「はっ、末代までの栄誉といたします」

平伏した重明が再び顔をあげた時、牧宮はすでに部屋を出かかっていた。

ふっ、と頼元は息を吐いた。鐺ひとつで、牧宮はあるいは村上義弘の心を摑《つか》んだかもしれない。少なくとも、一片の令旨より、はるかに効果はありそうだった。

「どういうことなのだ？」

五人が退出すると、頼元は残っていた良遠に声をかけた。

「退屈だから芝居をしよう、と御所様が言い出されて」

「御所様への学問の伝授が、良氏とおまえの仕事ではないのか。それを、芝居の稽古《けいこ》などと」

「しかし、父上。御所様はもう大人におなりです。親子ほど年が違いながら、私も兄も、時には論破されます」

「論破されるのか？」

「現実はこうであるから、この答えでなぜ悪いのか。最近は増々《ますます》その論法が多くなっております。納得させられなければ、論破されたも同じです。時として、学問は形骸《けいがい》と化していることもありますし」

「よいではないか、頼元殿」

義定が笑いながらとりなした。良遠を叱る気はなかった。ただ、驚きを持っていく場がなかっただけだったのだ。

「頼治は、御所様の人形のようなものです。御所様と同じ論法で、私に逆ったりいたします」

「それは年頃《としごろ》よ。おまえもそうであった。親に逆いたい時というのはあるものだ」

良遠は、ちょっと頭を下げて出ていった。

「良遠殿は、やはり京で学問を続けたい意志をお持ちのようですな、まだ」

「あれは、時として書物の中に逃げこもうとする。弱いところがあるのだ。御所様とは反対の性格だな」

「それにしても、御所様はいつ、あのような人の扱いを覚えられたのか」

「よくないことかな、義定？」

「わかりませんな。ただ、御姿を見せてやるだけで、武士どもが集まる時代ではないという気も致します。御所様のあの御性質が、かえって武士を魅《ひ》きつけるやも」

頼元も、それは考えないではなかった。親王の姿と令旨だけではどうしようもないことに、この六年間の旅の間に何度もぶつかった。武士が欲しがるのは、栄誉ではない。所領の安堵《あんど》を保証できる力であり、新しい領地を与えてくれる棟梁の存在である。建武の御新政が蹉跌《さてつ》したひとつの原因は、武士の欲求のなんたるかを汲《く》みとらなかったことにある。領地を保証してくれる相手に対し、武士は戦で命を提供する。単純だが、厳然としたことでもあった。しかし、それではいつまでも武士の世が続く。

「在地の武士どもも、伺候してきております」

「御所様は、お会いにならぬ方がよいな」

九州に入って、牧宮が最初に誰と会うか。それは微妙な問題だった。菊池、阿蘇といきたいところだが、征西将軍宮令旨にも、はかばかしい反応はない。

「どれ、呼び入れましょうか。田舎武士どもに、せいぜい威厳を取り繕いましょう」

義定が腰をあげた。頼元は、かすかな疲れを覚えていた。冷泉持房ほどではないにしても、やはり船に合った躰《からだ》ではないようだった。

待ち人がやってきたのは、四月二日だった。その間、小さな佐伯の港は、瀬戸内水軍の拠点のような趣きがあった。

牧宮よりさきに、頼元が会った。

「久しいのう、頼元」

五辻宮《いつつじのみや》は、顔の半分に蓄えた髭《ひげ》を、指さきでこねまわしていた。髭がなければ、かなり痩《や》せて見えるはずだ。頭にも髭にも、白いものの方が多い。

「御健勝の御容子《ごようす》で、頼元、安堵いたしました」

「そういう挨拶《あいさつ》はよい。九州は、これからさらに乱れるぞ」

「左様でございまするか」

「在地の土豪がな、守護どもに反撥《はんぱつ》しはじめておる。知れば知るほど、複雑な情勢だ」

「先年、尊氏はこの九州の地にて、数十万といわれる大軍を組織して、東上して参りましたが」

「武士どもは草の靡《なび》き。その尊氏も、九州探題などというものを置土産にしたために、いまは守護どもからも反撥を買っておるわ」

「ここに、征西将軍宮の御到着となったわけでありますが、いまだ菊池、阿蘇ともに立とうとはいたしておらぬ様子」

「菊池も阿蘇も、駄目であろう。儂《わし》はそう見ている」

「古くからの、勤皇党でございますぞ」

「駄目なものは駄目じゃ。おぬしも、すぐにいやというほどそれを知る」

五辻宮という人物が、昔から頼元にはよくわからなかった。飄然《ひょうぜん》と現われては、消えていく。住居がどこかも、詳しい出自も、知っている人間に出会ったことがない。

建武の御新政が成った時、山伏や僧兵、山賊の類《たぐ》いの男たちが、京を跋扈《ばっこ》しはじめたことがある。調べてみると、五辻宮の関係の者が多かった。

それよりさき、六波羅《ろくはら》が落ち、南北両探題であった北条時益《ほうじょうときます》、仲時《なかとき》が光厳《こうごん》帝を奉じて鎌倉へ逃走中、野伏《のぶせり》の群団に襲われて殺されるということがあった。その野伏を動かしていたのが五辻宮だった、とも囁《ささや》かれていた。

「五辻宮様。征西将軍宮は、すでに九州の地を踏んでおられます」

「宮の使い方じゃ」

「使い方？」

「下手に使うと、すぐに守護どもが潰《つぶ》しにかかろう。尊氏からの下知《げじ》は、すでに届いておろうほどに、功名をなすにはいい機会じゃ」

野卑なところと、尊大なところが入り混じっている。磊落《らいらく》だと言う者もいた。頼元が、ついに好きになれなかった皇族のひとりでもある。後醍醐帝の命を受けて、数年前から日向《ひゅうが》に西下していたはずだ。

「宮の使い方、と言われましたな」

「言葉の綾《あや》じゃ。宮の立場を、大人たちが作りあげぬことには、九州では動けぬ」

顔色でも変ったのだろうか。五辻宮の言葉に、懐柔する響きが入り混じった。

「五辻宮様は、吉野の朝廷の秘命を帯びて九州に西下されている、と洩れ聞いております。秘命は、あくまでひそやかなるもの。征西将軍は、公職でござる。詔勅と令旨をもって、九州全土に公布してございますれば」

「武士どもが、すべてその威風に靡いてくるとでも申すか」

「九州の土を踏むまで、六年かかり申した。これも、征西将軍という官位があるがため。翻《ひるがえ》って申しあげれば、尊氏がそれだけ恐れているということの証左でありましょう。この頼元も、九州平定が征西将軍宮の名のみにて、たやすくなせることでないことは、承知の上でございますが」

「その上で、じっくり考えようということか。しかし、誰も時は与えてくれぬぞ」

「なにとぞ、この頼元にお任せのほどを」

かすかに、五辻宮が頷いた。また髭を指で縒《よ》りはじめる。

「牧宮様は、まだ御若年でございます」

「心配いたすな。会ったところで、おかしなことは吹きこまぬ。十四の童《わらべ》に、なにを吹きこんでも仕方がないであろう」

五辻宮の指が動き続けている。頼元は、そこから眼を離さなかった。

4

あえて、謁見というかたちを、頼元は選んだ。冷泉持房と中院義定を両側に控えさせた。五辻宮が、それにどう反応するのか見ておきたかったし、九州の南軍の総帥《そうすい》はあくまで征西将軍宮である、ということを示しておく必要もある。

「おお、牧宮、見違えるほどに大きくなられたな」

五辻宮は、大して気にしたふうもなく、良遠を伴って入ってきた牧宮に気軽に声をかけた。叔父、甥《おい》の対面に似たような感じがあって、五辻宮が傲慢《ごうまん》と見えるところはなかった。

「五辻宮は、九州に御滞留でございましたか」

「さよう。もはや七年になろうとする。儂を憶《おぼ》えておるかな、牧宮は？」

「かすかに。髭を蓄えた、声の大きなお方という憶えがございます」

五辻宮が、豪放な笑い声をあげた。冷泉持房が、露骨にいやな顔を見せている。構わず、五辻宮は、九州の情勢について喋《しゃべ》りはじめた。少弐《しょうに》、大友、島津ら在地守護と、九州探題一色《いっしき》、新守護畠山らの、複雑に入り組んだ抗争についてである。すでに、牧宮の頭の中には入っていることだった。牧宮は、頷《うなず》きながら聞き入っている。

「ところで牧宮は、兄宮のことを憶えておいでかな？」

「いまの帝《みかど》のことでござりますか？」

「いや、既に亡くなられた宮じゃ。大塔宮《おおとうのみや》」

「憶えております」

いまの帝は、牧宮の一歳年長の兄に当たる。

「大塔宮だけを、なにゆえ足利が手にかけたか、わかっておられるかな？」

「さあ、大塔宮様は、征夷《せいい》大将軍であられたからであろう、と考えておりましたが」

「尊氏、直義兄弟が、ただひとり恐れた相手であらせられたからじゃ。なぜなら、大塔宮は自らの軍勢を組織する力をお持ちであった。その軍勢は、尊氏や直義の力の及ばぬ人々であったのだ。山門の僧兵、野伏、悪党。おわかりか、牧宮。平清盛以来、武家の世が続いておる。武家に頼るかぎり、朝廷は形ばかりのものだ。ところが、武家でない武力があった。源氏でも平氏でもない者どもがな。それこそ、朝廷の、帝の武力としてふさわしいものであったのだ」

異形《いぎょう》の者。建武の御新政では、都はもとより、内裏にさえそのような者が出入りしていた。律僧文観《もんかん》のもとで、それらの者どもが異様な祈禱《きとう》や呪術《じゅじゅつ》まで行ったのだ。北畠親《ちか》房《ふさ》の一時的な出家も、世良《よよし》親王の死のためでなく、異形に満ちた朝廷に対する反撥という囁きすらあった。

すべて、後醍醐帝の、強烈な人格と指導力のもとで、沈黙を余儀なくされた。あの異形の者どもを集めて軍勢となした大塔宮護良親王の影のような存在として、この五辻宮がいたのだろうか。

「九州にも、源氏でも平氏でもない、土地の武士どもが、数多くおりますわい。それらの者どもは、九州の大塔宮を求めておりますぞ」

五辻宮がなぜ牧宮に接近してくるか。征西府《せいせいふ》に、かつての朝廷のごとく、異形の者を集めよ、ということなのか。

「大した役には立ち申さなかったな。いざ戦となれば、逃げ惑うばかりで」

冷泉持房が、苦りきった表情で口を挟《はさ》んだ。

「持房、楠木はいずこの者ぞ。河内《かわち》の悪党ではなかったのか」

「ひとり、楠木のみでござろう」

「なんの。名を挙げればきりがないわ。しかも、武家どものように風には靡かぬ」

しばらく、持房と五辻宮のやり取りが続いた。互いに、血気盛んな若者というわけではない。静かなやり取りだったが、棘《とげ》はいくつも感じられた。

冷泉持房は、北畠親房の弟であり、その意を受けているはずだった。内海の海賊衆を集結させて南朝の力になそうとしているのは、北畠親房だった。その意味で、陸の悪党を集めた五辻宮と同じと言える。ただ、両者には性格的に相容《あいい》れないものがあるようだ。

「とりあえず、九州の地に征西府を置かねばなりませぬ」

牧宮が、二人のやり取りを引きとった。

「九州のことは、すべて征西府に委《ゆだ》ねるという綸旨《りんじ》もござれば、まずは征西府の樹立こそが第一と考えております」

その綸旨は、全責任を牧宮懐良親王に委ねるというものであった。裁判権や軍事警察権はもとより、恩賞の類いまで含まれている。中央の意志が絶対的であった後醍醐帝のころからは、考えられない変化である。

「賢いのう、牧宮は」

「先駆けたる三条泰季《やすすえ》も、首を長くして待っているはず」

牧宮の口から三条泰季の名が出た時、五辻宮の眼にあるかなきかの光がよぎった。

一刻《いっとき》ほどで、五辻宮は退出した。

「亀山《かめやま》帝の第五皇子と言われているお方だが、誰もまことのことは知り申さぬ。先の帝もそのように接し遊ばされていた故《ゆえ》に、疑う者などおらぬが」

いかがわしい男、という響きが持房の口調にはあった。まことなら、後醍醐帝の叔父であり、牧宮の大叔父に当たる。頼元と二人きりでなければ、持房もこのような言い方をしないだろう。

「頼元殿、薩摩《さつま》への出立はいつでござるか？」

「もう四、五日はかかろう。菊池に放った忍びが、そのころには戻るはず」

「あのお方に毎日訪ねて来られたのでは、たまりませんぞ」

「儂が、ほどほどにあしろうておこう。それより、伊予の情勢が気にかかるが」

「脇屋義助《わきやよしすけ》は、そろそろ伊予に入ったはず。忽那《くつな》や村上の水軍の援《たす》けもあろうほどに」

新田義貞なき後、弟脇屋義助が、南朝方武士の総大将と言ってもよかった。それを伊予に持ってくる。南朝は、西国で力をつけるしかなくなっていた。

頼元は、五辻宮のことではなく、礼儀正しく話を聞いていた、牧宮のことを思い出していた。水師を謁見した時とは、まるで違う人物のようだった。しかも、言うべきことはすべて言っている。

「忍びなどというものを、信用してよいのかのう、頼元殿」

「あの者どもには、あの者どもの正義がござる。儂はそう見ている。それさえ踏み違《たが》えぬように扱ってやれば、なまじの武士より託せるものは大きい。命まで捧《ささ》げるということはせぬようだが、払っただけのものは返してくる」

「儂はこの六年の間に、ひどく疑り深こうなった。頼元殿もお気づきであろうが。口さきばかりの者どもが多すぎたのかな」

「九州にては、もっと多いかもしれぬぞ、持房殿」

腰をあげ、頼元は縁に立った。

奥庭に、牧宮と頼治の姿があった。似たような直衣《のうし》姿である。出かかった声を、頼元は呑《の》みこんだ。頼治が、牧宮と似たような服装をするようになったのは、忽那島を出立するころからではなかったか。

頼治は頼元の孫であり、良遠の長子になる。十五歳で、牧宮のひとつ年長であった。六年、旅の供奉《ぐぶ》をし、側《そば》近くにいた頼治は、いつの間にか仕草なども牧宮に似てきていた。同じような直衣姿だと、ほとんど兄弟のようにさえ見える。

誰が、頼治に直衣を。頼元の頭にあるのはそれだった。衣服は、良遠の妻、こうの受け持ちの仕事である。わが子に、牧宮と同じものを着せるはずもなかった。誰かに命じられたのなら、頼元の耳に入れてくるはずだ。

牧宮と頼治が、勝手にやっていることなのかもしれない。頼治が牧宮の影となる。二人で決めたことならば、頼元は口を挟みたいとは思わなかった。九州の戦乱の中に立てば、影はひとり頼治だけでは済むまいとも思われた。

居室に戻った。

叡山より、牧宮の乳母として供奉してきた頼元の妻は、讃岐《さぬき》で病を得て他界した。それより、身の周りの世話は従者に任せて、女は近づけていない。

〈薩摩、大隅《おおすみ》は、島津と畠山の対立の中にあり、南朝に心を寄せる武士は、一刻も早き征西将軍宮の御着到を待望いたし候〉

先遣として指宿《いぶすき》にある三条泰季よりの書状だった。二日前に着いていた。泰季は、すでにわずかながらも南朝の軍勢を組織しているようだ。何度も、その書状を読み返した。迷いは、まだあった。九州の南党といえば、やはり菊池と阿蘇が最大最強である。あえて、薩摩に行く必要があるのか。

庭で笑い声が聞えた。牧宮と頼治で、入り混じった笑い声は、どちらのものも聞き分けられなかった。

豊後佐伯を出帆したのは、四月十二日だった。風と潮流に逆う航海になるらしい。漕手《こぎて》が十名ずつ交代で櫓《ろ》を握ったが、御座船の進みは、関船のようにはいかなかった。左舷《さげん》に忽那水軍、右舷に熊野水軍で、村上勢は、しきりに前後で動き回っている。

忍びからの知らせでは、やはり肥後の情勢はかんばしくなかった。菊池では武重の死後、武士《たけひと》が惣領を継ぎ、武敏がこれを援けていた。その武敏も死んだ。兄弟一族が援けているが、隣接の合志《ごうし》一族に押され気味である。

阿蘇惟時《これとき》によって強大な惣領権が確立されている阿蘇一族に関しては、令旨に対する反応も返ってきていない。惟時の弟、恵《え》良《ら》惟澄《これずみ》ひとりが、南朝の旗を揚げているだけだ。庶子の恵良では、あまりに小さすぎた。

阿蘇惟時は、なにかを試そうとしているのではないか。頼元は、そう推量してみるしかなかった。あまりに、惟時の無反応が不可解なのだ。征西将軍宮の武運。しかしそれは、味方であるべき者に試されねばならないことなのか。

　豊後から菊池、阿蘇に到る道程に、もうひとつでも有力な南軍の武家がいたら、頼元は薩摩を上陸地とはしなかっただろう。それについても、忍びがもたらした情報は、悲観的なものばかりだった。

　頼元が牧宮に呼ばれて甲板に立ったのは、佐伯を出て十日も経《た》ったころだった。直垂《ひたたれ》を着て、太刀も佩《は》いている。

「九州は広いな、頼元」

「風に逆って、船が遅うございます故に」

長い船旅に退屈したのかと、頼元は宥《なだ》めるような口調で言った。

「南から北へこれを平定していく。たやすいことではないが、九州の地を毎日船から眺《なが》めているうちに、血が熱うなってきた」

「それは頼もしきお言葉でございます」

牧宮は、ちょっと太刀の柄《つか》に手をやった。揺れる船の上でも、毎日太刀は振っていたらしい。頼治も、それに従っていたようだ。

「望みをひとつ抱くことが、許されるであろうか、頼元？」

「御所様が望みとは、いかなるものにござりまするか？」

すぐに、牧宮は言おうとしなかった。船べりに両手を着き、九州の大地にしばらく眼をやっていた。めずらしいことだった。望みは望みとして、いつも闊達《かったつ》すぎるほどの表現をしてきた宮だ。

「武人として、この大地で闘いたい」

「征西将軍なる職は、九州全土の武士の総師にござりまするぞ」

言いながら、頼元はここ何年か抱いてきた予感のようなものが、明瞭《めいりょう》なかたちになっていくのを感じていた。牧宮の言う武人の意味が、頼元にはよくわかる。自ら太刀を執って闘いたいということだ。

「五辻宮の話を聞いていて、鮮やかに思い出したことがある。大塔宮様が、京に凱旋《がいせん》なされた折のことだ」

「緋縅《ひおどし》の鎧《よろい》に赤揃《あかぞろ》えの軍勢でござりましたな」

京の耳目を驚かせた、異形の軍勢であった。幼かった牧宮には、あれが凱旋とも映ったかもしれない。征夷大将軍となった大塔宮を待っていたものは、尊氏と直義の陰謀でしかなかった。後醍醐帝の寵妃《ちょうひ》、阿野廉子《あののれんし》の讒言《ざんげん》もあって、幽閉され、鎌倉で暗殺された。

「緋縅の鎧はいらぬ。まことの力が欲しい。それは、与えられるものではないと思う」

「なぜ、この頼元に？」

「深く汝《なんじ》を頼みに思う。頼元への、先の帝の御遺勅ではなかったか。だからこそ、頼元の許しが欲しいのだ」

崩御の前日、書かれた綸旨であった。山伏が、髻《もとどり》に結んで、それを忽那島まで運んできた。島へ渡って、半年も経たないころだ。

「時機は、いずれ参りましょう」

「武将として、薩摩の地を踏みたいのだ」

牧宮の視線が、頼元を射抜いてきた。圧倒されるようなものを、頼元はかろうじて撥《は》ね返した。大塔宮の轍《てつ》は踏ませられぬ。その思いはあるが、ひ弱な宮で九州武士の統率は難しい。

船べりにかけた牧宮の手に、頼元は眼をやった。無骨さが見えはじめている。武士の手だった。

「御意のままになされませ」

言っていた。それを後悔もしていなかった。

「許してくれるのだな」

「大きゅうなられました、牧宮様は。この頼元がお世話をすることなど、もはやありませぬ。こうなれば、九州の武士どもを糾合することに頼元も専念できまする」

かすかに、牧宮は笑ったようだった。

「長い闘いになるであろうな、頼元」

「良氏、良遠がおりまする。それで足りなければ、頼治も」

「頼治とは、兄弟のようにして育ってきた。ゆえに、遠慮もない。祖父であるそなたには酷な申しようであろうが、頼治の命は貰《もら》ってある。頼治との間で、言葉ではなく、心を通じ合わせて、そう決めた」

「影には、うってつけでござりましょう」

「気づいておったか」

「叡山を出立いたしました時より、五条一族の命はすでに捧げてあるもの。頼治は、たくましゅう育ったものでございまする」

「儂のそばにいたからだ、頼元」

「儂でござりますか」

「心配いたすな。宮である立場も忘れまい。それより、菊池や阿蘇の様子も、儂の耳に入れておいてくれぬか」

「さよう、なかなかに厳しゅうございます」

　頼元の口調も、砕けたものになった。目前の戦だけでなく、九州全土の情勢にも眼をむけている。それは好ましいことと言わざるを得ない。

「御所様は、いまだ幼かろうと、九州では思っておりましょうほどに」

「童の力がどういうものか、いまに見せてくれる」

「およそのことは、持房や義定がお話しいたします。薩摩で待つ三条泰季は、さらに細かいことまでお教えできるでありましょう」

牧宮が頷いた。

漕手たちのかけ声が、風に逆ってかすかに聞えてくる。船はゆるやかに揺れていた。晴である。九州の大地の緑は、眩《まぶ》しいほどだ。船上から眺めるかぎり、平和そのものだった。

「頼元。薩摩に入港の際は、わが旗を船に高く掲げよ。迎えの者どもに、見せてやろうぞ」

「かしこまってござる」

金色に、鷹《たか》の丸の紋の縫いとり。征西府旗である。それが空に翻るのを、牧宮も頼元も、まだ一度も見ていない。

5

晴れた日だが、海は荒模様だった。

舳先《へさき》に立って揺れに身を任せながら、牧宮懐良は前方の陸地《くがち》に眼を据《す》えていた。薩摩山《やま》川《がわ》津である。左に開聞岳《かいもんだけ》、遠く右に桜島。少しずつ、陸地は近づいてくる。

興国三年五月一日。後醍醐帝の命を受け山伏姿で叡山《えいざん》を出立して、六年余の歳月が流れている。しかし、長い月日だったという感慨は、懐良にはそれほどなかった。流浪《るろう》に近い旅が、生きることそのものだったような気がする。そして、これからも続くはずだ。

どれほどの時間、そうやって立っていたのだろうか。艫《とも》の矢倉の上に、征西府旗が立てられた。五条頼元以下の者たちも、甲板に出てきている。

懐良は、淡い水色の真新しい狩衣《かりぎぬ》姿で、鞘《さや》に金飾りのある太刀を佩いていた。供奉の者たちは、白い水干《すいかん》である。長い旅に、束帯の準備はなかった。必要もない。

船溜《ふなだま》りの人の姿が、見分けられるほどの近さになっていた。不意に、懐良は瘧《おこり》に似たふるえに襲われた。漲《みなぎ》ったものが出口を見つけ出したように、それは束《つか》の間で消えた。

警固の関船が、舳先を並べて列を作りはじめている。船溜りに入ったのは、忽那重明の乗る一艘《そう》だけのようだ。頼治が、矢倉に立てた征西府旗を、懐良の背後に高く掲げた。颪にはためく音が、気持よく懐良の耳を打つ。関船から、喊声《かんせい》があがった。

波はようやく穏やかになり、船は静かに進んでいく。地上で待つ人の姿。五百近い兵の先頭に、白い水干を着た三条泰季の姿がはっきり認められた。

船溜りに入った。関船からの喊声はまだ続いている。舫《もや》いがとられた。接岸の作業をしているのは、重明に指図された雑兵《ぞうひょう》たちだった。

渡板を歩いて、五条良氏、良遠兄弟がまず降りた。それから征西府旗を掲げた頼治と懐良。冷泉持房は、中院義定に支えられて降りたようだ。

「征西将軍、牧宮懐良親王、御着到である」

　先刻まで船酔いに苦しんでいた五条頼元の音声《おんじょう》にも、さすがに凜《りん》とした張りがあった。懐良は、真直ぐ三条泰季のそばまで歩いた。中院義定よりいくらか歳下《としした》のはずだが、鬢《びん》に白いものが目立った。

「三条泰季にございます」

「久しいのう、泰季。髪に白いものが増えている。積年の薩摩における労苦、いかなる言葉で労《ねぎら》ってよいかわからぬ」

「泰季を、憶えておられましたか」

片膝《かたひざ》立ちで頭《こうべ》を垂れた泰季が、視線だけを懐良の顔にむけてきた。その眼を見つめ返し、懐良は軽く頷いた。

「長い旅でございましたなあ。よくぞここまで」

　泰季の眼に、水滴が盛りあがってくる。

「旅は終ったのではないぞ、泰季。いま、この地よりはじまったのだ」

「大きゅうなられました。あの牧宮様が、これほどまでに。薩南はもとより、九州全土の南朝に心ある武士は、そのお姿を拝んで奮い立ちましょう」

　泰季の眼からは、やはり涙が流れ落ちてきた。懐良は、泰季の背後に控える二名の武士に眼をやった。直垂に侍烏帽子《えぼし》だが、配下の者はみな具足を付けている。

「谷山隆信《たかのぶ》、並びに頴娃《えい》定澄にございます」

涙を拭《ぬぐ》った泰季が言う。

「大儀である」

かしこまった二人に声をかけ、懐良は周囲を見渡した。やはり五百ほどの兵か。戦に出るように、緊張した顔をしている。

「泰季、馬を曳《ひ》け」

「馬でございまするか」

「谷山へ参る」

「しばしお待ちを。谷山まではほぼ十里。船旅のお疲れもございましょう故に、今夜は、手狭ながらわが館《やかた》にてお休みくださりませ。明朝、輿《こし》の用意も整えてございますれば」

「輿など無用。遊山《ゆさん》に参ったのではない。馬にも乗れぬ征西将軍と、九州の武士に思わせたいのか。供は重明と頼治の二人でよい。頼元ほかの一行の者だけ、泰季の館で休むがよかろう」

「谷山の千々輪《ちぢわ》城は、島津貞久が本拠東福寺城の目と鼻のさきでござる」

「危険だと申すのか。島津貞久は、一行が明日大兵に守られて入城すると思っているであろう。本日の夕刻、千々輪城の征西府旗を見れば、いくらかは驚きもしよう。それも一興ではないか。それに、明日の頼元の一行は安全にもなろう」

「なれど、牧宮様を先頭に押し立てることに相なりまする」

「先頭に立つために、この地へ参ったのよ」

見つめてくる二人の武士の眼が、かすかだが光を帯びるのを、懐良は見逃さなかった。

「よいな、頼元。明日、千々輪城で待とう。谷山隆信、先導いたせ」

「ははっ」

左手を地に着き、頭を垂れた谷山隆信が、そのままの姿勢で、馬、と配下に命じた。

五十騎ほどになった。ほかに徒《かち》が百名ほど。三条泰季も、頼元一行の警固を頴娃定澄に任せて付いてきた。

先頭に谷山隆信。そして征西府旗。風は陸より海にむかって吹いている。

こうやって、走りたかった。忽那島の牧場《まきば》で馬責めをしながらも、いつも九州の大地が心にあった。そこをいま、走っている。眼前では、征西府旗が音をたててはためいている。自分の大地。自分の足。この時を、長い間待ち続けたのだ。馬の背の揺れが、懐良にはかぎりなく心地よかった。

「度胆を抜かれましたぞ、泰季は。いきなり馬で谷山とは。それに、武者どもより見事に馬を扱いなさいます」

「戦場で乗れてこその馬であろう。行軍ごときで、巧拙がわかるものか」

「幼かった、あの牧宮様とは思えませぬ。頼元殿が、御意のままにと仰《おお》せられたのも、こうして走っていてわかりまする」

「頼元も持房も、船に弱いのよ。あの場では、一刻も早く休みたかったに違いないわ」

泰季が、高らかな笑声をあげた。

陽はまだ高い。村を通りすぎるたびに、村人がめずらしそうに征西府旗を見あげている。殺気立った行軍ではない。村人にもそれはわかるのだろう。農耕の手を休め、頭を下げる者もいた。

地鳴りがした。怯《おび》えを見せかけた馬を、懐良はしっかりと押さえこんだ。

「桜島だな。儂を迎えてくれている」

「煙が絶える時はなく、時には火を噴きまする。薩南の土豪たちと島津の間柄《あいだがら》のようでございまするぞ」

薩南の土豪は、島津に反抗と服従をくり返しながら、なんとか自らの立場を細々と保ってきた。中央の乱れに伴い、それがいま混乱しはじめている。島津に付くのか、南朝に付くのか、自分が来たことによって旗幟《きし》を鮮明にしなければならない者が、何人も出るだろう。

島津にしたところで、反抗するものをすべて押し潰すというわけにはいかない。薩、隅の守護権は回復したものの、日向には畠山が入ってきている。連合した土豪が畠山と組めば、逆に押し潰される危険もある。

　島津、畠山の対立の中に、もうひとつ自分が入ることになった。はじめは、土豪たちはじっと形勢を見るだろう。もともと南朝に付いている土豪を糾合して、緒戦になんとか勝利する。それが兵力を増やす早道だ。

「御所様、なにを考えておられます」

　重明の馬がそばにいた。

「これからの戦のことよ」

「物見の知らせでは、これよりさき千々輪城まで、きわめて平穏でございます。およそ、一里ほどかと」

「もう、そんなに来てしまったか」

　陽が落ちるまで、走っていたい。そういう気分もあった。それにしても、徒の雑兵はよく走る。遅れた者などほとんどいないようだ。水軍の雑兵を見てきた懐良の眼には、それも新鮮だった。

「はじまったぞ、重明」

「そうでございますな。その一歩から、御所様の下で働ける。重明にとっては、思いもかけなかった喜びでございまする」

「苦労もしようぞ。忽那の水軍にいるより、はるかにつらい思いをする」

「覚悟の上でござる」

谷山の騎馬武者の動きが、忙《せわ》しなくなった。城と連絡を取ろうとしているのだろう。自分が今日着くことは、城では考えていないはずだ。その目まぐるしさをも、懐良は愉《たの》しんでいた。

「前方に、百ほどの軍勢」

重明が飛ばした物見の注進が入る。

「お待ちくだされい。敵ではござらぬ。城よりの迎えの軍勢なれば」

重明との疎通《そつう》がうまくいかず、谷山隆信が狼狽《ろうばい》している。懐良は笑っていた。わけもなく、ただ愉快だった。

城門は開かれていた。

二百ほどの兵が、門外に出て出迎えている。懐良は、短い時間で城の様子をできるだけ見てとろうとした。島津の本拠、東福寺城とわずか一里の距離。前線と呼んでもいい場所である。

城壁の上の、矢避《よ》けの楯《たて》。そこに立つ兵の眼配り。櫓《やぐら》の位置。弦《つる》の切れた弓を持った兵はいないか。具足の欠けている兵はいないか。隙《すき》はない。そう見えた。城門から館までの内壁にも、さりげないが工夫をこらした感じがある。見通せないし、思った以上に距離があるのだ。

館の奥へ通された。

板張りの床に、高麗縁《こうらいべり》の畳が二枚敷いてある。懐良は、そこに腰を降ろした。少し遅れて、頼治が入ってくる。泰季と重明は、すでに茵《しとね》に腰を降ろして控えていた。茵の数も三枚だけである。

「ただいま、城塔に征西府旗を掲げて参りました」

報告して、頼治は坐《すわ》るべき場所を眼で捜した。泰季が茵を勧める。

「いい城だな。平地にあるにしては、攻めるのに難く、守りに易い。造った者の器量が偲《しの》ばれる」

「谷山隆信が、自ら築きましたる城にて、ひと度も島津に抜かれたことがござりませぬ。名実ともに、ここが最初の征西府となり申した」

泰季の口調には、懐良がついに来た、というだけでない感慨が含まれていた。

「征西将軍の御在所にふさわしからんとて築きあげたるもの。谷山隆信は、稀代《きだい》の軍師にござりまする」

あえて言う泰季の言葉に、なにか意味があるのか懐良は考えていた。

引戸が開いた。谷山隆信が平伏している。縁のむこうは、小さな庭であった。

「征西将軍宮様をお迎えして、これに勝る栄誉はござりませぬ」

「隆信、堅苦しい挨拶は抜きにせよ。入るがよい」

言って、懐良は息を呑んだ。瞬時の間に、隆信の面貌《めんぼう》が変ってしまっている。やつれ果てているのだ。

「病を得ております故、この場にて御無礼仕《つかまつ》ります」

「病とは、労咳《ろうがい》か？」

「労咳が背骨にまで来ております。歩くこともままなりませぬ」

「山川に迎えに出たるは、汝が影か？」

「恐れ多くも、ここに控えおります、弟忠高《ただたか》にございます。双子として生を受け、城の外にては、忠高が隆信と名乗っております」

「病はよい。二人とも入るがいい」

隆信が、もう一度平伏した。泰季が促すと、従者が二人、隆信が坐った板を両側から持ちあげた。

二人並ぶと、忠高の方がいかにも健康な面貌だった。ただ、顔立ちは瓜《うり》二つである。

「病を得るまで、二人の見分けは余人につけられぬほど、よく似ておりました」

泰季は、健康な時の隆信も知っているという口調だった。

「隠居はせぬのか、隆信？」

「忠高が、戦が不得手でござりまして。それがしが、城中より指図を出しております。外の隆信と、内の隆信とお思い頂ければ」

懐良は、しばらく二人を見較《みくら》べていた。気味が悪いほどに、よく似ている。

「双子は故もなく忌《い》み嫌《きら》われて、ともに育てられることはないのでございます。われらは、生まれた時より、与えられたものはすべて同じ。それでも、このような差となりまする」

「忠高は、戦が不得手か」

「一を見殺して百を救う、ということができませぬ。一を救うために百を殺しかねぬ。これは性質でござりましょう」

見据えた懐良の眼と、隆信の眼が合った。病とは思えぬほどの強い覇気《はき》が、懐良を打った。

「いきなりのことだった故に、慌《あわ》てさせたであろう。悪かった」

「意表を衝《つ》かれましたろうな、島津にもし襲う気があったのなら」

「あったのかな？」

「どうでござるか。兵の動きは、まったくありませなんだ」

「自信があるのう」

「動けぬ分だけ、外に眼や耳を持っており申す。いまはその眼や耳を使って、忠高を指図しております。外に隆信がいると思って城に攻め寄せても、内にも常に隆信がおります。故に、この城は薩南で最も安全でござりまする」

深く沈んだ、湖水のような眼だった。いままで、こういう眼を見たことがない。

「それがしが薩摩に入りましてより、隆信殿は各地に転戦。島津貞久との衝突も一再ならずでありましたが、ひとたびの負けも知りませぬ。ここ三年は、戦場に出ることがかなわず、谷山にてじっと兵を養っておられました。いまこそ、その兵が役立つ時が来た、と思っておられましょう」

泰季が、薩摩でかなりの活動をすることができたのは、隆信がいたからと言いたそうな口ぶりだった。ようやく、懐良は隆信の眼から視線をはずした。

「薩摩の南党にとっては、不運きわまりない病でござった。でなければ、いまごろは牧宮様の広大な御在所でさえ」

「不運は嘆くまい、泰季。天の定めるところに生きて、自らに恃《は》じなければよいのだ」

また隆信と視線が合った。かすかに隆信がほほえんだように、懐良には思えた。

ようやく、陽が落ちかかる時刻になっている。庭の樹《き》を騒がせていた風も、いつの間にか熄《や》んだようだ。

「遠からず朽ち果てる身。だからこそ見ゆるものもござりまする。いずれ、ゆるりとその話などを」

「待っておるぞ、隆信」

「しばらくは、各地の武士の伺候が続きましょう。その様子によっては、島津も黙視できず攻め寄せて参ります。愉しみですな」

言って、隆信ははっきり笑い、話を切りあげるように平伏した。

6

心が騒いでいる。

ここ数年、ないことだった。それが征西将軍宮と対面したせいだと、隆信は思いたくなかった。躰《からだ》の中で、病が騒いでいる。

従者を退《さ》がらせてからも、隆信は茵《しとね》で片膝を立ててじっとしていた。その姿勢が、背骨には一番いいようだ。

隣接する山田一族との所領争いの訴訟に敗れて、父の覚信が失意の中で世を去ったのは、およそ八年も前のことになる。何代にもわたり、営々として築きあげてきた谷山郡の領地から、二つの村が削られた。山田氏が、守護の島津の配下に入ったというだけの理由で、後醍醐帝の新政下にあった雑訴決断所も、訴えをそのまま認めたのである。やがて後醍醐帝と足利一族の対立という事態になった。隆信は、ただじっと耐えた。京がどのように乱れようと、薩摩、大隅における島津の力は大きくなるばかりだったのだ。

結局は、郡司として古くから領地を得ていた武士団が、守護として薩摩に入国してきた島津には目障りだったのだろう。ただ、古い在地の武士団を無視して、領国の支配はままならなかった。

忍従とささやかな反抗の歴史が、谷山と島津の間でも二百余年続いていた。そして、事あるたびに領地が削られ、権益が縮小されてきた。

家督を継いで三年余、隆信はじっと待った。薩南に風を起こしたのが、征西将軍宮の先駆、三条泰季の下向であった。島津に押さえこまれていた薩南の土豪が、一斉《いっせい》に旗をあげた。その余波が、薩北、大隅にまで及ぶのを見て、隆信も南朝方の旗幟を鮮明にした。地理的に土豪の中で一番厳しい位置にあるのが、旗揚げの遅れた理由だった。谷山は、島津の本拠東福寺城と、一里ほどの距離しかない。

二年近くの間、隆信は席を暖める間もなく、戦場にあった。かつて谷山郡の所領を削る裁定を下した、後醍醐帝の軍勢として闘うしか、島津に抗すべき道はなかったのだ。

戦場で血を吐いた。それでも無理を押して戦に出ていた。やがて、背骨が侵されてきた。闘うことができたのは、そこまでである。それ以後の谷山勢の指揮は、弟の忠高に委ねるしかなかった。

隆信にとっては乾坤一擲《けんこんいってき》であった挙兵が、自らの病によって潰《つい》えた。それから、隆信はただ死を待っている。

島津が、力押しで谷山を潰そうという気配はまだなかった。ここ三年ほど攻めの戦をしていないとはいえ、大隅の肝付《きもつき》兼重らと連携し、島津の土台を揺がした隆信の名は、消えていない。千々輪城に攻め寄せた敵に対しては、痛烈な反撃も加えてきたのだ。

二年前、島津の総帥《そうすい》貞久が京より帰国し、東福寺城に拠《よ》った。南朝側の勢力が次第に押さえられていったが、目と鼻のさきのここへはまだ攻め寄せて来ない。

死が自分に訪れるまでに、いま一度、とここ一年は思い続けていた。時代は足利にむかって流れている。その中で谷山が生き残るためにも、島津に力を認めさせておく必要はあるのだ。

征西将軍宮の下向によって、薩摩、大隅の情勢はまた動く。死よりも早く、待っているものが来た。いまの九州を、征西将軍宮が平定できるとは考えられない。守護同士が反目し合っているとはいえ、最後は足利に与《くみ》するしかないのだ。ただ、薩摩は乱れるだろう。

隆信は、立てていた右膝を伸ばし、左膝を立てた。従者に作らせた背当てに凭《もた》れることができるので、こうしていた方が横になるより楽なことがある。

あと一年から二年。自らの寿命を、隆信はそう読んでいた。

この心の騒ぎはなんなのか。

心を騒がせるものからは、遠ざかった。代りに死が近づいてきた。このところ、そういう心境が続いている。

「何者か？」

板戸のむこう側に気配を感じて、隆信は言った。音もなく、板戸が開いた。

「忽那義範の配下の者にて、葦影《あしかげ》と申します」

小柄な男が、片膝立ちで控えていた。殺気はない。気配を発して気づかせたというだけだろう。

「豊後佐伯より、陸伝いに船団の停泊地を辿《たど》り、この地に到りました」

「忽那殿に命じられての警固か。それにしても、わが城中によくぞ入れたものよ」

城の中でも、隆信の居室は一番奥にある。表にいる隆信が忠高であることを知っているのは、家中の重立った者たちだけだ。それと三条泰季。この忍びは、どこでそれを嗅《か》ぎつけたのか。そもそも、忍びが名乗るということ自体、あるはずのないことだった。

「もとは武士か、おぬし？」

「おのが過去は、忘れ申した」

「狙《ねら》いは、儂の命か？」

「いいえ。恐れながら、それほどの御寿命があるとも思えませぬ。ただ、なんとなく惹《ひ》かれるままに、御挨拶に参上した次第で」

葦影が、かすかな笑みを浮かべた。年齢はわからない。不敵さが、隆信には不快ではなかった。

「夜風は病にこたえる。入って板戸を閉めるがよかろう」

「お言葉に、甘え申します」

入ってきて板戸を閉めむき直ろうとした時、隆信は小柄《こづか》を打った。それは平伏した葦影の頭上を過ぎ、板戸に突き立った。躱《かわ》したとも見えぬ、さりげない仕草だった。

「忽那義範殿は、この隆信を危ぶんでおられるのかな？」

「お館様は、南北の今後の争いを、どう見通しておられまするか？」

「もはや、足利の天下は動くまい。九州にては、まだいくらかの火種は残るであろうが」

「脇屋義助様が、伊予に入られましたぞ」

「新田義貞、脇屋義助の兄弟に、せめて楠木の半分ほどの武略があったなら」

楠木と聞いた時、葦影の表情がかすかに動いたような気がした。

「儂は南朝についておる。島津に対してどうあるかを決める時、そうせざるを得なかった。島津が南朝方であったら、ためらわず足利の旗の下にいたであろうな。儂にかぎらず、薩南の土豪はみな同じよ」

「夢がございませぬな」

「この身は朽ち果てる。儂など、その時がもう見えはじめておるわ。しかし夢は朽ちぬ。そう思ったころもあった。誰かから受け継ぎ、誰かに受け継がせていく夢が、人間には必要なのだとな」

「お館様は、いま夢を掌中に抱いておられますぞ」

　征西将軍宮のことを言っているのだろうと見当をつけたが、隆信は黙って聞き流した。あと五年生きられるならば、夢を抱きもしよう。三条泰季に呼応して、各地に転戦した時は、確かに抱いた夢があった。泰季は、いまだに隆信がその夢を抱き続けていると思っているだろう。

心が騒いだ。あれは、すでに押し潰したと思っていたかつての夢が、騒いだのか。

「葦影とやら。今夜はもうよい。儂はこの通りの身だ。薩南に来ることがあれば、無聊《ぶりょう》の身を慰めに立ち寄ってくれ。ただし、城中深く入るためには、出会わなければならぬ者どもがおるぞ」

「右京と楓《かえで》でございますな」

「おぬし、ただ忽那殿の配下というわけではないのか？」

「忽那義範様がそれがしに払う銭の分だけ、配下でございます。右京、楓にしたところで、お館様がお払いになる銭の分だけ」

「忍びは、みな仲間か？」

「五人の仲間がおります。右京と楓もそこに入っております」

「五人の仲間で、銭を追うか？」

「夢を」

音もなく板戸が開き、葦影の姿が消えた。

しばらくして、隆信は自分が打った小柄が、手もとにあることに気づいた。葦影が投げ返したとは思えなかった。もとからそこにあったのだ、と隆信は思うことにした。

五条頼元一行が着到した翌日から、近郊の武士の伺候がはじまった。拝謁《はいえつ》を許すかどうかは、頼元と三条泰季がふるい分けているようだ。

征西将軍宮御着到の令旨も、九州各地に発せられている。

勢力の強い土豪では、まず伊集院《いじゅういん》忠国が伊集院城に旗をあげ、伺候すべき日取りの伺いをたててきた。桑波田《くわはた》宗景、原田経道、光富道恵。薩南の有力な土豪たちは、ほぼ応じてくるようだ。大隅からも、肝付兼重の使いが到着している。

「この勢いでは、いずれ薩、隅の土豪は、ほとんど征西府の旗のもとに集まりましょう。軍勢にして、数千になり申す」

忠高は、毎日律義《りちぎ》に報告に現われる。数千という言い方が、隆信には気に入らなかった。忠高の戦下手は、そういうところに現われてくる。薩摩に三千、大隅に二千。隆信はそう読んでいたが、言わなかった。言えば言うだけ萎縮《いしゅく》するのが、忠高の性格なのである。ただ、兵たちの受けはいい。領内の民も、領主がやさしく変貌した、と受けとっているようだ。

「御所様は、どうしておられる？」

「早朝より、遠乗りでござる。供は、五条頼治殿、忽那重明殿ほか十騎ほどで、一度などは無謀にも東福寺城を見物してきたなどと。きつくお諫《いさ》め申しましたが、ただ笑っておられた。兄上より、いま一度、決して領内をお出にならぬよう、言上してはくださらぬか」

「いずれな」

東福寺城のそばまで早《はや》駆《が》けをしたという報告は、右京、楓から入っていた。それほど危険な場所ではない。領内にすぐ退けるところである。

「帰られると、弓、剣の稽《けい》古《こ》でござる。武者も顔負けの、激しい稽古をされておりますぞ。こちらの方は城内ゆえ、さほどの心配はしておりませんが。五条良氏殿、良遠殿が学問の講釈をなさるのは、午《ひる》が過ぎてからで、それにはこの忠高をお加えくださることもあります」

学問の講釈だけは、忠高も喜んで受けているようだ。乱世でなく、平和な時代ならば、立派な領主になっただろう。

各地で小《こ》競《ぜり》合《あ》いが発生しているが、島津が大きく軍を動かす気配は、いまのところない。薩、隅の形勢を、じっと見守っているのであろう。

「頴《え》娃《い》定澄殿は、いつでも征西将軍宮の下知に従えるように、一族郎党に戦仕度をさせているという話もござる」

「忠高、東福寺城の監視だけは怠るな」

「物《もの》見《み》の数を、倍に増やしてござる」

毎日の報告で、目新しいと思えるものは、ほとんどなかった。ほぼ、隆信が予想している通りである。

忠高の報告を受けたあと、隆信はいつもひとりで、心の中の夢について考えた。考える時間だけは、たっぷりとある。

ほんとうに、自分がかつて抱いていた夢が、海から人のかたちをしてやってきたのか。

漠然《ばくぜん》とした夢だった。武士として、胸を張りたい。島津に対しても、足利に対してでさえ、しっかりと胸を張った武士でいたい。

つまりは、島津にも足利にも一目置かれたいのである。そのための戦という考えが、三年前までは確かにあった。

あの夢が、戻ってきたのか。死が近づいてきたいま、命の残り火のように燃えあがることが、ほんとうにあるのか。

夢は、やはり漠としていた。顔のない巨人を見ているような気がしてくる。葦影も厄介《やっかい》なものを心の中に持ちこんだ。最後は、いつもそう思った。

牧宮が、頼治だけを連れて隆信の居室を訪れたのは、六月に入ったばかりの雨の日だった。

「桜島が降らす灰が、胸の病にはよくないと聞いた。今日は、雨が灰を流しておるわ」

上座に腰を降ろした牧宮は、太刀を右に置くと、白い歯を見せて笑った。

「お召しいただければ、この隆信が」

「そのような気遣いはやめにしてくれ。このひと月、忙しくはあったが、気ままに過させて貰った。隆信の病のことは、気になってはいたのだが」

「冬を越え申した。と思うと、すでに夏。そしてまた冬。あと何度、越えられるかと、時々思います」

「気持のありようだ、隆信。まだ何度も夏冬がやってくる。そう思うのだ。儂が叡山を出たのは、八歳の時であった。九州の土を踏むまで、あと何度の春秋が、とよく思ったものだ。無駄《むだ》な思いだということが、いまにしてわかる」

「ここを生きよ、ということでございますか。いまこの時をだけ、生きよと」

答えず、牧宮はまた白い歯を見せて笑った。眩しいものを見たような気がして、隆信は思わず眼を伏せた。

「ところで隆信。儂は戦をはじめようと思う」

「ほう、戦でございますか」

「まだ、誰にも語ってはおらぬ。隆信の考えをまず聞きたいと思った」

「なにゆえ、それがしの考えでございますか。まずは五条頼元殿と相談の上で、しかるべき御下知をくだされば」

「令旨を出すのが、征西将軍の仕事のすべてではない。そちらは、頼元がやるであろう。

儂はこのひと月、この城の備え、領内の備えを隈《くま》なく見て回った。その上で、隆信の考えを開きたいと思ったのだ」

牧宮の考えは、薩南のかぎられた地域における、小戦闘であった。頴娃定澄の軍勢が中心となる。ただし、征西府旗は掲げる。それによって、小戦闘ではあっても、征西将軍の軍勢の戦ということを、島津に知らしめる。

「どう思う、隆信。九州の地を踏んだ以上、華々しく闘いたいところではあるが、いまは儂も耐えるところは耐えねばなるまい」

「軍勢の指揮は、頴娃定澄でございますか？」

「いや、儂だ。征西府旗のあるところ、常に儂がいる」

「城攻めには、勢いがいりますぞ。抜けなければ、負けと見なされます」

「だからこそよ。抜けば、南朝に靡く武士はさらに増えよう。大隅にも、勢いがつこう。勝ちなのか負けなのかわからぬ戦など、いまこの時になんの価値があろうか」

「もし、勝ちを得られぬ時は？」

「いま、われに靡く武士で、本心のある者だけが残るであろう。それを見極められる」

かすかに自分が頷いていることに、隆信は気づいた。

夢が、どこかで顔を持ち始めている。それは、牧宮の若々しい表情と重ね合わされてくる。死ぬ前に、おのが夢の有無を、しっかりと見定めておくべきか。夢は生き続ける。そう思って死ぬべきなのか。

「御武運を」

「同意か、隆信」

「戦は水もの。負けて泣かれても、隆信はお慰めいたしませんぞ」

牧宮が、弾《はじ》けるように笑った。

わが夢の顔。これがそうなのか。いずれわかる、と隆信は心の中で呟《つぶや》いていた。

第二章　疾風起こりて

1

薩南《さつなん》の絵図が拡《ひろ》げられている。

懐良《かねよし》の前で、五人の大人たちが難しい顔をしていた。戦をはじめる、と宣言したところである。いくら懐良が宣言しても、大人たちが動かないかぎりは、どうにもならない。重明と泰季《やすすえ》は、戦のなんたるかを身をもって知っていても、頼元も持房も義定も、所詮《しょせん》は武士に戦を任せてきた公家《くげ》である。

「内海の情勢が、申しあげた通り思わしくござらん」

内海の海賊衆の統合は冷泉《れいぜい》持房の任務で、脇屋義助《わきやよしすけ》が伊予で病死したという知らせを、二日前に受けとったばかりである。新田義貞《にったよしさだ》の弟である脇屋義助が、海賊衆を中心として、四国、中国の南軍の要《かなめ》になるはずだった。

「待てませぬか、いましばらく。なんとか内海の海賊衆をまとめてみますれば」

言った持房の、苦悩の表情は深かった。すでに、然《しか》るべき武将が、南軍にはいない。要を失った南軍への攻撃が、伊予では激しくなったという知らせも同時に入っていた。

「伊予の情勢を待ってはおれません。むしろ、この薩摩でわれらが優位に立つことが、伊予の南軍の援《たす》けになるとも考えられます」

三条泰季は主戦派だった。懐良を九州の地に迎えてひと月余、土豪たちからの催促もあるのかもしれない。


懐良は、しばらく大人たちの話を黙って聞いていた。帰結するところは、肥後の情勢だった。九州の守護の間に反目はあるといっても、それぞれが足利《あしかが》とは個別に繋《つな》がっている。守護に対抗しうる土豪として、九州には阿蘇《あそ》と菊池しかいなかった。

「頼元はどう思うのか？」


懐良の問いに、頼元はかすかに眼をしばたたいただけで、無言だった。令旨《りょうじ》に対する反応が、肥後からは恵良惟澄《えらこれずみ》だけと言っていい状態なのである。


ひと通りの意見を聞いたが、まとまりはなかった。重明は、末座でじっと顔を伏せている。

「評定《ひょうじょう》のために九州へ来たのではない。まして悩むためでもない。闘うために来たのだ。小さな砦《とりで》を奪う戦でさえ、いまはやるべき時であろう。それによって薩南の風はさらに強くなり、それが肥後をも靡《なび》かせるやもしれぬ」

「戦はすべきでございましょう。薩南の風を強くせぬことには、菊池も阿蘇も動きますまい。ただひとつの懸念《けねん》は、御所様直々の御出陣ということでござる」

頼元が言うと、ほかの四人もそれぞれに頷《うなず》いた。

「仕方があるまい。頴娃《えい》定澄の軍勢を使う。それから泰季の軍勢も。重明、頴娃に使いを出せ。全軍を千々輪城に入れよと。ただし、陽《ひ》が落ちてより、大人数にならぬよう、分れて入れよとな」

頴娃の全軍がおよそ三百。泰季の配下百五十。それに征西将軍宮麾下《きか》として重明以下二十騎。五百に満たない軍である。

城内が、俄《にわ》かに騒がしくなった。

懐良は、頼治を伴って城塔に昇った。城内は騒がしいが、城外はうららかな陽の光の中にある。絵図を拡げた。目標は、日置《ひおき》郡の島津の諸城である。谷山から北西五里ほどの位置にある、伊集院《いじゅういん》忠国の居城を囲むように配置された城だ。伊集院には、全軍を城中にとどめ、決して動かぬようにという通達を出してある。谷山勢も、ただ一度の場合を除いて、動かさない。

谷山忠高が城塔に昇ってきた。

「兄が、御出陣の前にお目にかかりたい、と申しております」

「考えに考えた。隆信にはそう伝えてくれ。伊集院と谷山の軍勢が出動いたすのは、ただ一度の場合のみ。あとは、どのような苦戦であろうと、黙視してよい」

「その一度とは？」

「隆信の判断に任せよう」

一礼して、忠高は城塔を降りた。懐良は、遠く城外にやっていた眼を、絵図に落とした。北へ一里で東福寺城。北西へ五里で伊集院城。どれほどの時間見つめても、それは変ることはない。

夕刻まで、懐良は城塔で北の方角を見つめていた。風が吹きはじめている。

「御所様、そろそろ陽も落ちます」

ひと言も発せず控えていた頼治が、はじめて口を開いた。

「怕《こわ》いか、頼治。おまえにとっては、初陣《ういじん》であろう」

「なんの。ふるえているだけでござる」

「怕いぞ、儂《わし》は。言ってみてもはじまらぬが。陽が落ちれば、顕娃の軍勢が集まりはじめよう。出撃は未明。それまで休息をとらせるよう、忠高に伝えておけ」

征西府旗に一度眼をやって、懐良は城塔を降りた。

城門が開かれた。

先発の軍勢が、篝火《かがりび》に照らし出されている。懐良は、このひと月親しんできた黒馬に跨《また》がり、手綱をとった。三百の頴娃定澄の軍勢の次に、重明を先頭とする二十名ほどの集団が動きはじめる。懐良の馬は、その中にあった。後ろに続くのが、三条泰季の百五十である。

闇《やみ》の中の行軍だった。征西府旗は、まだ伏せたままである。

風と草の匂《にお》い。夜明けの匂い。言葉を交わす者はいない。物見の兵は、四方に飛ばしてあった。

東。桜島の方角から、空が白みはじめる。晴れた日だ。

「重明、征西府旗を掲げよ。ここより一里は、全速で行軍いたす」

先頭の定澄に伝令が飛ぶ。行軍の速度が速くなった。徒《かち》はこれが限度だろう。右の彼方《かなた》に、東福寺城の城塔と物見櫓《ものみやぐら》が見えた。兵が出てくる気配はない。

一里を走りきった。並足の行軍に変えた。物見の兵からの注進が入る。島津方の諸城は、まだこちらの接近に気づいてはいないようだ。

「北へむかう。北より南へ攻め下ってくる」

伊集院の城が見えてきた。城を堅く閉じて出るなと伝えてあったが、軍勢を見るとやはり伝令を飛ばしてきた。

「ならん。どうしても必要な時は、忽那《くつな》重明が手の者を伝令に出す。その時、全軍をもって出撃してくるがよい」

島津の諸城を抜くということは、伊集院にかけられた枷《かせ》をはずすということでもあった。伊集院忠国にすれば、自らが闘わずしてという気持があるのだろう。

「忠国に伝えよ。この戦は城で耐えよとな」

風が強いせいか、それほど陽ざしの暑さは感じなかった。六月七日。夏はもう近い。

先頭の定澄が馬を返してきた。

「これより、満家院《みついえのいん》に入り申す。島津久実の城まで、ほぼ半里」

「あの丘陵のむこうあたりだな」

懐良の頭には、しっかりと絵図が入っていた。泰季も重明も呼んだ。

「泰季は、兵五十を率いて左よりあの丘陵を迂回《うかい》せよ。城のそばを駈《か》け抜けるのだ。伊集院へむかう兵と見せかける。定澄の三百は、右から迂回して迎え撃て。城兵が出てこぬ場合は、丘陵の端に兵をひそませろ。泰季の五十だけで、城に攻撃をかける。儂は丘陵の上だ。本陣はそこだと思うがよい」

二人が声をあげて、馬を走らせていった。

満家院城の城兵は、およそ三百だという情報がある。五十の兵が伊集院城へむかえば、遮《さえぎ》るために出てくるだろう。こちらの接近に気づいていなければだ。気づいていれば、消耗の激しい城攻めを強《し》いられることになる。

しばらく待ってから、懐良はゆっくりと兵を進めた。

待つ時は長かった。そばで頼治が躰《からだ》を固くしている。自分も、重明とともに沖の伏勢《ふくぜい》となって待っている間は、こうだったのだろう。声はかけなかった。

物見からの注進が入った。城兵二百ほどが、城外に出て泰季を追いはじめた。騎乗が五十ほどというのが、思ったより多かった。頼治が、飛び出して行きそうな形相をしている。

「どう思う、重明？」

「城に残った百が、どう動くかでございますな。二百は、頴娃勢に任せておいても、大事ありますまい」

城に残った兵が出てきて、挟撃《きょうげき》を食うというかたちが、一番好ましくない。待つのだ、と頼治には眼で合図した。

次々と注進が入ってくる。頴娃勢と城兵がぶつかったようだ。同じ兵力でも、不意を食らった方がはるかに弱い。挟撃でも同じだ。

頴娃勢が、城兵を蹴散《けち》らしはじめたようだ。

「城より百の軍勢」

注進を耳に入れた時、懐良は抜き払った太刀を振った。百二十名の兵が丘陵を駆け登る。敵が見えた。駈け降りる。城兵は機敏に態勢を整えようとしたが、その時、先頭はもう斬《き》りこんでいた。懐良は二人ばかり蹄《ひづめ》にかけ、騎乗のひとりを太刀で薙《な》ぎ倒した。

「重明、この戦の勝敗は見えた。城に火をかけさせい」

懐良の周囲を固めているのは、重明配下の二十名だった。城兵は散り散りになり、追いまくられている。頼治が、ひとりの武者と斬り合っていた。ぶつかるように、馬が擦れ違う。頼治が馬上で躰を折った。敵は馬から転がり落ちている。立ちあがろうとした敵に、躰を起こした頼治が太刀を叩《たた》きつけた。首から血が飛ぶのが、懐良のいる場所からもはっきり見えた。

定澄と泰季が、兵をまとめにかかっている。城の何カ所からか、火の手があがった。風に煽《あお》られて、それはすぐに拡がった。

「ここは緒戦ぞ。島津家久の原智城まで駈け抜ける」

先頭を切って、懐良は走りはじめた。頼治と征西府旗が追いついてくる。

「御所様、敵を斬りましたぞ」

頼治の声は、かすかにふるえていた。

「見ていた、頼治。見事であった」

忽那島の浜で、義範《よしのり》が言ったのと同じようなことを、懐良は言っていた。

馬の足並は徒に合わせる。圧倒的と言ってもいい緒戦の勝利が、徒の動きにもはずみをつけていた。原智城まで、半里。すぐに城は見えてきた。

「定澄、徒を百ずつ二手に分け、両側から攻めさせよ。大手は、騎馬隊を中心にして攻め寄せる。力押しはならぬ。搦手《からめて》だけ空けておけ」

満家院城より、規模は小さい。二手に分れた徒が、両側から攻める態勢を整えた。

「やれ」

懐良が言うと、定澄は頭上で太刀を振った。喊声《かんせい》が起きる。城からは、ぱらぱらと矢が放たれただけだった。勝ちに乗った軍勢である。すでに城壁にとりついている者もいる。

「総掛りだ。突っこめ」

大手にむかって、騎馬隊が突撃していく。その後ろに、残った徒が続く。懐良は動かなかった。重明の配下に囲まれて、征西府旗とともにあった。

大手に押し寄せる騎馬隊に恐れをなして、搦手から城兵は逃げはじめた。

「呆気《あっけ》ないものでございます。島津の兵は、腰が据《すわ》っておりません」

「頼治殿。いまは勝ちに乗っているからだ。こういう時、攻める側は強い。いつもうまく運ぶと考えたら、そのうち痛い目を見る」

重明は、頼治に言いながら、懐良に聞かせようとしているようだった。

よくわかっていた。奇襲と言ってもいい戦だ。陣形を組んだ敵と渡り合ったわけではない。しかし、これでいい。日置郡の小城を抜くのは、これでいいのだ。

すぐに、城の中央部から火の手があがった。追い撃ちをかけた定澄も、深追いはせずに戻ってくる。

「兵をまとめよ。休息はならん。目と鼻のさきに、若松城がある」

征西府旗を先頭に駈け進んだ。

兵法の講釈を受けたわけではなかった。兵の疲労に関しては、懐良にも若干の不安がある。戦に馴《な》れた定澄や重明がなにも言わない間は、大丈夫だろうと思っているだけだ。

若松城の城兵は、ほとんど抵抗らしい抵抗をしなかった。次の古垣城もそうだった。城兵はすべて、南郷城へ逃げ去ったのか。二つの城にも火をかけた。これで南郷城を抜けば、伊集院の包囲網はすべて破ることになる。全長にして二里余りか。

「前方に二百の軍勢」

物見からの注進が入った。南郷城が見えている。敵は、両側に大きく拡がった陣形を敷いていた。城内にどれほどの兵がいるのか。伏勢のいそうな場所は、どこかにあるか。

「定澄、ここが武勇の見せどころぞ。あの鶴翼《かくよく》の陣の中央を突破せよ。蹴散らすだけでよい。深追いはするな」

「心得てござる」

頴娃勢の三百が、小さくかたまって突っこんでいった。小さくかたまった敵に対し、鶴翼は脆《もろ》い。中央を突破されると、両翼が浮足立った。伏勢はない、と懐良は見た。泰季の軍を大手門にむける。城門が開いた。百ほどの兵が、小さくかたまって出てきた。

「重明、矢を射かけさせよ。敵をかたまらせたまま、ぶつかってはならん」

敵の頭上に、矢の雨が降りはじめた。敵が散りはじめる。そこに泰季の軍勢が襲いかかった。

「小さくかたまった敵は手強《てごわ》い。よく御存知《ごぞんじ》です」

「義範が教えてくれたのだよ、重明。三年の間、義範が闘った戦の話を、何度もくり返し聞いたものだ」

「この重明は、太刀の扱いしかお教えできませんでした。太刀を執れば、忽那のお館《やかた》にも劣るとは思っておりませんが」

「それでよいのだ。軍略の上手と剣の上手、儂は二つを教わることができた」

敵の抵抗は弱々しいものだった。定澄も泰季も、すでに追い撃ちの態勢に入っている。

勢いで勝った。懐良はそう思った。城に火をかけ、撤収にかかった。

「隊伍《たいご》を整えよ。手負いの者は、旗の後ろに続け。三里の道を、やはり駈けねばならぬ。殿軍《でんぐん》は泰季。後方への物見も怠るな」

犠牲は、十名ほどだった。手負いの者も、覚悟していたよりは少ない。

「見事な戦捷《せんしょう》でございました」

「谷山に戻れるのは、夕刻であろうな、頼治」

「先触れは出してあります。祖父も喜んでおりましょう」

懐良は、沈んでいた。頼治との話も、それでやめた。

「島津貞久でござる。御所様、あれなる丘の上に、島津が」

馬を返してきた定澄が叫んだ。

「貞久か、あれが」

白い馬に乗った老人だった。供を十騎ほど連れているが、具足も付けていない。全員が狩衣《かりぎぬ》だった。距離にして三町余りの丘の頂である。斜めからの光線を受けて、馬の白さが鮮やかだった。

「追い払いますか？」

「放《ほう》っておけ。隊伍を乱すな」

懐良は唇《くちびる》を噛《か》んでいた。自分を眺《なが》めにやってきた。そうとしか思えなかった。薩摩、大隅《おおすみ》における最大の敵。しかし、追えば笑って引くだけだろう。眼を閉じ、懐良は風で鳴る征西府旗の音だけを聞こうとした。

2

雨の日が二日続いた。

こういう日、隆信の背骨の具合はよくない。茵《しとね》で背当てに凭《もた》れ、じっと外を見ているだけである。妻はいない。健康なころ、何度か結婚を勧められたが、断ってきた。父が失った領地を回復するまで、と自分に言い聞かせてきたが、病の予感があったのかもしれない。

代りに、忠高には妻もいれば、三人の息子もいる。

城中の騒ぎは、きのうあたりからようやく収ったようだ。それから、戦捷の祝の言上や、新たに伺候してくる者が続いた。島津兵を蹴散らしながら、一日で五つの城を抜くという、眼の醒《さ》めるような勝利だったのだ。

五、六度咳《せき》をくりかえし、隆信は血の混じった痰《たん》を布で拭《ふ》きとった。雨の日は、どちらかというと痰は切れやすい。

　戦の詳細は、右京と楓《かえで》から、その日のうちにもたらされていた。

　東福寺城を掠《かす》め、軍勢はまず満家院城へむかっている。満家院の島津久実の兵力が、五城の中では一番大きかったことを考えると、当然だった。誘いも、巧みだ。指揮をした牧宮《まきのみや》が、戦の駈け引きの呼吸を、天性持っていると考えてもよさそうだ。次の城攻めも力押しはしていないし、最後の野戦でも、相手の構えを探りつつ、簡単に撃破している。城から出て小さく固まった百名に、無謀な攻撃は加えず、矢を射かけて散らしたところなど、はじめての戦と思えぬ周到さがあった。犠牲が十名で済んだというのも、頷ける。

　しかし戦の巧拙より、隆信の胸を打ったのは、この作戦の裏側に秘められた意図だった。ようやく十五歳になろうとしている少年が、そこまで考えうるのか。

「楓か」

気配に気づいて、隆信は顔をあげた。楓の気配は、確かに右京とは違う。右京と楓が、男と女の関係にあるのか、夫婦なのか、隆信は知らない。訊《き》いたこともなかった。女ならではの仕事が、楓にはできるのだろうと思っただけだ。この二人が、忍びとして売りこんできたのは、四年ほど前のことだ。

「島津の動きは？」

「それは明日、右京が戻りましてから。それより、五条頼元様が、忍びを使って薩北の情勢を探らせておられます」

「考えておるな、あの狸《たぬき》」

「大隅の肝付《きもつき》兼重殿とは、度々使者のやり取りもされておられる御様子」

「公家の割りに、思い切ったことを目論見《もくろみ》そうな男だ。まあよい、どちらが利用されるか、狸較《くら》べのようなものであろう」

「まこと、左様にお考えでございますか、お館様は？」

「薩南の土豪は、みな同じであろう。征西府の旗をいかに利用して、おのが領地を確保し、拡げていくか。何代にもわたって、懸命に持ちこたえてきた領地を、ここで減らすわけには参らぬ」

「お館様は、夢をお持ちだと、葦影《あしかげ》殿が申しておりました。あのお方は、人の夢を嗅《か》ぎ分けまする」

「健《すこ》やかなる時に抱いた思いが、夢と呼ぶものであろうな。病んでみて、それがつまりは夢にすぎぬのだということが、いやと言うほどよくわかったわ」

「ならば、なぜ御所様とお会いになりました。忠高様をお身代りとして、ひそかに過されてもよろしかったものを」

「三条泰季が知っておったわ」

「いかに三条様とて、病をおしてとは申されますまい。夢の残り火が、お館様を御所様にお会わせしたのでございます」

楓の年齢がいくつくらいなのか、隆信には見当がつかなかった。城中では、下働きの女の姿をしている。よく見れば、いくらかの色香もあり、男の眼を魅《ひ》きそうな女だった。

「うぬらが夢はなんだ。征西府に九州の統一でもさせようというのか？」

楓が、口に手を当てて笑った。

「夢とは、そのように小さなものではございませぬ、お館様」

侮《あなど》られたとは思わなかった。確かに、どれほど大きなものでも、夢ならば許される。

「頼元殿が使われている忍びは、うぬらの仲間ではないのか？」

「われらは五名のみで、ほかに仲間はおりませぬ。頼元様は、熊野《くまの》の忍びを以前よりお使いのようでございますなあ」

「うぬら五名、河内《かわち》の楠木《くすのき》正成《まさしげ》がゆかりの者どもと見たが。とすると、残りの二人は菊池にでもおるか。楠木正成が自刃《じじん》の場に、菊池一族の者がひとり混じっていたという話がある」

楓は、そうだとも違うとも言わなかった。庭さきの紫陽花《あじさい》に、ちょっと眼をくれただけである。

隆信はまた咳をし、血の混じった痰を拭《ぬぐ》い取った。ひと度咳が出はじめると、しばらく続く。熱っぽい躰に悩まされるよりは、気分はかえっていいのだ。

「御所様は、どうしておられる？」

「いつもの通りで。ただ、一日に二度は城塔に昇られて、北を睨《にら》んでおられますなあ。そろそろ、ここへも来られるかもしれませぬ。五条頼治様が、いつも御一緒で」

あれは影だ。隆信はそう思っていた。牧宮の考えがどうであろうと、頼治は自らが影であることを知っている。むしろ、ことさらそうし過ぎることに、問題がある。

あの頼治も、ようやく十五歳のはずだ。長い旅の間に、影であることが身についたのか。それとも、楓の言う夢というものが、十五歳の少年にそうさせているのか。

「日に二度も、北を睨んでおられるか」

北には、島津がいる。そのさきは肥後である。いや、九州全土を睨んでいることにもなる。楓が頭を下げた。立ち去っていく。下女の仕草だが、足音は聞えない。

楓が言った通り、牧宮がやってきたのはその日の夕刻だった。

「この度の御戦捷」

「言うな、隆信。そんなことを聞きたくて、来たのではない」

頼治は、やはり牧宮の背後に控えていた。

「なかなかのものでございましたろう」

「なにがだ？」

「島津貞久。あの戦で、ほんとうに狙《ねら》っておられたのは、貞久が首でございますな」

「ただ一度の場合、という言い方で、気づいてくれると思っていた」

「その前に、谷山の兵も伊集院の兵も動かさず、と聞きました時に」

「五つの城を、平然と見殺しにしおったわ。おまけに、儂を見物に、わずか十騎ほどの供で出てきおった」

「御所様の誘いに乗るようでは、貞久もここまで長生きはしておりますまい。齢《よわい》七十四に達し、いまだ矍鑠《かくしゃく》として戦場を駈け回っている男でございますぞ」

「儂の戦では駄目《だめ》か」

「なんの。運というものがございます。貞久の運も、いつかは潰《つい》えるはず」

「気休めを申すな、隆信。儂は、戦がどれほどままならぬか、身をもって知ったわ」

牧宮は、庭の紫陽花に眼をやった。庭と言っても、わずかばかりの広さで、兵糧倉《ひょうろうぐら》の裏側の壁が視界を遮っている。

「頼元殿は、新しい戦をお考えになっているのではありませぬか？」

「勝ったと思っておる。その勝ちに乗って、肥後まで攻めこもうとでもいうのではないかな」

隆信は、続けさまに軽い咳をし、痰を布で拭いとった。

「血が混じるのか、隆信？」

「時として。胸に溜《たま》った悪い血が、咳とともに出てまいります」

痰を拭っていた布は、薄赤く染まっている。牧宮はそれに眼をとめたようだった。

陽は長くなった。夕餉《ゆうげ》の時になっても、まだ外は明るい。雨が、桜島の灰を流すと、牧宮は言っていた。労咳《ろうがい》には、確かに灰はよくない。二日も続いた雨が、灰をすっかり洗い流したと思って、牧宮はここを訪れたのではないのか。前にこの部屋へやってきた時も、やはり雨だった。

「御所様は、死後をお信じになりますか？」

「わからぬ。あまり考えたこともない」

「私のように、死がそこに見えて参りますと、いやでもそのむこう側のことを考えます」

「どう見えるのだ、隆信には？」

「どう見えるというのではなく、なにをここに残して、むこう側へ行くことができるのだろうかと」

「見つかったのか、なにか？」

「いいえ。捜しておりまする」

「死ねぬな、それまでは」

言って、牧宮は白い歯を見せて笑った。ふっと、魅きこまれそうな気分に、隆信は襲われた。

「先の帝《みかど》は、死してなお魂魄《こんぱく》は北闕《ほっけつ》の天を望まん、と御言葉《みことば》を遺《のこ》して崩御なされた。それを頼元に聞かされた時は、儂は暗い心持ちになったものだ。死さえも安らかなることがないのだとな」

「安らかなることもありましょう」

「先の帝は、われらの心に恨みを残された。それが、どれほどの人を縛っているのだろうかと、儂は時々考える」

隆信は、なにも答えず、少しだけ頭を下げた。この宮は、後醍醐《ごだいご》帝の恨みだけに振り回されてはいない、ということが隆信には新鮮な驚きでもあった。それならば、なにがこの宮を戦にむかわせるのか。

「ところで御所様、戦のやり方は、誰に習われました？」

「誰にも。ただ、忽那義範が、よく戦の話をしてくれた。水軍の戦が多かったが、伊予やほかの島へ攻めこんだこともあるのだ。敵のありようだ、と義範はよく言った。敵がどれほどの強さか、なにをしようとしているのか、それを見極めるのが、戦の半分だとな」

「残りの半分は？」

「味方の兵を、どれほど強くするか。思っていたよりずっと弱いこともあれば、三倍も四倍も強くなることもある。それは、儂にもわかったぞ。勝ちに乗った兵は、確かに強い。よく行軍もする」

「兵法とは、それに枝葉をつけたものでございます、御所様」

「枝葉は、なにもわからぬ」

「戦の中で、他人とは違う自らの枝葉を育てあげることでござる。いくら講釈を受けても、戦は、摑《つか》み難い心を持つ人間がいたすことでございますからな」

「摑み難い心か。ところで隆信、儂が戦をしたまことの狙いが、島津貞久の首であったと気づいたのは、そこもとだけであろうか？」

「もうひとり」

言うと、牧宮の眼が、射るように隆信にむけられた。隆信は、かすかに微笑《ほほえ》み返した。

「島津貞久。間違いはございますまい。おのが首を狙った将の姿が見たくて、近くまで出て参ったのでございましょう」

腕を組み、牧宮は床に眼をやっていた。

貞久が出てきて牧宮と対峙《たいじ》すれば、谷山と伊集院の兵が挟《はさ》み撃つ。あとで考えれば簡単な作戦だが、目前に別の戦を控えた武将の何人が、そこまで考えうるであろうか。

「もうよい。戦の話はやめだ。儂はここで夕餉にいたす。頼治、そう伝えてこい」

止めようとして、隆信は途中で言葉を呑《の》みこんだ。ともに夕餉を囲むことの魅力が、大き過ぎたのだ。

ここは、病室と言ってもいいところである。牧宮がここを訪《おとな》うのでさえ、いい顔をしない大人たちが多いだろう。それでも、いまだ。躰を起こしていられるいまなら、それはできることだ。

しばらく、無言で庭に眼をやっていた。自分が見ているものと、牧宮が見ているものは同じなのか。隆信は、ふとそう思った。すると、牧宮が見ているものを、捜さずにはいられなくなった。

「労咳は、寝て養生をすれば、癒《なお》ることもあるそうだ。ここは魚が多い。魚をたっぷり食え、隆信」

どこで聞いてきたのか、牧宮は独り言のようにそんなことを言った。

久しぶりの、賑《にぎ》やかな夕餉だった。頼治は、満家院城の戦で、はじめて人を斬ったらしい。牧宮が盛んにその話をした。頼治は、ちょっと頬を紅潮させてうつむいている。

二人が隆信の居室を出たのは、かなり夜が更《ふ》けてからだった。

ひとりになると、隆信は燈台《とうだい》の火にじっと眼をやった。蠟燭《ろうそく》はすでに尽きかかっている。

牧宮は、自らの力で、薩南に風を起こした。いままで、吹いたことのないような、烈《はげ》しい風であった。自分が待っていたのは、その風だったのか。それとも、風を起こす人の姿だったのか。

「どう思われましたか、この度の戦を？」

部屋の隅の暗がりに、葦影が控えていた。

「せめて一国の兵が、あのお方にあれば」

「ほう、お館様もお変りになりましたな」

隆信は、ちょっと笑って痰を拭った。咳《せ》きこまなくても、のどを鳴らすだけで痰が切れるようになっている。

「島津貞久は、このままでは済ませまいな」

「まず苦しいのは、伊集院かと」

「ここにも攻め寄せて参るぞ。侮り難い相手だと見たであろう。このまま成長させれば、島津は御所様の軍門に下るしかなくなる。若芽のうちに摘んでおこう。貞久の思いは、手にとるようにわかる」

「どうなされます、お館様は？」

「儂は、この通りの病人よ」

「しかし、御所様には、いたくお魅かれになられたようではありませぬか」

「健やかなれば。この身が健やかでありさえすれば。夕餉を囲みながら、胸が裂けるようなそういう思いに襲われた」

「夢は、託すこともできまするぞ、お館様」

「征西将軍宮に、わが夢を託せと申すか？」

「お会いになられたのが、縁でござる」

「谷山郡の領地のことだけを考えて、死んでいく。それもよい、と思っていたところであったのに。葦影、儂の心を乱した償いは忘れるな」

「お館様の夢に、償いまする」

　言って、葦影は笑みを浮かべた。笑っても、ほとんど顔に皺《しわ》は浮かばない。この男も、悩むことのない健康な躰を持っているのであろう。不意に、隆信は誰も彼もが疎《うとま》しくなった。生きて、夢の行方を追う。それが、自分には許されないことだった。

「去《い》ね、葦影」

　葦影が一度頭を下げる。坐《すわ》ったまま、音もなく躰が遠ざかっていく。

「待て。忽那義範なる男、いかなる人物なのか？」

「まずは、内海の水軍において、随一の武将かと。水師ならではでございますが、外の世界も広く見ておられます」

「もうよい」

おまえは、足もとしか見ていない、と言われたような気分に、隆信はなった。

葦影の姿が消えている。

燈台の火に、じっと眼をやった。どれほどの時が過ぎたのか、炎がしばし大きくなり、それから静かに消えていった。

3

薩北、肥後との国境近くの千台《せんだい》に、島津の軍勢が集まりはじめている、という知らせが入ったのは、七月に入ってからだった。

五条頼元は、早速千々輪城の一室に諸将を参集させた。

頼元が仕掛けた戦である。それに、島津貞久は乗ってこようとしている。ここで貞久を完膚なきまでに叩けば、肥後と薩摩の南軍は一体になれる。

「やがて、肥後の阿蘇惟時《これとき》、恵良惟澄らの軍勢とぶつかるはず。恵良の軍は、すでに進撃を開始しておる」

「阿蘇惟時の軍勢は、いかようでござるか？」

頼元の言葉に、最初に懸念《けねん》を表明したのは、伊集院忠国だった。

「動くはずだ。動かぬわけがない。念のため、征西府特使として、中院《なかのいん》義定を遣わしてある。いかに腰の重い阿蘇とて」

　言って、かすかなわだかまりを、頼元は感じた。惟時はなぜ、いままで動こうとしなかったのか。菊池とは事情が違う。広大な阿蘇大宮司の所領に乱れはなく、惟時の惣領《そうりょう》権も確立されている。その気になれば、すぐにでも万余の軍勢を動かせるはずだ。

　考えに考えたことだった。その上で、惟時が動ける状態を作るしかない、と頼元は思い定めたのだ。それでも、心はわだかまる。

「肥後勢とぶつかるためには、島津貞久はかなりの軍勢を集めねばなりますまいな。しかも、勝敗はすぐには決せぬ。そこを薩南より攻めあげれば、いかに貞久とてそう長くは持ちこたえられぬはず」

　頴娃《えい》定澄は、ここが勝負どころと見ているようだった。伊集院忠国も、大規模な挟撃作戦には頷かざるを得ないだろう。三条泰季、谷山忠高、ともに黙している。いずれは島津の本隊と。そういう思いは誰の胸にもあるはずだ。

　評定は、一刻《いっとき》ほど続いた。集められる軍勢、北進の時期、兵站《へいたん》。細かい作戦になると、参集していた原田や光富という土豪からも意見が出はじめた。

「すぐに動くということではないが、御所様には申しあげておく。今度は、御所様を先頭にはお立てするわけにはいかぬ」

　頼元は腰をあげた。

その足で、牧宮の居室にむかった。書見の時間である。良遠、頼治父子が一緒であった。

「島津がな。遅かった。すぐにも攻め返して来る、と儂は思っていたぞ、頼元」

書を閉じて、牧宮が言った。島津は大隅にかなり兵力を割かなければならないこと、肥後にも備えなければならないことを、頼元は説明した。

「挟撃は、それを計る者の方が常に強い」

頼元の作戦については、牧宮は膝《ひざ》を打って賛同した。谷山隆信の病室をしばしば訪い、軍学を学んだりしている気配だ。ほかに、牧宮に軍学の講釈ができる者はいなかった。

「御所様は、また戦に出られるのですか？」

書見を遮られた良遠が、無表情に言う。

「いや、本陣はあくまでこの千々輪城。主将として伊集院忠国を立て、三条泰季を副将として付ける所存」

「肥後の軍勢が動くのは、いつか、頼元？」

「恐らくは、この月の終りごろかと。諸将には、すでに戦仕度を命じてございます。肥後にある中院義定も、そのころには兵をまとめられるはず」

腕を組んで、牧宮はしばらく考えていた。

「戦は武士どもの仕事。御所様には、やっていただかなければならぬことが、ほかにございます」

「わかっている」

「肥後、大隅の土豪どもには、征西将軍宮令旨《りょうじ》と軍勢督促状を出してございます」

待つだけだった。たとえ阿蘇惟時が動かずとも、挟撃のかたちが崩れるわけではない。

「父上。御所様には、まだ書見が残っております」

良遠は、谷山に来てから、戦嫌《ぎら》いをさらに露骨に出すようになった。苦笑して、頼元は腰をあげた。若い者に任せてはおけぬ。良氏や良遠を見ていると、そう思わずにはいられない。


肥後からの注進が入ったのは、七月二十五日だった。

恵良惟澄を中心とする軍勢が、国境を目指して南下しはじめた。すでに和泉《いずみ》荘を焼き払い、国境の水俣《みなまた》に到着するのも、四、五日のうちだという。

だが、阿蘇惟時も、菊池一族も動いていなかった。頼元は迷わなかった。これも予測の外にあったことではない。

伊集院忠国に進発の命令を出す直前に、物見が駆け戻ってきた。

「馬鹿《ばか》な」

島津貞久の軍が、自在原《つてばい》に陣を敷いているというのだ。谷山から三里余。伊集院との間を遮断《しゃだん》された恰好《かっこう》になる。三条泰季も茫然《ぼうぜん》としていた。

「貞久が陣は、どちらにむいておる。千々輪城か、それとも伊集院か」

意味のないことを、頼元は訊いた。この際、どちらに陣がむいていようと、大きな問題ではない。

「頴娃定澄の軍を谷山に。桑波田《くわはた》、原田にも兵を出させよ」

ここは守るところだ、とようやく頼元は思い到った。矢継ぎ早に早馬を出す。

いつ、貞久は東福寺城に戻っていたのか。それを考えると、全身に粟《あわ》が立った。陣を敷く素速さも、頼元の想像を遥《はる》かに越えるものだ。

夕刻まで、待った。諸将の兵は、それぞれの城を動けぬ、ということが次第に判明してきた。島津勢は、自在原だけではなく、各地に展開しているのだ。総数、およそ五千。

「千台の兵が、いつの間にか南下してきおったのか」

「頼元殿。ここは再び軍議を。御所様にもお出ましいただかねばなりません」

頼元は頷いた。軍議と言っても、諸将はいない。谷山忠高と三条泰季。それに忽那重明だけである。城中は騒然としていた。

「物見は出したのか？」

具足姿で現われた牧宮が言った。

「自在原には。各地からの、諸将の注進も入ってきております」

「さすがじゃのう、頼元。島津貞久、さすがに歴戦の強者《つわもの》」

「千台を抜いた肥後勢が、南下いたしますれば、島津はやはり腹背に敵を」

「無駄《むだ》じゃ。千台を守りきれると見切った故《ゆえ》に、貞久は兵を返してきたのであろう」

「恵良惟澄がおります」

「しかし、阿蘇も菊池もおらぬ」

床几《しょうぎ》に腰を降ろし、牧宮は天井の一点を見据えているようだった。

「千々輪城を守ろう、という策はとらぬぞ、頼元。恐らく、囲まれよう。この城ならば、ひと月でもふた月でも耐えきれるが」

「その間に、各地の土豪が起《た》ちまする」

頼元には、城に拠《よ》ってこの場をしのぐという方法しか、見つからなかった。

「薩南のすべての将を、儂《わし》は信用してはおらぬ。ともに闘いたるは、いまだ頴娃定澄ただひとりではないか。島津に睨まれて、旗を巻く者も出よう」

「しかし、ここで出れば」

「いや、その方がよい。谷山と泰季の軍勢がある。それで儂が貞久と対峙していれば、諸将も旗を巻く気は起こすまい。貞久も、うかつには兵を動かせぬ」

「その後は？」

「貞久とぶつからざるを得まいな」

いまの軍勢で、島津貞久と渡り合うことができるのか。貞久が、ここぞと全軍を集結させたら、どういうことになるのか。

「伊集院にも備えねばならぬ。ほかの諸将にもな。貞久が動かせる軍勢は、せいぜい千というところであろう」

頼元は、出かかった言葉を抑えた。自分の作戦は、すでに貞久にはずされている。ここでこだわることは、さらに大きな負けを呼ぶことにもなりかねない、という気遅れに襲われたのだ。

次々に物見の注進が入ってきた。貞久の陣には、千二百。ほかに伊集院城に二百の備えがある。頴娃も桑波田も原田も光富も、五百を越える兵に、しっかりと押さえこまれている。

絵図に、島津の布陣が次々と書きこまれていく。牧宮は、黙したままじっとそれに見入っていた。

「兵は、今夜出そう。払暁《ふつぎょう》には、征西府旗を貞久の眼に入れてくれようぞ」

牧宮が、絵図の一点を指した。布陣の位置。千々輪城より一里、牛下《うしのした》である。

貞久は、魚鱗《ぎょりん》に似た堅陣を敷いていた。違うのは、本陣が前衛ということである。

頼元は、良氏、良遠の二人の息子と、牧宮の第二陣にあった。やはり、牧宮も本陣を前衛に置き、征西府旗を押し立てている。左翼が谷山勢の四百。右翼が三条泰季の百五十。

島津勢も、うかつに動くことはできないだろう。千二百がまともに牛下に攻めこめば、伊集院忠国の城兵五百は、必ず出撃するはずだ。膠着《こうちゃく》の時が、二日三日と続いた。

陽ざしは強烈だった。具足の間から、汗がしみ出してくるような感じになる。七十四歳になるという貞久は、この酷暑の陣に耐えているのだろうか、と頼元はしばしば思った。戦というものを体験するのは、はじめてと言ってよかった。この場に出てきたら、もはや牧宮の下知《げじ》に従うだけである。良氏も良遠も、疲労でげっそりと頰がこけはじめている。牧宮麾下《きか》の第一陣にいる頼治だけが、元気に走り回っていた。

各地の情勢も、次々にもたらされてくる。島津勢五千というのが、貞久が動かしうる最大の軍勢であることはわかった。大隅では肝付兼重を筆頭とする土豪に備えなければならないし、肥後との国境の備え、日向《ひゅうが》の畠山《はたけやま》に対する備えでも、相当の兵力を割かれている。

これで阿蘇が動いて、肥後勢が国境を抜いてくれれば。そう考えると、口惜しさで目の前が暗くなってしまうほどだった。九州南軍の盟主たるべき阿蘇惟時は、なぜ動かないのか。

島津の軍勢がわずかに前進をはじめたのは、八月一日の早朝だった。それに応じるように、牧宮は谷山勢の半数を敵の横に迂回《うかい》させた。忠高の指揮である。

「はじまるぞ、頼元」

牧宮の口調も、さすがに緊張していた。潮時というものがある。多分、これがそうなのだろう。両軍が、じりじりと接近をはじめた。白い馬に乗った貞久の姿が、頼元にもはっきり見分けられるようになった。

陽が高くなる。盛んな蟬《せみ》の鳴声さえ、頼元にはうつろなものに聞えた。

「御所様を、御所様だけをお守りするのだ」

二人の息子に、それだけ言うのが精一杯だった。頼元のみならず、良氏にも良遠にも、いざとなれば牧宮の身代りにという悲壮な決意はある。ただ、公家《くげ》である身が、どれほど武士と闘えるのか。

島津の、丸十の旗印が動いた。

「かかれ」

牧宮の声が、はっきりと頼元の耳に届いた。三条泰季の軍勢が、小さく固まって突っこんでいく。喊声《かんせい》。ぶつかった。どちらがどちらだか、頼元にははじめ判然としなかった。甲《かぶと》の緒を伝って、汗が流れ落ちてくる。

牧宮の手が、もう一度振られた。二百の谷山勢が、土煙をあげながら突っこんでいく。残るは、忽那重明ほか四十名ほどである。

「馬」

叫んだ牧宮を、頼元は思わず引き止めようとした。三条泰季の軍勢は、すでに押されはじめている。

「あれなる白馬が貞久ぞ、頼元。見よ、わが旗を目指して、先頭を走ってくる。ここでぶつからずして、どこでぶつかれと言うか」

　頼治も重明も、すでに馬に乗っていた。

「御所様を、身に代えてもお守りするのだ」

叫んでいた。頼元も、馬に乗った。

　島津勢は、こちらの倍である。谷山勢も押されはじめている。頼元は、太刀を抜き放った。なんとしても、牧宮の前に出なければ。必死だった。島津勢の先頭とぶつかった。ぶんと、蜂《はち》が飛びすぎるような音がした。刀だった。馬がぶつかり、前肢《まえあし》をあげた。

「御所様を。良氏、良遠、その身に代えるのだ。お守りいたせ」

　気づいた時、頼元は刀を振っていた。敵兵のひとりが、仰むけに倒れるのが見えた。敵も味方も蹴散《けち》らすようにして、ひとかたまりの馬群が突っこんでくる。押された。三人、四人と馬から叩き落としている重明も、刀を振いながら退《さ》がっている。

「貞久が首だ。ほかのものに構うな」

　牧宮のその声を、頼元は捜した。

「頼元殿、御所様を。これ以上進ませてはなりませんぞ」

　重明が馬を寄せてきて叫んだ。馬群が間近になった。間違いなく、征西府旗と牧宮だけを目指している。押された。敵よりもまず、退がる味方が押してくる。

「御所様、ここは城へ」

牧宮のそばに、頼元はようやく行き着いた。

「貞久が来る。頼元、兵どもを叱咤《しった》せよ」

言いながらも、牧宮の馬も押されて退がっていた。

なにか、大きな物体がぶつかってきたようだった。馬群。味方が二つに割れる。血刀を振っている重明が、ひとりで食い止めている恰好だった。

頼元は、牧宮の乗馬の尻《しり》を、刀の峰で思い切り叩いた。前肢をあげた馬が、走りはじめる。頼元も走った。城まで、行き着けるのか。なにも見ていなかった。必死で馬を押さえこもうとしている、牧宮の後姿だけを眼で追っていた。千々輪城まで、一里である。それが、とてつもなく長いものに、頼元には感じられる。

牧宮が、ようやく馬を押さえこんだ。反転しようとしている。

「御所様、無理はなりませぬ」

「言うな、頼元。見よ、貞久の騎馬隊だけが突出してきている」

それはわかっていた。しかし五、六十騎はいる。こちらは、二十騎にも満たない。頼治が、息を切らせていた。良氏や良遠の姿は見えない。重明が、十騎ほどを率いて駈け戻ってきた。

「あの騎馬隊は、この重明が止めます。御所様は速やかに城へ」

「追って来るは貞久ぞ。背は見せられぬ」

「御所様、いまは」

重明が言いかけた時、騎馬隊の先頭が突っこんできた。けもののような叫びをあげて、

重明が先頭の武者を叩き落とした。

喊声があがった。伏勢。しかし、なぜ、どこに。右手の林だった。矢が射かけられている。味方にではなく、突っこんできた騎馬隊にだ。馬が立往生していた。

「味方の伏勢だ。しばし動くな」

重明の声だった。矢はまだ騎馬隊に降り注いでいる。土煙の中に、三人、四人と落ちていった。白い馬が、前肢を折るのを、頼元ははっきりと見た。地上に投げ出された貞久が、立ちあがり、凄《すさ》まじい形相で太刀を振りあげている。

夢中で、頼元は馬に鞭《むち》をくれた。

貞久の白馬が斃《たお》れるのを、懐良《かねよし》は信じられない思いで見つめていた。

突っこんできた五、六十騎は、完全に孤立し、林から射かけられる矢で釘《くぎ》付《づ》けになっている。誰が、ということも考えられなかった。

「狙うは、貞久が首。ほかのものは手柄《てがら》にはせぬ」

重明の声でも、頼元の声でもなかった。その声に衝《つ》き動かされたように、懐良も刀を振った。突っこんでいく。林から、五十ほどの兵が飛び出してきた。輿《こし》。いや、ただの板か。

谷山隆信の姿を、懐良は一瞬眼の端に捉《とら》えた。なぜ隆信がと思う前に、騎馬武者と太刀を合わせていた。横合いから、頼治がその武者を叩《たた》き落とした。

敵は、すでに半数以上、馬を失っている。貞久は、五人に囲まれるようにして、少しずつ後退をはじめた。攻めたてる徒《かち》を騎馬武者がなんとか追い散らそうとする。しかし、包囲の輪は縮まっていった。

「貞久っ」

突き出されてくる太刀を払いのけながら、懐良は叫んだ。

「征西将軍は、これにある。わが旗を見よ。わが剣を見よ。わが兵を見よ」

攻めたてた。懐良の前に出た重明が、一刀で二人を斬《き》って落とした。懐良は、貞久を見据えていた。貞久も、引き摺《ず》られるようにして後退しながら、懐良を睨みつけている。

「押せっ。貞久の首はそこだ」

隆信の声だった。病人とは思えぬ、凜《りん》とした響きがある。勝てる。懐良はそう思った。

敵の騎乗は、もはや数えるほどだ。

馬蹄《ばてい》の響きが、懐良の耳を打った。およそ三十騎。追われている。追われながらも、散らずに固まっていた。

徒の中に、三十騎が駈《か》けこんだ。追ってくるのは、谷山忠高の騎馬隊だった。

「重明、行手を塞《ふさ》げ」

懐良はそう命じたが、間に合わなかった。駈けこんできた三十騎のうち、十騎ばかりはそのまま駈け抜けた。貞久の姿はなかった。残った二十騎は、敢然と重明を遮《さえぎ》った。忠高の騎馬隊も駈けこんでくる。またたく間に、二十騎は討ち取られた。

「追撃じゃ、忠高、重明。貞久は十騎ばかりで東にむかったぞ」

土煙があがっている。それはすでに遠かった。

「御所様。無駄でござる。深追いはなりませぬ」

隆信の声が、懐良を止めた。

「ここで貞久を討ち洩らせば、またいつの日に巡り会えるやもわからぬ。いま、この時ぞ、隆信」

「なりませぬ。貞久は、一度落とした命を拾い申した」

馬が傷ついていた。懐良は、はじめてそのことに気づいた。

「兵をまとめよ、忠高。御所様、征西府の旗を」

言いながら隆信は激しく咳きこみ、白い布を口に当てた。それが見る間に赤く染まっていく。四人の徒に担《かつ》がれた板が降ろされた。

集まった兵を見て、懐良は追撃の不可能を悟らされた。損耗が激しい。

「帰城いたす。手負いの者を先にやれ。殿《しんがり》は騎馬隊だ」

忠高が、先頭に立った。隆信も運ばれていく。勝ったのか。疲れきった馬に揺られながら、懐良は考えていた。確かに、倍する島津の軍勢は追い払った。しかし、これを勝利と言うことはできない。

陽ざしは、まだ強かった。具足も馬も、土埃《つちぼこり》と血にまみれていた。行軍する兵たちも、声がない。一里の道のりが、遠かった。

「戦捷《せんしょう》でございますぞ、御所様」

言った三条泰季は、脚の傷を無造作に布で縛りつけている。千々輪城の城門が見えてきたころ、兵たちもようやく元気を取り戻していた。

貞久の、その後の動きは目まぐるしかった。南軍の戦捷の報が流れ、各地の土豪が勢いづいたのだ。放置すれば、負けが定着すると考えたのだろう。

再び、島津の軍勢はひとつところに集まりはじめていた。およそ四千。そのうちの二千五百で、貞久は伊集院城を囲んだ。頴娃《えい》と市来《いちき》の軍勢を使って、後方を攪乱《かくらん》することしか懐良にはできなかった。

伊集院の囲みも、九月には解かれた。

「ひとつひとつの戦になんとか勝ちを収めても、島津は必ず少しずつ盛り返してくる」

ある日、隆信の居室を訪って、懐良は言った。朝からの雨が、庭の紫陽花《あじさい》の葉を濡《ぬ》らしている。雨が桜島の灰を洗い流す、と懐良は信じていた。このひと月、隆信とゆっくり話し合う機会はなかった。床に就いた日が多いと、忠高から報告だけは受けている。

「あの戦、隆信はどこまで読んでいた？」

「貞久は、恐らく性急に決着をつけようとするであろう。そう読みました。ならば、押し気味になった時に、騎馬隊で御所様を襲うしかありません。その時、島津の軍は、騎馬隊だけ突出するはず。狙うならば、そこしかありませなんだ」

隆信は、茵《しとね》の上で上体だけ起こしていた。顔の色が、透けるように白くなっている。

島津は、日向の畠山と対立している。もともと島津の分国であった日向に、尊氏《たかうじ》が畠山を残していったのだ。大隅でも、肝付兼重を中心にした不穏な勢力を抱えている。薩南に五千の兵を貼《は》りつけておける時間は、かぎられていたのだ。性急な決着を計らなければならぬ理由は、そこにあった。

事実、貞久がいま動かしている軍勢は、半分以下の二千に減っていた。

「戦下手の忠高が、奮戦いたしました」

言って、隆信は淋《さび》しげな笑みを痩《や》せた顔に浮かべた。

隆信の誤算は、多分それだけだっただろう。そしてそれが、貞久の命を救った。あそこに、忠高が貞久の弟の忠氏を追いこんでこなければ、たやすく首は取れたはずだ。

「貞久は、土橋《つちばし》に城を築いたとか？」

「気にしてはおらぬ。妨げようにも、思うように軍勢は集まらなかった。みんな、今度の戦で傷手《いたで》を受けたわ」

土橋城と東福寺城を結ぶ線。それによって、薩南は薩北や肥後と遮断《しゃだん》された恰好になっている。仕方がなかった。それを破る力は、いまのところないのだ。

「なぜ、島津は盛り返せるのであろうか？」

「われら土豪と、守護の島津とでは、底力が違います」

「底力とは、経済のことだな。つまりは、領地だ。谷山は、島津の領地と較《くら》べると、あまりにも狭い。その谷山ほどの領地さえ、儂は持ってはおらぬ」

「経済とは、領地だけのことでありましょうか。小さな領地にこだわっていた自分を見つめ直しているうちに、それがしには見えてきたものがござる」

隆信が軽い咳をした。

「教えてくれ。儂はどうすれば、底力を持つことができるであろうか」

「忽那義範殿に会われることですな」

「義範？　底力となるものが、海にでもあると申すか？」

「わかりませぬ。しかし、陸にないものなら、海に求めるしかない、とそれがしは考え申しました」

隆信が言うことの意味が、漠然《ばくぜん》とだが懐良には理解できはじめていた。確かに、陸にないものなら、海に求めるしかない。

一度この城に入った冷泉《れいぜい》持房は、再び内海にとって返した。内海の水軍を束ねるべき、脇屋義助が病死したからである。

「どうやれば海に底力となるものがあるとわかるのか、考えてみる。それより隆信、儂は城をひとつ造ろうと思う」

「いずれに？」

「千々輪城の、むかいの台地じゃ。軍略では、あそこは城攻めのための対城《むかいじろ》を築くべきところであろう。そこを、わが在所となす。貞久も、うかつにここを囲めなくなる」

「腰を据《す》えられまするか、谷山に」

「迷惑か？」

「時の許すかぎり、隆信は御所様にお仕えしとうございます」

眼が合った。時の許すかぎり。それが隆信にとってどれほど切実な言葉か、懐良は理解しているつもりだった。

「時は、速ようございますな。ここにきて、隆信はそう思います」

「もはや、秋か」

後ろに控えた頼治が、遠慮がちに絵図面を差し出した。

「城じゃ、隆信。儂と頼治で考えた」

隆信は、じっと絵図面に眼をやった。長い時間だった。

「頼治殿、筆を」

「駄目かの、隆信？」

「なんの。これを、それがしにしばしお預けいただけますか？」

懐良は頷《うなず》いた。絵図面だけは作ったが、肝心の城を築けるかどうかはわからない。それこそが、底力というものだった。島津は、わずか十五日ほどで、土橋に城を築いた。

「島津が負けたという知らせは、九州全土にすでに届いておりましょう。それで阿蘇が動くことにでもなれば、この絵図面も不要になりますが」

「勝ったとは思っておらぬぞ、儂は」

「人は、勝ったと見るのでござる。だからこそ戦は恐しい」

「わかるような気もする。貞久が、すぐに鉾《ほこ》を収めなかったのも、それを知り尽していたからであろうな」

隆信が、笑って頷き、懐良の眼を見つめたまま、手を一度打ち鳴らした。

「それなるは、右京と楓」

言われて振りむくと、雨の中に男女が膝をついて控えていた。気配はまったく感じなかった。男は小者、女は下女のような身なりである。

「忍びか？」

「この四年、それがしの耳であり眼でありました。お見知りおきのほどを。いずれ役に立つ日も参りましょう」

「わかった。憶《おぼ》えておこう」

隆信が、また笑った。眼がやさしくなっている。それが、懐良の気持にひっかかった。

築城の作業は、十月の終りにはじまった。館に近い建物である。ただ、中は工夫がこらされていた。頼治と二人で描いた絵図面は、城らしい城だった。それに隆信が手を入れたのである。

よく見ると、攻めにくい。石垣《いしがき》と濠《ほり》が、うまい具合に組み合わされている。

懐良は、しばしばそこへ出かけていった。千々輪城とは三町ほど隔り、谷を挟んでむかい合っている。御所原《ごしょがはら》、と誰ともなく呼びはじめていた。

「年が明ければ、儂は義範と内海に出ようと思う。その時は、おまえが儂になって、ここにいるのだ」

「お供は叶《かな》いませぬか？」

頼治とは、いつも行動を共にしていた。離れると言っただけで、不満そうだった。

「征西府旗があるところ、儂がいる。そう思わせねばならんのだ」

「わかっておりますが」

頼治は、やはり不満そうだった。

貞久との小競合《こぜりあ》いは、まだ続いている。ただ、懐良には、はっきりと読めていた。いまの力では、東福寺城と土橋城を結ぶ線を、抜くことはできない。一度抜けばいいというものではないのだ。二つの城を潰し、二度と築かせないだけの兵力が必要だった。

頼元は、懸命に阿蘇への働きかけを続けている。それも、無駄なようだ。

大きな戦は、双方が避けているという感じで、一度も起きなかった。城の完成を待ちながら、懐良にはふだんの生活が戻っていた。

ある日、遠乗りのさきで、不意に右京に声をかけられた。農民の姿をしていた。

「ぜひとも、御所様にお目にかかりたいと申しておる者が、あれなる木蔭に控えております」

「会え、という意味か?」

「お会いくださいませ、何卒《なにとぞ》」

平伏したままの右京の声に、いつもとは違う切迫した響きがあった。

「それなりの理由が、あるのであろうな?」

「わかりませぬ」

「わからぬと?」

「お会わせせねばならぬ。そう思いました。ただ強く、そう思いました」

「右京がそれほど言うならば」

気軽に頷いて、懐良は歩きはじめた。頼治がぴたりと付いてくる。重明は、ちょっと眼をくれただけだった。

枯葉の上に、ひとりの若者が平伏していた。歩み寄ろうとして、束《つか》の間、懐良は足を止めた。若者の躰《からだ》から溢《あふ》れ出した覇気《はき》が、強く懐良の胸を打ったのである。

「何者か？」

「はっ。肥後、豊田庄の、菊池十郎武光と申しまする」

「なんと。菊池じゃと？」

「武時が庶子にございますれば、豊田十郎武光《たけみつ》とも呼ばれております」

「武重が弟か？」

「はっ」

「顔《おもて》をあげよ、菊池武光」

青年が顔をあげる。眼の光に射抜かれたように、懐良はしばし言葉を失った。害意はない。ただ熱いものが、青年の全身から視線を伝って投げかけられてくる。

「なにゆえの所業か？　菊池ならば、拝謁《はいえつ》を願い出よ」

頼治の声は高かった。やはり、青年の覇気に気圧《けお》されているようだ。

「庶子にして若輩でもございまする。菊池はいま、惣領なきも同然。拝謁の栄に浴するほどの兵も出せませぬ」

「それで、右京に頼みこんだか。この様子だと、重明も知っているようだな」

「咎《とが》はすべてこの武光に」

「咎めているのではない、武光。よくぞ、会いに来てくれた」

見あげる青年の眼に、水滴が盛りあがり、頬を伝って枯葉の上に落ちた。

「いまは、豊田庄の小領主なれど」

武光は声を詰まらせている。眼は合わせたままだ。懐良の躰にも、熱いものが駈けめぐった。

「いつの日か、必ずや」

それ以上、言葉にならなかった。

懐良は、脇差を鞘《さや》ごと抜き、武光の前に差し出した。

「取るがよい。武光に与えるのではない。そなたの父、武時に、兄、武重に与えるのだ。二人とも、無双の武士《もののふ》であった」

武光の手が差しのべられてくる。大きな掌《てのひら》の上に、懐良は脇差を置いた。握った武光の太い腕が、瘧《おこり》のようにぶるぶるとふるえた。

「さらばじゃ、武光。いつの日か、また会おうぞ」

平伏した武光が、声をふるわせて泣いていた。重明が待っていた。

無言で、懐良は鞍《くら》に跨《また》がり、手綱をとって馬の腹を蹴った。

第三章　陽炎《かげろう》の日々

1

木原山の頂上から眺《なが》める豊田庄は、小さなものだった。

武光は、二郎を抱いて馬から降りた。楠《くす》の木《こ》蔭《かげ》に平らな岩があり、二郎を伴った時はいつもそこでひと休みするのである。三歳になった時から、時折二郎を遠乗りに連れ出すことがあった。

語りたいのである。胸に秘め、妻や伯父にすら洩《も》らしたことがない思いを、がんぜない二郎にむかってならば語れる。

蟬《せみ》の声がかまびすしい。興国五年の、盛夏である。単身、薩摩《さつま》に潜入し、征西将軍宮直々に脇差《わきざし》を下賜《かし》されてより、二年弱の歳月が流れている。

肥後南部の益城《ましき》郡において、伯父の恵良惟澄《えらこれずみ》とともに、できるかぎりの兵を動かしてきた。それでも、肥後一国においてすら、高が知れた動きでしかない。北部九州の雄、少《しょう》弐《に》頼尚《よりひさ》の肥後侵略は、日増に激しくなるばかりである。少弐の軍勢に、菊池一族の本拠たる菊池が蹂躙《じゅうりん》されたことも、一再ではなかった。

父武時が、後醍醐《ごだいご》帝の綸旨《りんじ》を奉じて、鎮西探題館《やかた》に打ち入ったのは、武光がまだ十二歳のころだった。武光は父に伴われてその陣営にあったが、敗色が濃くなった時、博多聖福寺の僧であった大方元恢《たいほうげんかい》に匿《かくま》われ、数日後に菊池に送り返された。

博多を出る前に、犬射《いぬい》馬場に晒《さら》された、父の首を見た。叔父たちの首も兄たちの首もあった。見知った郎党の首もあった。あれが、武光にとっては戦だった。いかなる理《ことわり》があったとしても、敗れれば首になる。

京、鎌倉の情勢が一変し、鎮西探題が攻め滅ぼされたのは、それから二カ月余の後のことである。

鎌倉幕府が滅び、菊池一族にはそれぞれに恩賞があてがわれた。惣領《そうりょう》であった武重は、軍勢を率いて京に上り、新田《にった》義貞《よしさだ》らとともに後醍醐帝の側《そば》近くにあった。あのころ、長年鎌倉幕府に押さえ続けられた菊池一族は、昔日の勢いを取り戻そうとしていた。

少弐、大友、島津を、九州三人衆と称するが、菊池はそれに並んでもいい家だった。いや、並び立つべきなのだ。

しかし、建武《けんむ》の御新政は二年で潰《つい》えた。

武重は、新田義貞とともに、関東、京で奮戦した。そして足利尊氏《あしかがたかうじ》を九州まで追い落としたのである。九州の武士は、まだ形勢を観望していた。筑前《ちくぜん》多々良《たたら》浜で迎え撃ったのは、兄の武敏を中心とする菊池一党であった。

あそこで尊氏と、それに従った少弐頼尚を打ち取っていれば、天下はまた別のものになっただろう。菊池が九州のみならず、全国に飛躍できる契機にさえなったかもしれない。

敗れたがために、九州の武士の大半は尊氏に靡《なび》いた。何十万ともいわれる軍勢を集めて尊氏は東上し、湊川《みなとがわ》で楠木正成《くすのきまさしげ》を敗死させ、京に入ったのである。

「二郎」

武光は、楠の下の岩に腰を降ろしたまま、陽の下にいる二郎を呼んだ。二郎は、低い枝にとまった蟬が諦《あきら》めきれないらしい。もう一度呼ぶと、ようやくやってきて、武光のそばに腰を降ろした。

「儂《わし》が惣領にならねばならぬ。この菊池のな」

父の呟《つぶや》きに、二郎は馴《な》れているようだった。小枝を弄《もてあそ》んでいる。

「征西将軍宮様は、菊池の命運を託するに足るお方であった。この眼で、しかと見て参ったぞ。なんとしても菊池にお迎えし、南軍の旗頭になっていただかねばならぬ。そのためには、儂が惣領となることだ」

多々良浜では、尊氏に天佑《てんゆう》があったと言われている。風向が急に変り、菊池軍が風下に立ち、砂で眼を潰《つぶ》されたというのだ。武光は、そうは思っていなかった。大将の武敏が、惣領ではなかったからである。武時の博多への出陣の時も、武重が京へ上る時も、軍勢には一族の誰もが認める大将がいた。留守居にしかすぎぬ庶子の武敏は、どこか軽んじられていると、軍勢を見送った武光は思ったものだ。

恵良惟澄を烏帽子《えぼし》親《おや》として、武光が元服し豊田庄に入ったのは、その直後だった。菊池とは十余里の隔りがある、惟澄の本拠御船《みふね》より一里余の小さな所領であった。

後醍醐帝とともに京に囚《とら》われていた武重が、破獄して帰国し、菊池は多々良浜の敗退から勢いを盛り返した。それも長くは続かなかった。武重が病死し、後を追うように武敏も死んだ。武重の後に惣領となったのは、武光の弟でもある武士《たけひと》である。

生前、武重は寄合衆内談のこと、という家憲を残した。有力庶子の団結が欠けていたのが、多々良浜の敗戦に繋《つな》がったと見たのであろう。

武光は、寄合衆には加えられていない。若年であり、豊田庄が菊池から遠かったからでもある。武光にとっては、悪いことではなかった。庶子間の争いに巻きこまれることもなく、軍勢を送るのにも遠すぎたのである。

武光は、ほとんどの場合、伯父の恵良惟澄とともに兵を動かした。惟澄に、戦の呼吸を教えられたと言ってもいい。

惟澄の妹のもとへ武時が通ってなした子が、武光である。武時に対してはことのほかの思い入れがあるらしく、惟澄は武光を息子以上にかわいがった。戦好きの惟澄のかわいがり方は、時には荒々しすぎることもあったが、菊池にいて兄たちに鍛えられることのなかった武光には、よき師であったのだ。二人で肥後南部を転戦し、益城郡からは少弐頼尚の勢力を追い出した。

　ようやく、菊池でも、豊田に十郎武光ありと、声望が高くなりつつあった。豊田の兵は二十余騎、百名に満たぬものであるが、戦となれば、百騎以上、三百の兵が武光のもとに近在から集まるようになっていた。それでも、菊池には有力な庶子がいる。文弱といえど、武士《たけひと》が惣領である。

「儂は、眼を見開いた父の首を見た。おまえの爺《じい》さまじゃ。あれを忘れぬ。儂は惣領となって菊池を束ね、爺さまのあの眼が見ることがなかったものを、必ず見てくれる。征西将軍宮様は、武人のようなお方であったぞ。いまでも、気迫に満ちたお姿を浮かべることができる。あのお方になら、九州を制覇《せいは》したいというわが夢を、託すことができるわ」

　武光は、二郎の額に浮いた汗を、掌で拭《ぬぐ》ってやった。

「菊池は、九州の雄たるべき家だ。いま、みんながそれを忘れておる」

　二郎は、やはり蟬が気になるようだった。武光は、岩の上に立ち、楠の蟬を一匹捕ってやった。鳴かない蟬のようだ。

　博多で武時の陣中にあった少年の時から、この十余年は、武光にとっては長いものだった。ほとんどのことが、武光とはあまり関係ないところで過ぎていった。後醍醐帝はすでに崩御せられ、都では足利一門が勢威を張り、それはこの九州にまで及んでいる。武重も武敏も、すでにない。

早く大人になりたい。そう念じ続けた十年間だった。いま、武光は二十三歳である。

「焦《あせ》って、事がうまく運ぶはずもないな」

武光は、二郎の手から蟬を取りあげた。虚空《こくう》に放してやる。二郎が声をあげた。

「これでいいのだ、二郎。手にしたものに、こだわってはならん。よく見定めたうえで、放すものは放すのだ。戦でもそうだ。おまえの爺さまは、命を放すべき時には、迷わず放されたぞ」

武光にとっては、武重や武敏の姿より、父武時の姿の方が、いまだに強烈だった。声色も分厚い手も岩のようだった胸も、全部憶《おぼ》えている。

「さて、はつねでも訪ねてみるか。騒ぐな、二郎。さっきの蟬は鳴かぬわ」

武光は二郎を片手でつまみあげると、肩に載せて馬まで歩いた。

館の前で二郎を降ろし、そのまま走り去った。

半里ほど走ると、安見藤兵衛の家がある。惟澄の郎党で、藤兵衛ほか家人二名、小者六名揃《そろ》って御船の惟澄のもとにいるはずである。藤兵衛の妻と娘、その弟。いまは家に三人だけであろう。

　この三月ほど、武光はよくこの家を訪ねていた。娘のはつねが十六で、昨年の田口城をめぐる少弐勢との攻防の折に、武光の眼にとまったのである。

　網代垣《あじろがき》の外で、弟の松丸が犬と遊んでいた。十歳をようやく越えたところだろうか。

「豊田の殿」

「姉上はおるか、松丸？」

　松丸は頷《うなず》き、じゃれかかる犬を追っ払った。

「待て、母者は？」

　駈《か》け出しかかった松丸を、武光は呼び止めた。

「おりません。塚原の手伝いで、明日の夕刻まで戻りません」

「そうか。よい、儂が訪《おとな》いを入れてみよう」

「豊田の殿。松丸はまだ戦には出れませぬか？」

「元服せぬことにはな」

「豊田の殿は、益城郡では並ぶ者のない強者《つわもの》だ、と父上が申されておった。ほんとうですか？」

「わからぬな、儂には」

　はつねのもとに通ってきていることを、安見藤兵衛は知っている。夜中に、そっと忍びこむということが、武光は嫌《きら》いだった。顔を合わせた時は、藤兵衛の方が慌《あわ》てたものだ。

それからも、訪うのはいつも明るいうちである。藤兵衛は、黙認するという恰好《かっこう》だった。

「戦に出たいか、松丸？」

「強い大将のもとで戦いたい、と思っております」

「ならば、御船の殿がおるではないか」

「御船の殿より、豊田の殿の方が強い。父上もそう申されておりました。松丸は、豊田の殿のもとで戦をしとうございます」

「いくつだ、松丸？」

「十二歳になります」

「憶えておこう。なれど、おまえの主《あるじ》は御船の殿だ。そしてあの殿も強い」

武光は、草葺《くさぶき》の棟門に馬を曳《ひ》き入れた。

声を聞きつけたのか、訪いを入れる前にはつねが出てきた。

「藤兵衛の留守に気がひけたが」

「母も塚原の手伝いに。若刀自《わかとじ》がお子を産まれまする」

塚原は、はつねの母の実家のはずである。安見家より、さらに小さい。

武光は、自分の郎党の娘には手をつけまいと決めていた。わずか二十数名の郎党だが、争いがまったくないわけではない。自分の女のことで、他の郎党を見下したりさせたくない。他を見下すのは、戦功によってである。自分の郎党ならば、そうあるべきだ。

武光は、大小の太刀をはつねに渡すと、直垂《ひたたれ》を脱いで井戸の水を浴びた。まだ、陽は高い。

「大きな背中ですこと」

言って、はつねが笑い声を洩らした。濡《ぬ》れた躰《からだ》を拭っていく。武光は、されるままに立っていた。

田口城では、はつねは懸命に飯を炊《た》いていた。武光が誰かも知らず、薪《まき》を運んでくれと頼んだのである。小柄《こがら》な、愛くるしい表情をした娘だった。

あの折の戦は、少弐勢が相手だったが、裏で糸を引いていたのは、阿蘇惟時《あそこれとき》だった。惟澄にとっては本家に当たる阿蘇大宮司であり、異母兄になる。

阿蘇惟時の二人の息子は、多々良浜において戦死していた。にもかかわらず、朝廷よりの恩賞は出なかった。尊氏がすぐに京へ攻め上っていったので、朝廷としては恩賞どころではなかったのかもしれない。

恩賞の不平だけではない、と武光は思っていた。それが尊氏の誘いに乗ったので、意外でもあった。戦そのものが、いやになったように見えていたのだ。

菊池と阿蘇は、もともと切っても切れぬ間柄だった。広大な阿蘇大社の社領の年貢《ねんぐ》を、国司であった菊池が代行して取り立て、収めていた。家紋も、菊池は並び鷹《たか》の羽であり、阿蘇は違い鷹の羽である。

「早く子を産め、はつね」

「御船の殿様も、左様仰《おお》せられました」

「なに、伯父上は知っておられるのか」

「親子はよう似たものじゃ、と仰せでございましたぞ。父上様も、堂々と昼間に御船に通ってこられたそうです」

はつねは、おかしそうに口に手を当てて笑った。板戸が閉められ、ほの暗い部屋の中で、武光ははつねの躰を抱き寄せた。意外なほど豊かな乳房である。そこに武光はしばらく顔を埋めていた。

「いつまでも、童《わらべ》のようじゃ、殿は」

「童でよい。童であったころのことを、忘れたくもない」

抱いた女子《おなご》は、妻とはつねだけである。戦があった。そうそう、女子にばかりかまけてもいられない。

門前で、訪いの声が聞えたのは夕刻だった。訪いの声には聞き憶えがある。

武光は上体を起こし、直垂を着た。

「豊田からのお迎えでございます、殿」

「わかっておる。寝過したわ」

太刀を執って外へ出た。はつねは、外まで見送りに出てきた。

「何事か、早助《はやすけ》？」

家が遠ざかってから、武光は訊《き》いた。郎党の身なりをしているが、実は忍びである。

「菊池にて、武士《たけひと》様が、惣領を隠退すると仰せられた由《よし》にござる」

「隠退だと？」

「寄合衆の内談の席でございましたそうな」

「代る者はおるまい。兄上たちは、許されたのか？」

「許すも許さぬも、出家しようとしておりますのでな。あのお方にとっては、それが最上の道。乱世には不向きの方でござる」

早助が、武光の忍びをつとめるようになったのは、四年前である。豊田庄の経営で、武光は手いっぱいだった。忍びを雇う余裕などなかった。時々、仕事をさせてくればいい、と早助は言った。払う銭も、わずかばかりのものだった。

月に一度ほどの割合で、不意に思わぬところに現われる。薩摩に潜入した時、右京という男との連絡の手だてを教えてくれたのも、早助だった。右京がいなければ、征西将軍宮と言葉を交わすことはできず、遠くから馬上の姿を仰いだだけで終っただろう。

「家を継がねばならぬ時に、出家すればよかったのじゃ。いくら兄たちの助けがあるとはいえ、あの気性ではな」

「武士《たけひと》殿は、学問では右に出る者はなかった」

武時の嫡流《ちゃくりゅう》であったがゆえに、武光より若かったにもかかわらず、惣領の地位に就いている。それは武士《たけひと》の不幸でもあった。

「書物で、戦はできんわい」

早助の口調は、めまぐるしく変る。家臣のような言葉を使っていたかと思うと、いきなり同輩のそれになる。もう五十を越えたと思える男だ。

「儂に菊池へ行けと言うか、早助？」

「行かれた方がよいわ」

「いや、やめておこう。寄合衆の内談で、次の惣領が決まるであろう」

「殿には、誰もが一目置くようになりましたぞ。それに、ほかに人はおらぬわ」

武光は笑った。郎党二十騎。庶子の中でも、最も小さい領主である。呼ばれるまで、ここは待つしかなかった。

2

菊池の惣領問題は、秋が過ぎても解決しなかった。隠退出家という武士《たけひと》の意志は堅くても、代るべき人間はいないのだ。

益城郡では、恵良惟澄と武光が、少弐頼尚を中心とする武家方をほぼ押さえこんでいた。

しかし、菊池にまで軍勢を出すのは、不可能に近い。

武光は、惣領問題については、沈黙を守っていた。口惜しさに躰がふるえることはあったが、若年の武光の出過ぎた振舞いは、兄たちの反撥《はんぱつ》を買うだけだろう。惣領をめぐって血で血を洗う争いが起こることだけは、なんとしても避けたかった。そうなれば、間違いなく菊池は滅びる。

朗報といえば、はつねが子を孕《はら》んだことくらいであろうか。武光は、安見藤兵衛の家のそばに小さな家を建ててはつねを住《すま》わし、下女をひとり付けた。

豊田の館の近くに、さらに女をひとり作った。はつねを抱けなくなって、身の置きどころがなくなったのだ。ゆうという名の、二十八になる寡婦《かふ》だった。子はいない。熟れた女の躰が、武光に新しい愉《たの》しみをもたらした。

ゆうの家は、馬を使うほどの遠さではなかった。白昼に歩いて通う武光を見て、領民はみんな笑っているようだった。死別したゆうの夫は、武光の郎党ではなかった。武光が領するずっと前から、豊田にいた地付きの武家である。

「女子は、もっとやさしゅうに。睦《むつ》み合うということを、お考えなされ、殿」

ゆうのそんなもの言いも、武光には新鮮だった。

興国五年が過ぎ、六年になった。

肥後にはめずらしく、底冷えのする日が続いた。武光の足は、女体の暖かさを求めて、いっそうゆうのもとに向くようになった。

家老の加瀬治郎左衛門が迎えにきたのは、二月のそんな日だった。菊池からの使者の到着である。

「殿の女好きにも困ったものじゃ。肝腎《かんじん》な時に館におらぬとはな」

「冬は、女子にかぎるわ。太腿《ふともも》に足を入れて暖めさせておるのよ」

「奥方とまぐおうて、あれよと思うたら、もうほかの女に乗ってござる。豊田は暢気《のんき》でよいと、菊池の使者に笑われ申すぞ」

「ほざくな、治郎左。儂は子が欲しいのだ」

「あれは、石女《うまずめ》でござるぞ」

加瀬治郎左衛門は、今年で四十になる。武光が幼いころからの、守役であった。武光が女のもとに通い、菊池の混乱を顧みようとしないので、最近は渋面しか見せない。

顧みないわけではなかった。苛立《いらだ》ちも、女の躰の中に捨てようとしているのである。

菊池からの使者は、武光の姿を仰ぐと、両手をついた。武士《たけひと》からの使者であった。

「まさか」

口上を聞いて、武光は声をあげた。菊池の本拠たる深川城が、領地の隣接する合志《ごうし》幸隆に占領されたというのである。攻められたというのならまだしも、本城を占拠され、軍勢が菊池に居坐《いすわ》ってすでに五日になろうとしている。屈辱という言葉で片づけられるものではない。一族の滅びではないか。

「それで、豊田からも兵を出せということか？」

「戦の目処《めど》はついておりませぬ。お館より、とりあえずこのことを豊田の殿にお知らせするようにと」

「木野殿は？　武吉、武豊殿は？　武隆は？」

使者は、答えずうつむいただけだった。

菊池寄合衆の狼狽《ろうばい》が、武光には見えるようだった。指揮官が不在なのである。それにしても、合志幸隆と闘おうとする者が、ひとりもいないとは。

「具足だ、治郎左」

「なんと。まさか御出陣のおつもりでは」

「死ぬべきときが、武士《もののふ》にはあろう。若年たりといえど、この武光は武時が子だ。本城を奪《と》られるなど、菊池の名が許さぬわ」

「しかし、合志勢は一千を越えており申す」

「許してよいことと、ならぬことがある。許してならぬことを許すのは、生きながらの死と同じではないか。即刻、出陣いたす」

武光の声は、低く抑えたものだった。その声に、治郎左衛門は気圧《けお》されたようだ。束《つか》の間の沈黙のあと、板戸を開けて飛び出した。

「出陣じゃ、者ども。戦仕度を急げ」

触れ回る治郎左衛門の声には、久しぶりに張りがあった。館の内が、俄《にわ》かに騒々しくなった。駈け出していく馬もいる。

すでに、夕刻近かった。進発は明朝にすべきだという治郎左衛門の意見も、武光は一蹴《いっしゅう》した。明朝になれば、いくらかは兵も多くなる、と治郎左衛門は計算している。

すでに、武光の中には決意があった。戦に敗れるなどとは、考えていない。合志勢をこの手で打ち払い、深川城を回復し、自らが菊池に号令を下す。天が与えてくれた時なのである。これを生かさずして、なんの時を待つというのか。

館のまわりには篝火《かがりび》が焚《た》かれている。

近在からの武士も含めて、四十騎、百三十名ほどの軍勢になった。

「菊池までひた駈けるぞ。死ぬ覚悟のある者だけが、この武光に続け」

闇《やみ》をふるわすような音声《おんじょう》であった。鯨波《とき》が答えた。武光は馬に鞭《むち》をくれた。

先頭を駈けた。心気は澄み渡っている。躰が、風になったようだった。菊池までの台《うてな》の道は知り尽している。闇でも踏み迷うことはない。途中から、二騎、三騎と加わってきて、六十騎ほどになっている。

「殿、待たれよ」

騎乗のひとりが馬を寄せてきた。早助だった。いつの間にか、軍勢に紛れこんできたらしい。

「合志勢は、城中に四百。城外に六百。恵良惟澄殿の来援をお待ちなされい」

「菊池の本城を取り戻すのに、伯父貴の合力を頼めるか。辱《はずか》しめられた菊池の血は、同じ菊池の血でそそいでくれるわ」

徒《かち》も、遅れずに付いてきている。松明《たいまつ》の明りでそれがわかった。さらに言葉を続けようとした早助の顔に、武光は鞭を突きつけた。

「忍びの働きどころはあろう、早助」

「わかり申した」

めずらしく大声で言い放ち、早助が闇の中に駈け去っていく。

菊池より半里。

合志幸隆は深川城中にあると、先行していた早助が報告してきた。城下の兵の陣備えも、およそは調べあげている。

「みんな聞け」

武光は、周囲の兵に眼を据《す》えた。

「この戦は、弓矢《ゆみや》の家として菊池が生きるための戦だ。力あるかぎり、闘え。刀が折れれば、腕で闘え。腕を落とされても、相手に食らいつけ。のど笛を食いちぎっても、勝つのだ」

武光の眼光に圧倒されているのか、声をあげる者はいない。

払暁《ふつぎょう》。兵たちの吐く息は白かった。肚《はら》の底から、武光は雄叫《おたけ》びをあげた。武光の手が、深川城の方角にむかって振り降ろされた。

六十余騎と二百足らずの徒が、一斉《いっせい》に走りはじめた。

ぶつかっていく。果敢に馬に跨《また》がってむかってこようとした三人を、先頭の武光は声も発せず薙《な》ぎ倒した。その余りの鮮やかさに、敵の兵は気を呑《の》まれて動きを止めた。すでに武光は、四人目、五人目を斬《き》り倒している。敵は崩れはじめていた。勢いと気迫が違う。背をむけた兵が、後ろから突き倒されていく。

「豊田の十郎武光、見参。合志の者ども。菊池の魂を見せてくれようぞ」

武光の声が、戦場に響き渡った。城下の敵は総崩れであり、城内の敵は固く城門を閉ざした。

騎乗の六名が、武光にむかって突っこんでくる。敵の形相も必死であった。

「菊池武光と知ってのことかっ」

二人を薙ぎ倒した。背後からぶつかってきたひとりを、武光は気合とともに担《かつ》ぎあげ、むかってくるひとりに投げつけた。残った二騎と、それに続こうとしていた徒は、見ただけで恐れをなした。背をむけようとする。武光の太刀の方が速かった。首が飛んだ。首のない躰だけを乗せて、馬が走り去っていく。

武光の軍勢は、残兵を追い撃ちに討ちまくっている。

「加瀬治郎左衛門殿、討死」

注進が入った。武光は、一度頷いただけだった。兵をまとめる。引くのではなく、そのまま進んで、深川城の大手に陣をとった。

「笑止なり、合志幸隆。菊池を攻めるとはどういうことか、この十郎武光が思い知らせてくれるぞ」

城内は静まり返っている。すでに陽は高かった。合志勢が残した累々《るいるい》たる屍《しかばね》を、まるで別のもののように陽が照らし出している。

潜んでいた菊池の兵も少しずつ出てきて、武光の軍勢はすでに三百を越えていた。武光は民家から板戸を集めさせ、矢避《よ》けの楯《たて》代りにした。軍勢を三つに分け、三方向から時を置いて攻めさせた。左、右、大手、右、大手、左。力攻めに近いが、この方が兵の損耗は少ない。父武時、兄武重が拠《よ》った城である。容易に落ちるはずはなかった。

策をもって、城を落とそうという気が、武光にはなかった。敵の城を奪うのではない。味方の、それも本城を取り戻すのである。この攻城戦に、失われた弓矢の誇りがかかっている。

攻防は、いつしか夕刻に入った。

「武士殿《たけひと》が参られました」

「なに、お館が」

ふりむいた時、武士《たけひと》はもう後ろまで来ていた。背後に、二十名ほどの兵を従えている。

「来てくれると思っていた、武光殿」

「お館、戦はまだ終ってはおりませんぞ」

「儂も使ってくれ。まだ二十ほどの兵もおる」

「使うなどと。ここにいてくだされ」

武光より一歳下とはいえ、武士《たけひと》は菊池の惣領である。武光を呼び捨てにすべきなのだ。それができるくらいなら、本城を奪われるようなこともなかっただろう。

「押せっ、疲れなど、戦が終ってから癒《いや》せばよい。押しまくれ」

武士《たけひと》の兵も、大手の攻めに加わった。

心配なのは、城外の敵の残兵が、再びまとまって攻め寄せてくることである。挟撃《きょうげき》を受けるかたちになる。それに備えるための、兵の余力はなかった。早助からの報告では、散らばった敵がまとまる気配は、まだなかった。

三百の兵を率いて、恵良惟澄が駈けつけてきたのは、すでに暗くなったころだった。

「さすがだな、十郎。策は弄《ろう》さぬか。それでこそ、あの武時殿が倅《せがれ》よ」

惟澄は、この戦に賭《か》けた武光の意中を、すぐに汲み取ったようだった。

「この城攻めだけは、伯父上に合力して貰《もら》うわけにはいきません」

「疲れておるぞ、兵は」

「疲れて死ぬ者が出ようと、菊池に一兵でもあるかぎりは」

「わかった。儂は離れたところから見ていよう。城外の敵の押さえにくらいはなるであろう」

武光は頭を下げた。

深川城は、容易に揺がなかった。武光も、作戦は変えなかった。夜が更《ふ》けてくる。民家で炊き出した飯を、兵たちは代る代る口に入れ、また前線に戻っていく。

「武光殿。このままでは兵が」

「耐えてくだされ、お館。儂も苦しい。しかし、策で本城を奪い返すことはできん。力こそが菊池なのだと、敵にも、民にも、見ている一族にも、ここで示さねばならん。踏ん張りどころでござるぞ、お館。よろしいか、ここで力尽きるは、菊池が尽きること」

「わかった」

武士《たけひと》が唇《くちびる》を引き結んだ。

「篝火を増やせ。菊池一党が、全員鬼であることを、合志の者どもに見せてやれ」

武光は檄《げき》を飛ばした。

夜半を過ぎてから、兵には勢いが戻ってきた。極限の疲労を通り越したのだ。頬がこけ、眼だけが輝き、心はけものになっている。

「丸太を進めろ」

敵の矢が尽きたと見て、武光はそう命じた。二十名ほどの兵に抱えられた丸太が二本、城門に突っこんでいく。武光は馬に跳び乗った。すでに夜明けは近い。

城門が破れた。武光は馬に鞭をくれた。

混乱の中に飛びこんでいく。四人、五人と斬り倒した。

「合志幸隆はいずれかっ。菊池十郎武光の前に出《いで》よ。合志。合志幸隆はいずれかっ」

城内に、武光の音声が谺《こだま》した。敵はすでに、半数が逃げ、半数が討ち取られようとしている。

夜が明けていた。

勝った。武光は、はじめて思った。合志に力で勝っただけでなく、ほかのなにかにも力で勝った。

恵良惟澄が入城してきた。武士《たけひと》に一礼し、武光に笑いかける。

「もう十郎とは呼べぬな、武光殿」

言って惟澄は眼を閉じ、何度も頷いた。

深川城の破壊はひどいものだった。合志幸隆が残していった屍は、城内外で四百に達した。すぐに修復できるところを、武光は急いで修復させた。

「望みが叶《かな》いそうだ」

　武士《たけひと》が言った。なんの望みか、武光は訊かなかった。病弱で、学問ばかりを好んでいたが、武光は幼いころから武士《たけひと》が嫌いではなかった。口惜しい思いばかりをさせられたのは、惣領になってからのことだ。

　二日後、まだ荒廃の残る深川城に、菊池一族が集められた。全部で、三十数名になる。誰もが、武光と眼を合わせようとはしなかった。ひとり武光に、菊池の恥をそそがせた。その思いが、誰にもあるのだろう。

「惣領として、一族に申し渡す」

　武士《たけひと》の高い声が広間に響いた。

「家督を、豊田の十郎武光に譲る。武時公、武重公の武門の誉れを取り戻すのは、十郎武光をおいてほかにない。これは、儂の惣領としての最後の決定じゃ」

　広間は、しんとしている。誰からも異論は出なかった。武光は、膝立《ひざだ》ちで中央へ進み出た。

「これより、それがしが菊池の惣領をお受けいたす。不満のある方々は、いま申されよ。この武光、惣領となりてよりは、方々を家の子郎党として扱い、すべての下知《げじ》に従っていただくことになり申す」

　武光はゆっくりと首をめぐらせ、ひとりずつ見据えた。異論は出なかった。自らの力で、手にした惣領である。両手を床につき、深々と頭を下げた。一族の前で頭を下げるのは、これが最後だ、と自分に言い聞かせていた。

「不思議なものだ」

二人だけになった時、武士《たけひと》が呟いた。なにが不思議なのか武士《たけひと》は言わず、武光も訊かなかった。

武光の頭に浮かんでいるのは、征西将軍懐良《かねよし》親王の姿と、征西府旗の丸鷹《まるたか》の紋だった。将軍宮を奉じ、征西府旗をこの菊池に掲げることが、ついには夢でなくなった。

「やはり出家なされるか、武士《たけひと》殿？」

「生きるも幻、死ぬるも幻。いまはそう思っております。平和になった菊池を、いつかこの眼で見れれば、私はそれでよい」

武光の眼を見つめ、武士《たけひと》はさみしげな笑みをかすかに洩《も》らした。

3

日よせの風を、船頭は心配していた。前方にはすでに、小川島も加唐島《かからじま》も見えている。そのさきの波《は》戸《ど》岬《みさき》をかわせば、あとは西風でも南下できる。

博多湾を出て、ほぼ西に進路をとり、海上を十里余で波戸岬である。五里で南下すれば、上松浦《まつら》党、佐志氏の本拠唐津になる。松浦党は北九州一帯に根を張っているが、博多から伊万里《いまり》に至る海域の水軍が特に上松浦党と呼ばれ、独立意識が強かった。

早朝から、いい風を受けていた。玄界灘《げんかいなだ》の夏は、朝東風《こち》と呼ばれる風が吹く。それが午《ひる》を過ぎると西に変るのである。船頭たちは、それを日よせの風という。

忽那《くつな》義範《よしのり》は、先頭の関船《せきぶね》にいた。間に五艘《そう》の輸送船を挟《はさ》み、殿《しんがり》にも関船が一艘付いている。

「かわせそうだな、六兵衛」

義範は、船頭に声をかけた。朝東風の間に波戸岬をかわすつもりで、まだ暗い内に博多湾から櫓《ろ》を使って出たのである。関船はともかく、輸送船は逆風の中での櫓はきつい。

矢倉に昇ると、牧宮《まきのみや》と小十郎が揺れに躰を合わせながら、北を指してなにか語らっていた。牧宮が航海に出てきた時は、忽那の郎党の小十郎は牧宮の従者になりきっている。この航海が終って忽那島へ戻ると、義範が烏帽子親となって元服させることになっていた。

「よい東風《こち》だな、義範」

話をやめて、牧宮は義範に顔をむけた。

午を過ぎれば西風だから、逆に博多にむかうにはいい風なのである。玄界灘が、最も落ち着く季節だった。

薩南、谷山御所にある牧宮が、義範の航海に同道するのは、これで四度目だった。ひそかな同道である。牧宮が乗っていると知れれば、九州探題の一色《いっしき》はもとより、上松浦党の水軍も襲いかかってくることは確かだった。乗船してくる時も、供奉《ぐぶ》はいない。ひとりだけである。

はじめに牧宮の希望を聞いた時、義範はやはりためらわないわけにはいかなかった。内海をほぼ制したと言っても、それは関船の船団を通さないという程度である。輸送船を守った関船は、敵も味方も通っていく。時化《しけ》の時は、敵も味方もなくなる。海そのものが、敵なのだ。ただ、足利尊氏が乗船した船がひそかに通ると知れば、やはり自分は攻撃するだろう。同じように、征西将軍宮がひそかに通ると知られても、攻撃は受けるはずだ。

断りきれなかったのは、牧宮の口調の中に、なにかひたむきなものがあったからだ。海と、そこで生きる人間の在り様を知りたがっている、と義範には思えた。それは無駄《むだ》なことではなかった。尊氏の勢いがこれほど全国に及んでくれば、南朝の生きる活路は海にしかない。それに、薩南の情勢が膠着《こうちゃく》して、しばらくは動きそうもない、ということもあった。

最初の二回は、内海の航海だった。忽那島が牧場《まきば》しかないにもかかわらず、水軍として五百の軍勢を抱えていられる理由が、在島していたころとはまた別な見方で、牧宮なりに理解できたようだった。

そうなると、博多と商人たちを見せてやりたくなった。そこで扱われている大量の物資が、どういう意味を持つのか、頭ではなく躰で理解させたかった。高麗《こうらい》まで乗り出していく、松浦党の水師たちも見せてやりたくなった。三度目の航海で、それを見せた。

　博多の商人はともかく、松浦党には、牧宮はある予断を持っていたようだった。九州へ敗走してきた尊氏が、多々良浜で菊池と闘った折、松浦党が菊池を裏切ったというのだ。それが、菊池軍敗北の大きな要因だったと思っているようだった。

　松浦党の寝返りは、事実だった。もともと少弐の支配下にあったので、守護への抵抗をやめたと言った方がいいのかもしれない。

　松浦党にとっては、尊氏であろうが菊池であろうが、どうでもよかったに違いないのだ。文永、弘安の役において、陸の支配者がどういうものか、骨身に沁《し》みて知っているはずだった。壱岐《いき》、対馬《つしま》を蹂躙《じゅうりん》した蒙古《もうこ》の大軍は、松浦党の本拠へ押し寄せてきた。松浦党の土地と海が戦場となり、民が死んでいったのである。鎌倉の幕府は、蒙古襲来の折に、軍勢を送って寄越しただけだった。領地の荒廃のみが残った。

　自分で自分を守る。水師はそれで生きている。外海に出れば、いつもそれ以外にない。三度《みたび》襲来するかもしれぬ蒙古に対して、守護や幕府の命令よりも、水師の生き方の方が優先されたのである。高麗に交易に出かけ、元《げん》の様子を探ってきたのも、幕府の命令を受けたためではない。それが、自らを守る最も効果的な方法だったからだ。大陸の奥深くまで入り、三度目の征服計画のための造船を妨害し続けたのも、彼ら自らの意志であった。その間に幕府がやったことは、博多周辺に防塁を築いて大宰府《だざいふ》を防衛しようとしたことくらいだった。松浦党の領地の防衛は、ほとんど顧みられなかったのである。

それを、内海の水師である自分が、牧宮に語ってみたところで、仕方がなかった。なにか感じることがあれば、と思って九州北部への航海に同道させたのである。

牧宮に、言葉でなにかを教えようという考えを、義範は捨てていた。教えることは、もう教えてしまっている。

松浦党の独立の気概を、牧宮に語った人間がいた。上松浦党の、波多《はた》という有力な豪族の娘である。名を、阿久里《あぐり》と言い、牧宮と同年であった。波多の館《やかた》に十日ほど逗留《とうりゅう》した折に、牧宮の問いに答えたものらしい。松浦党には、女地頭が多い。玄界灘の荒海で、男たちがいつ命を落とすかもしれぬという思いが、いつかそういう習慣を作ったようだ。

阿久里も、女地頭になっていいような気の強さは、充分に持っていた。父は広といい、多々良浜の合戦から、ずっと菊池に与《くみ》している。南朝方というより、菊池武時に恩を受けたためのようだが、詳しいことを義範は知らない。松浦党の豪族の名は、代々すべて一字である。その理由も、知らない。

「見ろ、波戸岬だ。朝東風の間に回れたな」

牧宮が指さした。波戸岬をかわせば、すぐに波多津である。波多の館は、波多津と波多村の二つにあった。波多村の方に船で入るには、波多川を遡江《そこう》しなければならなかった。河口の唐津に本拠を置く佐志披《ひらく》との関係はよくない。

「待っておりましょうな」

揶揄《やゆ》するような口調で義範は言ったが、牧宮は真剣な表情で頷いた。

阿久里との間になにかあった。それを牧宮は隠そうとはしなかった。すでに十六歳である。女を知ってもいい頃だ、と義範は思っていた。波多広も、義範の客人と娘との関係を、嫌っているようではなかった。ただ、あまり牧宮に深刻になられても、困るのである。

「御所様。まさか阿久里殿に御身分を明かしてはおられますまいな？」

「そこがつらいところだ」

素直に牧宮は言った。航海の間、征西将軍宮は都竹《つづき》殿と呼ばれ、義範の客人であった。烏帽子も、侍烏帽子である。

波多津に入った。波戸岬をかわしたところで西風に変り、横から帆に風を受けるようになった。西風に乗って博多にむかおうとする船を何艘か見かけただけで、何事も起きなかった。

輸送船と関船の停泊する場所は違う。輸送船は、荷の積み降ろしをしなければならないからだ。五艘の輸送船で、波多津は俄《にわ》かに活気づいたようだった。

「来ております、もう」

艀《はしけ》に乗り移ってから、義範は言った。

「海賊大将か」

「阿久里殿のもとへ参られるのは、待っていただかなければなりませんな」

「女子のために、海を見たいと言ったのではない。女子は、女子よ」

「無理はなされますな。なれど、村上義弘には、会っておいて無駄にはなりますまい。毒も強い男でございますが」

艀が浜に着いた。

船底を焼く匂《にお》いがした。船は時々、松の脂《やに》を塗って焼き、板に付いた虫などを殺すのである。そうやって手入れをしておかなければ、時化の時に脆《もろ》くなる。時には、底板が割れて、沈むこともあるのだ。

船底を焼いているのは、村上の関船のようだった。伊予の能島《のしま》が本拠であるが、そこに戻る時を惜しんだようだ。

「忽那殿か。久しいのう」

二艘の関船が底を焼かれていた。村上義弘は、そばに立って手入れを眺《なが》めていたようだ。相変らずの女物の単衣《ひとえ》で、腰骨の下あたりに帯を巻き、脇差《わきざし》をぶちこんでいる。太刀は、柄《つか》を持って肩に担いでいた。

「波多は、銭を取りすぎる。一艘で一貫文だとは法外だと思わんか」

義弘は、掌《てのひら》で額に浮いた汗を無造作に拭《ぬぐ》った。海賊大将と呼ばれている割りには、小柄で華奢《きゃしゃ》な躰つきをしていて、顔立ちも端正である。

「わが客人の、都竹殿でござる」

義弘の眼が、牧宮にむいた。一瞬だけ、凄味《すごみ》のある光を帯びた。

「都竹と申します」

牧宮は、表情も変えずにそう言って、頭を下げた。義弘は、それに答えようとはしなかった。煙を避けるように、顔を横にむけただけだ。

「どちらへ行かれました？」

「高麗よ」

「たった二艘で？」

「この二艘は、獲物《えもの》を積んできた。博多か唐津で捌《さば》きたいところだが、俺は探題とも佐志本家の披《ひらく》とも悪い。それで分家の広に頼んでおる」

「伊予の能島には帰られませぬか？」

「お主、水師か？」

「左様。修業中の身なれど」

「俺の太刀が、そんなにめずらしいか？」

「別に」

「鐺《こじり》を、俺にくれた男がいる。会ったこともない男よ。それを杖《つえ》のように地面に突くのは、無調法というものだろう。だから、こうやって肩に担いでおる。いつかその男と会ったら、鐺は海に捨てて、また太刀を杖とするかもしれんぞ」

牧宮が、豊後《ぶんご》佐伯《さいき》で村上の水師を謁見《えっけん》した時、義弘に自らの佩刀《はいとう》の鐺を託したということは、義範も重明から聞いて知っていた。太刀を杖にすることを以後禁じる、という言葉まで添えられていたのである。

「都竹殿とやら、酒は？」

「そこそこには」

「三日間、波多津におる。広が銭を取る船宿だ。白拍子《しらびょうし》なども、唐津より呼び寄せた。よろしければ、忽那殿とともに参られよ」

「いずれ、必ず」

牧宮が頭を下げた。若輩の言葉も板に付いてきている。四度の航海を合わせれば、半年ほどは都竹殿で過しているのだ。

「夏はよいのう、玄界灘は」

牧宮から視線をはずし、義範にむけて言われた言葉だった。しばらく、気象の話が続いた。水師の出会いでは、必ず交わされる話である。ほほえみながら、牧宮は黙って聞いていた。義弘の眼が時々むけられるが、笑って受け流すだけである。

「気づいたかもしれませぬな」

歩きはじめてから、義範は言った。能島には帰らぬのか、と牧宮は義弘に訊いた。水師なら、使わぬ言葉である。帰るが返るに通じ、船の転覆を意味するとして、水師の間では忌《い》み言葉とされている。牧宮は、それを知っているはずだった。わざと使ったのか、海賊大将を前にして、態度には見えぬ緊張があったのか。

「阿久里のもとへ、義弘は現われるであろう。義範も同席いたしてみるか？」

「呼ばれたのでござったか」

関船の雑兵《ぞうひょう》が六十。しかも選りすぐってある。義弘がなにか考えたとしても、簡単に事は運べぬはずだ。

波多の館では、訪《おとな》いを入れる前に阿久里が飛び出してきた。忽那の船が入ったことは、すでに知っていたのだろう。

「父上にお目にかからねばならんぞ、阿久里」

「父は、唐津でございます。佐志本家の披《ひらく》様と、またなにやら揉《も》め事で」

「そうか。ならば酒でも用意いたせ。婆娑羅《ばさら》者がひとりやってくるはず」

「村上義弘様でございますか。都竹様と二人だけになれると思うたに」

聞いていた義範は、声をあげて笑った。阿久里が顔を赤くする。

「いや、玄海の女子とはよいものだ。望むことを、望む通りに口に出す」

「はしたない、とおっしゃってるのではございませぬか」

阿久里が袖《そで》で顔を隠し、牧宮の後ろで小さくなった。義範は、波多家の家人に入港の手続をし、七艘分、四日間の停泊料を銭で払った。水も糧食も、それで手配してくれる。

　上松浦党は、佐志家が統括しているが、それぞれの豪族の独立性は強い。惣領の佐志披は、守護の少弐頼尚にも、博多にある九州探題の一色範氏《のりうじ》にも、恭順の態度を示しているが、海上ではやはり自由に振舞っている。波多広が唐津に出向いているとなれば、陸《おか》の領地の揉め事などであろうか。

「小十郎。心利《き》きたる者を、二十名ほどそれとなく館のまわりに配しておけ。決して目立たぬふうでな」

　小十郎が、黙って頭を下げた。牧宮は、阿久里が居室としている部屋に入ってしまった。義弘がやってくるとしても、いつかはわからない。ひとりなのか、関船の兵を引き連れてかもわからない。

「村上の兵に、おかしな動きはありませんな」

気づくと、葦影《あしかげ》が後ろに立っていた。航海の間は別の船に潜み、陸にあがればその土地の情勢を手早く調べてくる。

「御所様との航海も、そろそろ終りであろうか。あのお方の眼に、なにが映ったのか、儂《わし》はわかったような気がしてきた」

「谷山のお館からの伝言もござった。薩南に風なし。このままでは、島津貞久の寿命を待つしかありませぬな」

「谷山から、使いが参っておるのか？」

「五条頼元様の、阿蘇への懸命の働きかけも、徒労に終っております。中院《なかのいん》義定殿が、何度も肥後に足を運ばれてはおりますが」

「島津貞久の寿命を待つなどということは、させられぬ。村上の水軍がどう動くか。御所様の肥後入府は、それにかかっておるが」

「鑑を大事にして、決して頭より下にせぬという話。まず、脈はありましょう」

　村上義弘の、派手な女物の単衣を、義範は思い浮かべた。外海に出る前夜に、床を共にした女の単衣を、必ず羽織っているという。つまりは、魔除けの縁起を担いでいるということだ。拠って立つ、強いものを求める男なのかもしれない。そうしなければ、自らの強さを外に出せぬ人間はいる。

「いずれ、御所様次第か。しかし、大きゅうなられた。人間がな。四度《よたび》の航海で、そう思ったわ」

「つらい戦にも、じっと耐え抜かれております。そして、さらに大きなものを求めようとなされておいでじゃ」

　葦影の口調がしんみりしたものになった。ふり返ると、もうその姿は消えていた。

4

語ることが、あるようでなかった。

六カ月ぶりの再会である。二人きりになると、阿久里は羞《は》じたように寡黙《かもく》になった。結ばれたのもこの部屋で、冬の寒い夜だった。女の躰はなんと暖かいのか、というのが懐良の最初の印象だった。母の躰の温《ぬく》もりさえ、憶《おぼ》えてはいない。

母が出家し、霊照院禅定尼《ぜんじょうに》となったのは、後醍醐帝が鎌倉の幕府により、隠岐《おき》へ配流された時だった。懐良はまだ四歳で、その時のこともよく憶えていない。

女の暖かさと無縁で育ってきた、と言っていいであろう。叡山《えいざん》を出発した時も、供奉の中に頼元や良遠の妻がいたが、身分の差別のはっきりした他人だった。

「阿久里は、船の扱いを習ろうております」

「その船で、どこへ行く気だ？」

「知れたこと。都竹様のもとじゃ。松浦党には、女地頭はもとより、女船頭もめずらしくありません。半年も待ち暮すのなら、阿久里の方から出かけて行った方がましじゃ」

「儂は忙しい。学ばねばならぬことが、まだ沢山あるのだ」

拗《す》ねた女をどう扱えばいいかも、わからなかった。素直に、思ったことを言うだけである。身分を知らせずに情を交わしたことへの、わずかな後ろめたさはあった。

「陽も傾いたな。夕餉《ゆうげ》は命じてあるのか？」

「阿久里が作りまする。都竹様の召しあがられるものじゃ」

立ちあがり、阿久里は板戸を閉ざした。部屋の中は、薄暗くなった。

板戸がいきなり開いたのは、それから二刻《ふたとき》ほど後のことだった。

村上義弘が、刀を担いだ恰好《かっこう》で立ち尽している。懐良は、上座に義弘の席を用意していた。待っていたのである。予期した通りに、やってきた。

「これは、阿久里殿の部屋でござったか」

「どうぞ、村上様。都竹様もお待ちかねで」

「お待ちかね？」

「なにを遅れておられるのだろうと、話していたところでございました」

「と言われても、ここへ来ると言った憶えは」

「お戯《たわむ》れを。ここは阿久里の部屋でございますぞ。いきなり板戸を開けられたのも、都竹様がおられることを御存知《ごぞんじ》だったからではありませぬか。夜這《よば》いとすれば、これは無粋にすぎまする」

「いや、そこは」

なにも言わず、懐良はほほえんだだけで、義弘に上座を勧めた。

「海賊大将とも呼ばれるお方が」

言って、懐良はもう一度ほほえんだ。

「阿久里、酒じゃ。村上殿は酒がお好きらしい。やっと盃《さかずき》が交わせるわ」

阿久里が立ちあがり、部屋を出ていった。義弘は、上座を固辞し、下座で両手をつこうとした。

「それがし、伊予能島の水師にして」

「村上殿。なにを改まっておられます。私は、忽那義範殿の知り人にて、都竹と申す若輩者。御挨拶《ごあいさつ》は済んでおりますぞ」

眼が合った。懐良はそらさなかった。

「左様でござるか」

義弘は肚《はら》を決めたようだった。上座の茵《しとね》を懐良のむかいに移した。

「男は、こうやって酌《く》み交わすもの」

「なるほど」

「ところで、都竹殿にお訊きしたい。それがしが斬りかかれば、いかがなされる？」

「いくらかは、剣も使います」

「受けて立たれるか。ならば、わが手下《てか》を五人、いや十人連れて参ったら」

「海賊大将と呼ばれるほどの男が、やるわけはないと思います」

「愚かな問いでござった」

義弘は、額に薄く汗を浮かべている。周到な男なら、ここを突きとめ、ひとりで現われるだろうと予想していた。手下を連れてきたとしても、義範はさらに輪をかけて周到な男だ。二、三十の兵は潜ませているだろう。

阿久里が、下女を連れて酒肴《しゅこう》を運んできた。海のものである。玄界灘の魚は、内海のものとも、薩摩のものとも違う。荒海のせいか、身がひきしまって歯ごたえがあるのだ。

「村上殿は、高麗で交易をなさいますか？」

「時には交易をし、時には略奪もいたします」

「高麗に兵はおりませんか？」

阿久里が酒を注いだ。盃を口に運ぶ時に見合った眼を、お互いにそらさなかった。阿久里が吹き出した。それがきっかけのように、二人とも盃を空けた。

「高麗という国も、乱れております。富む者は際限もなく富み、貧しき者はどこまでも貧しい。略奪は、高麗の貧しき者たちと、合力してなすのでござる。兵はおれど、士気は低く、時には闘わずして逃げます」

「元の力は？」

「高麗は、元の属国と考えてもよろしゅうござる。われらと合力をなす者らは、元朝を憎みたるがゆえ、と言ってもよい。高麗で富みたる者は、元と結んで国を売りたる者」

懐良は、肴《さかな》に箸《はし》をつけた。声をかけ、板戸を開けて義範が入ってくる。

「話が、はずんでおる御様子。それがしも、阿久里殿が手になる料理、頂戴《ちょうだい》いたすことにしようか」

「高麗と元の話でござる、義範殿」

言って、懐良は義範が一杯目を干すのを見ていた。阿久里が、それぞれに酒を注ぐ。

「松浦党が高麗や元を侵すのは、三度目の元の襲来を未然に防ぐためだと、むきになって話してくれたのは、阿久里であった」

「ひと度襲来すれば、死ぬのはわれらでございます。壱岐や対馬の兵は、家族を射なければなりませぬ。元の関船は、船べりに手に穴を穿《うが》って縄《なわ》で繋《つな》いだ女子供を、矢避《よ》けの代りにぶらさげていたと言います。それを、泣きながら射たのでございますよ」

喋《しゃべ》りながらも、阿久里は酒を注ぐ手を休めなかった。

「高麗と言えば、忽那殿もいよいよ」

「難しゅうござる。風も潮も波も、内海とはまるで違いますからな」

「それでも、出ようと思っておられる。隠されるな。このところ、忽那の船のかたちが変った。あれは、内海の船ではない。それがしも、水師でござるぞ」

義範は、なにも答えなかった。忽那の関船が、このところ頑丈《がんじょう》なものに換えられつつあるのは、懐良も気づいていた。ただ、それを外海と結びつけてはいなかっただけだ。

「交易には、利益がありますか、村上殿？」

「それはもう、銭の山を運んでくるようなものでござるよ。ただし、難しいこともある。たとえば、対馬守護の宗《そう》。これは交易船から通行料を取っておる。対馬を中継しなければ、大型の船の運航は難しい。だから、みんな払っておりますな」

「対馬の宗」

「宗と渡りをつけたければ、菊池じゃ。菊池の船なら、いまでも一文も取らぬであろう」

「菊池と宗が、なにか特別の関係でも？」

「建武の御新政の折、勲功第一とされたるは、鎮西探題に討入って死んだ、菊池武時であった。楠木の推輓《すいばん》があったと聞くが。倅たちが、何人か国司になったのよ」

　義弘は、足付の上の皿に眼を落としたまま喋っていた。

「確か、木《き》野《の》武茂《たけもち》殿が対馬守《つしまのかみ》」

「左様。しかし、対馬の締付けはしなかった。元寇《げんこう》以来の疲弊から、対馬はあの時立ち直った。菊池も、損はしておらぬ。武重が関東、京で闘い、武敏が九州を転戦した。あれだけの軍費が、菊池の領土のどこから出たのであろうか」

「村上殿は、菊池が交易により軍費を得ていた、と言われますか？」

　盃を置き、懐良が膝を乗り出した。

「わからぬ。ただ、菊池には船があり、対馬をわが庭のごとく通り過ぎていたのは確か」

「いま、菊池は衰えておりますぞ」

「あれだけの武門の家。待てば、必ず人は出てきましょう」

ようやく、義弘が顔をあげた。眼のまわりが赤らんでいる。口ほどに、酒は強くなさそうだ。懐良は、二年ほど前、単身で薩摩まで自分に会いにきた、菊池武光という若武者の姿を思い浮かべていた。

一刻ほどで、義弘は腰をあげた。

「鐺《こじり》が、軽くなり申した。いや、重たくなったのかもしれん。いずれ、船上で躰《からだ》を支える杖《つえ》は作らねばなりますまいな。この鐺のためなら、いつでも兵五百は繰り出せる」

義弘が笑い、懐良も笑った。

「さらば、都竹殿。いつの日か、また会えるという気がいたしますぞ」

頷《うなず》いた懐良を見つめたまま、義弘は捧《ささ》げるように太刀を持ち、肩に担《かつ》いだ。


晴天が続いた。

阿久里は、毎日、懐良を館の裏の小山に誘った。そこからは、点在する島々が一望に見渡せた。福島のむこうに見えるのが鷹島《たかしま》で、元寇の役で忽那一族が軍功をあげた島である。祖父の代のことだった、と義範に教えられていた。忽那島のそばにある高島は、それにちなんで名付けられたものだ。磯《いそ》の遊びをするには手頃《てごろ》な、島とも言えないほどの無人島だった。

「武者じゃ。武者としか思えぬ」

懐良の手を握りしめて、阿久里が言った。

「どうした、阿久里？」

「都竹様が、武者ではないような気がした。なにか別の、水軍などとは関《かかわ》りのないお方ではないかと。でも、この手は武者じゃ。剣で無骨になった手じゃ」

「戦で受けた、太刀創《きず》もあるではないか」

「ふっと、武者ではないかもしれぬと思って、不安になりましたのじゃ。阿久里は、おかしな娘でございますなあ」

「自分で申すな」

航海の間も、太刀の素振りは欠かしていない。戦場では、ひと太刀の鋭さではない。いつまで太刀を振い続けられるかだ。それが、懐良にもわかりはじめていた。

「都竹様のおられるところは、どの方向じゃ。それだけでも、教えてたも。毎日、阿久里はここからそちらを見ます」

言われ、懐良は即座に海を指した。その指を、ゆっくりと周囲に動かしていく。

「わかりませぬ、それでは」

「儂の夢があるところを、指さした」

「全部ではありませぬか」

「心の中にいる。お互いのな」

「意地の悪い殿じゃ。今日はもう、出帆だというのに」

「一度出たら、次に会えるのは、一年後かもしれぬ。二年後かもしれぬ。だから、心の中にいることが必要なのだ」

すぐにまた会える。そう言って別れればいいのかもしれない。しかし、たやすく会えはしないのだ。待っているのは、ひとり阿久里だけではない。九州が、そして吉野が自分を待っている。

涙ぐみそうになったのを、阿久里は懸命にこらえたようだった。袖で、眼を押さえている。

「阿久里は、女船頭になります。弟の武《たけし》はまだ幼い。阿久里が波多一族を率いてみせます。そして、都竹様のおられる浦に、船を回しまする」

「女子は家を守るものぞ」

「松浦党の女子は違います」

阿久里は、晴れた空を仰いだ。

「夢じゃ。女子とて、夢を持ちまする」

「夢とは酷《むご》いものぞ。男だけが、それに賭けて死んでいけばいいのだ」

阿久里が、いきなり懐良の胸に飛びこんできた。泣きじゃくっている。落ち着くまで、懐良はじっとしていた。

「儂は、母の愛を知らぬ。それをそなたに求めるのは、無理なことだろうか？」

「忽那殿も、都竹様の居所を教えてくれぬ。せめて、どの方角にいるかさえわかれば」

女は、心だけで満足するものではないのか。懐良は、そんなことを漠然《ばくぜん》と考えていた。夢だけでも、満足しない。手で触れることができる、なにかが必要なのだ。

「もう泣くな、阿久里。悲しみを持つのが人ぞ。悲しみがあるからこそ、喜びもまたあるとは思えぬのか」

「そう思うようにいたします」

「素直だな」

「こんな殿を相手に、拗ねてみてもはじまらぬ。女子とは、ほんとうは強いものなのですよ。ただ、殿がいる間は、甘えていたい。それだけです」

言いながらも、阿久里の眼からは涙が流れ続けていた。

小十郎が迎えに来た。

西の風を受けながら、薩摩にむかう。したがって、出帆は風向の変る午後だった。

「堀田殿も、都竹様のことはなにも教えてくれぬ。忽那の船は、意地の悪い男たちばかりじゃ」

小十郎は苦笑していた。

三人で、山から降りた。

荷を積みこんだ輸送船が五艘、櫓を出して出港の準備をしている。

「さらば、阿久里」

言っても、阿久里はもう泣き出さなかった。艀《はしけ》に乗る懐良に、じっと視線を注いでいるだけである。

「男と女というものは、切のうございますな、御所様」

「このようにして、男は大人になっていくものなのか、義範？」

「それがしには、わかりませぬ。孕《はら》んだ妻を死なせてより、女子は近づけておりませぬゆえ。身ひとつで楽だと思うこともあれば、惨《みじ》めな思いに駆られることもあります」

義範が妻を失ったのは、尊氏が内海を東上する折、一族で争った時だ。それを懐良は、小十郎から聞いていた。小十郎の父もまた、その争いの中で当時惣領《そうりょう》であった重清を諫《いさ》めて自害している。

浜が遠ざかった。

関船に乗り移ると、懐良はもう浜の方を見なかった。六兵衛の号令がかかる。忽那水軍第一の船頭であり、懐良の航海にはいつも梶《かじ》をとっている。

「村上義弘にお会わせしたのが、無駄にならず、ほっとしております」

「いろいろなものを見たぞ、義範。日本だけが国ではないということも、身をもって知った」

「薩摩では、待っておりましょうな」

今度は、女子ではなかった。頼元たちである。

「島津貞久を、なんとしても打ち破らねばならぬ。肥後に駒《こま》を進め、征西府の旗を全九州に示さねばならぬ。儂は忙しい。躰が二つあれば、と思うほどだ」

話している間に、波多津も遠くなった。

「この船も、外海に出られるものでございます。六兵衛は、暇があれば、波多の船頭たちに、玄界灘の潮のことを訊いております」

「やはり、高麗か、義範？」

「行ってみなければ、わかりませんな。行かなければ、それこそなにもわかりません」

確かにそうだった。航海で知ったことが、懐良にも数えきれないほどある。

日輪が頭上にあった。懐良は、眼を細めてその位置を捜そうとした。

5

興国六年二月十八日。

谷山隆信がひっそりと死んだ。御所原《ごしょがはら》の館に報告に来た忠高は、涙を浮かべていた。

人の死に心を乱すな。それは、何度か隆信に言われたことだった。懐良は、しばし瞑目《めいもく》しただけだった。死の四日前に居室を訪った時、隆信はめずらしく上体を起こして、懐良の交易計画に耳を傾けていた。

「御所様に御礼を、と言い遺《のこ》して逝《ゆ》きました。考えていたより二年も長生きができたのは、御所様のおかげであると。夢が、その月日を生きる力を与えてくれたのだ、とも申しておりました。墓はいらぬ。躰は海に捨てよ、とも」

　忠高が声を詰まらせた。臨終に懐良を呼ばなかったのも、隆信の意志だったのだろう。

「これよりは、忠高が隆信となれ。内でも外でもだ」

「墓がなく、名もそれがしが受ける。兄がこの世に在ったという証《あかし》が、なくなりまする」

「それでよい。隆信は、儂の夢の中で生き続けている」

　うなだれた忠高の眼から、涙が滴《したた》り落ちて床を濡《ぬ》らした。海にいて、見るがいい、隆信。言葉には出さなかった。もう一度、眼を閉じただけである。

　隆信の死が、特に膠着した島津との情勢を変えるということはなかった。この日を予想した隆信の周到な手配りが、隆信、忠高が双生児であったことを、ついに島津貞久に気づかせなかった。

　菊池からの使者が到着したのは、隆信の死のひと月ほど後だった。

　谷山御所の謁見《えっけん》の間には、高麗縁《こうらいべり》の畳が敷いてある。畳はそこだけで、あとはすべて武家の城と同じだった。

「そうか、菊池十郎武光が、とうとう十五代の惣領になったか」

「ついては、征西府に随従する者を送りたく、そのお許しを頂戴いたしとうございまする」

菊池武光は、合志《ごうし》幸隆に占拠された菊池の本拠たる深川城を、豊田庄の寡兵をもって奪い返したという。二年ほど前に会った時の、こちらを圧倒してきた躰に漲《みなぎ》る気迫は、やはり本物だったのだ。

「ただいまわが主《あるじ》武光は、隈部《くまべ》山に広大な城郭を築くための準備に入っております。深川よりはるかに要害の地にて、山城に並び立つ峰に、もうひとつ館を築きまする。わが主の望みは、そこに征西府の旗が翻《ひるがえ》るのを仰ぐ日でございまする」

「菊池に来いということじゃな」

「お許しいただけるならば、菊池全軍をもって、奉迎に参上いたしまする」

頷いて、懐良は笑った。これで阿蘇惟時さえ動いてくれれば。五条頼元は、そういう表情をして控えている。

「戻って武光に伝えよ。征西府は、自らの力をもって菊池にまで旗を進める。いま、武光の軍勢が南下してみよ。それこそ島津との死闘になるであろう。日向《ひゅうが》の畠山も黙ってはいまい。いたずらに兵を損耗させるより、力を蓄えておけとな」

「恐れながら、征西府軍をもって、島津勢を突破なされまするか？」

「まだ方法を決めてはおらぬ。焦《あせ》って事を急ぐつもりもない」

　平伏して、使者が退出した。

「御所様、独力で肥後へ旗を進めるというのは、いまの征西府の兵力では無理でございますぞ。菊池に迎えに来させるのが、最上だと思います。肥後には阿蘇もおります。よもや、征西将軍宮の肥後入りで、動かぬことはありますまい」

「頼元。阿蘇を当てにしすぎではないのか。動けばそれでよし。動かなくとも、揺がぬかたちは作っておかねばならぬ」

「しかし、その方法となりますと、やはり阿蘇を取りこむしかありませんぞ」

　多々良浜で、菊池武敏と尊氏が闘った時まで、阿蘇は九州南軍の中心勢力のひとつだった。多々良浜では、阿蘇惟時は二人の息子を戦死させている。にもかかわらず、朝廷からの格別の恩賞はなかった。頼元は、それを気にして、さまざまな約束を惟時に与えようとしている。

「武光は、乱れていた菊池の惣領になったばかりであろう。それを援《たす》けてやるなにかが、必要かもしれぬぞ」

「肥後守でございましょうな」

　懐良は頷いた。九州に関しては、恩賞権に到るまで、すべて征西府に任されている。中央がすべてであった先の帝《みかど》のころとは、朝廷のありようも変ってきていた。

「遠乗りだ、頼治。重明も同道せい」

懐良は腰をあげた。

塞《ふさ》がれていた道のひとつは開けた。こうやって、少しずつ進んでいけばいい。

菊池がひとつにまとまったということは、足利幕府にも少なからぬ不安を与えたようだった。征西府と菊池の結びつきという図式が、尊氏の頭にもすぐに浮かんだのだろう。まず、日向にいる足利一門の畠山直顕《なおあき》を動かした。

三千を越える兵で、千々輪城のそばまで進出してきたが、大きなぶつかり合いにはならなかった。薩摩で畠山に戦をさせるということが、どういう意味を持つのか、幕府はよく把握《はあく》していないようだ。島津貞久は、旧領の日向をも回復したい、という野望を抱いている。畠山との連携がうまくはこぶはずはなかった。

大した戦意も見せず、畠山軍は秋が深まったころ撤収していった。日向山中の、米良《めら》付近に本拠を置く、五辻宮《いつつじのみや》の動きも看過できなくなってきたのだ。

五辻宮の動きは、右京を通じてある程度知っていた。山の民、野伏《のぶせり》、悪党を集めて軍勢としようというのである。武士との提携は嫌《きら》っていた。かつての、大塔宮護良《おおとうのみやもりよし》親王のやり方を、懐良は思い出さずにはいられなかった。

「領地を持っている者たちではありません。したがって、領地を守るという意識もなく、その点で武士よりは自由です。ただ、山中に散っているため、軍勢として組織するまで時間がかかります。一千の兵を集めても、思うように使いこなせるのは、長くてひと月。五辻宮様が最も苦慮なされているのも、この点でございます」

右京の報告は、端的なものだった。

兄の大塔宮が、京で謀略に落ちなかったとして、尊氏とどこまで対立しえたのか、と懐良はよく考えた。

朝廷直属の軍勢ということになれば、やがては領地を与えることにもなるだろう。とすれば、それは旧来の武士と同じ姿になっていくのではないのか。その頂上に立つ者は、やはり尊氏と同じように、すべての権力を求めることになるのかもしれない。

「菊池武光に会っておけ」

山川津に船を入れ、谷山御所を訪った忽那義範に、懐良は言った。年号は、興国から正平と変っている。征西府の動きは活発で、九州各地には令旨《りょうじ》が出され、使者も派遣されている。中院義定は、すでに肥後にあり、征西府と菊池の連絡や、いまだ動こうとしない阿蘇惟時との交渉に当たっていた。

「肥後入府は、いつごろになりましょう？」

「正平二年の秋、と心では思っている。これは、誰にもあかしていないぞ」

「島津との一戦は？」

「それを済まさねば、薩摩から逃げたと言われるであろう。貞久も全力で来る。楽な戦というわけには参るまい」

「九州全域に、不穏な空気が流れております。少弐頼尚は、盛んに肥後北部で兵を動かしておりますし」

「武光の気がかりは、中国の兵を集めて、幕府が送りこんでくることであろう。しかし兵《へい》站《たん》は続かぬ。内海に忽那水軍があるかぎりは」

「菊池殿の兵站は、いかがなものでございますか？」

「それを武光と話合えるのは、そこもとだけであろう」

「わかり申した」

言って義範は、かすかな笑みを浮かべた。

「ところで、高麗には何度渡った、義範？」

「二度。いずれ、あちらにも人を置く気になり申した。それについても、菊池殿とは会っておきたいものでございます」

「海のむこうか。やはり、見つけることはできそうだな」

谷山隆信が言った言葉を、懐良は思い出していた。陸を捜してないものなら、海を捜すしかない。城の奥で、ほとんど動くこともできなかったがゆえに、隆信はかえってなにかを見ることができたのだ。

「正平二年の春から夏にかけて、内海の水軍は大きく動く、とお考えくだされ」

「春から夏か」

「島津との膠着が破れるのも、そのころと見ております。どちらかの力が強くなってこそ破れる膠着。いたずらに破ろうとせず、よく時期をお待ちになりました」

義範がどう動くつもりなのか、懐良はあえて訊かなかった。

薩摩を離れる前に、懐良にやっておかなければならないことは、数多くあった。同時に、島津との決戦にも備えなければならない。

まずは、肥後へ同道する顔ぶれである。三条泰季《やすすえ》が、強硬に同道を求めてきた。先遣隊として薩摩に入り、ほぼ十年が経過している。いまさら、薩摩からはずすわけにはいかなかった。張った根もあるのだ。

ひと夜、語り明かして、泰季は薩摩に残ることを、涙を浮かべながらも承知した。

島津との押し合いで獲得した、征西府領の配分も決めた。わずかなものだったが、泰季の兵力を増やすことにはなるだろう。各将にも、恩賞というかたちで行き渡る。

武士を、心底から信用はしていなかった。島津との押し合いの中で、武士はみんな綱渡りをしていると言っていい。大事なのは、征西府ではなく、おのが領土だった。それを守るために拠《よ》って立つものとして、征西府があった。武士が無節操というのではない。それそれが必死で、ただ一方的な忠節を当てにする方が甘いのである。

薩摩の伊集院《いじゅういん》忠国と大隅の肝付《きもつき》兼重は、個別に征西府に呼んで、懐良が自ら話をした。懐良が去った後の、薩摩、大隅の中心的存在になるであろう、と思われたからである。

正平二年になると、島津貞久の動きが俄《にわ》かに活発になった。自ら軍勢を動かし、領内の不平分子を各個撃破しはじめたのである。

大隅では、肝付兼重がじっと城を守った。薩南の土豪も、まったく動かさなかった。貞久の誘い。貞久もまた、膠着が破れる時が近いのを、予感しているのかもしれない。

「頼元。全九州に令旨を発せよ。薩摩はほぼ平定したゆえに、近く肥後へ入府するとな」

「しかしそれでは、九州探題も少弐頼尚も、黙視できなくなるのでは」

「貞久はもっとだ。武士ならば、恥辱と考えるであろう」

懐良は、令旨を濫発《らんぱつ》するのは好きではなかった。特に、立場を決めかねている武士への令旨は、不要のものに思える。令旨で立場を決めた武士は、すぐに寝返ることもする。征西府につこうという武士は、すでに薩摩へ入った時から旗のもとへ集まっている。

ただ、いまの征西府には、令旨以外に政治的な武器がないことも確かだ。

「重明。薩南の土豪には触れを出せ。戦が近いとな」

すべてが、動きはじめるだろう。肥後へ入る前に、味方の土豪の誰が腰を据《す》え、誰が日和見《ひよりみ》を決めこむかも、見定めることができる。

戦は、その人間がすべてをさらけ出す時だ。これも、隆信が教えてくれたことだった。

五月に入ったある夜だった。

寝所に人の気配を感じて、懐良は上体を起こした。

「右京か？」

「筑前宗像《むなかた》の島々に、水軍が来襲した模様でございます」

義範が、動きはじめたということだろう。

「大きな戦になったのか？」

「いえ、宗像宮司が防戦するも潰滅《かいめつ》。九州探題に救援を求め、深堀時明、龍造寺《りゅうぞうじ》家政が迎撃に駈《か》けつけましたが、その時すでに船影はなかったということでございます」

「して、水軍の規模は？」

「大型の兵船四十」

とすれば、二千に近い兵力ということになる。忽那水軍だけでなく、紀伊、熊野の水軍も入っているということか。

「九州探題では、筑前、豊前《ぶぜん》の海岸に兵を配置しはじめております。元寇以来の防塁に拠って、まるで外敵の襲来に備えているようだ、との知らせでございます」

懐良は頷いた。燈台《とうだい》の蠟燭《ろうそく》がちりちりと音をたてている。

義範の意図は、九州北部の勢力を、すべて海岸に釘付《くぎづ》けにしようというところにあったのだろう。ならば、さらに動きはある。

次の情報が入ったのは、三日後だった。

唐津から平戸に到る海域に、関船の船隊が現われ、悠々《ゆうゆう》と航行して東へ消えていったという。一戦も交えてはいない。上松浦党の惣領、佐志披《ひらく》は、やはり九州探題に命じられて、臨戦態勢をとったようだ。

五日後、船隊が赤間関《あかまがせき》を越え、玄界灘《げんかいなだ》から豊予《ほうよ》海峡に入った、という情報が届いた。それからは、刻々と船隊の動きが伝えられてくる。日向沖を航行し、日向上陸の気配も見せたようだ。

東福寺城に、兵二千が集結したという報が入ったのは、そんな最中だった。兵の数は、さらに増えつつある。

「島津貞久は、水軍が薩摩を目指していると読んでおりますぞ、御所様」

「島津の兵力は、さらに増えつつあるのか？」

「ただいま三千。伊集院をはじめとした土豪に、軍勢督促の早馬を出しておりますゆえ、こちらも二千五百には」

重明が、薩南から集まるべき軍勢の数を、各将ごとに数えあげていった。

「二、三日うちに、東福寺城の兵力は五千を越えような」

「御意」

「島津の兵が集まる前に、こちらから叩《たた》くべきではないでしょうか」

日ごろは口数の少ない頼治が言った。

「儂も、それがよいと思う。明らかに、貞久は決戦を挑《いど》んでおる。潮合いが極まったということだ」

「軍議は、いつなされます？」

「明日。参集した諸将のみでよい」

主だった土豪が集まったとしても、やはり二千五百。三千に達することはないだろう。大隅の肝付兼重は動かせない。それに倍する島津兵も、同時にこちらにむかってくることになってしまうからだ。

「守護の底力とは、なかなかのものだな、頼治」

「われらには、旗がございます。錦旗《きんき》が。その下にある兵は、一騎当千」

頼治は燃えている。長い島津との膠着《こうちゃく》と、懐良の航海の間の留守居が、いやでも頼治を燃えさせているようだ。

敗北は、懐良の頭にはなかった。ここで敗れるなら、九州統一など、遠い夢である。

初夏にはめずらしく、凶々《まがまが》しいような風が立ちはじめていた。

6

昨夜来の風は熄《や》み、うららかな天候になった。

櫓《ろ》の軋《きし》る音と舳先《へさき》が波を切る音。帆は畳んであるが、東風《こち》が来ればすぐに上げられるようになっている。二十梃《ちょう》の櫓による、巡航であった。

船隊から抜けて、義範は自分の船だけを陸地《くがち》へ寄せた。日向臼杵《うすき》郡、枇榔島《びろうじま》の沖合いである。陸地からは、船隊の姿は捉《とら》えられないだろう。

合図の光があった。小さな銅鏡を柘榴《ざくろ》の酢で磨《みが》いたものを使っている。反射の数により、通信の内容は取り決めてあった。遠眼の利く者が、それを数える。義範は、それを書きこんでいった。

「六兵衛、村上殿の船に近づけろ」

頷くより速く、六兵衛は櫓を三十梃に増やした。すぐに船隊が見えてくる。豊後沖で落ち合った船隊も含め、四十余艘《そう》の関船である。しかも、戦闘時の乗員で、一艘に四十五人が乗っていた。ふだんの航行の時は三十人、少ない時は二十人でも動かす。

村上義弘の船のそばにつけた。

「征西府と島津の戦は、すでにはじまったようでござる、村上殿。征西府軍二千、島津軍四千五百。東福寺城下で衝突」

「ほう、敵の陣へ攻めこまれたか」

船から船への会話。風の強い日には、よほど大きな声を出さないかぎり届かない。水師の声が大きいのは、そのためとも言える。

「仔細《しさい》はわかり申さぬ。船足を速めとうござるが」

「よろしかろう。村上の船は速ようござるぞ。さいわい東風《こち》も出てきた。総櫓の押し走りで参ろうか」

矢倉に立った村上義弘は、やはり女物の単衣《ひとえ》で、大太刀を肩に担いでいる。

総櫓四十梃。漕手《こぎて》の拍子も速い。東風《こち》を斜めにした帆で受けて、さらに推力を得る。これで追風を受ければ、信じ難いほどの速さになる。

二刻後、義範はもう一度陸地に船を寄せ、連絡を受けた。

征西府軍は、二千が一丸となって島津の本陣を衝《つ》き、潰走させていた。征西府軍も谷山まで退《さ》がり、次の潮合いを待つ態勢に入っている。ただ、東福寺城には、薩北からの援兵がさらに集まりつつあり、総数で六千から七千に達する見込みという。

「島津も思い切ったものだ。日向からも兵を集めたのであろう」

かつて日向は島津の分国であり、いまも息のかかった土豪はかなりいる。それは畠山と対するという役目を負っているはずだが、島津貞久にとっては、当面畠山についてはどうでもいい問題になっているのだろう。征西府が無傷で肥後に進出すれば、九州の武士はすべて島津が敗れたと見る。薩摩、大隅の平定を終り肥後に入府するという、征西将軍宮令旨が、真実の重味を持つことになってしまうのだ。肝付兼重さえいなければ、大隅の兵も動員したいところだろう。

「二千で四千五百の本陣を衝いた。この兵力の差ならば、まさしく策はひとつだけ。御所様も、戦の呼吸がよくおわかりになっておる」

「夜襲も考えておられるのでは？」

安秋《やすあき》が言った。小十郎、元服して堀田安秋である。

「あるまいな、それは」

「御所様の、あの御気性なら」

「いや、辛抱強くなられた。負けがどういうことかということも、身に沁《し》みてわかっておられる。戦は、いつも変幻の中にあるぞ、安秋。負けぬための戦、勝つための戦。思うように、それを使いわけねばならぬ。二千の兵で本陣を衝かれ、すぐに兵を退《ひ》かれたということは、負けぬための戦に入られたということだ。儂などより、はるかに戦上手になられているかもしれん」

「航海の時、よく訊《き》かれました。ある場所を攻めるとして、どう攻めるかと。私が言うと、御所様はこう守るとおっしゃるのです。その逆のこともありました」

「徒然《つれづれ》の話の中に、儂は知っていることを全部織りこんだ。それを、わがものになさっておる。それにしても、最初に本陣を破られたとあらば、征西府と島津の勢いは、やはり違ってきているのだな。これも、何年も辛抱されたがゆえよ」

「兵力の違いが心配ではありますが」

「われらが到着する」

錦江《きんこう》湾に入るのは、夜になってからだろう。それでも、輸送船などでは信じられない速さだ。夜は、闇《やみ》が海を包む。夜明けに、両軍は幻でも見るように、船隊を発見するだろう。

夜襲は、お互いにかけにくいはずだ。野戦の構えをとっていても、双方とも城を背にしている。千々輪城と東福寺城は、一里ほどしか隔っていないのだ。

村上の水軍は、さすがに速かった。紀伊、熊野の水軍も負けてはいない。どの船も、櫓に乱れはない。東風《こち》がさらに強くなり、船は傾きながらも、さらに速さを増した。

夜が明けかかった。

晴れた、夏の盛りのような日になりそうだった。

正面の陸地《くがち》が、波ノ平と呼ばれる平地で、そこを挟むようにして、十町ほどの隔りで両軍は対峙《たいじ》している。陣形はわからない。黎明《れいめい》の鳥のような、両軍の旗の靡《なび》きがようやく見てとれるだけである。

征西府軍から、鯨波《とき》があがった。沖合いの船隊を物見が発見したのだろう。島津貞久は、悪夢でも見るように、闇に浮き出した船隊を眺《なが》めているに違いない。

「挟撃《きょうげき》じゃな、忽那殿。島津は、いまからそれに備える陣形の組み方はできまい。それにしても、征西府軍の旗は揺らいでおらぬ。どっしりしたものだ。倍する敵とむかい合っておるというのに」

　村上義弘は、海戦の場合は指揮船となる予定の、義範の船に乗りこんできている。

「両軍の情勢を見て、上陸の場を決めようと思っておるが、どうでござろう？」

「内海一の戦上手、忽那殿の言われることだ」

「多分、征西府軍が攻めこみましょう。それも間もなく」

　義範は、祈るような気持だった。一千の軍勢を相手にする戦程度しか、自分には経験がない。七千に近い大軍の布陣は、やはり壮観であった。怕《こわ》くもある。

　すっかり明るくなった。関船の数も、陸地から数えることができるだろう。

　征西府の陣営で、旗が動いた。騎馬隊のものらしい土煙が、桜島の噴煙のごとくあがった。島津に退く気配はない。退きたくとも、退けぬのだろう。駈け引きの押し引きでなく、全面的な撤退となる。

　義範の手の動きに従って、船隊は動きはじめていた。島津貞久が、戦闘中の水軍の動きをよく知っていたら、対応はもっと速かったはずだ。島津軍が上陸地点に兵をむけてきた時、先鋒《せんぽう》の村上軍はすでに上陸していた。島津本陣の搦手《からめて》になる。

大手の土煙は、搦手から見ていても激しいものだった。帆柱を組んだ櫓に、義範は村上義弘とともに昇った。

「鋭い戦をされる方だ。見られよ。あの騎馬隊は、槍《やり》の穂先のようではござらぬか」

島津本陣にむかって、長くのびた騎馬隊が一直線に突き進んでいる。重なった魚鱗《ぎょりん》を、銛《もり》で突き破るような恰好だった。

「押せっ。搦手から押せば、敵は総崩れじゃ。押しまくれっ」

水師特有の割れ鐘のような村上義弘の声が、戦場に響き渡った。具足もつけぬ女物の単衣で、太刀を肩に担いだ姿は、戦場ではいかにも異様だった。

島津本陣と、征西府軍の先鋒がぶつかるのが見えた。さすがに、島津兵は勇猛である。腹背に敵を受けても、本陣は容易に揺がなかった。

小さくまとまった、五十騎ほどの一隊が、戦場を突っ切ってきた。征西府旗。そして忽那の旗。牧宮と重明だ。

「御大将の突撃ぞ。たまげた、儂は。あれが宮様かいな」

「軽率でござるかな。押し気味の戦に」

「いや、見られよ。島津の本陣が崩れはじめている。見事に、勝機を読んでござるぞ。あの太刀捌《さば》き、雲上人の俄《にわ》か仕込みとは思えんな。おっ、馬が」

牧宮の馬が斃《たお》れた。跳ね起きた牧宮が、襲いかかってきた敵の騎馬武者の轡《くつわ》に飛びついた。騎乗のひとりが、敵を薙《な》ぎ落とした瞬間、牧宮はすでに馬上にあった。

「鮮やかなものじゃ。あれほどの武者、そうは見れませんぞ、忽那殿」

戦の大勢は、決まりつつあった。耐えきれず、島津の本陣が動きはじめたのだ。

「最後のひと押しじゃ。村上の者ども、ここで魂を見せよ。貞久が首を捻《ね》じ切ってやれっ」

村上軍が、搦手からさらに突出した。七千の島津は総崩れである。貞久の、丸十の旗印も、もうどこにあるか見えなかった。

半刻後、追い討ちをかけていた征西府軍も戻ってきた。島津貞久は、東福寺城に逃げこんでいる。

「引き揚げようか、忽那殿」

「征西将軍宮への拝謁《はいえつ》は？」

「われらは幻じゃ。水師がよく見る、蜃気楼《しんきろう》というやつよ。初夏の海には、よく現われるではないか」

「蜃気楼か」

「戦は、これでは終るまい。不意を討たれたと貞久は思っておるであろうし。いま一度、必ず挑んでくるはず。幻は、幻の役目を、もう一度やろうではないか」

撤収の合図の旗が、船に掲げられていた。

砂浜に底を食いこませた船は、容易には動かせない。沖に錨《いかり》を落としておき、それを巻くのである。船の方が、引っ張られる。それによって、嚙《か》んだ砂から船体を離脱させるのだ。

「剛毅《ごうき》というより、刃《やいば》のように鋭い方じゃ。はじめて会った時は、御身分を隠されていたように、その御気性も隠されていた。心配といえば、あの鋭さでござるな」

「儂も、時々度胆《どぎも》を抜かれた。忽那島で暮しておられたころでござるが」

「忽那殿。水師は自由でござる。水師ならばこの意味はおわかりと思うが、海にいればいつも身ひとつ。どう生きようと自由だ。泊《とまり》とそれに伴うわずかな領地を持つゆえに、陸《おか》の支配者からいろいろ言ってくる。陸では、面倒を避けるために頷いておるが、ひと度海へ出れば、自由」

村上義弘がなにを言おうとしているのか、義範にはよくわからなかった。船上では、手負いの者の手当てがはじまっている。はじめから押した戦のせいか、手負いは少なかった。

「自由の一部を、預けよう。あえて、征西府とは言わぬ。貴殿に預けたい」

援兵としてでなく、水軍としても征西府のために働きたい、という意味だと義範は解釈した。

うららかな日が過ぎ、海上を再び濃い闇が包んだ。

陸地には、篝火《かがりび》がいくつか見えるだけだ。艀が動きはじめていた。一梃の櫓で、音も小さく進んでいく。

兵たちの声はない。どの船も同じだった。

夜明けまでの時が、義範には驚くほど速かった。払暁《ふつぎょう》。やはり、両軍は波ノ平で対峙している。東福寺城に逃げこんだ島津貞久は、さすがに歴戦の勇将らしく、素速く陣容を整え直して、夜のうちに再び波ノ平に進出してきたらしい。

水軍の上陸に対する備えは三千。征西府軍と正面から対峙している兵が四千。島津の家の子郎党を集結した軍勢からは、二度の負け戦にもかかわらず、脱落するものは、ほとんど出していない。

陽は、前日よりさらに強かった。空に棚引《たなび》くのは、桜島の噴煙だけである。

潮合いは、早朝にやってきた。突っかけたのは、島津軍の方である。

「やれ、六兵衛」

船隊が動きはじめた。それに付いてくるようにして、陸上でも三千の軍勢が動いている。三千を、本隊から半里ほど引き離した。

各船に、乗っているのは五名である。夜のうちに、主力はすべて艀で上陸させ、征西府軍と合流させている。

貞久は、幻に三千の兵をむけてきているのだ。

二千と見て突っかけた島津の本隊は、倍する敵とぶつかることになった。ひと時、踏ん張りはしたものの、押されてすぐに引きはじめた。関船のすべてが、舳先を浜にむけているので、後方の三千は本隊の崩れを見ても動けないでいる。

丸十の島津の旗が、必死の反攻を試みているようだった。それも半刻とは続かなかった。総崩れになった本隊が、無傷の三千の中に逃げこんできた。無傷のまま、三千の軍勢も崩れていく。

村上義弘の策だった。船は動く砦《とりで》と言ってもいい。ほとんど無人の船を、幻の軍勢と見せかけたのである。

「追い討ちは、御所様にお任せすればよい。六兵衛、兵を引き揚げるぞ」

船隊が、一斉《いっせい》に浜にむかった。それを見て、踏み留まっていた少数の島津兵も、ついには背をむけはじめた。

「いずれまた、忽那殿。わが自由を、お預けしてあること、忘れられるな」

並んで浜に突っこんだ村上義弘が、矢倉から声をかけてきた。

「婆娑羅《ばさら》者といわれたこの義弘、働く場所をついに見つけ申したぞ」

村上の兵の撤収は、義範も舌を巻くような鮮やかさであった。女物の単衣の義弘が、矢倉で大きく手を振った時、村上の全船隊は浜を離脱していた。

引き揚げてきた兵の中に混じって、葦影の姿があった。

「楠木では、尾根と尾根の連絡に、銅鏡を用いたのか、葦影？」

そばに立った葦影は、なにも答えなかった。

狼煙《のろし》より、はるかにわかりやすく、複雑な通信ができる。火を使えば、夜間の通信の工夫もできるかもしれない。遮《さえぎ》るもののない海では、通信の巧拙がすべてを決することも稀《まれ》ではない。

「長ごうございましたな、お館様。忽那島に御一行が着到されてより、どれほどの歳月が流れましたことか」

九年目。義範は心の中で呟《つぶや》いた。わずか十三名の、長旅に疲れきった一行だった。

島津との戦は、これでほぼ終ったと言っていいだろう。三度戦い、三度敗れた島津貞久にとっては、これから再度味方を固め直すという、長く苦しい仕事がはじまる。それは、牧宮が薩南で味わったのと同じ苦しみである。

「いよいよ、肥後か」

「菊池武光様は、その勇猛さ、御器量、ともに九州随一、とそれがしは見ております。なによりも、まだお若い」

「夢というものは、不思議なものよ」

いつの間にか、葦影とも同じ夢を抱いていた。それが近づいてくる。現実に、手が届くかもしれぬ、と束の間思う。

すると夢は、別のふくらみを持って、さらに遠くに在るのだった。

第四章　冬の獅子《しし》たち

1

加瀬忠明の声で、武光はふりかえった。

隈府《わいふ》城と名を改めた隈部《くまべ》山城の物見櫓《ものみやぐら》から、菊池の城下を見渡していたところだった。

堅固な城郭を築くことができた。尾根を連ねる征西府の館《やかた》は、詰《つめ》の城とも言っていい位置にある。詰の城が落とされれば、すべてが落ちたということなのだ。しかしここは、三万の軍勢で半年囲んだとしても、落ちることはあるまい。まして、隈府城を取り巻くように、菊池十八外城と呼ばれる城郭群もある。

「忠明。折入って頼みがあった」

「お館様が、私に頼みですか？」

加瀬忠明は、武光の守役として豊田にあった治郎左衛門の嫡男《ちゃくなん》である。治郎左衛門は、深川城奪回の戦の折に、先陣を切って討死をした。

「儂《わし》の麾下《きか》を離れてくれ、忠明」

　はっきりと、武光は切りこんだ。

「なんと。この忠明が、菊池の衆に武勇で劣ると、お館はお思いか？」

　忠明の顔色が変っている。そのあたりは、父親によく似ていた。

「いまは、菊池も豊田もない。一体だ。儂の思う通りに、軍勢の陣容を決めようと思う。その中に、おまえは入っておらぬ」

　忠明は、言葉を失っていた。蒼白《そうはく》な顔で、ただ武光を見あげている。

「最後までよく聞けよ、忠明。菊池はこれから、長い戦をせねばならん。民の苦しみも大きい。できるかぎり、それを少なくしたいのだ。銭倉を造る。その奉行を、おまえに任せたい。いや、言うな、忠明。幼きころより、ともに育って、おまえのことはよく知っている。武勇で遅れを取らぬこともな。性質から、心のありようまで、みんなわかる。だからこそ、おまえに任せたい仕事なのだ」

「なれど、お館」

「武重殿が京へ軍勢を率いて上られ、留守居の武敏殿も、各地で目まぐるしい奮戦をなされた。なぜ、それだけの戦ができたと思う。軍費があったからだ。菊池は、これからの戦のためにも、軍費を蓄えねばならん。余人には、任せられぬことなのだ」

軍費というものについては、いつも漠然《ばくぜん》と頭にあった。果して、この軍費で足りるのか。戦の時は、いつもそう思ったものだ。領地内の耕作を増やし、税も上げる。時間がかかりすぎるし、民は苦しむばかりだ。

内海の水師、忽那義範《くつなよしのり》の来訪を受けたのは、そういう時だった。義範は、端的に菊池の軍費のありようを指摘してきた。領土からあがるものでは、せいぜい三千の兵しか抱えられない。戦が続けば、それも難しくなる。恩賞の問題も出てくる。

それを解決するのが、領土以外からの銭だった。菊池川からは、質のいい砂鉄が採れる。刀鍛冶《かじ》も、それに引き寄せられるように集まっていた。武重が惣領《そうりょう》として菊池にあったころは、刀を他国に売って銭を得てもいたのだ。調べてみると、馬鹿《ばか》にならない額だった。

刀鍛冶が散り散りになってしまったのは、菊池がしばしば他国の蹂躙《じゅうりん》を受けるようになってからである。商人もいなくなった。

「お館。やれと言われれば、銭倉の奉行もやります。しかし、お館の麾下には置いてくだされ」

「ならん。戦では、死はあたり前のもの。死ぬなと言われることが、武士にとってどれほどつらいかはわかる。なれど、この役は絶対に死んではならんのだ」

忠明は、幼いころから計算が得意だった。遊びでも、暴れるだけでなく、いろいろと工夫していたものだ。

「考えさせてくだされ」

「返事を待っておる。これは、頼みだ。死ぬなというのだからな。命ずるには忍びない。行け、もう。大広間に、諸将を参集させてある。儂の軍勢の陣容を決める時だ」

「陣容と言われると？」

「これまでの軍勢とは、違うものを作る。作らねば、儂の思う戦はできん」

武光は、再び菊池の城下に眼を移した。

征西将軍宮が、三度島津と闘い、三度勝ったという知らせが、きのう早助よりもたらされたばかりだった。

肥後北部で少弐《しょうに》頼尚《よりひさ》勢などと小《こ》競《ぜり》合《あ》いをしながら、武光は自分の軍勢のありようをずっと考え続けてきた。そして、ようやくひとつの考えがまとまりつつあった。

それを実行する時が、来たのだ。

大広間には、武光の兄である木野武茂以下、一族郎党が打ち揃《そろ》っていた。惣領とならなければ、豊田武光として自分もこの中のひとりであっただろう。

「みんなに、まず申し渡しておく。菊池は、いつもひとつだ。一丸となって、外敵に当たらねばならん。それを心せよ。いまある領地は、すべて安堵《あんど》しよう。これより先は、家格もない。大小もない。それも心せよ」

立ちあがり、武光は巻紙を従者に渡した。

「軍勢を大きく五つに分ける。そのひとつごとに、一の将、二の将と第五まで決める。一の将が斃《たお》れれば、二の将がそれに代る。第五まで斃れたら、残りは儂の麾下に入る」

武光が考えたのは、専門化された戦闘部隊だった。騎馬隊を中心に、槍隊《やりたい》、弓隊、築城隊、物見隊、と分けたのである。

三騎、徒《かち》十名という家が、本家筋に集まり三十騎百名という単位になり、そういう家がさらに惣領のもとへ集まってくる。かつてからあったその家臣団の編制を、根底から覆《くつがえ》し、すべて武光の直属としたのである。

同じ家でも、弓隊に所属するものもいれば、物見隊に所属する者もいる。そして、各隊の指揮官を決めていく。各隊はさらにいくつかに分けられている。たとえば、騎馬は一番隊から六番隊までである。

それによって、軍勢を二つに分けなければならない時も、速やかになすことができる。総力戦になった時は、すべて武光の下知《げじ》のもとだが、緒戦での攻撃は、隊がそう区分されていれば、無駄《むだ》なく行える。

恩賞の問題での不平は禁物なので、恩賞奉行は設けた。遠征も予想されるので、留守居も設けた。すべての頂点に武光がいて、さらに武光が戴《いただ》く征西将軍宮がいる。

不満を抱く、有力な庶子家があるかもしれない。たとえ木野であろうが赤星であろうが、その場合は躊躇《ちゅうちょ》なく討つ、と武光は決めていた。

武光の気迫に押されたのか、異議を挟《はさ》む者はなかった。従者の、緒方太郎大夫が、隊の編制と将を読みあげていく。

「膂力《りょりょく》強き者は弓隊、よく駈《か》ける者は物見隊、そうやって兵のひとりひとりを選別していく。異議は許さぬ。選別の奉行は、鹿島刑部大輔《ぎょうぶたいふ》。十日のうちに、すべての編制を終えよ」

鹿島刑部大輔は、古くからの有力な家臣であった。すでに、兵の名簿は揃っている。

「お館の麾下の兵が、どこにもおり申さぬ」

大音声《だいおんじょう》で言ったのは、槍一番隊の一の将、城《じょう》武顕であった。肥後では、音に聞えた勇将である。

「聞くがいい。儂はいつも先頭で闘おう。時には騎馬隊が、時には槍隊が、儂の麾下となる。家中の者は全員、いつ儂の麾下となってもよいように、心しておけ。城武顕、槍の名手であるおまえには、槍隊を任せた。よいか、武重公以来の、菊池千本槍の名を汚すなよ」

菊池は小さいのだ、と武光は自分に言い聞かせた。一国以上を分国とする守護が、九州には四人もいる。足利《あしかが》幕府という後盾がある九州探題もいる。それらと闘って勝ち抜かないかぎり、菊池の家は滅びるしかないのだ。

大広間を出て、ひとり居室に戻ると、武光ははじめて、征西将軍宮拝領の脇差《わきざし》を持ち、鞘《さや》を払った。いままで、抜くことを自らに禁じていたのである。

深く匂《にお》い立つ刀身に、武光は自らの顔を写した。

心にある誓い。夢。それもともに写しこんでいた。

征西将軍宮、肥後入府は、正平二年の末であった。

その年、河内《かわち》では楠木正成《くすのきまさしげ》の遺子正行《まさつら》が兵を挙げた。活発に軍勢を動かしていることが、肥後にも伝わってきた。薩摩《さつま》では、征西府が島津を押さえこんだ。

時がそこまで来ている。武光はそう感じていた。

征西将軍宮の御座船は、内海の水軍の関船《せきぶね》三十艘《そう》に護《まも》られて、宇土《うと》郡住吉の泊《とまり》に入った。武光は、中院《なかのいん》義定、内河義真《うちかわよしざね》とともに奉迎に出た。

正月二日に、征西府は住吉から御船《みふね》に移った。恵良惟澄《えらこれずみ》の本拠である。謁見《えっけん》は形式的なものだったが、注目すべきは、いままで両端を持して動かなかった阿蘇《あそ》惟時《これとき》が、異母弟の惟澄の説得により、伺候してきたことである。

「人は、なんによって生きるのであろうか、惟時？」

牧宮《まきのみや》の口から出た、最初のくだけた言葉だった。束《つか》の間、惟時はうつむいて口籠《くちごも》った。

「忠節に生きる。信義に生きる。家のために生きる。おのが欲望のために生きる。すべてが人じゃ。強いも弱いもあわせ持ったるも人。幸福がなにかも、わからぬ。せめて、笑って死にたいものよな」

牧宮の顔には、穏やかな微笑が浮かべられているだけである。

頑迷《がんめい》に生きるな。そういう言葉なのだ、と武光は思った。惟時は、ただ平伏しただけである。すでに六十に近い。一度抱いた頑迷さに、自らが縛られているのかもしれなかった。

牧宮は、供奉《ぐぶ》の者たちに囲まれている。武光も、労《ねぎら》いの言葉をかけられただけだった。

御船逗留《とうりゅう》は十日で、その間に恩賞の沙汰《さた》などがされた。惟澄は、堂々と日向《ひゅうが》守護職を願い出た。これまでの働きに、充分の自信を持っているのである。

いよいよ、菊池にむかうことになった。牧宮は騎乗で、そのすぐ後ろに征西府の旗が続いた。四十騎ほどの供奉に取り巻かれ、武光が引き連れた五十騎と徒二百は、その後に付いていく恰好《かっこう》だった。

台《うてな》の道がある。大宰府までずっと続いている、台地の道である。低地は湿地で、葦《あし》が生い繁《しげ》り、田はほとんど斜面の棚田《たなだ》だった。

いつかこの道を、征西府の旗を押し立てて、大宰府まで進む時が来るのだろうか。来させねばならぬ。武士と生まれた身の、それは宿命と言ってもいい。牧宮にはまた、皇子と生まれた宿命があるのだろう。

そんなことを考えている間に、十余里の道を走りきっていた。

木野武茂をはじめとする菊池一党が、隈府城の下で出迎えていた。

行軍はようやくゆるやかになり、平伏した者たちの間を通って、隈府城に入った。

征西府の旗が、城塔に掲げられた。見あげる五条頼元以下の供奉の者たちの眼には、涙が浮かんでいる。

「お疲れを癒《いや》しくださいますよう」

「大儀であった、菊池武光」

征西府館の、謁見の間である。武光は、深く平伏して退出した。

城の居室に戻った。緒方太郎大夫が、湯を差し出してくる。

「大きゅうなられていた。旗を仰がれる時も、おひとりだけ、毅然《きぜん》とした眼をしておられた。もはや、二十になられておいでじゃ」

太郎大夫に、語りかけるともなく言った。

留守居の報告をいくつか受け、決すべきことを決した。冬の時は早く過ぎていく。夕刻近くになっていた。縁を歩いてくる足音がし、板戸が開かれた。

「誰じゃ、無作法な」

「これはっ」

武光は、茵《しとね》をはずして平伏した。誰何《すいか》した太郎大夫が狼狽《ろうばい》している。

「一瞥《いちべつ》以来だな、武光」

牧宮は、直垂《ひたたれ》に着替えている。五条頼治だけが従っていた。

「城の中をみせて貰《もら》った。いい城だ」

言いながら腰を降ろす仕草は、若武者と変るところがなかった。

「かしこまるのはよせ。友と話したくて、ここへ来たのだ。住吉からずっと、儂は将軍宮でいなければならなかった」

「恐れ多くも」

「よせ武光。われらは、再び会うことができた。心を開き、喜び合おうではないか」

牧宮は笑っていた。不意に、熱いものが武光の躰《からだ》を駈けめぐった。

「よくぞ、ここまで」

溢《あふ》れかかる涙を、武光は懸命にこらえた。それも甲斐《かい》なく、涙は床に滴《したた》り落ちた。

「見せて貰ったぞ、おまえの兵を。住吉の泊からずっと、儂はおまえの兵を見ていた。あれほど見事に動く兵を、儂は知らぬ。戦場でも、さぞ見事であろう」

「たとえ万余の敵たりと、この菊池には一歩も踏み入れさせませぬ」

「とうとう来た。菊池までな。八歳で叡山《えいざん》を出てより、十余年であった。長かったという気もする。当たり前の道を、当たり前に歩いて、ここへ来たという思いもある。人の一生に較《くら》べれば、高が十年だ」

「男子は、十年同じところでじっと耐えられるかどうかだと、父が申したことがあります」

「これからも、耐えねばならぬぞ、武光」

「御所様のもとでなら、いかなる苦難の道であろうと、この武光、闘い抜いて見せまする」

「よいものだ、友というものは」

「武光を、友と呼ばれまするか？」

「友だ、武光。忽那島では、兄ができた。薩南では、戦の師に出会った。そして菊池には、友がいると思い続けてきたのだぞ」

武光は、しばし言葉を見つけられなかった。唇《くちびる》だけがふるえている。

「湯を所望じゃ」

平伏したままの太郎大夫が、飛び出していった。湯が運ばれてくるまで、牧宮は無言だった。眼は、武光を見つめている。暖かさと鋭さの入り混じった、不思議な眼だと武光は思った。

太郎大夫が、湯を捧《ささ》げ持ってくる。

「酒を酌《く》み交わす時ではない。湯を酒と思おう。武光、二人だけの時は、儂とおまえは友だ。よいな、忘れるなよ」

言って笑い、牧宮は湯を口に運んだ。

「それにしても、案内もなく、それがしの居室がよくおわかりになりました」

武光は、湯を口にすると不意に気持がのびやかになるのを感じた。

「城を築いたことがある。武光の居室を、迷うことなく捜し当ててみせる、と頼治に言ってしまったのだ。谷山で築いた城も、いい城だった」

「谷山御所は、まるで城のようじゃ、と随従させた者が申しておりましたが、あれは城でございましたか」

「儂と頼治で絵図を引いた。それに、戦の師が手を入れた」

「師とは、谷山隆信殿？」

「すでに死んだ」

「はて、薩南で死んだ武将と言えば、どなたでございますか？」

「名もなく死んでいく。そういう死も、人にはあるのだ。儂の夢の中で、わが師は生き続けている。それでよい」

躰にしみこむように、武光には牧宮の人となりがわかったような気がした。

事情は知らない。それでもわかったと思えることが、武光には理由もなく嬉《うれ》しかった。

2

馬に鞭《むち》をくれた。

緒方太郎大夫以下の従者たちは遅れ、付いてくるのは早助だけになった。

どういうことだ。肚《はら》の中で、武光は叫んでいた。征西将軍宮ともあろうものが、たった二名の従者で、城下より三里も離れたところへ遠乗りとは。たとえ嫌《いや》がられても、こちらで警固を付けるべきだった。

馬の息が荒い。早助も、無駄なことを言おうとはしなかった。張り出した小枝を、武光は躰でへシ折った。

道が、岩肌《いわはだ》になった。ここからは、自分の脚で走る方が速い。

岩に駈け登った。岩から岩へ跳び移る。さすがに、早助の方が敏捷《びんしょう》だった。武光を先導する恰好になる。瞬間、武光は躰を止めた。気合が肌を打ったのだ。それから猛然と駈けた。

先に立った早助が、武光を止めるような仕草をした。ふり返った顔から、切迫した表情が消えている。

「お館様、勝負は見えてござるぞ」

押しのけて突っ走ろうとした武光を、早助が抱きとめた。

頭上から中天に立てた剣を、武光は見つめた。忽那重明であった。すでに斃れている修《しゅ》験者《げんじゃ》が三名。立っている修験者が三名。そのうちひとりは、手負っている。

滝の音が、すべての音を消していた。自分の荒い息さえ、武光には聞きとれなかった。

「よい機会でござる。御所様麾下の大将がどれほどの腕か、ここで見物されるがよいわ」

なにを暢気《のんき》な、という言葉を武光は呑《の》みこんだ。確かに、勝負は見えている。牧宮は、滝を背にして太刀に手もかけずに立っていた。身を挺《てい》してそれを守るように、五条頼治が抜き撃ちの構えをとっていた。

修験者の、絶望的とも思える気合が、滝の音を破った。白い光。届くはずもない刃風を、武光は自分の頰に感じていた。膝《ひざ》を折った修験者が、音もなく斃れた。手負ったもうひとりも同時に斬《き》りこみ、さらに肩から血を噴いて膝を折っていた。

最後のひとりが、身を翻《ひるがえ》した。早助、と言おうとした時、岩陰から黒い影が走り出してきた。擦《す》れ違った。修験者は斃れていた。黒い影は、見覚えのある顔だった。数年前、薩摩に単身潜入した時、牧宮に拝謁できるように手引きしてくれた、右京という男だ。

武光は、岩肌の急な斜面を駈け降りた。

「武光か。心配させたようだな」

「御無事で、なによりでございます」

笑って、牧宮は頷《うなず》いた。動じたところはどこにもない。血を拭《ぬぐ》った太刀を鞘に収め、重明も頼治と並んで控えた。

「儂は、薩摩で五年余も、島津貞久という武将とむかい合っていた。思い返すと、武将らしい一徹な武将であった。ただの一度も、儂に刺客をむけてこようとはしなかった」

「九州北部は、一色、少弐、大友と入り乱れております。なれど、みな足利の軍門の下。

恐れながら、御所様のお命は、彼らにとっていかなる軍功にも勝るものでございますぞ」

「霊地ゆえに、警固も慎ませた。これからは心しよう」

「菊池の城下には、商人どもの出入りも多くなっております。刺客がそれに紛れるのも、難しくありません」

武光が惣領となって菊池が安定すると、離れていた商人たちが戻ってきた。刀鍛冶も十軒ほどになっている。市も立つ。

武光は、赤星武豊を総大将とする騎馬隊の訓練を、阿蘇外輪山で見てきたところだった。広大な草地と斜面の続く阿蘇外輪山は、百騎単位の集団戦闘の訓練にはもってこいだった。脚の短い肥後駒《ひごごま》は、どんな馬より斜面を速く駈ける。

先行して菊池に戻っていた早助が、六名の修験者のことを告げた。早助の表情を見て、ただ事ではないと武光は悟ったのだ。

「それにしても、忽那重明殿の腕前には感服いたしました」

「わが剣の師でもある」

さらりと、牧宮は言った。重明を大将とする牧宮の麾下は、三十騎。徒はそれぞれが付けている従者だけで、総勢六十余名にすぎない。それを増やそうという意志は、牧宮にはないようだった。

「阿蘇外輪山にいる、と聞いていたが」

「騎馬隊を、半数集めて訓練をいたしておりました。これからは、一騎討ちの時代ではありません。百騎がまとまって、百騎以上の力を出す。そういう戦をしようと思っております」

いまのところ、大きな戦は迫っていない。少弐頼尚も、征西将軍宮を迎えた菊池が、どう動くかじっと見ている気配である。兵を鍛えるには、いい機会だった。状態を見て、陣容も少しずついじった。槍一番隊は、五十騎の騎馬と百五十の徒にふくれあがり、城武顕が手足のごとく動かしている。

斃れている修験者の中には、まだ息がある者もいたが、牧宮は気にしようとしなかった。いずれも、それほど長くは保《も》たないだろう。出血がひどい。誰の手の者か、問い糺《ただ》すのを武光も諦《あきら》めた。誰が刺客を送ってこようと、不思議はないのだ。

「武光、滝へ入らぬか？」

「では、このために産《うぶ》さん滝へ？」

まだ二月である。牧宮が菊池へ入ってから、ようやくひと月が経《た》とうとしている。御所の一室で、法華《ほけ》経《きょう》普門品《ふもんぼん》を書写し、剣を振り、わずかな従者で菊池城下を走り回る毎日のはずだった。

「すでに十日になる。滝に当たるのは儂と頼治だけで、重明と右京は警固についておる」

「そうでございましたか」

滝壺《たきつぼ》へは、かずらを伝って降りていかなければならない。こんなところへ来るのは、修験者だけである。刺客も、巧妙にそれを狙《ねら》ったようだ。

牧宮が、狩衣《かりぎぬ》を脱ぎ捨てた。武光もそれに続いた。

「菊池殿。火を焚《た》いてお待ちいたします」

重明が言った。頷き、武光はかずらを摑《つか》んで岩に足をかけた。

滝の音が、すべての音を消していた。それはかえって、静寂に似ている。

腰ほどの深さまで入り、牧宮は落ちてくる水に身を晒《さら》した。岩が水で抉《えぐ》られたようになっているところらしい。滝壺はもっと深いはずだ。

一礼して、武光も水に身を晒した。

落下してくる水の力は、見た感じよりはるかに強かった。顔の前で指をしっかりと組み合わせ、全身の筋肉に力をこめていなければ、押し潰《つぶ》されてしまいそうだ。

眼を閉じた。不思議な心持ちだった。しばらくすると、武光はそばに牧宮や頼治がいることさえ忘れた。

どれほどの時が、そうやって過ぎただろうか。二人が動く気配で、武光は我に返った。

岩にあがる。寒くはなかった。肌は冷えきっているが、躰の芯《しん》にはかっと熱いものがある。なにかが燃えているような気分だった。

「よいものであろう」

ひと言だけ言って、牧宮は岩を登りはじめた。流れに面した崖《がけ》。頼治が、どこから出したのか、鑿《のみ》と槌《つち》を持ってきた。受け取った牧宮が、崖に鑿を当てた。幾条かの線が、すでに岩肌には刻まれている。

無言だった。武光も、黙して控えていた。槌の音。岩が削られていく音。それも、やはり静寂だった。

「御所様、なにを彫っておられますか？」

重明のところへ戻ってから、武光は訊《き》いた。すでに刺客たちの屍体《したい》は片付けられていて、血も洗い流されていた。右京の姿はない。

「不動明王だ」

狩衣を着ながら、牧宮が言った。

「法華経普門品は、高良《こうら》玉垂宮《たまだれぐう》へ奉納いたす。その間、滝に打たれ、不動明王を彫ろうと思っておる。儂自身を見つめるために、彫っているようなものだ」

武光に眼をむけて、牧宮は屈託なく笑った。

「この武光も、お供しとうござる。せめて、不動明王が姿を見せるまで」

「よいのか、兵どもを鍛える仕事は？」

「木野、赤星、城がおります。それがしの意は充分に伝わっておりますれば」

「わかった。好きにせい」

もう一度、白い歯を見せて牧宮が笑った。笑顔に、武光は惹《ひ》きつけられていくような気分だった。いままで、こういう人間に出会ったことはない。高貴な身分だということも、忘れそうだった。

「それがしにも、どこかを彫らせてくだされい」

「おう。やるがよい。武光には、火炎を彫らせてやろう。そちにぴったりじゃ」

馬が曳《ひ》かれてきた。牧宮は見事な黒馬で、武光は連銭葦毛《れんせんあしげ》である。牧宮の兄に当たる大塔宮の乗馬が、見事な黒であったと都に上った兄たちから聞かされたことを、武光は思い浮かべていた。

「うれしかったぞ、武光」

並んで走りはじめてから、牧宮が言った。

「儂の不動明王に手を貸そうと言ってくれた。頼治は、遠慮して控えておるだけじゃ」

「友でございますぞ、武光は」

「そうじゃ、儂の友だ」

言って、牧宮は馬に鞭をくれた。武光も遅れなかった。すでに、滝の音は遠いものになっている。

木野武茂が、隈府城の武光の居室を訪《おとな》ったのは、三月に入ったばかりのある朝だった。

若い女子《おなご》を伴っている。

「おお、そなたは」

「娘の笙子《しょうこ》でござる。かねてよりのこと、心掛けて参りましたが、笙子もお仕えしたいと申しますゆえに」

「大きくなられた」

十七歳になっているはずだ。武光にとっては姪《めい》に当たるが、会うのは十年ぶりというところだろうか。

「私心はござらぬ。わが娘とも思うまい」

「言われずとも、わかっております」

武茂は、一族の長老に列する。穏やかな人柄《ひとがら》で、信望も厚い。

牧宮のそばには、女が仕えていなかった。身の回りも、頼治がみているようだ。武光が、はじめに気にしたことのひとつだった。自分は、城中の奥に正室を置き、ほかにも女を二人置いている。城下にさえ、通っていく家が二軒ある。うしろめたい思いをした、というのが正直なところだっただろうか。それで、武茂に相談を持ちかけたのである。

「五条頼元殿は、御所様のお心次第と申されておる。とりあえずは、お側《そば》へあがって、お仕えしてみてくれ。笙子殿ならば、儂も安心していられる」

笙子が、膝に手を置いたまま、頭を下げた。武茂が無理強《じ》いして連れてきたわけでもないようだ。問題は、会わせ方だった。いきなり御所で拝謁《はいえつ》させるというのも、やっていいことなのかどうかわからない。五条頼元は、征西府の政務で忙しいようだ。それに武光は、これを自分でやりたかった。

「笙子殿。これから、ひとりで産さん滝へ行ってはくれまいか。いまから行かれれば、頃《ころ》合《あ》いもちょうどよい。御所様と儂は、そこで滝に打たれることになっておる。焚火をして、お待ちくだされ」

うまくいくかどうかは、賭《か》けのようなものだ。それでもいい、と武光は思った。

牧宮が出かけたのは、いつもと同じ時刻だった。供は、重明と頼治だけである。どこかに右京もいるはずだ。武光は、早助を呼んで右京に笙子がいることを伝えさせた。自分も、太郎大夫だけを供として、しばらく遅れて出かけた。

途中で追いついた。すぐに、滝の音が聞えてきた。笙子の姿。木立の下である。小さな火を燃やしていた。牧宮は、笙子にちょっと眼をくれ、そのまま狩衣を脱いで滝へ降りていった。

いつものように滝に打たれたが、自分を忘れることはできなかった。

不動明王の前に立った。ほぼ、そのかたちはできあがりつつある。背にある炎の半分以上は、武光が彫ったものである。

「どうした、武光？」

いつもとは違う槌の音を聞き分けたのか、牧宮が言った。武光は鑿と槌を岩の上に置き、片膝をついた。戦よりも、はるかに緊張した。

「申しあげます」

声が上ずっているのが、自分でもわかった。牧宮も、鑿と槌を岩に置いた。

「先刻、焚火をしておりました女子でございます。木野武茂が娘にして、それがしには姪となります。御所様のお側にて、お身の回りのことなどをいたさせたく」

「そうか」

軽く、牧宮は言った。ほっとして、武光は顔をあげた。自分がなぜ、これほど緊張するのかよくわからなかった。

「頼治の仕事が楽になる。助かるぞ」

何事もなかったように、牧宮はまた鑿を手にした。武光は、そのまま膝をついて、牧宮の手もとを見つめていた。一緒に鑿を振うには、心が乱れすぎている。

いつもより早く、牧宮は鑿を置いた。

焚火のそばへ登っていく。火は大きくなっていた。笙子が、新しい衣服を捧げ持っている。

「名は？」

「笙子と申しまする」

「よい名じゃ」

それだけ言い、牧宮は笙子が差し出す衣服に袖《そで》を通した。早助が気を利《き》かせたのか、重明の姿も見えない。

「長い旅をしてきた。ひとりには馴《な》れておるが、周りの者どもは気を遣ったであろう。女子のそなたがいてくれると、助かる」

気に入ったのだろうか。武光には、牧宮の言葉がいつもより多いことが、どうなのかよく判断できなかった。

衣服を整えると、重明が馬を曳いて現われた。

「笙子とやら。そなた、ここまで歩いて参ったのか」

はい、と言い笙子が頷いた。

「武光。女子にそのようなことをさせるものではない。おまえは、男も女も同じと思っているのではないか」

「はあ」

牧宮の言葉は、やはりいつもより多い。

馬に乗った。笙子は、岩に膝をついている。牧宮が、手を差しのべた。笙子が戸惑ったような表情をした。武光が頷くと、ようやく笙子は立ちあがった。

笙子が声をあげた。牧宮は、馬の上に笙子を引きあげていた。腹を蹴《け》られた馬が、駈け出していく。武光は、呆気《あっけ》にとられて見送っていた。

重明が笑っている。

「気に入られたのであろうか。な、重明殿はどう思われる？」

「すこぶる、お気に召されましたな」

「そうかあ」

武光は声をあげ、馬に飛び乗った。牧宮の姿はすでに見えない。

あのお方は、わが友なのだ。自分は、友としてしてやりたいことをやった。

勢いよく、武光は馬腹を蹴った。

3

やや沈んだ表情の五条頼元と、懐良《かねよし》はむかい合っていた。

征西府館の、謁見の間である。ここにだけは高麗縁《こうらいべり》の畳が敷かれ、御簾《みす》もしつらえてある。恵良惟澄よりの使者を帰したところだった。ほかには、頼治が控えているだけである。

征西府の筑後《ちくご》への北進に、兵を出すことはできぬという、惟澄からの最終的な使者だった。もとより阿蘇惟時は動かず、菊池の兵は肥後を固めなければならない。

頼元が、筑後北進計画を急いだのにも、理由はあった。活発に兵を動かしはじめたという楠木正行が、新年早々四条畷《しじょうなわて》で高師直《こうのもろなお》とぶつかり、敗死していた。しかも吉野の行宮《あんぐう》は師直に焼払われ、帝《みかど》は賀名生《あのう》に難を避けるという有様であった。

ひと時、燃えあがるかに見えた中央の南軍が、吉野からすら追われたのである。ここは九州で踏ん張る以外にない、と頼元が考えたのも当然だった。

「何度も申したことだが、阿蘇惟時は見切るのがよかろう。動くものなら、すでに動いているはずだぞ、頼元」

頭を下げた頼元の表情からは、重苦しいものが消えていかなかった。阿蘇惟時については、頼元もそれほどの期待を持っていなかったのかもしれない。しかし、菊池がひとつにまとまるまで、肥後の中心として活発に兵を動かしていた恵良惟澄も動かなかった。

惟澄の意志いかんにかかわらず、動けなかったのだということが、懐良にはよくわかっていた。上も下も、武士は恩賞を得るために戦で命をかける。惟澄とて、自らの郎党に与える恩賞は必要なのである。むしろ、いままで兵を動かし続けていられたことが、不思議と言ってもいいほどなのだ。

頼元には、朝廷の権威や令旨《りょうじ》の力を、過信しすぎるきらいがあった。それも仕方のないことだ。頼元は自らの兵を持っていない。

「北進は時を待とうぞ。谷山で五年余、やはり時を待った。そして道が開けた」

「頼元は、若こうはござりませぬ。それが無念でござりまする」

すでに、六十歳に達している。叡山を出立してより、ずっと一行の先頭にあった。

頼元が令旨を飛ばして、各地の武士を動かそうと試みるのも、必要なことだと懐良は思っていた。動かせないまでも、征西府が活発に動いていると、九州の武士に思わせることはできる。それがいつか、武士たちが征西府に靡《なび》く拠《よ》りどころにならないともかぎらないのだ。

「阿蘇どころか、恵良まで動かぬとは」

肩を落としたままの頼元が呟《つぶや》いた。懐良には、ここという時、再び恵良惟澄を動かす自信はあった。しかし、いまは時機ではない。中央の動静に引き摺《ず》られて、いたずらに事を急げば、せっかく固まった菊池さえまた混乱しかねないのだ。

「頼元、もう休むがよい。明後日からは参籠《さんろう》せねばならんぞ」

言って、懐良は腰をあげた。付いてこようとする頼治を手で制し、太刀だけ持った。頼治は、軽く頭を下げた。

夕刻だが、陽の入りは肥後入府のころよりずっと遅くなっていた。

「頼治殿は、いかがなされました？」

奥へ戻ると、太刀を受け取り、笙子が言った。下女が、夕餉《ゆうげ》の仕度をしている気配がある。笙子が側にいるようになってから、懐良は夜のひと時を、憩《いこ》うために使うようになった。そういう時を持ってみると、自分がこれまでいかに張りつめていたかがわかる。

「頼治は、爺《じい》さまのところじゃ。たまには、そうしてやった方がよい」

「湯浴《ゆあ》みになされますか。それとも夕餉をおさきに？」

「水でよい。湯は不要じゃ」

滝に打たれ、岩に不動明王を彫るのも、すでに十日ほど前に終えた。それからは湯浴みが多くなって、水の冷たさを躰が忘れかけている。明後日からは、九州平定を祈願して、頼元、頼治と吾平山医王院に十七日間の参籠をすることになっていた。

水を浴びながら、懐良はひとつのことだけを考えていた。九州を平定して、自分はなにをやればいいのか。なんのために、九州を平定しようとしているのか。

父であった後醍醐《ごだいご》帝の志は、朝廷の力で日本を治めることであった。それは、九州までの長い旅の間、頼元をはじめとした供奉の者たちから、たえず聞かされていたことだった。一時は、それも実現したかに見えたのだ。しかし、足利尊氏《あしかがたかうじ》が離反し、幕府を創設した。朝廷の支配の根底には、武士の力があったのだ。尊氏の離反で、朝廷の支配は揺らぎ、やがて崩れた。尊氏とて、朝廷と闘ってたえず勝ちを収めていたわけではない。ほとんど身ひとつで、九州へ逃走したことさえあるのだ。それでも、すぐに数十万の大軍を組織することができた。

武士というもののありようを、懐良は考えずにはいられなかった。

結局は、実質の支配を武士がやり、朝廷はその上に載せられるだけではないのか。何代にもわたる主従の関係で、武士は武士だけの強固な倫理や生き方を持つようになっている。

もし尊氏が敗れていたとしても、新田義貞《にったよしさだ》が力を持つことになっただろう。義貞の器量が、尊氏に劣っていただけのことだ。

そして自分もまた、九州の武士の力を借りようとしている。

武家の棟梁《とうりょう》として生まれたのならば。しばしば、そう思った。しかし、後醍醐帝の皇子として、生を受けてしまったのである。

大塔宮《おおとうのみや》が、なぜ朝廷の軍勢を作ろうと心を砕いたのか。自らの皇子である大塔宮を謀殺させてまで、なぜ後醍醐帝は尊氏に妥協しなければならなかったのか。

すべては、武士の力と、その結びつきの強さにある。朝廷が、古《いにしえ》より続いた権威に拠って立とうとするかぎり、その根底には武士の力を置かずにはいられない。

武士を、変質させることができるのか。

それは、菊池武光との闘いということにもなる。武光が、古来からの武士の倫理や生き方を捨てて、征西府の軍勢になりきることができるのか。

九州を平定しても、それが実質的な平定なのか、武光に戴かれての形だけの平定なのか、武光のありようにかかっているのだ。

友であり、闘う相手でもある。懐良にとって、武光はまさしくそういう男だった。

「まだ、続けられまするか、御所様？」

笙子が声をかけてきた。懐良の身の回りのすべては、下女任せにせず自分でやる。浴びる水を運ぶのさえ、笙子は自分でやっていた。

「もうよい。心まで冷えてしまいそうだ」

笙子が、転がるような笑い声をあげた。戯《たわむ》れのこういう言葉が、笙子を相手にしていると軽く出てくる。

木綿の単衣《ひとえ》を羽織って、肌の水気を取るなどということは、やったことがない。肌が紅潮するまで、乾いた布で擦《こす》る。忽那島にいた時、義範に教えられたことだった。

すでに陽は落ちていた。居室は、燈台《とうだい》の明りだけである。

笙子が膳《ぜん》を運んでくるのを待つ間、懐良はじっと炎を見つめていた。

ひとつの情景が思い浮かんできた。炎。呪文《じゅもん》。そして顔。宮中だった。顔は、自分の父であり、天皇であった人のものだ。幼いころの記憶だった。足利滅亡の加持祈禱《きとう》。

いい記憶ではなかった。思い出すと、おぞましさに似たものがこみあげてくる。

あれが、天皇たる人のするべきことだったのか。あの呪詛《じゅそ》が、どれほどこの国を乱し、民を苦しめることになったのか。

それでも懐良は、時折自分もその呪詛に縛られているのではないか、と感じることがある。父の生の拠りどころでさえあった足利への恨みが、自分の心の中にも受け継がれているのではないのか。

そのたびに、呪縛を払いのけようとはしてきた。皇子に生まれたという星からは、逃げようとは思わない。しかし、自分は自分なのだ。生き方にも、闘い方にも、自分のものがある。いまは、九州という場所が、自分には与えられている。そこで、どう生き、どう闘うか。それだけを考えていればいい。

笙子が、四脚の懸盤《かけばん》を懐良の前に置いた。もりきりの一椀《わん》の飯と、汁、菜の一皿。征西府館も、隈府城中も、みんなが同じものを食べている。

「どうなされました、御所様？」

「儂《わし》は儂だ。それを考えていた」

それ以上は、口に出せることではなかった。黙って、懐良は箸《はし》をとった。

十七日間の参籠を終えて、吾平山医王院の山門を出たのは、六月二十九日だった。

山門の外には、武光と重明が控えていた。軽く、二人と頷き交わした。

頼元は、南朝興隆と九州平定を、一心に祈願していたはずだ。懐良は、父、後醍醐帝の呪縛をすべて払いのけようとした。兄、大塔宮の恨みも、忘れようとした。九州の天地は、自分に与えられたものである。皇子たる身分から逃れようとは思わない。しかし自分は、後醍醐帝でもなければ、大塔宮でもないのだ。九州平定の宿命を負っているとしても、それは自分の闘いとしてなすべきことだった。

それを、十七日間祈り続けた。

馬が曳かれてきた。

「武光、滝の不動明王に会いに行こう。おまえが一緒でなければならぬ。二人で、滝の不動明王にも、九州平定を誓おうではないか」

馬に乗ると、武光と轡《くつわ》を並べて駈けた。重明と頼治が付いてくる。

久しぶりに、全身で落ちてくる水の重さを受けた。それから、不動明王の前に立ち、両の手をしっかりと組んだ。

「これから、長い戦が続こうな、武光」

「御意」

「一度だけ言う、武光。儂は九州を平定する。朝廷のためではない。すべてが、民のためだ。民のための戦。戦のない世を作るための戦。それを忘れぬために、儂は不動明王を彫ったという気がする。ともすれば、先の帝の御心が儂を縛った。先の帝は、帝の国のために戦おうとなされた。民も、帝の国のためには死ぬものだ、と思召《おぼしめ》されておられた。民あっての国だということを忘れられたために、世はこれほど乱れた。民のためになす闘いだということを、われらは忘れまいぞ」

「はっ」

「二度は言わぬ。言えることでもない。儂とおまえだけの間の、友としての話だ」

武光は、手を組み、眼を見開いて不動明王を見つめていた。腕に力がこめられ、筋肉が浮きあがって見えている。

「館《やかた》へ戻る」

武光が先導した。河原では、重明が二頭の馬を並べて控えていた。もはや、焚火など必要のない季節になっている。

隈府城まで、ひと息で駈け抜けた。頼元の一行は、すでに征西府館に戻っている。奥で、平伏して迎えた笙子に太刀を渡し、懐良は居室に頼治を呼んだ。

「義範が参っておるのか？」

城門の内に、六ツ葉鉄線の忽那の旗を持った兵が、十名ほど控えていたのだ。

「いえ、堀田安秋でございます」

「なに、安秋か」

「いま、菊池武光殿と面談中と思われます。いずれ忽那義範殿の使いでございましょう」

しばらく待っていると、武光自身が迎えに来た。

「お見せいたしたきものがございます。倉へお出まし願えませぬか」

懐良は、気軽に腰をあげた。

隈府城本丸と征西府館の間に、五棟の倉が並んでいる。兵糧倉《ひょうろうぐら》や武器倉である。昼夜、二十名の兵が警固していた。

一番奥の倉の前で、堀田安秋と武光の郎党がひとり控えていた。

「倉奉行を勤めまする、加瀬忠明でございます」

まだ若かった。武光とほとんど変らないように見える。

「久しいのう、安秋」

「御所様にも御健勝で、なによりでございます。これからは、お館に代り、それがしがしばしば御所に参上いたしまする」

忽那義範は、内海東方の武家方の拠点を、次々に叩《たた》く戦をやっていた。冷泉《れいぜい》持房から、その報告は入っている。内海さえ掌握しておけば、中央との連絡が途絶えることはない。

「お入りくだされい」

武光が先に立って、倉に入った。

蠟燭《ろうそく》の明りが、積みあげられたものを照らし出す。覆《おお》った筵《むしろ》を、武光が取り払った。銭であった。

「この二年で、三度、高麗へ荷を運びました。はじめの一度はお館も一緒でした。二度は、それがしが忽那の関船四艘で、輸送船を警固いたしました」

「それで、持ち帰ったものが、これか」

「申しあげます」

加瀬忠明は、懐良の前で緊張しているようだった。

「これだけの銭を、米に置き換えまするると、三千の兵を、一年養えまする。これはほぼ、菊池郡からあがる租に匹敵いたしまする」

「ほう、三千とな」

「御所様。高麗へむけた船団の規模は、まだ小そうございました。荷さえあれば、三倍、四倍の船団をむけられます。警固も、忽那水軍のみならず、村上の水軍も加わります。しかも、菊池の荷ということになれば、対馬《つしま》の宗《そう》氏も、なんの要求もいたしません」

安秋は得意げだった。

征西府館の、謁見《えっけん》の間に戻った。

「堀田安秋と加瀬忠明に、この仕事を任せとうございます。忠明は、銭倉の奉行をするとともに、城下の産業を盛んにいたします。それによって、出せる荷が増えます。安秋は、それを高麗に運び、銭に換えて菊池へ持ち帰ります。これは、忽那義範殿とそれがしの間で、すでに談合がなったことでございます」

武光の説明は簡潔だった。

懐良は頷いた。陸にないものなら、海で見つけろ。言った谷山隆信の言葉が、いま現実のものとしてここにある。

恩賞は、領地でなされるのが、当たり前のことだった。それがなければ、官位しかない。ほかに、恩賞のありようが考えられたことは、多分ないだろう。

領地は、領主に毎年富をもたらす。十年二十年と、それは続くのだ。ただ、世がこれほど乱れれば、いつまで続くのか誰もが不安を抱く。恩賞として手に入れた領地に、前の領主の残党が根を張っていることもある。領地を守るための、兵力も必要になる。一年分の租に匹敵する銭を、恩賞とする。これをむしろ、武士たちは歓迎するかもしれない。米は購《あがな》うのが一番楽なのだ。

「あとは、どれほどの荷を出せるかだな、武光」

「高麗では、刀剣、農具など、鉄を使ったものが高く売れるそうです。幸い、菊池川は刀鍛冶《かじ》が九州全土から集まってくるほど、良い砂鉄を産します」

「力がつけられる、これで」

懐良は呟いた。底力。一番欲しかったものだった。

4

正平三年の暮、懐良は富山浦《ふさんぽ》にいた。対馬から最も近い、高麗の泊《とまり》である。

忽那義範が、館を構えたのは秋だった。義範は、いずれここを本拠と定める心づもりのようだ。倉が三棟あり、三十名ほどの兵も常駐している。

肥後入府より一年弱、さしたる戦もなく、九州は膠着《こうちゃく》していた。島津は日向《ひゅうが》の畠山直《はたけやまなお》顕《あき》と睨《にら》み合い、大友氏泰は豊後《ぶんご》経営に心を砕き、少弐頼尚の眼は、たえず九州探題一色範《のり》氏《うじ》の方をむいていた。ただ、征西府と菊池が動きはじめれば、探題も守護衆も肥後に干戈《かんか》をむけてくるはずだ。もともと、内輪の反目にすぎないのだった。

菊池はじっと耐えて、いましばらく力を蓄える必要があった。攻められれば撥《は》ね返すが、攻めに転じるには底力が足りないのである。

九州探題という職責に駆られてか、一色範氏が三千ほどの兵を出してきたのは、九月だった。武光の応戦には、眼を瞠《みは》るものがあった。菊池郡全域が素速く臨戦態勢に入り、武光に率いられた千五百の兵は、正面から一色軍とぶつかって、あっという間に蹴散らしたのである。特に、城《じょう》武顕の槍隊《やりたい》の働きがすさまじかった。槍隊の突撃で一色軍は見事に両断された。そこを、騎馬隊が思うさま蹴散らしたのである。

かつてなかったほどの精強な軍勢を、武光はつくりあげていた。ただ、長期戦ではまだ兵站《へいたん》が続かない。島津との五年余の対峙《たいじ》で、懐良も守護の底力がどれほどのものか、骨身に沁《し》みて知っていた。

懐良が航海に出るには、いい時機だった。菊池の精強さを知った以上、守護たちも安易に手出しはできないだろう。

高麗へ渡ると知って、さすがに頼元は渋い表情をしたが、武光はむしろそれを勧めるふうだった。義範に絶対の信頼を置いているということもあったが、武光自身が高麗に関心を抱きはじめていた。銭倉の銭が、またたく間に増えていくのを、目の当たりにしていたからである。

わずか十日余の高麗逗留《とうりゅう》で、身分は義範の客人の都竹《つづき》であった。堀田安秋に伴われて、できるかぎり高麗の村落を見て歩いた。漢城まで足をのばしたかったが、それは日数が許さなかった。

富山浦の義範の館に戻ってきたのは、出発の前日である。

「どうでございましたか、異国というものは？」

「幼いころより、旅を続けてきた。言葉が通じぬことを除けば、人はみな同じだと思った。そしてどこも、やはり民が苦しんでいる」

倭館《わかん》と呼ばれる義範の館は、それでもやはりどこか高麗の建物に似ていた。懐良は畳を敷いた居室をあてがわれていたが、背凭《せもた》れのある床几《しょうぎ》に、脚の長い卓を配した部屋もあった。

「驚いたことは、どこにも博多の商人たちが出入りしていることだった。ああして、富を博多に運ぶのだな」

「さらに、その富の大半は、都へ運ばれます。幕府を支える柱の、ひとつくらいにはなっておりましょうな」

「尊氏が、九州探題を置いたわけが、よくわかった。博多は、守護ではなく、尊氏が自分で押さえなければ、運びこまれる富も半減するのであろう」

「九州探題は、九州に号令することになっておりますが、それだけなら少弐頼尚に任せれば充分。高麗が視野にあるとは、少弐とて気づいてはおりますまい。思えば、尊氏というのはおそろしい男でございます」

「この国を見て、儂もしみじみとそう思った。ひとつのことだけに、眼を奪われてはならぬ。肥後に眼をむけている時も、全九州を、日本を、そして日本の外の国を、見ていなければならぬ。尊氏は、それができる稀有《けう》の男よ。先の帝《みかど》は、それがおできにならなかった。建武の御新政が成った時、高麗がもたらす富に眼をむけておられれば、と思ったぞ。公家《くげ》たちに栄耀《えいよう》の思いをさせる前に、おやりにならなければならぬことが、確かにあった」

「それがお解《わか》りいただければ、高麗をお見せいたした甲斐《かい》があったというもの」

「ひと度京を手中にすれば、すべてが思いのままというのは、公家たちの思いあがりだな。新田義貞を誅伐《ちゅうばつ》して尊氏と結べ、と奏上した楠木正成の気持も、いまにしてわかる」

「楠木は、高麗の富まで見通して言ったわけではありますまい。人を見る眼を、持っていたということでございましょう」

その楠木正成を、湊川《みなとがわ》で敗死させたのも、やはり後醍醐帝であった。東上してくる尊氏の大軍を、京に引きこんで叩くという正成の献策を採っていれば、再起できぬまでに尊氏を破ることができたかもしれないのだ。

しかし宮中のほとんどは、都における栄華を束《つか》の間手放すことさえ肯《がえ》んじなかった。正成は、闘わずして敗走する義貞を助けるために、その身を犠牲にしてしまったのである。

「日本を離れて、かえって日本のことがよく見えてきた。それも、高麗に渡ってよかったことだ」

「高麗も、さまざまな苦しみを抱いております。いずれ、なにかが起こりましょうな」

「義範は、高麗に腰を据《す》える気のようだな」

「この地に骨を埋めるのも、またいいという心境になっております。父祖より受け継いだ領地にこだわるのが、小さなことだと思えてきます」

懐良は、縛るもののない身というものに、ふと羨《うらやま》しさに似たものを感じた。自分には、縛るものが多すぎる。いや、そう思いこんでいるだけなのか。

九州でやらなければならないことを、いくつも抱えた。八歳で征西将軍宮に任じられた時、いや後醍醐帝の皇子として生を受けた時、自分の生き方の半分以上は定められてしまっていた。水師の身軽さを、羨んでみても仕方のないことだ。

「儂はこれからも九州にある」

「京に攻め上られぬかぎりは」

「いまはまだ、京を回復しようなどという気は持ってはおらぬ。九州はおろか、肥後一国でさえもまとめてはおらぬ。長い闘いをすることになるだろう」

「そのためにも、義範はこの地にいるのでございます」

「夢は、海を越えられる。義範、人の抱く夢とは、そういうものであろう」

「いかなる夢を、抱かれております？」

「夢のかたちは見えぬ。ただ、海をも越える夢を抱きたい、と思った」

「義範はいつも、ここにおります。御所様の夢がこの地へ届くのを、お待ち申しあげましょう」

穏やかに、義範が笑った。

高麗の女が、酒肴《しゅこう》を運んできた。そばに女をひとり置いている、というのは安秋から聞かされていたことだった。義範は、その女を引き合わせるふうでもなかった。

義範が、懐妊した妻を亡《な》くしたのは、忽那家で争いが起きた時だ。九州へ落ちた尊氏が、大軍を率いて東上してきた。尊氏に従うかどうかで、惣領《そうりょう》の重清と義範は争ったのである。安秋の父も、そこで死んだという。

以来、義範が女を近づけたのを見たことはない。

「高麗も、このままでは済みますまい。元朝《げんちょう》への怨嗟《えんさ》の声は民の中に満ち溢《あふ》れております。なれど、民の声に耳を傾けようとしている者は、まったくおりません」

「元の属国のようなものだ、と安秋は申しておった」

「元も、乱れはじめております。民が、自らのためになにかをなそうとする時が、いずれ来るでありましょうな」

出帆の準備にかかっていた安秋が、村上義弘を伴って戻ってきた。

「都竹殿、お久しゅうござる」

義弘は、やはり女物の花柄《はながら》の単衣を二枚重ねて着て、太刀を肩に担《かつ》いでいた。

「村上殿も、この地へ館を構えられまするか？」

「いや、忽那殿の世話になることにいたした。それがしは、陸《おか》より海の上の方が性に合っております。博多の商人どもに稼《かせ》がせるより、忽那殿にお願いした方が、何事もうまくいく」

「富める者との争いは、やはり起きておりますか？」

「海の上では。まだ少のうござるが、根は深い争いでござる。それより、明日は御出発とのこと。玄界灘《げんかいなだ》の冬の波はきつうござる。あまり酒を過されるな」

言って、義弘は声をあげて笑った。

酒宴は、深更まで続いた。義弘は、高麗の海の民と結んで、新しい水軍を作るという話を熱中して語った。

征西将軍宮として九州にある時には感じられない、解き放たれたような気分が、懐良を包んでいた。

冬の玄界灘は、確かに厳しかった。

関船だけの航行ではない。十艘の輸送船を警固しての航行である。動きの鈍い輸送船が横波を食らわないように、かなり遠くまでの波の状態を読まなければならない。

船頭は六兵衛である。懐良は、六兵衛の機敏な下知と、水夫たちの動きを見つめながら、自分も船を操れるようになりたいと思った。

海の外に拡《ひろ》がっている世界。頭ではわかっていても、実際にその土を踏んでみると、圧倒してくるような広さだった。自分はもとより、九州の争いも、日本さえも、小さい。

「安秋、海はどこまで続いているのであろうな」

矢倉に立ち、懐良は冬の風に打たれていた。身を切るような寒さが、快くさえある。

「はじめて外海に出ました時は、私もそう思いました。高麗と菊池を結ぶ海以外は眼に入れてはならぬ、とお館よりきつく申し渡されております」

「魔物のように、おまえを誘ったか？」

「果てをきわめてみたい。憑《つ》かれたように、そう思った時がございました」

「そして、ほんとうに果てをきわめるために、行ってしまった人間もいるのであろうな」

「何人も、何十人も。五年、十年経って、ひょっこり戻ってくる人間も、水師の中ではめずらしくありません」

風むきはよかった。船は速い。矢倉に立っていても、時々頭から飛沫《しぶき》を浴びた。

「十年経っても、果てはきわめることができないそうです。北へむかえば寒くなり、南へむかえば暑くなる。南は、肌《はだ》の黒い人間ばかりという話も聞きました」

「いつか、もっと遠くへ出かけてみたいものよな」

九州を平定するのに、どれほどの時が必要だろうか。九州を平定すれば、次は中国へむかわなければならないのか。一生をかけて、京までの道を平定していくのか。

それは安秋には言わなかった。九州平定ですら、まだ踏み出したばかりなのだ。

安秋が、いくらか慌《あわ》てたそぶりを見せたのは、対馬を過ぎ、九州本土が近づいた時だった。

三艘の関船が、真直ぐにむかってきていた。安秋は、戦仕度を命ずるでもなかった。ただ懐良を見つめ、どうしていいかわからない表情をしただけだ。

「どこの船だ、安秋」

「それが」

「松浦《まつら》党だな。佐志披《ひらく》か？」

「いえ、波多《はた》の関船でございます」

「波多津に寄ることにはなっておるまい」

「それが、こうなれば、寄らぬわけには参らぬかと。御所様さえ、身を隠していただければ、寄らずとも済むかもしれませんが」

「儂に身を隠せと申すか」

波多津には、阿久里《あぐり》がいた。忘れてはいない。波多の水師が懐良を見れば、阿久里に報告するかもしれなかった。そうして、自分の消息を阿久里に伝えたい、という気持が懐良のどこかにあった。

見る間に、波多の関船は大きくなった。

諦《あきら》めたのか、安秋ももう身を隠せとは言わなかった。なるようになれ、という開き直った表情をしている。

矢倉に立っている人の顔が、見分けられるほどの近さになった。竿《さお》に布を付けて、なにか通信をはじめる。声は、風に飛ばされて、よほど近くないかぎり聞えない。

矢倉で、小柄《こがら》な若武者が通信を遮《さえぎ》った。じっと、懐良に眼を注いでいる。

「無茶な、寄せてくる気だ」

いくら九州本土が見えているとはいえ、外海である。大型の関船が接舷《せつげん》するのは無理だと、懐良にもわかった。

艀《はしけ》が降ろされた。艀でさえ、かなり危険だ。乗り移ったのは、小柄な若武者と、五名の水夫だった。

巧みに艀を寄せ、身軽にこちらの船に乗り移ってきた。

甲板に立った時、若武者は太刀を抜き放っていた。切先を、懐良にむけてくる。安秋は、止めようともしなかった。

「阿久里」

太刀が、弾《はじ》かれたように動いた。

「おまえは、阿久里ではないか」

間違いなく、若武者は阿久里だった。阿久里の眼に、涙が盛りあがっている。

「なぜ、私を捨てた」

切先が近づいてくる。しかし懐良は、殺気を感じなかった。安秋も、斬《き》りかかるはずはないと決めているのだろう。

「捨てたわけではない」

「こうして忽那殿の関船に乗りながら、あれから一度たりと、波多には寄らなかった」

阿久里の頬に、涙が一条流れ落ちた。

「水師として、海に出ていたのか、阿久里？」

「海にいれば、逢《あ》えると思った。いつか逢えると思っていた。その時こそ、斬って捨ててやろうとも思っていた」

「男のような言葉を遣うでない」

「女も、船の上では男じゃ。松浦党の船は、女は乗せぬ」

阿久里の構えた太刀は、ぶるぶるとふるえている。安秋が出てきて、阿久里の肩に軽く手を置いた。阿久里の太刀が下がる。

「逢いたかった。しかし、儂にはなさねばならぬことが多すぎた」

懐良は阿久里に歩み寄った。肩に手をかける。音をたてて、阿久里の太刀が甲板に落ちた。抱き合っていた。

「波多の関船は、半数を阿久里殿が動かしておられます。菊池への警固を、何度か頼んだこともありまして」

「都竹殿は、菊池にゆかりのお人か？」

安秋の言葉を、阿久里が遮った。

「菊池におる。おまえの船で、儂を菊池まで送ってくれぬか」

「菊池で、なにをしておられる？」

「それは問うまいぞ、阿久里殿。いずれそなたにもわかる。わかるまでは、都竹殿だ。それが、そなたのためでもある」

安秋が言った。しばらく、阿久里は懐良を見つめていた。懐良も、眼をそらさなかった。

「よい。私の船で、都竹殿を菊池へお送りいたします。高麗より戻られた御様子。近くの泊にて、わが船に移られるとよい」

言って、阿久里は身を翻《ひるがえ》した。艀が離れていく。

その間も、阿久里は揺れる艀に立って、じっと懐良に視線をむけていた。

5

緑川の河口に、川尻幸俊の関船が三艘《そう》迎えに出ていた。

それを見て、足利直冬《ただふゆ》は、ようやく安堵《あんど》の息を洩《も》らした。備後《びんご》鞆津《とものつ》から、海路、四国を経て肥後川尻まで、ひたすら逃げてきたのだ。

討手を差しむけたのは、実父尊氏だった。京は、乱れに乱れている。それも反幕府勢力との争いではなく、幕府内の、というより足利家内部の争いである。つまりは、直冬の実父である尊氏と、養父である直義《ただよし》の兄弟の争いだった。

はじめは直義と、尊氏の執事、高師直《こうのもろなお》の対立として表面化した。直冬を中国八カ国の探題として派遣したのも、高師直の勢力を削《そ》ぐためだった。それに対する師直の反撃は、譜代の臣にはあるまじきことだった。軍勢を集めて、直義を討とうとしたのだ。尊氏の邸《やしき》に逃げこんだ直義を追って、師直は邸を囲み、直義を出せと強要したのである。

尊氏の仲介で、事は収ったかに見えた。しかし、直義の幕府内での勢力はかなり削られることになった。軍事の頂点には尊氏がいて、政務の頂点には直義がいる。それが、直義の代りに義詮《よしあきら》が入り、直義は後見という恰好《かっこう》になった。それだけではなかった。直義の側近であった上杉重能《しげよし》、畠山直宗は、越前へ流される途中、師直の命により殺され、中国の直冬にまで討手をむけてきたのである。

「緑川に入れば、まずは安心でござる。少弐頼尚もまた、佐《すけ》殿に応じる意を伝えてきております」

　矢倉に立っていた今川直貞が、直冬のそばに降りてきて言った。直冬は左兵衛佐《さひょうえのすけ》という官位を持っていた。したがって、幕府内部でも佐殿と呼ばれ続けてきた。

「師直が、尊氏殿の邸を囲んだのは、二人が組んだ芝居だったのではあるまいか、直貞」

「そう思われますか？」

「父上あっての、いまの足利じゃ。だが幕府が整うと、尊氏殿は義詮を引きあげたくなったに違いない。それで師直と芝居を打った」

「九州では、それもあまり口にされるな。京の乱れは、まだこの地には届いておりませんぞ」

「尊氏殿とは、そういう男だ。それは忘れまい」

　直冬が父と呼ぶのは、直義だけである。実父の尊氏を父と呼びはしない。

　冷たい男だ、という思いは骨身に沁みている。母が白拍子《しらびょうし》であったという理由だけで、ずっと自分を子として認めず疎《うと》んじてきた。実子のなかった直義が眼をかけてくれなければ、一生出家の身で終るしかなかったはずだ。

　尊氏は茫洋《ぼうよう》として、情に暖かいものがあり、直義は冷徹非情だと、武士のほとんどは思っている。それも、直冬には尊氏の芝居上手としか思えなかった。尊氏は、冷酷非情である。この身と心が、それを知っている。直義が冷徹であったのは、足利を支え、幕府を作りあげなければならなかったからなのだ。いわば、尊氏のための冷徹さであったのだ。直義の、芯《しん》にある暖かさを、直冬は誰よりも知っているつもりだった。

二代将軍となるべく、幕府の政務の頂点に就いた義詮は、弟である。あんな弟よりも自分の方が、という自負が直冬にはある。幼いころから嫡子《ちゃくし》として育てられた義詮に較《くら》べ、自分は鎌倉東勝寺で喝食《かっしき》までやっていた。世間での揉《も》まれ方が違うのである。

緑川を遡江《そこう》すると、川尻まではすぐだった。はじめて踏む、九州の大地である。

川尻幸俊は、肥後権守《ごんのかみ》を幕府より与えられているが、勢力が盛んというわけではなかった。なにしろ、肥後には菊池武光がいる。守護でさえ、うかつに手出しはできない。川尻は恵良惟澄の本拠御船と近く、しばしば惟澄とはぶつかっているが、大きな戦には到っていない。菊池までは、北へほぼ十里というところである。

川尻幸俊は、むしろ水軍として生きることに活路を見つけようとしているようだ。

館に入ると、直冬はすぐに川尻幸俊の拝謁《はいえつ》を受けた。

「鞆津に、そこもとの船がいたのは幸いだった。陸路では、討手に追いつかれたかもしれん」

「それは、言われてはなりません、佐殿。あくまで、尊氏公の命により、九州平定に下向されたのでありますぞ」

「それが、九州の武士たちに通じるであろうか？」

「少弐頼尚殿も、それがしと同じ御意見でござる。尊氏公といえば、武家の棟梁《とうりょう》。佐殿はその長子に当たられる。九州平定に下向されて、なんの不思議がありましょう」

川尻幸俊は、ずんぐりした躰《からだ》つきで、顔が四角く、赤黒く潮焼けした肌にはあばたが散らばっていた。おまけに、声が相手を威圧するように低い濁声《だみごえ》である。それだけで、直冬は幸俊を好きになれなかった。しかしいまは、幸俊が九州での拠りどころなのだ。

「京でなにがあろうと、九州は九州でござる。九州の情勢は、いま二つに分れております。すなわち征西府側と幕府側」

征西将軍宮が菊池を頼って肥後に入ったのは、一年半前だった。それから大して動いてはいない。盛んに令旨《りょうじ》を発しているが、武士たちはそれに靡く気配もないようだ。

「征西府は、それほど強力ではあるまい」

「確かに。しかし九州には、拠って立つものを持たぬ武士が多うござる。その武士たちが、やがて征西府に走ることは考えられますな」

「なぜ、ひと揉みに押し潰《つぶ》さぬ。九州の守護がこぞって兵を出せば」

「守護が、互いに手を組むということはありますまいな。これは、幕府のやり方がまずかったからでござる。九州探題などと、つまらぬものを置いて守護の頭を押さえようとしてきました。それにつく守護と反撥《はんぱつ》する守護。征西府は、その間隙《かんげき》を微妙に縫ったと言ってもよい。薩摩にあるころは島津殿と五年余もむかい合い、結局はこれを破って肥後に進出いたしました。それも、薩摩、大隅《おおすみ》に、拠って立つものを持たぬ在地の土豪たちが多かったがゆえ。肥後も同じでござる。菊池は、征西府を拠って立つものとしたわけで」

「このままだと、九州の反幕府勢力が強大になるばかりではないか」

「ですから、佐殿の九州下向の目的も、武士たちにわかりやすくなるのでござる」

「儂が、すぐにでも九州の守護を糾合できると言うのか？」

「少なくとも半分は。守護たちに、尊氏殿が残していかれたのは、反目でござる。すなわち、探題の一色殿と少弐殿の反目。島津殿と、日向の新守護、畠山殿との対立。この反目がなければ、征西府とて島津殿を破る前に、押し潰されていたでありましょう。いや、九州に入ることさえできなかったはず」

「儂の戦は、征西府との戦か？」

「その前に、九州の守護をひとつにまとめなければなりますまい」

窺《うかが》うような視線を、幸俊は直冬にむけてきた。水軍を擁しているだけに、九州の情勢は細かいところまで摑《つか》んでいた。中国や京の情勢も、あるところまでは摑んでいるだろう。

直冬は、やはり幸俊が好きになれそうもなかった。着ているものは粗末で、野卑な感じもある。上に立つ者には、侵し難い高貴さが必要なのだ、と直冬は考えていた。

「早急に、尊氏が長子直冬が、九州平定のために下向してきたと、すべての武士どもに触れを出そう。所領の安堵、恩賞の宛行《あてがい》などは、仁科《にしな》盛宗がいたす。わが麾下《きか》の指揮は今川直貞。これでよいな、幸俊」

「はっ。それで」

幸俊の眼からは、まだこちらを窺うような色が消えていない。

「少弐頼尚殿には、椙原《すぎはら》光房を使者として出そう」

ようやく、幸俊が大きく頷《うなず》いた。

武士たちの肚《はら》の中は、わかっていた。尊氏の長子たる自分を利用して、できるかぎりおのが領土を拡げようとしているのだ。九州がひとつになり、大軍を組織できるようになれば、こちらの目的は果すことになる。側《そば》には、京を出て中国へむかう時から、直義が付けてくれた有能な武士たちがいる。相手の肚の内を読み、利用していくことはできるはずだ。

直冬が見ているのは、あくまでも京であった。京に攻め上り、尊氏の首を取って、養父直義を名実ともに征夷《せいい》大将軍として幕府の頂点に立てる。自分が生き残っていく道は、それしかない。義詮も、高師直も、滅ぼさなければならないのだ。そのために、直義は自分を中国に送った。討手に追われたとはいえ、中国にはしかるべき種を播《ま》いてきた。九州で大軍を組織して攻め上れば、中国の武士は自分に靡いてくるはずだ。九州、中国の大軍には、尊氏も抗すすべを持たないだろう。

尊氏の首は取る。あの芝居上手は、いつまた地方の武士を糾合するか知れたものではない。義詮は、殺さずに、生きながらの恥を味わわせてやるのもいい。

いまこそが、自分の手に天下が入るかどうかの瀬戸際《せとぎわ》だった。

「九州を平定した折には、幸俊、そこもとには肥後の守護職を勤めてもらわねばならん。それまで、大いに働いてくれよ」

平伏する幸俊の口もとに、野卑な笑みが束の間よぎるのを、直冬は見過さなかった。

少弐頼尚からの反応は、意外なほど早かった。九州探題として上に立つ一色範氏の存在が、どれほど目障りなのかということが、その反応の早さではっきりと読めた。

少弐頼尚とは、紀伊における一年半ほど前の南朝方との戦で、ともに闘った。総大将であった直冬を、直義の命によって補佐したのが頼尚であった。

九州に号令するのは自分である、という強い自負を頼尚が持っていることは、その時から感じていた。代々、大宰の少弐の家柄《いえがら》で、そのまま少弐を姓としたのである。上に立つ者の高貴さも、充分に持ち合わせていた。

中国に残してきた軍勢も、続々と直冬を追って九州に集まり、その数は二千近くになった。それに少弐の軍勢を合わせただけでも、九州では抗しうる勢力はなくなる。去就を決めかねている武士たちも、これでこちらに靡いてくるはずだ。

二十名余の供回りと九州へ入ってわずか二十日足らずで、九州最大の軍事力の頂点に立ったことに、直冬は一応満足した。

「少弐頼尚殿は、すでに九州探題打倒を掲げておられます。積年の睨み合いが、ついに弾ける潮時を迎えたわけで」

使者に立った椙原光房は、頼尚の張り切りようを、得々として報告してきた。川尻幸俊も、わが意を得たりと頷いている。

いかに大宰の少弐たる九州の雄族であっても、自分には犬のように尻尾《しっぽ》を振ってきた。それが直冬のなにかをくすぐった。

「儂はいつまでも九州にはおらぬ。それも、しかと伝えたであろうな」

「佐殿が京へ上られてからの九州は、お任せあれとのことでございます」

「それでよい」

九州探題の一色は、尊氏の直属である。畠山も、尊氏が新しく日向守護に取り立てた男だ。この二人を倒せば、九州は以前のように、少弐、大友、島津という三人衆のもとで安定するだろう。その筆頭に少弐を置けばいい。尊氏直属の一色を倒した少弐は、京の情勢がどうであれ、自分に付くしかなくなるはずだ。九州の軍勢は、すでにすべて自分のものになったような気にさえ、直冬はなった。

こうなれば、征西府など物の数ではなかった。九州平定のあと、少弐頼尚に押し潰させればいいことだ。

「いまひとつの申し入れの方は、いかがなされますか？」

居室に戻った時、仁科盛宗が訊《き》いてきた。今川直貞は今川家の庶子で、戦では頼みとなる武将である。仁科盛宗は、老練な政治手腕を持っていた。ともに直義が付けてくれた、直冬の両腕とも言うべき側近である。

「くれるというものは、貰《もら》っておこうではないか」

少弐頼尚からのもうひとつの申し入れというのは、娘を直冬の正室として送りたい、ということであった。つまりは、血縁を求めてきている。

求められるだけのものが、自分にあるからだった。そしていま、少弐と血縁を結んでおくのは、直冬にとっても悪いことではない。九州の武士は、それにも眼を奪われるだろう。

もともと、直冬は正室を宮中か、しかるべき公家の家から迎えたい、と思っていた。母の身分が賤《いや》しいがための反動、とは考えていない。源氏の棟梁の血が流れているのだ。それに見合う家は、あるはずだった。

ここで一旦《いったん》正室を迎えたところで、京に上ればまたなんとでもなる。いまは、少弐との結びつきの強さが大事だった。

「いま、菊池の征西府の情報を集めております。それによっては、菊池との血縁も考えなければならぬかもしれません」

「なにを馬鹿《ばか》な」

「直義様が、出家なさるとの知らせが届いております」

「なんと、父上が」

「義詮殿が鎌倉より戻られ、直義様の仕事はなくなったようでございます。まあ、出家するのが、最上の策かもしれませぬ」

「盛宗。どういうつもりで申しておるのだ。義詮ごときに、父上はその座を奪われたのだぞ」

「直義様は、たやすく退くようなお方ではございません。それは佐殿が一番御存知《ごぞんじ》のはず。御深慮があってのことでございましょう」

父の考えとは、なんなのか。直冬には、読み切れなかった。たとえ後見でも、幕府内にとどまるべきだったのではないか。義詮に、まともな政務ができるはずもなかった。必然的に、実権は後見人の方に移るはずだ。

しかし、高師直がいる。実権が父に移っていくのを、黙って見ているはずもない。いま師直が軍勢を使えば、こちらの劣勢は眼に見えている。ひと度退いて、相手の隙《すき》を衝《つ》こうと考えているのか。

「征西府と申したな、盛宗」

思い当たって、直冬は言った。

九州における征西府とは、京ではすなわち賀名生《あのう》にある南朝ということになる。尊氏と対抗するために、錦旗《きんき》を求めるとすれば賀名生の後村上帝しかなかった。

父が南朝との和議を考えているとしたら、九州では征西府と結ばなければならないことになる。

「なるほど、深慮だ」

後村上帝も征西府も、最後にはどうでもいいものなのだ。力は武士が持っている。それをまとめるための、古《いにしえ》からの権威。武士がひとつにまとまってしまえば、朝廷などどうでもいいものではないか。

「父上が、南朝との和議を考えておられるとしたら、征西府をうっかり踏み潰すわけにも参らぬな」

「少弐からの話は、いましばらく引きのばすことにいたしましょう。九州の情勢はまだ混《こん》沌《とん》。収拾の道が見えた時ということで、理由は立ちましょう」

直冬は頷いた。

尊氏の首を取るためなら、どんなことにも頷ける。自分が生き残る道は、直義と同じなのだ。

6

合志《ごうし》幸隆が、再び菊池に攻めこんできたという注進が入ったのは、正平四年の十月十六日だった。かつて菊池の本城であった深川城が占拠された時より、四年余の歳月を数える。

合志との対立は、領地が隣接している、というだけの理由ではなかった。北九州で勢威を張る、少弐頼尚の勢力圏の先端が、合志と言ってよかった。したがって合志を押し潰すことは、少弐と正面切って対立するということになる。

単独では敵対しえないにもかかわらず、合志が仕掛けてきた。少弐頼尚が、菊池に探りを入れてきているということだった。

本腰を入れて菊池にむかい合おうという姿勢は、少弐にはなかった。少弐は、尊氏の置土産である九州探題一色範氏の力を削ごうと、この十年奔走していた。九州に号令を下すのは自分であるという、強い自負を持っているのだ。

いま少弐と全面対決ということになれば、明らかに菊池には分がなかった。九州の武士もそれを知っているから、少弐に靡くはずだ。征西府に、九州の武士を糾合する力はなかった。

「合志が攻めこんできたそうだな」

征西府館の居室を訪《おとな》うと、牧宮は軽い口調で言った。二人だけで会いたい時は、謁見の間など使わず、直接居室に顔を出すようになっていた。牧宮が、ふらりと武光の居室を訪うこともよくあった。

「外城のひとつを占拠した、と聞いたぞ、武光。のんびりしていていいのか？」

「外城と言っても、高が土塁にすぎません。その気になれば、一撃で追い返せましょう」

菊池軍の主力たる騎馬隊と槍隊は、阿蘇外輪山で訓練を重ねている。戦がない時こそ、兵たちを鍛えるいい機会なのだ。主力を呼び戻す気が、武光にはなかった。攻めこんできた合志幸隆も、及び腰である。

「少弐頼尚になにを感じさせるか。いまはそれが肝要でございましょう」

尊氏の長子である足利直冬が、ひと月ほど前、尊氏の命と称して九州に下向してきた。京における足利家の内紛のあおりで、中国から逃れてきたのだ、という情報を武光は摑んでいた。それについては、牧宮と対応を話合ったばかりである。ただ、九州の武士は、こぞって直冬に靡きはじめた。尊氏の長子であるということに、武士たちは拠って立つものを見つけたのである。

少弐頼尚が、それを見逃すはずはない。頼尚が、九州ではもっとも足利家の内紛に詳しいのかもしれないが、躊躇《ちゅうちょ》なく直冬に付いた。京の情勢に関係なく、宿敵一色範氏の政治権力を上回る存在として、尊氏の長子を利用しようと考えたことは確かだった。

「八月の荷駄《にだ》のことを、考えておるのか、武光？」

「征西府が孤立しているわけではない、と感じさせる必要があります。それから、あの荷駄が、どれほど生きるのか、ということも試さねばなりません」

　合志軍を追い返すのに、恵良惟澄を使おうという肚だった。惟澄は、恩賞への不服から、征西府の軍勢督促にも応じないでいる。恩賞として、銭を積んだ荷駄を送ったのが、八月の中旬だった。

　直冬が上陸し、旗を掲げたのは、惟澄の本拠たる御船のすぐそばの、川尻である。惟澄と川尻幸俊の関係はよくないが、直冬が間に入って調停し、しかも大きな恩賞を提示すれば、惟澄が動く可能性がないとは言えない。

「よかろう。征西府から使者を遣わす」

「それも、軍勢督促ではなく、速やかに合志幸隆を討伐せよと」

「四日、見ようではないか」

「わかり申した。四日経《た》てば、それがし自らの手で、合志を追い払うことにいたしましょう」

　牧宮も、いまなにが必要かということは、充分に心得ている。たったひと月の間に、足利直冬に応じた武士の数を見て、なおさら強く感じたであろう。

　つまりは、武士を惹《ひ》きつけるなにかが必要なのである。直冬は、足利家の内紛で九州に追われたにすぎない。それでも尊氏の名を出せば、武士は靡《なび》くのである。過去何代にもわたって、おのが所領を安堵してくれたのは棟梁であった、という根深い意識が武士にはある。源氏であろうと平氏であろうと、武士は棟梁に頼るのである。自らも武士である武光には、それがいやというほどよくわかった。

所領の安堵は、軍勢が強大になればできる。恩賞の領地に代るものも、いま蓄えつつある。それがまことの恩賞になりうるか、恵良惟澄の出方によって決まる。

「それにしても、九州の武士どもに配る銭を集めるだけで、どれほどの時がかかりますことか」

「しばし待て、武光。高麗にはなにか動きがあるようだ。義範はそう読んでおるぞ」

「それによって、運ばれてくる銭が増えるものでしょうか？」

「動きたくなったか。足利直冬まで九州へ来た。血が騒いでいるのであろう？」

「御所様は？」

「儂もだ」

顔を見合わせ、声をあげて笑った。血は騒ぐが、ここは正念場なのだ。直冬がどれだけ武士を糾合しようと、じっと耐えて見ているしかない。攻められれば、撥ね返す力はある。しかし、攻めて出て、長くそれを続けられる力はまだない。征西府の戦は、九州全土にわたる征戦でなければならなかった。

京では、尊氏と直義が兄弟で争っているというのに、南朝は付け入ることすらできない。

世はすでに、すべて足利のものだとさえ思えるほどである。自分以上に、牧宮には焦燥《しょうそう》があるだろう、と武光は感じていた。

「ところで御所様、羚羊《かもしか》の革を集めておいでとか？」

「細工物に使えぬかと思っておる。笙子が、儂の手甲《てっこう》をそれで作ったのを見た。うまくすれば、高麗でも売れる」

「八代《やつしろ》あたりからも、かなりの量を集めておられるとか。御所様が銭儲《もう》けの算段とは、ちょっとばかりおかしゅうございますな」

　言って笑い、それから武光は茵《しとね》に両手をついた。征西将軍宮が、革細工を売るために材料を集めているのも、自分が腑甲斐《ふがい》ないからではないのか。その思いが、胸を衝いたのである。

「この武光の力が及ばぬばかりに」

「よせ、武光」

「直冬づれとは較べようのない高貴なお方を戴《いただ》きながら、いまだ菊池から出ることもできず」

「儂とおまえの間に、高貴もなにもあるものか。共に耐え、共に闘う。そうではなかったか。そんな真似《まね》をされると、おまえがかえって遠く感じられる」

　牧宮の口調は穏やかだった。

武光は頭をあげた。牧宮の切れ長の眼が、武光を見つめていた。吸いこまれていくような気分に、武光は包まれた。

いずれ、時は来る。必ず来るはずだ。その時、このお方のために、全身全霊で闘えばよい。抗《あらが》うように見つめ返しながら、武光はそう思い続けた。

四日待つ必要はなかった。

征西府からの使者を送った翌日、恵良惟澄の軍勢は菊池に到着していた。ただし、指揮をしてきたのは、弟の惟雄である。足利直冬と川尻幸俊が虚を衝いてこないように、惟澄は御船《みふね》で備える、という口上も牧宮に伝えられた。

さすがは伯父貴よ、と武光は心の中で呟《つぶや》いた。送った銭は、これまでの働きの恩賞としても、少なすぎるものだった。一族郎党に分け与えるわずかなものさえあれば、惟澄は征西府のために軍勢を動かせる。はじめに抱いた志を、捨てるような男ではなかった。

合志幸隆との戦は、呆気《あっけ》ないものだった。惟雄の率いる三百と、菊池の留守居の軍勢の一部、総勢四百五十が一度攻めあげただけで、合志幸隆は占拠していた土塁を放棄して、逃走した。敵の領内まで追おうとした惟雄を、武光は制した。深追いすれば、少弐頼尚と直接ぶつかることになる。

征西府は孤立しているわけでなく、いざという時は恵良惟澄も動く。そのことが、少弐頼尚にもよくわかったはずだ。

恵良惟雄は、牧宮から戦功褒状《ほうじょう》を下されて、感激の面持《おももち》で引き揚げていった。

合志が三日ばかり菊池に侵入していても、城下に格別の変化はなかった。菊池が主力を温存したままだということが、領民にもよくわかっているのである。

菊池川のそばにある十日に一度の市も、いつものように開かれ、人で賑《にぎわ》っていた。十五、六軒に増えた刀鍛冶《かじ》も、逃げ出してはいない。物が豊富になったせいか、市が立つ日には、肥後各地から人々が集まってくる。

市の賑いの中を歩くのが、武光は好きだった。人々の表情も、戦場のように荒《すさ》んではいない。物と物が交換されたり、銭が渡されたりしているのを見ると、これが人の本然の生活なのだと思える。

「太郎大夫、あれは頼治殿ではないか」

武光は、従者をふり返って言った。侍烏帽子《えぼし》に直垂《ひたたれ》姿だが、五条頼治に間違いはなさそうだった。牧宮から離れているところは、滅多に見かけない。影のような役を負っていることは、はじめて会った時からわかっていた。

「布を一反購《あがな》っておられますぞ、お館《やかた》。あれは女のためのものじゃ」

「らしいな」

頼治に、女がいる容子《ようす》はこれまでなかった。忽那重明は、与えられた城内の屋敷に、下女以外の女をひとり入れている。

「頼治様も男でございましてな」

耳もとで、別の声がした。魚の干物《ひもの》を抱えた早助だった。

「時折、古賀惣右衛門《そうえもん》の娘と会ってござる。できたのは、御所様が高麗に出られておった、昨年の暮でして」

早助は、魚を売りに来た漁師になりきっていた。顔まで潮焼けしているように見える。

「頼治様は、征西将軍宮麾下の、若い武士を懸命に装ってござる。娘の方も、それを知っていてなにも訊こうとせぬ。なんとも健気《けなげ》な二人でございますぞ」

「儂《わし》にどうしろというのだ、早助？」

古賀惣右衛門は、築城隊にいる武士だった。城攻めの時など、対城《むかいじろ》を築く仕事をする。三騎八名の、普通の規模の菊池郎党である。

「自分ばかりが、女に狂う歳《とし》でもござるまい、と思いましてな」

「なんじゃと」

「そうだ、お館には別の用事がござった。ちょっと、人に会ってはいただけますまいか」

言って、早助はすでに歩きはじめていた。導かれたのは、城下の端にある小さな民家であった。

「葦影《あしかげ》と申しまする」

迎えた男の年齢は、判然としなかった。落ち着いた物腰に、隙はない。葦影の背後には、牧宮に使われている右京と、もうひとり見知らぬ老人がいた。

「誓亀《せいき》でござりまする」

錆《さ》びた声で老人が名乗った。

「ほかに、征西府館の奥にある楓《かえで》。この五名が、われら一党でございます」

葦影が頭《かしら》らしい。日頃《ひごろ》は口数の多い早助も、黙って控えている。

「うぬらが、どこの何者かは訊くまい。求めているものはなんだ。領地か、栄達か？」

「夢でございます」

「実のないものを、求めておるのう」

「人として生きんがための夢、とお思いくだされば」

「わかった。儂に用とは？」

「お館様は、征西府の旗を押し立てて、これから長途の遠征に就かれることになりましょう。そのために、五千の兵を養える銭をお出しいただけませぬか」

「わかるように話せ、葦影」

銭と言われても、警戒するような気持に武光はならなかった。葦影の、静かな風格がそうさせるのかもしれない。

「誓亀は、長らく日向の五辻宮《いつつじのみや》様のもとにおります。五辻宮様が考えておられるのは、武士ではない山の民を集めて軍勢となすこと。日向ではそこそこの軍勢になってはおりますが、それでもまだまだでございます」

「山の民を五千の兵にして、わが軍勢に加わるとでも申すか？」

「いえ、山の民は、山におります。山では知らぬことはなにもありません。お館様の遠征に、五千以上の軍勢の働きをする、と信じて申しあげていることでございます」

九州全土の山の民を味方につけるということが、測り知れない力になるということは、武光にもすぐにわかった。遠征では、山岳戦になることもあるだろう。劣勢で、山に身を潜ませねばならぬ時もあるはずだ。ただ、葦影の話に、保証があるわけではなかった。

「山の民に、領地は要りません。栄誉もいりません。五辻宮様が苦慮なされているのも、まさしくそこでございます。山の民が信を置くのは、銭だけでございましょう。そして、隈府城中には、すでにかなりの銭が蓄えられているはず」

「それでも、武士たちの恩賞といたすには足りぬのだぞ、葦影」

「無理は承知でございます」

早助が、楠木正成ゆかりの者だということは、武光も見当をつけていた。菊池一族の、自分の兄に当たる人が、湊川で楠木一族とともに自刃《じじん》している。楠木という名に、武光は熱い思いを持っていた。

「なぜ、御所様にお伺いを立てぬ？」

「われら下賤《げせん》の者の、申しあげるべきことではございません。どうか、お館様より御奏上のほどを」

　答を預けている。預けることで、武光のなにかを測ろうともしている。かすかに笑って、武光は頷いた。

「考えておこう、葦影」

　葦影が平伏した。武光は腰をあげた。

「全九州で、山の民はどれほどおるのか？」

「二万は下りませぬ」

　一国の守護が動かしうる、最大の兵力に近かった。ただ、それぞれが地域を持っていて、ひとつにまとまることは多分ないだろう。

　民家を出、再び市の賑いの中に出た。早助が追ってくるだろうと思ったが、姿は見せない。葦影は、答のすべてを武光に預けたようだ。

「考えどころだな」

　呟いた。聞きつけた太郎大夫が、武光の顔を覗きこんでくる。

「頼治殿を、なんとかせねばならぬぞ、太郎大夫。よい思案はないか？」

「別れさせるのでございますか？」

「馬鹿を言うな。惣右衛門の娘を、どうやって頼治殿のそばにあげるかだ。頼治殿のあの御性格では、まともに話を持っていっても、きつく拒まれるであろう」

「自分の女子《おなご》のことでは、お館様はなにも迷われませんのに」

太郎大夫が笑った。

武光は無視して、隈府城へ登る坂道を歩き続けた。頭の中では、頼治の女のことより、葦影の話を考え続けていた。男と女のことは、ちょっとしたきっかけでうまく行く。山の民の話は、やはり考えどころだった。

7

正平五年が明けた。

少弐頼尚は、筑後と肥後の国境に、二千の兵を出していた。出兵の表向きの理由は、肥後菊池の征西府に、不穏な動きがあるということである。

もともと少弐家には、豊前《ぶぜん》、筑前、肥前の北九州三カ国が与えられていた。鎌倉幕府のころより、九州に号令を下す家柄だったのである。それが狂ってきたのは、元寇《げんこう》のころからだ、と頼尚は考えていた。幕府が、中央の出先を、鎮西探題というかたちで置いたのである。やがて鎌倉幕府は倒れ、再び少弐家が九州の頂点に立てる日がやってきた。後醍醐帝の朝廷軍に追われて落ちてきた足利尊氏を助け、九州の武士を組織して大軍に仕立てたのも、自分が九州の頂点にいるという意識があったればこそである。

しかし尊氏は、一色範氏をもって九州探題とし、頼尚から取りあげた恰好で肥前を与えたのだった。頼尚は、筑後、肥後に手をのばすしかなかった。筑後にはかなりの勢力を扶植しえたが、肥後には菊池と恵良がいて、思うようにならなかった。全力で肥後を押し潰すことは、征西府を押し潰すことになり、一色範氏の功になるかもしれない。京には、一色の下で自分が軍勢を動かした、としか見えないに違いないのだ。

尊氏の長子、直冬が実父に追われて九州に落ちてきた。決断のしどころだった。直冬につけば、尊氏に逆《さから》うかたちになる。直義が幕府の実権を握ることは、あの兄弟の武士たちの声望を考えれば、少ないと思える。

考えたのは、ひと晩だけだった。直冬を担《かつ》ぐ。それでいいのだ。一色範氏に自分が劣るのは、幕府から与えられた政治権能だけである。直冬を担ぐことによって、一色のそれを上回ることはできる。いまは、一色の勢力をこれ以上九州にはびこらせないのが第一だった。

一色が潰れれば、九州を統括できるのは自分しかいない。尊氏、直義兄弟のどちらが幕府の頂点に立とうともだ。

「そろそろ、船が着きます。迎えの軍勢は出しておきました」

饗庭《あえば》宣尚であった。すでに四十を越えているが、年少のころから頼尚の側近くにあり、いまや領国経営の片腕と言ってもいい存在であった。頼尚は、とうに五十を越えた。

戦の中心になるべき、倅《せがれ》たちや甥《おい》は、大宰府に残してきた。それでも頼尚が軍勢を連れて大宰府を離れたことを、博多の探題館にいる一色範氏は気にしているだろう。

「佐殿の戦ぶりは、いかがでございますか？」

「果敢な戦をなさる方よ。初陣《ういじん》とは思えぬ戦ぶりであった」

二年前、紀伊で南軍の勢力が盛んになった。その討伐の総大将が足利直冬であり、頼尚も幕府からの軍勢督促に応じて従軍していた。直冬が、尊氏に父子の名乗りを許されたのは、この時はじめてだったのである。

果敢な戦と宣尚には言ったが、頼尚の印象にはどこか卑《いや》しいものが付きまとっていた。情勢をすべて、しつこいほどに確かめる。自分が有利となった時、はじめて果敢さを発揮するのである。敵の一兵も生き残ることを許さないような、容赦のないものだった。兵の扱いの迅《はや》さ、一度の攻撃に集中していく力、撤収、どれをとっても唸《うな》らせるものはあった。ただ、尊氏の戦とは、まるで違うのである。鷹揚《おうよう》だが、どこか底知れぬ無気味さを感じさせる。それが尊氏の戦であった。

「しかし、もう筑後へ出てくるとは、よほど気が逸《はや》っておられるようで」

「こちらの備えができるまで、川尻へ戻っていただくしかあるまい」

使者では埒《らち》があかなかった。出てきたいというのなら、一度出てこさせよう。頼尚はそう肚を決めていた。会っておく必要はあるのだ。

陸路を北進してきた、今川直貞の軍勢が先に到着した。それを見透したように、船が着いたという知らせが入った。物見《ものみ》を放って、今川の軍勢が到着するのを船上で確かめたに違いない。周到と言えば周到だが、自分は信用されていないことになる、と頼尚は思った。船で到着するのは今川直貞で、陸路を進むのはただの警固の軍勢、と周辺の武士に触れを出してあるのも、必要以上の要心深さだと思える。どこかに、直冬という人間の育ち方が出ていた。

「ただちに北進しようではないか、頼尚殿。大宰府と博多を押さえぬかぎり、九州に号令は出せぬ」

　顔を合わせてすぐに、直冬はそう言ったが、眼差《まなざ》しに切迫したものはなく、自分を測ってくるような光だけを頼尚は感じた。

「その前に、お願いしたき儀がござる」

「そこもとの娘をわが室に、ということだな。九州はいま乱れておる。いずれ平定いたせば、儂もそれを望みたい」

　直冬と今川直貞の視線が、ちょっと交わったのに頼尚は気づいた。あらかじめ、談合して態度は決めてきたらしい。直冬の側近には直義が心利《き》きたる者を付けたはずだ。

「佐殿。情勢が乱れていればこそ、婚姻が力を持つとは思われませぬか。この頼尚、ただ娘を嫁《か》そうというのではありません。佐殿に同心いたすは、尊氏公のお心に背くことと覚悟した上でのことでござる。佐殿とそれがしの結びつきは、ただの結びつきでは済みませぬぞ」

やわらかな威《おど》しだった。直冬が、計算を先行させる男と見切っての上である。

直冬は、返答を留保した。夕刻まで、と頼尚は時を切った。

「ところで、婚姻の話が成れば、今川直貞殿には、肥前武雄《たけお》に入っていただきます。一色探題の兵力の基盤は肥前にあり申す。まずは、肥前の探題方を叩《たた》き、一色範氏を博多より身動きできぬようにいたすことでござる」

「そこもとは？」

「筑後を固めましょう。それで、肥後の征西府は動けぬ」

「征西府、いや菊池はそれほど強力か？」

「侮《あなど》れません。いまはじっと息をひそめておりますが、充分な備えは必要。場合によれば、一時的に盟約を結ぶことさえ辞すべきではないと思いますな。それほどの肚を決めなければ、尊氏公の名代《みょうだい》たる九州探題とは闘えませぬぞ」

出家した直義が、京で再び勢力を回復するためには、賀名生《あのう》の南朝と結ぶしかない、と頼尚は読んでいた。南朝から錦旗を手に入れることによって、兵を挙げても賊軍の汚名はまぬがれるのである。

細い眼をさらに細くして、直冬は頼尚を見つめていた。その眼差しも、実父尊氏のものではなく、養父直義のものである。ただ、直義には、こちらの想像もつかない深い読みが、いつもあった。

「佐殿は、川尻にてお待ちなさることです。緒戦はわれら。博多を攻める時が、御大将の出陣の時でござる」

それに対して、直冬はしばし反論を続けたが、強いものではなかった。

婚姻についても承知して、三日後に直冬は再び川尻へ戻った。

「なにやら鋭き方ではござるが、闊達《かったつ》さはありませんな。まだお若いのに」

饗庭宣尚が、直冬を見送ったあと、遠慮のないことを言った。今川直貞は、五百の兵力ですでに肥前武雄に進発している。

「瀬踏みに来られた、というところでございましょうか」

宣尚は、直冬が好きになれなかったらしい。頼尚は、人に対する好悪《こうお》は、言葉にも表情にも出さない。そういう習慣をつけてきた。

「今川直貞が武雄に入れば、探題では無視できますまい。肥前に兵力を集中するしかありませんな。これでわれらは、後顧の憂《うれ》いなく筑後を固められます」

「迅速にな、宣尚」

直冬は、二十五、六歳のはずだ。菊池武光も、二つ三つ上で、征西将軍宮は二十歳をいくつか越えただけだ。みんな若い。彼らから見れば、自分も一色範氏も老人であろう。

九州にも、新しい波が立ちはじめている。このまま老いていけば、やがて若い力が自分を乗り越えていくだろう。

それまでに、なんとしても九州の頂点を取り戻しておかねばならない。

今川直貞は、頼尚が期待した通り、肥前で活発に動いた。頼尚は、筑後で二千ほどの規模の軍勢を頻繁《ひんぱん》に動かしたが、大戦には到らなかった。もともと、筑後に抗すべき相手はいない。筑後で動くことによって、自分に靡く武士を増やすと同時に、博多にある一色範氏を牽制《けんせい》するのが目的だった。兵の損耗は、直冬の軍勢だけで充分である。

三月の終りに、肥後で激しい動きがひとつあった。

菊池を封じこめるべく、合志幸隆に増援を送った。それに対し、厳しい反撥が返ってきたのだ。合志城は、六日間不眠不休で攻めつけられ、落ちた。死傷の兵は五百を越えているという知らせであった。

肥後の戦線では、余儀なく後退することになった。いま、肥後に大きな兵力を注ぐことはできない。そうすれば、一色範氏が動きやすくなる。菊池と全面対決ということになれば、菊池は最後の手段として一色と結ぶ可能性さえあった。増援を送ったのが、裏目に出た恰好だった。

「合志もよく闘ったようでございますが」

饗庭宣尚は、後退した戦線をどう守るか、ということに力を注いでいた。いまはそれでいいのだ。血気盛んな若い者が側にいれば、抑えるのに手間がかかっただろう。敗れた時は、踏みとどまる場所をはっきりさせ、それを守り通すことが大事だった。すべての戦線で後退したというわけではない。

「それにしても、恵良惟澄が一千の兵を集め、あれほどの猛攻ができるとは。佐殿は、川尻にありながら、なんの押さえにもなりませなんだ」

「佐殿が動けぬことは、見通しておったのであろうよ。征西府も、合志を深追いはさせなかったようじゃ。この戦は終りというふうに見ようではないか、宣尚」

「無気味でございますな。恵良は、せいぜい五百の軍勢。それが、日向からも兵を集めて、一千とは」

「征西府の腰は強い。薩摩で五年余島津と対峙《たいじ》して、ついには突破した。それと菊池が結びついたのだ。侮るまいぞ」

頼尚にとって無気味なのは、恵良が一千の兵を集めたということより、菊池がまったく動こうとしなかったことだ。合志城攻めに関しても、本隊が動くまでもないと判断した気配がある。

少弐家は、菊池とはさまざまな因縁があった。九州の雄族として、菊池を押さえ続けてきた歴史。武光の父武時と、自分の父貞経《さだつね》の、北条探題打倒の密約。結果としては、貞経が密約から離反した恰好になり、武時が単独で探題館に討ち入り、一族数十名とともに壮烈な死を遂げている。寝返りと菊池は非難したが、あの時点での討ち入りは時期尚早《しょうそう》だった、と頼尚は思っていた。

その貞経も、京から落ちてくる尊氏を迎えるために武具を備えて待っている時、武光の兄武敏に攻められて、大宰府有智山《うちやま》城で自刃した。

その菊池が、動こうとしない。十五代の惣領《そうりょう》武光は、父武時に勝るとも劣らない、勇猛の将であることは、惣領になったころの働きを見ればよくわかる。猛将として音に聞えた合志幸隆でさえ、いまだに武光に対する恐怖心を拭いえないでいるのだ。

「日向にある五辻宮の動きも活発で、畠山も領内を押さえるのに苦慮しているようでございますな」

「南には、確かに火種はある。しかし、いまは北じゃ。それを片付けぬかぎり、儂はなにもはじめることができぬ」

五辻宮がなぜ活気づいたのか。菊池の沈黙と合わせて、それも無気味なことだった。

上松浦党の佐志披《ひらく》が頼尚を訪ってきたのは、有明海に面した小さな村に滞陣している時だった。

上松浦党は、肥前の玄界灘《げんかいなだ》一帯を支配している水軍である。課役を押しつけてくる守護の一色範氏に反撥しているところに眼をつけて、頼尚は手を差しのべていた。

「しばらくじゃの、佐志殿」

「探題がうるそうございましてな。早くなんとかならぬものかと、心待ちにいたしております」

佐志披は、三十をいくつか越えた、眉《まゆ》の太い大柄な男だった。濁声《だみごえ》で、水師らしく赤く潮焼けしている。剛直さが、そのまま顔に出ていた。

「ところで、佐志殿がわざわざ儂を訪ってくれたわけは？」

博多と大宰府で、それぞれ二度ずつ会っていた。松浦水軍の主たる仕事は、博多の商人たちの交易船の警固である。自らも、輸送の仕事をすることも少なくない。

「高麗と菊池のことでござる」

「菊池が高麗に、刀剣などを売っていることは知っているが。それで手に入る銭は、それほどのものではあるまい」

「高麗で、乱が起きております。乱と言えるほどではないかもしれませんが、富たる者の倉などが襲われ、略奪に晒《さら》されているようで。その大半は高麗の民でありますが、日本の水軍の手を借りているという恰好でござる」

「上松浦党にも、菊池に同心している一族がおったな」

「波多でござる。ほかに村上水軍なども、高麗の民と手を結んでおります。略奪の一部を日本に運びこむだけでも、交易であがる銭の何倍にもなりましょうな」

「高麗には、軍勢はおらぬのか？」

「その軍勢の相手をするのが、日本の水軍でござる。和船の押し走りは、高麗の関船よりずっと速く、水軍の兵は勇猛なれば」

「なるほどな」

征西府の勢力の中に、なにか確たるものができつつある。その一部が、頼尚には理解できはじめた。蓄えた銭が、急速に増えつつあるに違いない。

尊氏が、一色を博多に置いて探題としたのも、高麗との交易に眼をつけた一面があるはずだった。九州を安定させるだけなら、自分の力で充分だったのだ。

「佐志殿は、高麗へは行かぬのか？」

「われらも、黙って見ているわけにはいきません。ただ、高麗の民とは村上などが深い関係を持っておりましてな」

国内で、なんとかそちらを叩けないだろうか、というのが佐志披の要件らしい。そうすれば、略奪によって得る富のかなりの部分が、佐志一族に流れてくるはずだ。

「三ツ巴《どもえ》だな、これからの九州は」

頼尚は呟いた。征西府が、そして菊池が力をつけてくる。自分が一色範氏と闘っている間に、大きくなっていくはずだ。いまのところ、それを止める方法はない。

大きくなれ。強くなれ。そう思う気持がどこかにある。大きければ大きいほど、叩き潰す甲斐もあるというものだ。

青年のもののように、頼尚の心は騒ぎはじめていた。

第五章　風と雲の大地

1

　征西府館《やかた》の懐良《かねよし》の居室の外には、小さな庭がしつらえてある。

　五人の男女が、冷たい土の上に平伏していた。右京と楓《かえで》。それに見知らぬ男が三名である。四人を従えるような位置で平伏していた男が、ようやく顔をあげた。

「葦影《あしかげ》でございます。この者どもの頭《かしら》で」

　言ったのは五条良氏だった。頼元の嫡男《ちゃくなん》で、頼治の伯父に当たる。葦影という男と視線が合った。束《つか》の間、葦影は懐良の眼の中を覗《のぞ》きこんできた。

「やさしい眼をしているな。厳しいが、底になんとも言えぬやさしさがある」

　葦影が眼を伏せた。

「前に会ったことは？　直答を許す」

「忽那島《くつなじま》より、いく度も」

「いま名乗ろうというのは、やはり良氏がことでか？」

「それもありまする。これから九州は大きく動くでありましょう。五条良氏様の日向《ひゅうが》行きも、その動きのひとつと心得ております」

良氏は、日向米良《めら》へ行くことになっていた。良氏自身からの申し出である。肥後南部との国境を中心に、五辻宮《いつつじのみや》の勢力がある。その中心が米良であった。

「葦影という名は、武光から聞いておる。そちを通して、銭倉のかなりの銭を山の民に流していることもな」

楠木《くすのき》正成《まさしげ》の残党であろう、と武光は言った。それ以上のことを、懐良は無理に知ろうとはしなかった。薩南《さつなん》に単独で潜入してきた武光を、懐良に引き合わせたのは、葦影の後ろに控えている右京だった。それだけでも、信頼していいものはあったのである。

「五条良氏様が米良へ行かれれば、もはやわれらも一体となって動いた方がよい、と考えた末でござりまする」

米良の五辻宮と征西府は、どこか一体になりきれない微妙なものがあった。それが、良氏が行くことによって、すべて解決するかもしれないとは、懐良や武光も考えたことだ。五辻宮はすでに老いて、戦場での動きは思うに任せないという。

良氏の仕事は、懐良への学問の伝授と、征西府の頼元の政務の補佐であった。それは弟の良遠をもって代えられる。

学問だけに打ちこんでいたように見えた良氏が、突然米良へ行きたいと願い出た理由はよくわからなかった。ただ、米良へ行っていかなる仕事ができるのかは、整然と申し立てた。山の民の掌握である。銭とともに、その任を果す者を征西府から送ってもいい時期は来ていたのだ。

「葦影。これからは、おまえが儂《わし》のところへ話を運んで来い」

言って、懐良は縁から居室へ入った。儂という武士のような言い方を、懐良は相手に心を許さないかぎり使わない。それが葦影にもわかったようだ。

茵《しとね》に腰を降ろした時、五人の姿は庭から消えていた。

「良氏は、剣を使えるのか？」

良氏、良遠兄弟が、それほど戦で働いたことはなかった。もともと学問の師として、叡《えい》山《ざん》より十数年間供奉《ぐぶ》してきたのだ。

「剣はそれほど。ただし、礫《つぶて》を少々」

「なに、礫を撃つのか」

居室にいるのは、ほかに頼治だけである。

「賤《いや》しき技なれど、葦影より伝授を受けました。十間離れて、雀《すずめ》を撃つことができます。十五間でも、人を怯《ひる》ませることはできるでありましょう」

「いつか見たいものだな」

礫など、武士は賤しい技として身につけようとはしない。公家《くげ》の良氏には、かえってふさわしい技かもしれなかった。

米良へ行くのもそうである。武士が山の民を掌握するのは難しい。悪党とも山賊とも呼ばれる山の民は、まとまればひとつの軍勢になりうるが、もともとは武士に圧迫され、山中に追いやられた人々の群れである。だからこそ、武士に対抗する軍勢として、五辻宮も糾合を試みていたのだ。

良氏は、武士よりはるかに受け入れられやすいと言っていい。

そういう山の民に、征西府から銭を送るように勧めた武光の決断は、瞠目《どうもく》に値するものがあった。武光が旧来の武士の価値観で山の民を見れば、反目して当然なのである。武光が受け入れなければ、征西府も山の民と手を結ぶことはできなかった。

葦影が言うように、九州は確かに大きく動きはじめている。足利直冬《あしかがただふゆ》が九州の地を踏んだのが、そのきっかけだった。直冬は即座に少弐頼尚《しょうによりひさ》と結び、尊氏《たかうじ》の名を使って武士たちを糾合した。

直冬と少弐頼尚は、九州探題一色範氏《いっしきのりうじ》の勢力を駆逐することにおいて、利害が一致している。

直冬は、まず今川直貞を一色の勢力が強い肥前に送りこんだ。その間、頼尚は征西府を牽制《けんせい》するように、筑後《ちくご》に滞陣していた。

直冬と頼尚が大宰府に入ったのは、夏のはじめだった。十月には博多の一色範氏とぶつかり、打ち破って肥前に敗走させている。

いま、九州の武士の多くが、足利直冬に靡《なび》きつつあった。

正平五年は暮れつつある。

この一年も、征西府と菊池はほとんど動かなかった。少弐頼尚が合志《ごうし》幸隆に援兵を送ってきた時だけ、断固としてこれを叩《たた》いた。現状の変化は認めない、という姿勢だけは示したのである。その時動かしたのも菊池の兵ではなく、恵良惟澄《えらこれずみ》を中心とする軍勢だった。もっとも武光は、戦の経験のない百名ほどの若い兵を、恵良軍の中に紛れこませ、六日間の不眠不休の攻撃に参加させている。菊池の兵は統率がとれ、恵良軍の百戦錬磨《れんま》の兵に劣らない働きをしたという。

「来年には、戦になるかもしれぬ。あまり時はないぞ、良氏」

「わかっております。学問以外で、役に立つ自分を、それがしはようやく見つけた思いでございます」

良氏の痩《や》せた顔が笑った。頼治は、不安そうな表情で、伯父を見つめている。

正平六年に入ると、動きはさらに慌《あわただ》しくなった。

九州の武士はもとより、忽那水軍にすらも、足利直冬からの誘いがかかった。内海を掌握している忽那水軍に熱心な誘いがかかるということで、直冬が京との連絡に心を砕いていることが窺《うかが》い知れた。

事実、征西府に入ってくる京の動きも、めまぐるしいものだった。一色範氏からの訴えで、九州平定軍を自ら指揮して出発した尊氏が、直義《ただよし》の挙兵で引き返したが、丹波で敗れた。京の足利義詮《よしあきら》が、直義軍の猛攻に晒《さら》され、遁走《とんそう》した。直義軍と尊氏軍が四条河原でぶつかり、また尊氏軍が敗北した。いや、敗北したのは兵庫でらしい。

入ってくる知らせは錯綜《さくそう》していたが、概《おおむ》ね直義の方が優勢というものだった。高師直《こうのもろなお》を筆頭とする高一族が殺されたという知らせも入り、直義優勢は決定的になった。去就を決めかねていた九州の武士の多くは、直冬に靡いていった。

一色範氏が九州探題の役を解かれ、正式に直冬が探題となったのが、三月三日だった。直冬のいる大宰府には、中国からも軍勢が馳《は》せ参じてきていた。

混乱し、時が前後した京からの知らせの中に、懐良の生母、霊照院禅定尼《ぜんじょうに》の死去の知らせが混じっていた。

懐良は、静かにその知らせを受けた。

「母と言っても、よく憶《おぼ》えてはおらぬ。眼を閉じても、顔が浮かばないのだ」

気を遣う笙子《しょうこ》に、そう言った。知らせを受けた日、明け方まで居室で合掌していただけである。母の暖かさは知らない。母なるものの、心でのありようも知らない。

「泣かれませぬのか、御所様は」

「無理を言うでない、笙子。母という言葉は知っている。その言葉のために、ひと晩合掌した。儂には、それが精一杯であった」

「かわいそうなお方」

「そう思うのか？」

「笙子が、御所様の母の役もいたしまする。これからずっとじゃ」

言われても、懐良には索漠《さくばく》とした気持があるだけだった。笙子は、笙子のままでいい。それが人のありようというものではないのか。

父なる人とは、縁があった。断ち切りたいと思うこともできぬほど、強い縁だった。その縁のために、いま自分は九州にいる。しかし、自分は自分である。いかなる縁の中に生きようと、自分以外のなにものでもないのだ。父なる人と、一体になれるはずもなかった。

心のどこかに、荒《すさ》んだものがあることを、懐良は時々自覚することがあった。なにかが欠けていると思えるのだ。それが、母なるものの暖かさなのだろうか。母を知らない以上、それは確かめようのないことでもあった。

征西府は、七日間の喪に服した。それ以上の服喪は、情勢が許さなかったのである。

大宰府の足利直冬の勢いが強大になり、ほとんど九州を呑《の》み尽すのではないか、と思えるほどであった。九州南部でも、直冬についた畠山直顕《はたけやまなおあき》が、俄《にわ》かに活気づいている。

強大になった直冬が次に狙《ねら》うものは、間違いなく征西府であろう。征西府を押し潰《つぶ》して九州を固めておけば、京にある直義の立場に、磐石《ばんじゃく》の重みを加えることになる。尊氏の片腕とも言うべき存在だった高師直は、すでに殺されているのだ。

菊池は、緊迫を孕《はら》んだ静けさの中にあった。

懐良は、久しぶりに武光を伴って滝に打たれた。

「京は、騒々しいことであったな」

武光と二人で刻んだ、岩壁の不動明王が、自分を睨《にら》みつけていると懐良は感じた。

「血で血を洗う足利の兄弟喧嘩《げんか》に、賀名生《あのう》の朝廷は、ただ喜ぶばかりであったな。つけ入ることさえできず、手を打って喜んでいただけだ」

「まだ、すべてが終ったというわけではありますまい」

焚火《たきび》など、必要ではなかった。まだ風は肌《はだ》に冷たいが、躰《からだ》の中には燃えているものがある。

「どちらかに、いいように利用されるだけだ。ただ錦旗《きんき》を得るためにな。これからも、それは続くと思わぬか？」

武光は答えなかった。落ちていく水に、眼をむけているばかりである。

「九州は九州じゃ。賀名生とは違う」

「そう思います」

「これ以上、直冬を大きくすることはできぬ。してはならぬ」

「それについて、申しあげておきたいことがあります。すべての話をする前に、御所様とそれがしで決めておきたいことが」

「言ってみろ、武光」

「九州には、少弐、一色、大友、畠山、島津と、実力を持った守護がおります」

「わかりきったことを申すな」

「そのすべての守護が」

「そのすべての守護が、征西府の敵でござる」

武光の眼が光った。懐良も、見つめ返して次の言葉を待った。

「うむ」

「そのことを、はじめに決めておきたいのです」

「わかった」

一色範氏が、肥前で再び軍勢を集めている。しかし、直冬の勢いには抗すべくもなかった。なりふり構わず、一色は征西府に連合を申し入れてきている。

「いまは、一色と結べと言うのだな」

「一色とて、いつまた敵に回るかもしれません。それゆえ」

「わかった、おまえの言おうとしていることは」

「日向では、楡井《にれい》頼仲が、ひとり征西府のために奮戦しております。まことの味方は、楡井のような武将だけでござる」

「儂も、守護どもを当てにしようとは思っておらぬ」

「しかし、いまが時でもございますぞ」

反征西府勢力同士の争い。そこに乗じて両者の力を削《そ》げば、自然に征西府の力は強くなる。このまま坐《ざ》していれば、賀名生の朝廷の轍《てつ》を踏むことにもなるのだ。

「直冬とて、はじめは尊氏の名を出し、直義が勝つと、当たり前という顔で直義の側に立っております。九州の武士も、心から直冬を信頼して靡いているのではありますまいな」

弱い方と組んで、強い方の力を削ぐ。いまならば、一色範氏と手を結べばよい。それで、直冬がさらに強大になっていくのは、防ぐことができる。

「京の情勢も、まだ動きそうな気配でございます。それによって、直冬は強くも弱くもなります」

実際に戦をするとなれば、菊池を留守にすることが多くなる。まわりが全部敵というのは、やはり苦しいことだ。

「銭だけは、倉に入りきれぬほどになっております」

言って、武光はにやりと笑った。

「いよいよ、戦だな」

懐良の躰の中では、なにかが燃え続けている。もう、それを抑えようとは思わなかった。

一色範氏との交渉には、五条頼元と良遠が当たった。単純な連合で、直冬を二方向から挟撃《きょうげき》しようというのである。

すでに六十を越えた頼元は、まだ元気で、一色のいい申し入れはすべて撥《は》ねつけてきた。

「曽孫《ひまご》がいるというのにな、頼元」

言うと、頼元は嬉《うれ》しそうに顔を皺《しわ》だらけにした。

頼治が、昨年のはじめに妻帯していた。妻は、武光の郎党の娘である。武光が強引に事を運んだ様子だが、頼治もまんざらではなさそうだった。

一月に、男子が生まれた。いまは、征西府館の中に、屋敷を構えている。

兄弟のようにして育ってきた頼治が、父親となった。それは懐良にとっては、嬉しいと同時に衝撃でもあった。

自分も息子が欲しい。そういう思いはあったが、笙子に懐妊の気配はなかった。

庭の隅に葦影が片膝《かたひざ》をついているのを見つけたのは、六月のある夜だった。

「波多《はた》の阿久里《あぐり》様が、がんぜない赤子を抱いておられます」

「なんと。どういうことだ、葦影？」

「御所様の御子であらせられます。阿久里様は、おひとりでお産みなされた御容子《ごようす》」

しばらく、言葉が出なかった。懐良は、じっと空を仰いでいた。闇《やみ》だが、雲が走っているのは見える。

阿久里のことを、忘れてはいなかった。ただ、逢《あ》える機会を作れなかったのだ。

「なぜ、いま儂に知らせた？」

「わかりませぬ。人間として生きていただきたかったから、とでも申しましょうか。堀田安秋様には、きつく口止めをされておりましたが」

空を仰いだまま、懐良は大きく息をついた。自分が父親になった。信じられないことだ。

「葦影」

呼んでみたが、葦影の姿はすでに消えていた。

2

日向で、楡井頼仲が征西府のために孤軍奮闘している。薩摩、大隅《おおすみ》は、島津が一色寄りのため、大きな動きはない。これ以上征西府の動きが遅れると、日向の畠山は勢いをつけるばかりだった。

正平六年九月十五日を、出陣の日として武光は牧宮《まきのみや》に奏上した。即座に、それは受け入れられた。

征西将軍宮懐良親王を推戴《すいたい》しての、征西府軍の正式の出動になる。

九州の混乱の中に、いよいよ両足で踏みこむことになった。一度はじめたら、退《ひ》くことはできない戦であった。明日の敵すらも定かではない。それが九州の現状である。

「総勢が二千か。少なすぎはせぬか、武光」

「途中で五千にはなりましょう。勝てばの話ですが。戦は、見世物ではございません。すべては、勝つことです。二千で勝つ。菊池に残る二千は、それで敵には三倍も四倍もの兵力に感じられるはず」

「直冬は、いまなら五万を集めるであろうな」

「その代りに、直冬と少弐頼尚には、守るべきものも多うござる」

実戦に、直冬軍がどれだけ割けるのかは、ぶつかってみるまでわからない。意外に少ないはずだ、と武光は見ていた。

九月十五日、丸鷹《まるたか》紋の征西府旗を掲げて、忽那重明を大将とする五十騎の麾下《きか》に守られた牧宮が隈府《わいふ》城を出た。武光は、木野武茂とともに城下のはずれで合流した。

先発するは、城《じょう》武顕の騎馬槍隊《やりたい》百騎で、その後ろに武光の本隊が続いた。

武光は緊張していた。菊池一党だけではない。将軍宮をはじめ、征西府の中枢《ちゅうすう》も出陣してきたのである。牧宮や忽那重明は別としても、五条頼元らに迅速な戦ができるとは思えない。足枷《あしかせ》をかけられた戦になりかねなかった。それでも、征西府の旗がいまはどうしても必要なのである。

　行軍二日目になると、武光のその緊張も解けてきた。鍛錬に鍛錬を重ねた、二千の菊池兵を率いているのである。征西府の旗すら守れなくて、なんの戦なのだ。

「頼元が張切っておるぞ、武光。肥後に入って頼元が最初にやろうとしたことが、筑後への北進であった」

「さようでございましたな」

「儂が押さえておかねば、ひとりで筑後まで突っ走って行きそうじゃ、あの年寄は」

「もはや、明日は国境でございますぞ。そこを越えれば、少弐軍の筑後の要《かなめ》たる溝口城。城兵が外に出てくれば、すぐにもぶつからねばなりません」

　物見は放ってあり、敵の備えや数は次第にわかってきている。夜営は、前三段、後方二段に構え、中央に本陣を置いてある。見張りの兵も二百に増やしてあった。

　早助が注進に現われたのは、深更であった。武光は、牧宮と二人でそれを聞いた。敵兵五千が、国境にむけて移動中だという。

「敵将は？」

「おそらくは少弐冬資《ふゆすけ》。征西将軍宮様の御出陣を聞いて、大宰府より駈《か》けつけたものと思われます」

「頼尚の倅《せがれ》が相手か」

牧宮の口調は、満足できる相手を得たというものだった。奇襲をかけられやすい場所は、あまりない。国境に五千の兵を進めておくことで、少弐冬資はこちらの意表を衝《つ》こうとしているのだろう。

夜が明けた。

進軍が開始された。一刻《いっとき》も進んだころ、物見の注進が入りはじめた。やはり五千の軍勢が、国境で陣を敷いている。本陣の紋は四ツ目結い。少弐冬資が総大将というのは、間違いなさそうだった。

国境に近づいていった。武光は、一片の躊躇《ちゅうちょ》もしなかった。行軍しながら、陣の構えを作っていく。陣をどうにでも動かせる。野戦ではそれが必要だった。

敵。なだらかな丘陵を越えると、すでに十町ほどの近さだった。雲は厚いが、雨は降っていない。

弓隊を前進させた。五、六十間ほどのところから、矢を射かけさせる。こちらの矢は届いていたが、射返してくる敵の矢はほとんど手前で落ちた。前進する時に、その矢は拾えばいい。

「古臭い戦をいたすのう、武光。それにしても、こちらの矢はよく飛ぶ」

牧宮が、武光に馬を寄せてきて言った。

「征西府軍としての、最初の手合わせならばと思い、挨拶《あいさつ》を送ったのでござる」

いつまでも、古臭い戦を続ける気はなかった。征西府の丸鷹の旗を、敵はもうしっかりと眼に焼きつけただろう。

「城武顕」

武光の声が本陣の中に谺《こだま》した。

「敵は五千ぞ。おまえの槍隊で、見事二つにたち割って見せい」

おう、と応《こた》えた時、騎馬槍隊はすでに動きはじめていた。徒《かち》の槍も後ろに続く。見ていて気持がいいほど、滑らかな動きだった。

溜《たま》りに溜ったものがある。自分にも兵たちにもだ。それを全部、この戦で吐き出そうという気に武光はなった。

騎馬隊を、五町ほど進めた。

「やれっ、武顕」

城武顕の軍勢から、鯨波《とき》があがった。百騎の武者が、槍の穂さきを揃《そろ》えて敵の中央に突っこんでいく。二段に構えた敵の陣の、中央をあっという間に突破していた。その間隙《かんげき》に、徒の槍隊も食いこんでいく。

右手に握った太刀を中天に立て、武光は雄叫《おたけ》びをあげた。敵にむけ、太刀を振り降ろす。

本陣の二百を除いて、全軍が一斉《いっせい》に攻めこんだ。敵はすでに浮足立っている。中央を突破した騎馬槍隊が、反転して背後を衝いてくる。武光も先頭で、すでに七、八名の騎馬武者を叩き落としていた。

牧宮には、木野武茂をつけてある。忽那重明もいる。本陣の心配はしていなかった。

敵が崩れていく。かろうじて踏みとどまろうとした左翼に、本陣の二百がいきなり襲いかかった。

勝負は、瞬《またた》く間についた。城武顕の槍隊が、逃げる敵に追い討ちをかけている。転がっているのは、敵の屍《しかばね》ばかりだった。

騎馬隊の中央に征西府旗を置いて、武光も追撃を開始した。敵は溝口城にむかって逃げたが、城武顕の槍隊は、城に拠《よ》る余裕さえ与えなかった。

溝口城も放棄して、敵は散り散りになった。武光は、ようやく進撃の中止を命じ、原野に陣を敷いた。

「見事なものだ、城武顕」

床几《しょうぎ》に腰を降ろした牧宮が、まず槍隊をほめた。

菊池千本槍の名を、辱《はずか》しめぬ働きであったことは、武光も認めないわけにはいかなかった。兄武重のころと較《くら》べて、槍も工夫してある。もともとは、反りのない短刀を竹のさきに縛りつけたものだった。箱根の天険で逃げる新田義貞《にったよしさだ》の殿軍《でんぐん》をつとめ、追う足利軍をその槍が食い止めたのである。いまは、樫《かし》の棒のさきに、刀鍛冶《かじ》が槍として作ったものを着けている。太刀では徹《とお》せぬ鎧《よろい》も、その槍でなら貫けるのである。

「恐るべき軍勢であった、武光」

「御所様も無茶をなさいましたな。本陣を動かされずにいればいいものを」

陣幕の中には、頼治だけが残ったので、武光の言葉遣いもいくらか砕けていた。

本陣が動いた時は、一瞬武光は息を呑んだのだ。しかし、敵の左翼をあそこで衝くのは、どう考えても最も効果的な戦法だった。あれがなければ、てこずるほどではなかったにしろ、もう少し時がかかっただろう。それがわかっていたから、木野武茂も止めることができなかったのだ。

それにしても、牧宮の兵の扱いも見事なものだった。本陣の二百からは、ひとりの負傷者も出していない。

「少し離れて見ていると、戦のありようがよくわかる。どこを衝けば崩れるかもな」

牧宮は、生き生きとしていた。自分も生き生きとしていることが、武光にははっきり感じられた。

鮮やかすぎるほどの戦捷《せんしょう》は、再び九州の武士たちの眼を征西府に集めることになるだろう。少しずつ筑後の武士たちも征西府に付きはじめ、瀬高《せたか》に進出した時の軍勢は、五千以上にふくれあがっていた。

瀬高は、海を背にして筑後全域を睨む位置にある。

「ここに滞陣して、一色の動きを待ちます。御所様は、木野武茂以下千の兵と、菊池にお帰りください」

「長くなるのか？」

「多分。一色を待つという約束になっておりますので、それがしは残ります」

「戦がし足りぬぞ、武光」

「征西将軍宮としての戦は、これで終りでござる。征西府旗は菊池にある。その方が九州の武士にはわかりやすいのでございます」

「わかっている」

牧宮が、戦をし足りないというのも、多分いまのうちだけだ。これからは、反吐《へど》が出るほど戦が続くことになるだろう。

一色とは、同盟を結んだわけではなかった。直冬をともに攻めようという、約定を交わしただけである。一色が出てこないかぎり、武光の方から動く理由はなかった。

「一色との直冬攻めは、そこそこにしておきます。直冬を攻められるようになればの話でありますが」

「無理かな、一色には」

「守護として、何代も勢力を培《つちか》った少弐や島津とは違います。集まる軍勢は、烏合《うごう》の衆。少弐冬資との戦でもわかったではありませんか。少弐は、筑後では風に靡く武士しか集められません。これが筑前における戦であれば、ああもたやすくは、われらにも勝てはしなかったでありましょう」

「わが軍は、いま五千を越えておるぞ」

「信用できるのは、菊池の兵だけでござる。そんなところに、何日も御所様を置いておくわけにも参りますまい」

「儂を菊池に帰す、まことの理由はそれか」

牧宮が笑った。武光も笑い返した。

翌九月二十三日、牧宮は木野武茂以下一千の兵と、菊池へ帰っていった。

「御所様は、つまらなそうなお顔をなされておりましたぞ、お館」

肥後との国境まで見送っていった城武顕が、戻ってきて言った。

「いい槍隊を育ててくれたな、武顕」

「なにを言われるのか、お館はいきなり」

「おまえの槍隊がいたおかげで、儂はほとんど兵を失わなくて済んだ」

「やれと言われれば、三万の軍勢であろうと、それがしは二つに割って見せますぞ。それより、行軍しながら陣形ができていった。あれはなんでござるか」

「なにかと問われてもな。ああした方が、敵に陣形を読まれぬ。敵の眼を眩《くら》まそうということかな。それも、兵が動いてくれればこそよ」

「さながら鳥が集まっては散っていくような、見事なものでござった」

武顕も、すでに三十を越えていた。蓄えた口髭《くちひげ》にも、侍大将の貫禄《かんろく》が出てきている。

「儂はお館に付いていけそうか、武顕」

「御所様に付いていくだけだ。お館が御所様に付いていくと言われるなら、それでよろしゅうござる」

「報われることの少ない、長い戦になるぞ。なにしろ、儂は御所様を戴《いただ》いて九州を平定しようと思っているのだ」

武顕が、にやりと不敵な笑みを浮かべた。

一色範氏の次男範光が、二千の兵で大宰府にむかったのは、九月も二十五日をすぎてからだった。今川直貞とぶつかったのは、九月二十八日である。その日、武光は周辺の直冬方の諸城を落としていた。本格的な戦というより、城攻めの兵の動きを見るためと言ってよかった。

大宰府にほど近い、月隈《つきぐま》・金隈《かねのくま》における、一色軍の敗報が、三十日に武光のもとに届いた。月隈・金隈をとれば、そこから武光と呼応して大宰府を攻める手筈《てはず》だったのである。

十月になっても、武光はしばらく瀬高で待った。豊後《ぶんご》に動きがあった。守護大友氏泰が、一色と結んだのである。直冬というより、少弐が強大になるのを、警戒したためのようだった。

武光は、軍勢を筑後国府に回し、さらにいくつかの城攻めを試みてから、菊池に帰還した。

折からの市で、菊池城下は賑《にぎわ》っていた。

堀田安秋と加瀬忠明が、肩を並べて市の人ごみの中を歩いているのが見えた。

「これは菊池様。御戦捷のよし、なによりでございました」

「なんの。はじめの五千以外は、童《わらべ》の戦のようなものであったわい。それより、二人でなにをいたしておる」

「それが、人を捜しております」

「人を？」

武光は馬を降りた。まだ帰城していないが、すでに武具ははずし、直垂《ひたたれ》に替えている。

「波多阿久里殿を、御存知《ごぞんじ》でございますか？」

とっさに、武光は横に首を振っていた。牧宮に、聞かされて知ってはいた。ただ、ひそやかなる男と女のこととして、話を聞いていた。知っていると、言いにくかったのだ。

「上松浦《まつら》党、波多氏の娘でございますが、どうやら菊池に来てしまったようで」

「ほう。それで、なぜ捜さねばならぬ」

「それが」

堀田安秋が口籠《くちごも》った。ちょっとおかしな気がしたが、武光はあまり気にしなかった。女の悋気《りんき》というやつなのかもしれない。牧宮は、しばしば阿久里に逢うというわけにはいかなかったはずだ。太刀を持ってむかってくる、激しい女だ、と牧宮からは聞かされていた。女の悋気は、もっとも苦手とするものである。近づかない方がよさそうだ。

「ところで、忽那義範《よしのり》殿は？」

「ただいま、忽那島に戻っております。なにやら、新しい船の話があるようで」

高麗《こうらい》では、日本の水軍が暴れている。菊池に運びこまれる銭の、かなりの部分が略奪で得た気配だった。ある時から、一度に運びこまれる銭の量が、五倍になったのである。

「お館。新しい銭倉を何棟か造っていただかなければなりませんが」

加瀬忠明が、阿久里のことから話をそらすように言った。

「考えておこう」

言って、武光は馬に乗った。

征西府館に伺候しようと思ったが、牧宮は留守だと、出迎えた赤星武豊が言った。

隈府城中の館に戻った。

平伏して、二郎が迎えた。

「御戦捷、おめでとうございます」

迎えの口上は、誰かに教えこまれているようだ。二郎は、すでに十歳になっていた。元服し、戦に出るまでにあと何年があればいいのか。ちょっとそれを思い、武光は二郎の頭に手を置いた。九州平定の事業は、もしかすると二郎の代までかかるかもしれない。

3

直垂に侍烏帽子《えぼし》という姿で、懐良は馬を走らせていた。従者は、同じ姿の頼治だけである。葦影が先導していた。

菊池からほぼ二里を走り、千田《ちだ》庄に入った。菊池川沿いに下ってきたという恰好《かっこう》である。葦影が馬を止め、じっと前方に眼を注いだ。小さな、武家の屋敷である。

ふり返った葦影が、頷《うなず》いた。右京や早助が、見えないところで警固をしているのかもしれない。

屋敷のそばまで馬を進めて、懐良は降りた。網代垣《あじろがき》のむこう側に、人の姿が見える。

「阿久里」

呼ぶと人影はふりかえり、眼を見開いた。声はなにも返ってこない。懐良が門に回ろうとすると、阿久里は慌《あわ》てて門扉《もんぴ》を開いた。

「久しいのう」

二年と数カ月。高麗の富山浦《ふさんぽ》からの帰路、阿久里の指揮する波多の関船《せきぶね》と海上で出会ってひとつきほど波多に滞留して以来だった。

「やはり、菊池の家臣であられたのか、都竹《つづき》殿」

　阿久里の手が、懐良の腕にのびてきた。

「子を産んだと聞いたが」

「一度だけ、父親に会わせてやりたかった。それで菊池を捜してみるつもりだったのです。波多の船が、菊池川の河口まで、輸送船を警固してきました。それに、月王丸《つきおうまる》と一緒に乗ってきたのです」

「月王丸。男子《おのこ》か。早く会わせてくれ」

「会うおつもりがおありなのか、都竹殿には？」

「当然であろう。わが子を前にして、顔をそむける親が、どこにおろうか」

「私も、昔の阿久里ではありませぬ。いとしい殿御に逢いたくて、菊池へ入ろうとしたのでもない。月王丸の母として、一度だけでも父親に会わせておきたかったのじゃ」

「子が生まれたことは、葦影から聞かされていた。六月であった。それからずっと、気にしてはいたのだ」

　かすかに、阿久里は頷いたようだった。

　懐良の手を引いて、阿久里は家の中に導いた。屏風《びょうぶ》で外の光を遮《さえぎ》った茵《しとね》の上に、赤子が眠っていた。もう、かなり大きくなっている。もしかすると歩けるのかもしれない。顔立ちもしっかりしていた。

「月王丸」

呟《つぶや》いた。呼びかけたつもりが、呟きにしかならなかった。

「儂とそなたの子だ」

阿久里は、両手を膝に置いて、茵の脇《わき》に坐っていた。じっと懐良を見つめている。

「立派な水師に育てよ、阿久里。海に出たくても、思うにまかせぬ父親に代って、海をわが庭とする男子に育ててあげてくれ」

「水師に」

「そうじゃ。儂とおまえの子。これは海の子だ」

月王丸が、かすかに身動《みじろ》ぎをした。思わず、懐良は間近から覗きこんだ。やわらかそうな月王丸の唇《くちびる》が、ひくひくと動いている。のばしかけた手を、懐良は宙で止めた。眼《め》醒《ざ》めてはいない。眠っているのだ。

「夢でも見たのであろうか」

「赤子は、そうやって眠るものでございます。都竹殿は、赤子を見たことがないのですか？」

「ない」

身近に、赤子がいたことなどなかった。一番若い人間で、頼治だったのだ。

もう一度、月王丸にじっと眼を注いだ。不意に、胸を衝かれるような思いが走った。気づいた時、懐良は月王丸を抱きしめていた。小さく、やわらかで、そして暖かかった。月王丸が泣きはじめる。どうしていいかわからず、懐良は慌てはじめた。阿久里が、笑って手を差し出してくる。

見事に脹《ふくら》んだ乳をくわえさせられて、ようやく月王丸は泣き熄《や》んだ。無心に乳を吸うさまを、懐良は間近からずっと見つめていた。

頼治が声をかけてきたのは、月王丸が再び寝入ってしばらく経《た》ってからだ。

「堀田安秋と、加瀬忠明が参っております」

「用ならば後にせよ。儂は阿久里と話さねばならぬことがある」

「用とは、そのことでございます」

堀田安秋の声だった。すでに門の中に入ってきているらしい。腰をあげ、懐良は縁に出た。

「隈府城にお帰りを」

「なぜだ？」

「何卒《なにとぞ》。安秋がお供をつかまつります」

堀田安秋は、縁の端に手をかけるようにして、片膝をついていた。阿久里も出てきた。

安秋の眼が、窺うように阿久里にむいた。

「阿久里殿。父子の対面は済んだであろう。このまま、波多へ戻ってくださらぬか」

「安秋、なにを言っているのだ。阿久里と月王丸のことは、これから儂が決めるぞ」

「なりませぬ。隈府城にお帰りを」

阿久里が子を産んだことを知らせたのは、葦影だった。安秋も当然知っていたはずだ。ふた月に一度は、菊池へ絶え間なくやってきている。なぜ知らせなかったのか。なぜ、館へ帰れと言うのか。

不意に、怒りに似たものが、心の底から衝きあげてきた。

「安秋」

声に籠った怒気に、懐良は自分で驚いたほどだった。

「これは義範が下知《げじ》か？」

「いえ、それがしの」

「加瀬忠明。武光が、儂を城に連れ戻せと申したのか？」

加瀬忠明は、大きく首を横に振って、恐懼《きょうく》したように平伏している。懐良は息を吐いた。

阿久里は、ただ立ち竦《すく》んでいるようだ。

「この地に、阿久里と月王のための館を建てる」

「御所様。阿久里殿とのことは、それがしにも関係があります。決して、阿久里殿に悪いようにはいたしませぬ。何卒、御帰館くだされませ」

「御所様？　都竹殿、御所様とはどういうことなのです？」

「阿久里殿。都竹様は、征西将軍宮であらせられる。御子が生まれても、儂が居所を言えなかったわけを、察してくれ」

「征西将軍宮様？　それでは菊池におわす」

「そうだ。だから」

「安秋」

懐良の怒りは、鎮《しず》まっていた。安秋は、自分なりに懐良の立場を慮《おもんぱか》ったものらしい。責任も、感じているのかもしれない。頼元や武光と、この問題は話合った方がいい。

「阿久里。月王丸とここで待て。儂は、一度館へ戻る」

立ち竦んだままの阿久里の肩に軽く手を置き、懐良は外へ出た。

忽那義範が、久しぶりに征西府館に伺候してきたのは、正平七年の正月だった。

「阿久里殿のことで、いろいろありましたそうですな。武光殿も心配しておられた」

「肝心の阿久里が、月王とともに波多へ戻ってしまった。使いを出しても、返事も寄越さぬ」

頼元も武光も、波多の館を菊池川沿いのどこかに設け、そこで阿久里が暮すことに賛成した。ただし、月王丸は波多家の子として育てる。

懐良もそれでよかった。ところが、阿久里は千田庄のあの武家屋敷から姿を消してしまったのである。手を尽して捜して、波多に戻っていることがわかった。呼び戻そうとしても、書状さえ届いたかどうかわからなかった。

「征西将軍宮という御身分が、阿久里殿には驚きであったのでしょうな」

あれから、数カ月経ってしまった。阿久里のことだけに、かまけているわけにはいかなかった。京で、大きな動きがいくつも起きたのだ。

こともあろうに、賀名生《あのう》の朝廷は尊氏と和を結び、直義討伐の綸旨《りんじ》を下した。尊氏と直義がぶつかり、直義は敗北して捕えられた。

賀名生では、ようやく足利兄弟の内紛につけ入るべきだと考えはじめた。北畠親房《ちかふさ》を中心に、全国の南朝の総力をあげる戦が計画され、征西府にも頻繁《ひんぱん》に綸旨が届いた。いかにも遅すぎた。すでに、直義は捕えられてしまっているのだ。

「安秋については、お許しくだされい。あれも、そうすべきだと思いつめて、やったことでございますれば」

「許すも許さぬもない。悪いことをした、と儂は考えておらぬ」

「阿久里殿の心を、どうほぐすかですな」

義範は軽くそう言った。この数カ月、暇があれば懐良はそれを考えていたのだ。

「高麗はどうじゃ、義範？」

「不平を抱く民が、日本の水軍と結んで暴れております。民の抱く不平がもっともなことだと、あの国を御覧になった御所様にはおわかりでありましょう」

「和船が略奪をするというのは、いかがなものであろうか？」

「それにも、理由がございます。元朝《げんちょう》は、三度《みたび》日本を襲う計画を進めておりました。実際に、船なども造っているのです。襲われて犠牲になるのは、対馬《つしま》、壱岐《いき》、松浦党の民であることは、二度の元寇《げんこう》でわかっております。自分を守るために、はじめは高麗や元に偵《てい》察《さつ》を出し、三度目の計画を阻止するために、造船所などを襲いました」

「それは知っておる」

「阿久里殿は、はじめにその話を御所様になさったのでしたな」

また阿久里の話に戻ったので、懐良は苦笑した。

「高麗や元の富みたる者を襲うのは、すべて元朝を倒すためでございます。高麗の富も、最後には元朝に運ばれますゆえに、その前に奪うということでございましょう」

「元も高麗も、滅びを待つのであろうか？」

「滅び、そして新しくなる。内側が腐ったものは、そうなるしかありませんな。そしてそれは、民の手によってなされるはず」

「日本も、腐っておるぞ」

「そう思いました。京の騒動など、鼻の曲がりそうな腐臭がいたします。久しぶりに日本に戻ると、それがはっきりと感じられます」

「儂は、どうすべきであろうか、義範？」

「難しい問いでございますな」

　義範は、四十に近くなっていた。髪にも、白いものが混じりはじめている。

「なにかが、儂を定めるであろうな」

「なにかとは？」

「わからぬ。いまこうして菊池にあるのも、なにかが定めているのだ。民を苦しめてはならぬ。それさえしっかりと持っていれば、定められるままに動いてもよいと思っておる」

「まさしく」

　義範は、夕餉《ゆうげ》をともにして帰っていった。

　肥後ではめずらしく、底冷えがする日だった。懐良は、居室の外の庭に立って、白い月を見あげていた。

「葦影か」

　庭の隅に平伏した黒い影が、気配を放った。

「おまえは、儂の頼みを聞かねばなるまいな。阿久里が月王を産んだことも、菊池まで儂に逢いに来たことも、すべておまえが教えてくれたことだ」

「頼みなどとは、恐れ多いことでございます」

「連れてこれるか、阿久里を？」

「わかりませぬ」

「連れてこなければならぬ。阿久里や月王と会う時、儂は都竹という人間でいよう」

「阿久里様が、それを納得してくださいますかどうか」

「人間として生きろ、と言ったのはおまえだ。このままでは、儂はそういう生き方ができぬということになる。儂を人間として生かしたくば、阿久里を連れてこい」

　葦影は、黙したまま平伏している。

「難しいことはわかっている。だから頼みというのだ」

「必ず」

「頼めるのだな。儂を父に持ったということで、月王は不幸になってはならぬ。儂にとっても、難しいことだ。それでも、月王と儂は父と子だ」

　どうしても、先の帝《みかど》であった父なる人のことが、懐良の頭には浮かんでくる。自分は、父なる人のために、不幸な生き方をすることになったのか。八歳で叡山を出、長い旅の果てにいまこうして菊池にいることが、不幸なことなのか。九州を平定するために、戦を続けなければならないことが、不幸なことなのか。自分の幸、不幸は、懐良にはわからなかった。

居室から、笙子が懐良を呼ぶ声が聞えた。葦影の姿は消えている。

直義死去の知らせが入ったのは、三月になってからだった。毒殺という噂《うわさ》もあるようだ。足利は、兄弟でそういう殺し合いをはじめた。それもやはり、時代の不幸ということなのか。

南朝の軍勢が、一転して京を中心に激しく尊氏軍とぶつかっている、という知らせも入った。しかし、九州では動きようもない。自分は自分で、じっくりと腰を据《す》えるしかなさそうだ。そしてそれは、案外に悪いことではないのかもしれない、と懐良は思った。

「直冬の軍が、丸裸になっておりますぞ」

武光がやってきて言った。

はじめ、尊氏の実子であることを利用して兵を集め、直義が幕府の頂点に立つと、平然と直義こそ自分の父だと言いはじめた。直義が死んだいま、また尊氏の実子だと言いはじめるのか。

「直冬には、少弐頼尚ひとりがついているようなものでござる。逆に、一色の勢いが強くなってきました」

「一色範氏は、そろそろ征西府との約定などもう知らぬ、と言いはじめるのではないか」

「そして、直冬と少弐が、われらと手を結ぼうとするでありましょう。直冬は丸裸になったものの、少弐の力は衰えておりません。一色との確執は続くはず」

「時の勢いは、一色範氏か」

「どちらと手を結ぶかですな」

武光の眼が光った。多血質の赤ら顔に、最近では髭を蓄えはじめた。自分では、似合っているつもりのようだ。

「どちらと結ぶにしろ、片方を倒せば、手を結んだ方がすぐに敵になります。どう動いてよいかわからず、征西府に靡《なび》いてくる武士も増えておりまして」

直冬は、いずれ九州にはいられなくなるだろう。少弐頼尚が必要ないと判断すれば、支えてくれる人間はいなくなるのだ。

少弐と一色の両方の力を、削げるだけ削いで、その上で片方を倒すしかなかった。それからさき、また事態は動くだろう。

「御所様。阿久里殿のことは、いかがなさいます？」

「葦影に頼んだ」

「そうでございましたか」

武光が、二、三度頷いた。

「身分とは、なんであろうか、武光」

「宿命、と重なる言葉でございますな」

言って、武光は蓄えはじめたばかりの口髭を指で触れはじめた。友であろうと、どうにもならない。そう言っているようにも思えた。

懐良は眼を閉じた。春の嵐《あらし》が、庭の樹《き》を騒がせている。それ以外に、音はなにもなかった。

4

正平七年は、京も九州も慌《あわただ》しかった。

武光は何度も筑後に兵を出したが、大戦には到らなかった。足利直冬も少弐頼尚も、菊池軍とのまともなぶつかり合いは避けているようだった。菊池の兵の動きを一度でも見れば、戦に長《た》けた者なら、避けたくなるだろう。見ていて、武光にも満足できるものだった。

直義が死んでからの中央の情勢も、尊氏と直義の争いの時よりめまぐるしかった。賀名生《あのう》の朝廷は、男山石清水八幡《おとこやまいわしみずはちまん》に本営を進め、足利義詮は京を追われたが、ひと月足らずで南朝軍はまた京を放棄していた。五月には石清水八幡の南朝の本営は落とされ、賀名生に敗走していた。八月には、再度京を攻めるための軍勢が組織されている。それらの知らせが、菊池には、順序を違《たが》え、時には途方もなく大袈裟《おおげさ》なものとして入ってくるのだった。

京を回復したという知らせが入った時の、征西府の喜びようはひとかたではなく、頼元や良遠は再び南朝の世になったと言いきるほどであった。

束《つか》の間、京を奪ったとしても、尊氏、義詮父子は健在だった。たとえ足利を倒したところで、それに代る武士はいくらでも出てくるだろう。牧宮には、それがよくわかっているようで、いつも頼元や良遠の押さえ役に回っていた。

一時は全九州を席巻《せっけん》する勢いを示した直冬にも、いまは少弐頼尚のみが付いているだけである。頼尚にとっても、直冬は重荷になりつつあるはずだ。ただ、頼尚には、一色範氏に対抗する権威がまだ必要なのだろう。

「直冬の轍《てつ》は踏むまいぞ、武光」

牧宮がそう言ったのは、直冬からの降伏の申し入れをどう扱うか、という話合いの後であった。一色に抗し難く、直冬は征西府に降伏を申し入れてきたのである。なりふり構わぬ野合の発想は、皮肉にも賀名生の朝廷のやり方に似ていた。

一蹴《いっしゅう》すべしという頼元や良遠の意見を、牧宮が押さえた。武光はほっとしていた。直接、頼元や良遠とやり合うことなく、沈黙を通していられたからである。

はじめ征西府と結んだ一色は、肥前で着実に勢力を回復し、少弐頼尚をさえ凌《しの》ぎかねないほどになっていた。とすると、一色にはもう征西府と結んでいなければならない理由はない。ここは、直冬ともひとつひっかかりを作っておくべきだった。

「急いではならん。儂はいつもそれを自分に言い聞かせる。この地では急いではならんとな」

「思えば、直冬も憐《あわ》れな男でございますな。尊氏の実子と生まれながら、性根は雑兵《ぞうひょう》のようなものでございますぞ。父を恨むことしか知りません」

「直冬の思いは、時々儂にもわかる。自らの躰《からだ》に流れている血を考える時にな」

「御所様とは、人間のできが違いすぎます」

「おもねるな、武光」

「まさか」

　正直、武光はそう思っていた。自分とも、人間のできが違う。躰に流れている血が、牧宮の心を深いものにしたとしか思えなかった。直冬は、自分の血に負けつつあるのだ。

「いずれ、直冬も九州から追わねばなるまいがな」

「中国には、いくつも足がかりを作っておるようで。中国から京をうかがう。あの男が考えているのは、それだけでございましょう」

「京の夢か。京は魔物だな。頼元や良遠のように、満足な戦もできぬ者も、京と聞くと色めき立つわ」

　牧宮が、京に眼を奪われていないのも、武光にとっては幸いだった。朝廷の動きに合わせて、いま京に軍勢を送ることはできない。

「外城を増やすと聞いたが、武光」

「増やすわけではございません。堅塁として建て直します。本城とを結ぶ小径《こみち》もしっかりと作って。銭倉を二棟建てておりますが、それだけでは足りません」

「銭を、外城に蓄える気か」

「御所様の革細工も、高麗では売れているようでございますからな。その城だけは、誰にも与えず、警固は輪番といたします」

交易の量は増えていた。運びこまれる銭は、それ以上に増えている。忽那や波多や村上の水軍が、ひきもきらずに銭を運びこんでくるのだ。

菊池川沿いの千田庄に、牧宮は館《やかた》をひとつ築こうとしていた。波多阿久里が、そこを守るらしい。すでに、外形はできつつあった。

阿久里が征西府に伺候してきたのは、八月の暑い日だった。具足に身を固めた若武者姿に、武光は驚かされた。牧宮は拝謁《はいえつ》を許さず、千田庄まで戻し、自らが出向いたのである。女でいろ。そう言っているようにも、武光には思えた。

月王丸は、すでに四歳だった。忽那義範が後見となっている。親王の御子として育てるつもりが、牧宮にはないようだった。その気持も、漠然《ばくぜん》とだが武光にはわかる。

「少弐と一色は、いずれぶつかるであろうな」

「一色範氏は、とにかく直冬を倒さねばなりますまい。そして間を置かず、少弐頼尚を叩《たた》かなければ、勝機はありません。直冬を担《かつ》いでいる間、頼尚に靡く者はそれほどいるとは思えませんが、いずれまた頼尚は北九州の武士を糾合するはず」

どの時点まで一色と結び続けるか。それが征西府にとっては重大事だった。一色が少弐頼尚を倒してしまえば、九州での力は絶大なものになってしまう。それは、中央の力がそのまま九州でも大きくなるということであった。

薄氷を踏む。いまの征西府の歩みは、まさにそれであった。どこで大地を踏みしめることができるか。牧宮も武光も、それだけを考え続けていると言っていい。

大きな戦が近づいている、という予感が武光にはあった。しかし、全力を傾けて闘えばいい、という戦ではない。どこが薄氷でどこが大地なのか。それを見きわめながらの戦である。

「海はよいな、武光」

牧宮が、遠くに眼をやって言った。牧宮の眼が、京ではなく海にむいているのではないか。時々武光はそう感じることがあったが、言い出せることではなかった。

「潮の匂《にお》いを阿久里が運んでくる。これこそ母の匂いなのではないか、とよく思う」

評定《ひょうじょう》が終った征西府館の謁見の間には、二人以外には頼治の姿しかない。その頼治も、部屋の隅に控えて、二人の話には立ち入らないようにしていた。

「いつかは、月王丸殿が運んでこられるでありましょうな」

牧宮も頼治も、すでに人の親だった。ひとり薩摩に潜入して拝謁した時の、少年の面影《おもかげ》は二人に微塵《みじん》もない。

菊池の民が、いつしか雲上宮《うんじょうのみや》と呼ぶようになった征西府館の縁で、武光は牧宮と二人で夕刻まで立ち尽していた。

十一月、征西府は軍勢を出して一色と連合し、大宰府の直冬を攻めた。しかし直冬の姿はすでになく、戦もせずに引き揚げてきた。直冬は、長門《ながと》に逃げたのである。

長門の直冬からの、再度の降伏の申し入れを、征西府は受けた。それに従って、少弐頼尚も征西府に帰順のかたちをとった。

十二月に入ったある夜、武光は隈府城中に葦影を呼んだ。

「一色範氏が本性を見せた」

葦影は、庭の隅で片膝《かたひざ》をついて、武光を見あげているだけである。

直冬の降伏を受け入れたという理由で、一色範氏は征西府との連合を一方的に破棄してきた。直冬を追ったいま、征西府の力は必要なくなったのである。代りに、征西府の力を必要としているのが、頼尚であった。

きわどい薄氷であった。再び征西府は九州で孤立するのか。それとも少弐頼尚と連合するのか。大地と薄氷の境目である。

少弐頼尚との連合を、すでに牧宮と武光は決めていた。一色がこれ以上強大になることは、食い止めなければならない。しかし、頼尚に、完全な勝利を与えるわけにもいかないのだ。

　頼尚との、恐らくはただ一度の連合のありようによって、征西府の今後は決まると言ってもよかった。

「年明けには、儂《わし》は軍勢を北進させる」

「一色との戦でございますな」

「負けたいのだ」

「なんと」

「緒戦に、儂は負けねばならぬ」

「お館様、それは、わざと負けるという意味でありましょうか？」

「そうだ」

　葦影は、しばらく庭の土に眼を落としていた。

「つらい決断でございまするな」

「まこと、肚《はら》が裂けそうな思いだわ」

　軍勢を北進させ、一色を打ち破れば、頼尚が喜ぶのはわかっていた。しかしこれは、一色と少弐の、宿縁とも言うべき戦なのである。ここで勝てば、頼尚に利用されるだけということになる。しかも、頼尚は直冬を担ぐことで失った味方を、再び取り戻すであろう。

「御所様は、御存知でございますか？」

「いや、まだだ」

牧宮に肚の内を見せるべきかどうか、今度だけは武光も迷っていた。負けるということが、どれほど危険なことかも、よくわかっている。征西府に靡きつつある武士が、一斉に離反していくことも考えられた。当然ながら、菊池の兵の士気も落ちる。

しかし、一色と少弐の本隊をぶつからせなければならない。そこにこそ、薄氷から大地につながる境目があると、いま武光には見えているのである。

言葉を尽したところで、説明できることではなかった。わざと負ける屈辱など、自分ひとりで背負えばいいことではないのか。

「して、われらが仕事は？」

「負けても、兵を失いたくはない。失うことも許されぬ」

「わかり申した。日向米良《めら》の、五条良氏様でございますな」

「追撃にかかった兵は強く、退く兵は弱い」

「山の民が、追撃の兵を妨げましょう。どう退けばよいかも、五条良氏様と絵図を作ってお知らせいたします。一兵も失わずに、退くことができるはずでございます」

「良氏殿は、そこまで山の民を掌握しておられるか」

「はい。なれど、もともとは菊池から出ている、銭の力でございます」

武光は、しばらく眼を閉じていた。鍛えあげた軍勢に、思うさまの戦をさせぬまま、負けさせなければならない。どう考えても、それよりいい方法は見つからないのだ。

「お察しいたします」

「もうよい。それより、阿久里殿を波多から連れ戻したのは、おまえか、葦影？」

「激しいお方でございます。よもや具足姿で拝謁を願い出られるとは」

「征西将軍宮の前で、女子《おなご》であってはならぬと思われたのであろう。激しいというより、健気《けなげ》なお方よ」

「いま、月王丸様を抱かれて、千田におられますぞ」

「おかしな男よのう、葦影は。ひとつ間違えれば、御所様は穏やかな日々だけを望まれるようになったかもしれぬのに」

「あのお方は、戦のために生まれてこられたのではござらぬ。戦はお館様のなさるべきこと。あのお方には、夢を担《にな》っていただかねばなりません。戦乱で苦しむ民が、ひそかに抱いている夢を。そのためには」

「もう言わずともよい、葦影。月王丸殿を抱かれた御所様は、そこらの親父《おやじ》そのものじゃ。そうもなれるお方であることが、儂も嬉《うれ》しい」

負けの屈辱は、今度ばかりではなく、戦を続ければこれからもあることだろう。今度だけは、自分の胸に秘めておけばいい。自分だけで歯嚙《はが》みしていればいいのだ。

「良氏殿のこと、おまえに任せたぞ」

「お館様も、ようやく大人におなりです」

「大人か」

「勇猛なだけが、武士ではございませんぞ。出過ぎた言い方であることは、重々承知ではございますが」

なぜ負けなければならないのか。武光はそのわけを、自分ひとりの胸に秘めておこうと決めた。それを葦影は読んだようだ。いつもなら音もなく消える葦影が、まだ片膝を付いたままでいる。

「はつねのもとにでも参ろうか。こんな時は、長く親しんだ女の茵が一番だ」

「先導つかまつります」

「女子のもとへか」

「気は心と申しまするぞ」

葦影が笑ったようだった。この男が笑うのを見るのははじめてだ、と武光は思った。

牧宮に早駈《はやが》けを誘われたのは、翌日だった。千田庄にむかう、菊池川沿いの道である。

牧宮の馬は黒で、肥後駒《ごま》の中から自身で選び抜いたものだった。武光の連銭葦毛《れんせんあしげ》でも、付いていくのが精一杯だ。京に凱旋《がいせん》してきた大塔宮《おおとうのみや》の乗馬が黒だった、と一度牧宮が言ったことがある。それで黒馬を選んだのかどうかは、聞いていない。

波多の館に着くと、牧宮は月王丸をまず抱きあげた。それから布を巻いたものを、阿久里に渡している。

「高麗へ水軍を率いて行くつもりらしい。儂が言っても、やめようとせぬ」

苦笑して、牧宮が言った。

いま高麗へ行くということは、ただ交易のためというだけではない。水軍を率いてとなれば、なおさらである。高麗王朝の水軍との戦が激しくなっている。王朝に刃向う民に、忽那や村上の水軍が力を貸しているのだ。略奪もしてくる。

「民を苦しめる略奪ならば、征西府でも認めることはできぬ。いま、高麗も元も腐っておる。早く倒すことが民のためだ」

「そのための略奪と、忽那義範殿も申されてはおりますが」

武光は、水軍のことには詳しくない。まして高麗や元については、忽那義範や堀田安秋に聞かされるだけである。隈府城の銭倉だけが、略奪してきた銭で脹れあがっている。それを目の当たりにしているだけなのだ。

巻かれた布を拡《ひろ》げた阿久里が、小さな声をあげた。

八幡大《はちまんだい》菩薩《ぼさつ》。強く太い字で、墨跡も鮮やかにそう書かれていた。

「おまえの船の旗印だ。天に恥じなければよい。高麗へ行ってこい」

「都竹《つづき》殿は、許してくださるのか？」

波多の館では、牧宮はいまだに都竹殿だった。それでなければ、阿久里は逢《あ》おうとはしないらしい。

「月王丸のための旗印でもある。忘れるな。民を苦しめることだけはならぬ」

言って、牧宮は再び月王丸を抱きあげた。

「重いであろう」

差し出された月王丸を、武光は慌てて抱きとめた。月王丸が笑った。米粒のような小さな歯並びを、武光は引きこまれるように見入っていた。

5

年が明けると、武光は二千の兵力で北進し、筑後に本陣を置いた。少弐頼尚と呼応しての出兵である。

ついこの間まで、一色範氏と手を結んで、足利直冬と頼尚に対抗していた。それが、今度の敵は一色である。直冬はすでに九州を去り、一色の勢いは当たるべからざるものになった。このまま一色が九州を制すれば、征西府と菊池は出番を失う。少弐頼尚単独では、いまの一色に対抗はできない。

「軍を二つに分けるとは、どういうお考えか、お館。それでなくとも、一色は大軍でござるぞ」

「千栗《ちりく》、船隈《ふなくま》を攻めると、少弐頼尚には伝えてある。しかし、全軍を肥前に入れるのは危険だ」

本陣における軍議である。筑後残留を命じられた木野武茂は、血相を変えていた。日頃《ひごろ》は温厚な人物である。城武顕は菊池に残してきた。いれば、木野武茂の反撥《はんぱつ》ぐらいでは済まなかったはずだ。

「儂の頭は、挟撃《きょうげき》を描いておる。そのためには、半数の兵が筑後に必要なのだ。千の兵で一色軍を筑後に追いこむ。それを武茂が迎え撃つ」

「追いこめぬ時は、お館は肥前で敵の中ということになり申すぞ」

「それで活路を開く。身を捨ててこそ、という言葉があるであろう。万余の一色軍に、千でむかおうと二千でむかおうと、大した違いはあるまいが」

「お館の胸に、勝算はあるのでござるな？」

「ある」

そう言うしかなかった。負けるための一千の兵などとは、口が裂けても言えない。

「勝算があればよいわ。われらは、お館の下知に従うだけじゃ」

木野武茂がそう言うと、ほかに反対を言い出す者はいなかった。もともと、武茂は武光の兄に当たる。菊池の惣領《そうりょう》が安定しなかった時、第一に立つは武茂であるべきだった。

立たなかったのは、争いを好まぬ人柄《ひとがら》のせいであろう。最後まで武士《たけひと》を立て、そのために混乱が大きくなったのだ。

武光が惣領となり、少弐や一色の圧力に耐えながらも、少しずつ力を蓄えていける時期になると、武茂の性格は逆に大事なものになった。

「本陣は動かさん。考えてもみてくれ。たとえ頼尚と手を結んだとはいえ、いつ裏切られるか知れたものではない。そのためにも、筑後に控えの軍勢が要るのだ」

軍議が終って半数が進発の準備に入った時、武光は武茂に言った。自分でも、どこか言い訳めいて聞えた。

「こういう場合、お館は本陣におられた方がよい。それなら、按《あん》ずる者もおるまいに」

「御所様がいずれは出てこられる。そういう時の戦は、本陣が御所様よ」

進発隊の陣払いは、すぐに終った。

これも戦。進発隊の先頭に馬を進めた時、武光はもうそう思い定めていた。

筑後、肥前国境。千栗より船隈まで、一色軍の主力が展開している。およそ一万五千である。千栗を攻めて船隈にむかえば、筑後大将と称される、一色範光の軍勢と正面からぶつかるのは必至だった。範光は範氏の息子で、筑後方面の経略に当たっていたが、いまは肥前の軍勢の主力は範光のもとにある。範氏は、少弐に対する拠点として、千栗、船隈地帯を想定したのであろう。

国境を越えると、すぐに一色軍と遭遇した。武光は一千の兵を小さくかため、衝突を回避しながら、さらに筑後の奥深くへ進出した。

一万五千の軍勢の中に飛びこんだ一千。攪乱戦《かくらんせん》の様相を呈している。

一色範光は、菊池軍の奇策を警戒したのか、すぐには本隊を動かさなかった。むしろ船隈の城塁に拠《よ》って、防備を固くする気配すら見せている。

武光は、城を魚の鱗《うろこ》のように囲んだ守備隊を、ひとつひとつ突き破っていった。武光の意図が、明らかに本陣の範光を討とうとしている、と見えてしまう攻め方である。

わずか一千とはいえ、菊池軍は次々に一色軍の防衛線を突破していった。

力を使い尽すわけにはいかない。出てこい。指揮をとりながら、武光は心の中で範光に呼びかけていた。菊池はわずか一千ぞ。城が見えてきた。

城内から、三千近い軍勢が姿を現わした時、武光は太刀を天にかざした。

「小さくかたまれ。これより、敵中を突破して筑前にむかう。死にたくなくば、駈けよ。力のかぎり、駈けよ」

三百騎と、それに続く徒《かち》。算を乱してはいない。ぶつかる一色軍は蹴散《けち》らした。しかし、数倍の軍勢が背後に迫っていた。その距離が近づいてくる。追いつかれれば、完全に挟撃である。追撃に移ると、一色軍の勢いは増した。先頭で、武光は血刀を振いながら走り続けた。

もう少し。もう少しで突破できる。自分を鞭打《むちう》った。まだ、菊池軍は小さくかたまっている。それが拡がりはじめると、危険だった。兵が疲労しているということだ。追撃する側は、さらに勢いに乗る。

突破した。しかし、背後に数千の軍勢。兵馬を休める余裕はなかった。駈けに駈けた。追ってくる方も速い。

「お館、徒が遅れはじめておる」

殿《しんがり》の赤星武豊が追いついてきて叫んだ。鎧《よろい》には矢が二本突き立っている。

「徒をさきに駈けさせよ。騎馬はここにとどまる。槍の穂先を揃《そろ》えるのだ」

おうという言葉とともに、武豊が馬を返した。

騎馬隊の応戦の態勢はすぐに整った。追撃軍の先頭。五百ほどの騎馬隊の中に、武光を先頭とする三百騎が突っこんだ。お互いに、矢を射かける暇などなかった。まともなぶつかり合いである。敵が崩れた。槍の穂先を揃えたまま、武光は騎馬隊を反転させた。自ら殿《しんがり》となる。すぐ前の、武豊の馬が斃《たお》れた。湿地に投げ出された武豊が跳ね起きる。

「兄者、つかまれ」

武光は叫んでいた。武豊が、武光の馬の鐙《あぶみ》に手をかけた。九郎武敏亡《な》きいま、武豊は武光のすぐ上の兄に当たる。

駈けた。数十騎の騎馬が、遅れた武光に迫ってくる。武豊が鐙につかまって走っているかぎり、追いつかれるのは時間の問題だった。

馬の脚が、ふっと軽くなった。武豊が鐙を放している。

「行かれい、お館。あの騎馬は、儂が食い止めてみせる」

「馬鹿《ばか》な」

武光は、手綱を引き絞った。高が数十騎。そう思った時、もう馬を返していた。

「行かれい、お館。ここにいてはならん」

騎馬隊は迫っていた。顔も見分けられるほどである。留《とど》まっているひとりが、菊池武光だとわかったようだ。先頭の馬に勢いがついた。武光は、馬上で上段に太刀を構えた。ぶつかってきたひとりの首を飛ばした。次のひとり。太刀を構え直した時、なにかに撃たれて馬から落ちた。空気が鳴っている。びしっという音が、方々で聞える。騎馬隊が立往生していた。飛んでくるのが礫《つぶて》だと見きわめて、武光は自軍を追って駈けはじめた。武豊も、敵の馬を奪っている。

礫の雨は、すぐに熄《や》んだようだ。また騎馬隊が追いはじめた。さすがに、武光の馬も疲れを見せはじめていた。

前方に、数騎現われた。敵ではない。鎧も付けていない。五条良氏だった。替えの馬を用意しているようだ。

「武光殿、本隊はすでに山中じゃ。安心されよ」

「かたじけない」

良氏は、顔半分に髭《ひげ》を蓄えていた。直垂《ひたたれ》も粗末なものだ。追いすがってきた騎馬武者にむかって、良氏の手が素速く動いた。のけぞった武者が、馬から落ちた。見事な礫だ。

「われらも、ここに長くいるわけにはいかぬ。早く山に入られよ」

駈けた。山の中。ところどころから、四、五人の人数が現われ、しばらく先導すると消えた。

「誓亀《せいき》か」

急な坂の上に、老人がひとり立っていた。

「一色軍三千は、迷いもなく大宰府にむかっております。さらに六千の兵がそれに続いておりますぞ」

「大宰府にか」

そこには、少弐頼尚がいる。大宰府の少弐軍はほぼ二千。筑前の軍勢を集めるのに、十日はかかる。それでも総勢で四千。頼尚は、東の大友にも備えなければならないのだ。

誓亀の先導で、すぐに本隊に追いついた。

武豊が、失った兵の報告をしてくる。百を越える兵が、途中で消えていた。はぐれたのか、傷を負ったのか、死んだのか。

しばらく休息したあと、武豊を先頭に山中を行軍した。道なき道と言ってもいいが、どこかに人馬が通り抜けられる場所があった。先導は、絶えず付いている気配だ。

「よくぞ、これだけの犠牲で切り抜けられたな、武光殿」

五条良氏が追いついてきた。葦影もともにいる。

「命を拾い申した」

「つらい戦でござったな。一色は、勝ちに乗じて、大宰府へ攻めこむ気配。もう筑後に戻られたがよかろう」

馬上で、武光は頷《うなず》いた。菊池にいたころより、五条良氏ははるかにたくましくなっている。

「筑後まで、先導はいたさせます。本陣の武茂殿には、すでに伝令を出してござる」

陽《ひ》が落ちようとしていた。闇《やみ》の中でも、軍勢が道を踏み迷うことはなさそうだった。

筑後の本陣に、菊池から一千の増援が到着した。先頭は城武顕で、征西府の丸鷹《まるたか》の旗が続いている。

「一色軍九千が、大宰府浦城を囲んでおります。籠る少弐頼尚は二千。筑前に配置した軍勢は、大友軍に牽制《けんせい》されて動けません」

報告すると、牧宮は頷いた。忽那重明も五条頼治もいる。

「五条良氏殿に助けられました。山中を抜けて筑後に戻れたのも、良氏殿の配下の先導があったゆえでございます」

「良氏も、山の民をまとめたと見えるな。失った兵が少なくて、なによりだった」

「この武光の未熟さゆえに、このような敗北を招きました」

「言うでない。勝敗は時の運。まして、万余の敵中を、一千で突破したのだ」

「木野武茂には、きつく諫《いさ》められ申した。大将のいたすことではないと」

「豊田庄の寡兵《かへい》をもって、菊池本城を回復した武光が、弱気になるとはおかしいぞ」

「肚の中が、煮えております」

「それでよい」

牧宮は、敗戦を気にしたふうでもなかった。むしろ、五条良氏の動きの方に、より大きな興味を示した。

「山の民が、どのように動けるのか、今度のことでわかったな」

「まさしく、現われては消える、という感じでございました。ただ、平地での動きはあまりできますまい」

「平地の戦は、武士がやればよい。山の民を敵に回すことは、これからもできぬな。良氏がいれば、ひとまず安心であろうが」

「御意」

牧宮は、戦陣の空気に触れて、いっそう生気を増したようだった。激しいだけでなく、落ち着いた風格もある。

「この戦で、征西府の立場はどうにでもなろう。一色が全力で少弐を攻めるとは、都合よく事が運んだとも言える」

　そのための、負けだった。思う通りの展開になったことで、武光の口惜しさは多少紛れていた。

「一色軍九千か」

「直氏、範光兄弟の采配《さいはい》にも侮《あなど》り難いものがございます」

　直氏は範氏の嫡男《ちゃくなん》で、いま大宰府の少弐攻めの総指揮をとっている。葦影一党からの注進によれば、見事な軍勢の動かし方をしているという。

「儂も行くぞ、筑前へは」

「敵は九千でございます。御所様は、この本陣にて」

「それは、おまえが木野武茂に言われたことであろう。すべての戦を、全力で闘わねばならぬ。儂も、重明や頼治も、その力の中のひとつだ」

　筑後の本陣には、なんの不安もなかった。何事か起きたとしても、南へ駈け抜ければ菊池は遠くない。

「御所様が、総大将をつとめられまするか」

「幸にして、頼元は菊池だ。戦場に年寄がいないというのは、いいものだな」

牧宮が、白い歯を見せて笑った。

少弐頼尚から、三度目の救援の依頼が届いたのは、一月末日だった。二日おきに、救援の依頼は来ていて、その度毎に、内容は切迫の度を増している。

「全軍を、筑前に進めようではないか、武光」

「万に近い敵とのぶつかり合いになります。負けることは考えておりませんが、兵を失う覚悟はしなければなりますまい」

激戦になると暗に伝えたつもりだったが、牧宮が意に介した様子はなかった。

「一色軍を、山に誘いこむこともできないと思います。ならば、平地でのぶつかり合い」

「もうよせ、武光」

牧宮は、筑前への自らの進軍を、すでに決めているようだった。一敗地にまみれた。その雪辱の戦である。征西将軍宮自らの出陣が、兵の士気を高めることは、武光にもよくわかっていた。

四度目の、救援依頼の使者が着いた。同時に、葦影からの注進も入った。少弐軍の疲弊激しく、保《も》って四、五日という内容だった。

二月一日早朝、三千の征西府軍は一斉《いっせい》に動きはじめた。先頭は、城武顕の騎馬槍隊である。

武光は、牧宮と並んで、征西府旗の後ろを行軍した。五十騎ばかりの、牧宮麾下《きか》の軍勢。

率いるのは、忽那重明である。

「戦は心配しておらんぞ、武光。たとえ九千であろうと、菊池の兵の敵ではないわ」

「甘く見られてはなりません」

「それとは違う。菊池の兵が負けるわけはないのだ」

緒戦で、自分がわざと負けを招いたことに、牧宮は気づいているのかもしれない、と武光はふと思った。しかし、わからない。気にしても仕方がないことだった。眼の前に、大きな戦が待っている。

「儂が筑前に行くのは、一色を討つためだけではない。まして少弐を助けるためでもな」

「と仰《おお》せられますと？」

「博多じゃ。筑前に足場を作ることによって、博多の商人どもとも繋《つな》がりができよう」

博多は、高麗や元と繋がっている。海。牧宮の夢のありようを思う時、いつもそれが浮かんでくる。海に拡がる夢。

　それを考える暇もなかった。

筑前、筑後の国境が、すぐ間近まで迫っていた。

6

筑後川、久留米の南、高良山《こうらさん》の三カ所に陣を敷いた。筑前との国境までひと駈けである。

征西府の旗を翻《ひるがえ》した本陣で、懐良はじっと絵図を見つめていた。奇策はとれぬ、と武光は言ったが、まさにその通りの地形だった。高良山を下ると、筑後川を挟《はさ》んで、大宰府まで湿地と原野が拡がっている。

「どう思う」

陣幕の内には、重明と頼治が控えている。

「浦城の囲みに二千ほど残して、全軍で原野に出て参りましょうな」

重明が言った。頼治も頷いている。

「それにしても、七千か。野戦でまともにぶつかるのがよいのかどうか」

「武光殿は、そのおつもりでしょう。城武顕の騎馬槍隊は、山にも登らず、いつでも先鋒《せんぽう》として出撃できる態勢をとっております」

木野武茂、赤星武豊の騎馬隊も、四つに分けられていた。菊池の軍の動きはいい。行軍しながら、変幻に陣を組む。鳥が集まっては散っていくさまに似ているので、鳥雲《ちょううん》の陣と呼ばれていた。

懐良には、数千の規模の野戦の体験がある。島津貞久と、最後に対峙《たいじ》した折である。緒戦で、四千を越える兵に、二千で突っこんだ。それだけが、お互いの兵力のすべてを知り尽したぶつかり合いだったと言っていい。

その後、戦は続いたが、島津貞久は忽那義範の率いる数十艘《そう》の関船に惑わされ、こちらの兵力の展開を大きく読み違えた。いわば、奇策で勝ったのである。

　この原野では、お互いの兵力を読み違えるということはない。七千と三千の、どちらかが潰《つぶ》れるまでのぶつかり合いになる。いかに菊池が精強であろうと、一色も必死である。

「浦城の囲みは、一色範氏が、嫡男の直氏を従えて自ら指揮しております。範光は、肥前方面の押さえに回ったようで」

　武光が、陣幕に入ってきて報告した。高良山までの進軍中から、情報は錯綜《さくそう》していろいろ入ってきた。一時は、一万五千の兵というものまであった。兵力九千で、総大将は範氏自身。ようやくそれが確かになってきている。

「城武顕が先鋒のようだが、まともにぶつかるつもりか、武光」

「この戦、九州全土の武士が見守っております。少弐と一色の決戦として見守っていたものが、いまは征西府と一色の、つまりは足利幕府との決戦というように見ております」

「それだけに、奇策は使えぬか」

　やはり、緒戦での武光の敗退は、意図した負けではなかったのか、と懐良は思った。戦のやり方が、武光のものではない。結果として、肥前に籠っていた一色範氏が、全軍を率いて筑前に進攻してきている。そして、少弐と一色の決戦だったものが、いつの間にか、征西府と一色の決戦と見られるようになっている。

　意図した緒戦の敗退だったとしても、武光にとっては屈辱だっただろう。それを、自分ひとりの肚に収めてしまう気なのか。

「武光。儂は重明や頼治とともに、城武顕の後続をつとめるぞ」

「騎馬隊でございますぞ。総大将を敵の干戈《かんか》に晒《さら》すなど、侍大将のそれがしにはできません」

「おまえがいる」

懐良は、武光の眼を見つめて言った。

「菊池武光がいるかぎり、征西府軍が敗れるはずはない」

それだけしか、懐良には言えなかった。武光も、眼でなにかを問い返してきた。頷き合う。言葉は、もうなかった。

二月二日早朝、全軍は北へむけて進発した。物見からの注進が、次々に入ってくる。浦城の備えに二千だけ残し、一色も全軍をもって進発したようだ。

敵の先鋒と三里の距離に近づいた時、武光は鳥雲の陣を使いはじめた。騎馬槍隊、騎馬隊を核にして、徒のすべてが横に拡がりはじめる。遠方からみれば、鶴翼《かくよく》に陣形をとっているとしか見えないであろう。さらに一里進む間に、拡がった徒が三列の構えになっている。鶴翼から魚鱗《ぎょりん》へ、陣形が変ってきているのだ。

敵も、進んできている。もはや一里の距離しかない。それが、すぐに半里に縮まった。魚鱗に構えた七千はさすがに壮観で、圧倒してくるような迫力があった。

「怯《ひる》むでないぞ」

武光の声が、全軍に響きわたった。

「菊池の力を見せてやれ。武時公以来の無念を晴らすのは、いまをおいてない。城武顕。行けっ」

先鋒の騎馬槍隊から、土埃《つちぼこり》とともに鯨波《とき》があがった。槍の穂先を揃えた騎馬槍隊が、魚鱗の中央の旗にむかって突撃していく。

「騎馬一番二番、右翼。徒は、城武顕に続け。恵良惟澄《えらこれずみ》、左翼より迂回《うかい》」

武光の下知は、その場の戦況を見て下すものだった。判断の速さに、いつも唖然《あぜん》とさせられるほどだ。阿蘇《あそ》外輪山の原野で、鍛えに鍛え抜いた精兵である。下知を受けた時の動きは素晴しかった。

城武顕は、すでに魚鱗を二枚突き破っている。その乱れたところに、徒が襲いかかる。右翼の騎馬隊が、七、八百騎とぶつかって苦戦していた。武光は、それに意を払おうとはしない。二百五十の騎馬のみが、まだ本陣に残っていた。

「見られい。城武顕が、四枚の魚鱗を破りましたぞ」

さすがにすさまじい、突破力だった。しかし、本陣を守るように、横からすかさず兵が移動してきて、容易に中央まで食いこめない。ただ城武顕は、敵を二つに割る楔《くさび》になっている。そのため、敵の陣形は少しずつ緩み、方々に隙《すき》が見えはじめている。左翼に迂回した恵良惟澄の軍三百が、小さくまとまって果敢に突っこんでいくのが見えた。

これで兵力が同じなら、いやあと二千あれば、七千の軍勢は瞬時に潰滅《かいめつ》させられただろう。兵力が、なさすぎる。

武光が、二百五十の騎馬を使わずに、じっと耐えているのが、懐良にはよくわかった。前方に眼を据え、手綱を握りしめた武光の手が、ぶるぶるとふるえている。

右翼の騎馬隊が、突如として敗走しはじめた。逃げるのは寡兵である。一色の騎馬隊八百ほどが、勢いよく追いはじめた。徒もそれに続いている。敵の右翼が、ぽっかりと空いたという感じになっていた。

「雑兵には眼をくれるな。狙《ねら》うは大将の首のみ。征西府と、菊池の命運を賭《か》けた戦ぞ。生きて帰ろうと思うな」

武光が、太刀を抜き放った。

「御所様。参りますぞ」

ひときわ高く、武光の叫び声があがった。二百五十の騎馬が、一斉に走りはじめた。先頭に赤星武豊以下十数騎。それに忽那重明の十数騎。次にはもう、懐良と武光と頼治が並んで続いていた。

ぶつかった。太刀を振りあげて叫び声をあげている騎馬武者を、懐良は横ざまに薙《な》ぎ倒した。躰の中に、荒々しい咆哮《ほうこう》をあげているけものがいる。太刀を合わせるたびに、それは大きくなっていくようだった。

一色の本陣。近いが、それを守ろうという兵も殺到してきている。切っても切っても、本陣との壁は薄くならなかった。

武光が、一度馬を返し、すさまじい勢いで突っこんでいった。壁が二つに割れる。安富泰重がそれに続く。

「田原貞広である」

敵の中から音声《おんじょう》が響いた。副将である。馬首を、そちらにむけようとした。

「いまこそ、本陣へ、御所様」

重明だった。副将は、本陣への鋒先《ほこさき》をかわそうとしている。懐良も、馬に勢いをつけて突っこんだ。本陣が、すぐそばに迫ってきた。

「副将、田原貞広を、安富泰重が討ち取ったぞ」

大音声であった。本陣が後退しはじめた。すでに、本陣が退《さ》がって態勢を立て直すには遅すぎる。総崩れだった。

「城武顕。まだかたまっている者どもを突き崩せ。騎馬隊は、浦城までひた駈けるぞ。囲んでいる二千の兵を蹴散らすのだ」

勝ちに乗っている。疲れていても、馬も兵も足は軽かった。

すぐに、浦城が見えた。征西府の丸鷹の旗が掲げられた。それを見ただけで、攻囲の兵は動揺した。

二千が崩れて逃げていくのに、それほどの時は必要なかった。

素速く、城の前に陣幕が張りめぐらされ、征西府の旗が立てられた。その周囲は、菊池の並び鷹の羽である。

針摺原《はりすりばる》。一色軍とぶつかった原野をそう呼ぶのだと、床几《しょうぎ》に腰を降ろした時、懐良ははじめて聞かされた。

「副将、田原貞広以下、六百を討ち取りました。一色範氏、直氏父子は、肥前にむけて逃走中でござる」

「長くはかからなかったが、激しい戦であったな」

「わが軍も、百数十の犠牲を出してございます」

七千と三千のぶつかり合いにしては、少ない犠牲で済んだのかもしれない。しかし、菊池の総勢を考えれば、大きな犠牲だ。

「軍功の第一は安富泰重。第二は城武顕でございましょう」

田原貞広を討ち取った安富泰重の闘いぶりを、懐良は見ていない。二百騎ほどの中に十数騎で突っこみ、周囲から斬りつけられるのをものともせず、田原に組みついて首を取った、とだけ聞かされていた。

「まこと、菊池の兵は強い。大将の性質が乗り移るのであろうか」

懐良が言うと、武光も白い歯を見せて笑った。陣幕の中にいる誰もが、浅い傷は負っていた。しかし、見知った顔は欠けていない。

少弐頼尚が拝謁を申し出てきたのは、翌三日だった。

立烏帽子《たてえぼし》を付けただけの具足姿で、懐良は頼尚を謁見した。

大宰少弐たる格式を思ったのか、頼尚は直衣《のうし》に立烏帽子だった。それが、頼尚の憔悴《しょうすい》をいっそう際立《きわだ》たせている。

「顔をあげよ、少弐頼尚」

懐良は、じっと頼尚を見つめた。頼尚も見つめ返してくる。すでに六十になっているはずだが、眼にはまだ覇気《はき》がある。

「籠城《ろうじょう》、大儀であった」

「はっ」

「九州には、まだ定める者がおらぬ。ゆえに、人の心も移ろいやすい。民にとっては、かなしいことだな」

「はい。大宰少弐たる、それがしの力が至らぬばかりに」

「人の力ではあるまい。天がなにを命ずるのか。それを聴く者を、九州はいま必要としておるのじゃ」

見つめ合った眼を、頼尚はまだそらそうとしなかった。その眼に、懐良はほほえみかけた。頼尚の顔に朱がさし、平伏した。

謁見はそれで終えた。

「少弐頼尚が、起請文《きしょうもん》を残していきました」

陣幕に入ってきた武光が、笑いながら言った。

「今後七代にわたって菊池には弓矢をむけぬと、熊野牛王《くまのごおう》宝印の守り札の裏にしたためて行きましたぞ」

「命を拾った。そう思ったのであろう。少弐頼尚、ひとかどの武将と儂は見たぞ」

「確かに。足利直義が死んだ時、直冬を見限れば、これほどのことにはなりませんでした。それでも、ただひとり直冬を担いでおりました。どこか、信に篤《あつ》い、愚直なところがあるのかもしれません」

「いずれ、あの男とも闘うのであろうな」

「すぐにも、力は回復いたしましょう。そうなれば、やはり九州における最大の武将でございます」

針摺原で一色軍を撃破したことによって、菊池はようやく、守護三人衆と肩を並べるところまで這《は》いあがった。それを考えれば、やはり大事な戦だったのだ。

「越えたな」

武光と二人になった時、懐良は言った。

「越え申した。ひとつだけは」

なにを、とはお互いに言わなかった。

「これからは、九州全土が、われらが駈ける原野だ。儂も、征西府館に籠ってばかりはいられまい。時と場合によっては、征西府の丸鷹の旗が戦場に翻る。おまえにとっては、心配なことであろうがな、武光」

「なんの。御所様は、すぐれた武将でもあられます」

武光は、矢を受けたらしい肩の傷にちょっと手をやった。懐良も、脚に二カ所創傷を受けている。

陣を払い、菊池へ凱旋《がいせん》するのは、明四日と決定した。

葦影が現われたのは、三日の深夜だった。篝《かがり》の燃える音だけで、静かな夜だった。

「博多で交易をいたしております、水野十郎太と申す者でございます」

葦影が連れてきたのであれば、なにかあるはずだった。懐良のそばには、頼治が控えているだけである。

「日向米良《めら》の五条良氏様からの書状を、この者が持参しております」

「苦しゅうない。前へ出よ。直答も許す」

「はっ」

受け取った書状を、篝にかざして、懐良は読んだ。懐《なつか》しい良氏の、流麗な書体である。

八歳の時より、良氏、良遠の兄弟に学問を伝授されてきたのだ。

「交易はするが、水軍がないと申すのだな」

「博多の商人は、松浦党の水軍と組んでおります。博多にて十年の商いをしておりますそれがしも、新参者。水軍が付いてくれませぬ。ゆえに、小さな商いしかできず」

　山の民から出た者だろう、と懐良は思った。水軍とは、縁のない者たちである。

「征西府には、高麗の品々が運ばれていると聞き及んでおります。それらを売り捌《さば》くは、やはり商人の仕事。それをお任せいただければ、いい値で売ってご覧に入れます」

　忽那や村上や波多の船が運びこんできた品々は、実際、売るのに苦労していた。商いに長《た》けた者がいないのである。

「それがしならば、都にても売ることができまする」

「わかった。波多阿久里という者と会うてみよ。それでうまく運べば、高麗にある忽那義範も会うであろう。ひとつだけ申しておく。自らのための商いはいたすな」

「誓って」

「よい。あとは良氏の書状でわかる。都竹という名で、そなたに札をやろう。それを持って、波多阿久里と会えばよい」

　水野十郎太が平伏した。その姿勢のまま退出していく。

「いよいよ、雄飛の秋《とき》を迎えられました。御所様にも、菊池のお館《やかた》様にも」

「月王は達者か、葦影」

「もはや五歳になられております。先日は、波多津にて、忽那のお館様ともお会いになりました」

懐良は頷いた。月王丸は戦の外に置いておく。それは義範にもわかっているはずだ。

葦影の姿が消えていた。懐良は暗い空を見あげた。三日月が、くっきりと見えた。

7

大宰府の館で、少弐頼尚はひとり、流れる雲を見つめていた。二月だが、晴れて日中は暖かい日が続いている。

負け戦、というわけではない。浦城を守り通し、一色軍は肥前に逃げ帰ったのだ。しかし、勝ったわけでもなかった。負けから救われた。死からも救われた。残っているのは、屈辱に似た思いだけである。

征西府軍が、陣を払って菊池へ凱旋したのは昨日だった。針摺原には、一色軍の死屍《しし》が塁々としていたという。頼尚は、それも見ていない。一昨日、征西将軍宮に拝謁すると、そのまま館に戻ったのだ。

肚《はら》の底まで煮える思いがするのは、足利直冬のことだった。あの男が、もう少し踏ん張ってさえいてくれたら。闘わずに長門へ逃走せず、最後の一戦を試みていてくれたら。勝とうが負けようが、懸命の戦ぶりを九州の武士たちに見せてやれば、さすが尊氏殿の実の息子よ、と言われたはずなのだ。

武士は、必ずしも勝者にだけ付くとは限らない。弱い方に付き、自分の力で勝たせようという思いを持っている者も多い。そういう武士の方が、戦場でもよく働くのだ。

兵力を温存するという理由で、頼尚の説得を振り切って直冬が長門に逃げた時、頼尚を支えていた糸も切れた。武士たちも離れていった。一番弱い時に、一色が攻めこんでくるということになってしまったのだ。

自分には、どこかまだ甘いところがあるのだろうか。足利直義が死んだ時、直冬を見限ることができなかった。直冬の躰に流れる足利の血を、眼醒《めざ》めさせてやるべきだ、と思ってしまったのである。直冬は自分の血を最大限に利用しようとしたが、それは自分以外のものを利用しようということでしかなかった。血に衝《つ》き動かされて闘う、というような男ではなかったのだ。

ひがみだけが心の中で大きくなり、尊氏や義詮に憎悪《ぞうお》を燃やす姿を見て、憐《あわ》れと感じたところもある。

「饗庭《あえば》様がお戻りでございます」

従者が声をかけてきた。

饗庭宣尚には、浦城の後始末と、軍勢の立て直しを命じてあった。宣尚は、豊前《ぶぜん》を任せてある西郷顕景を伴っていた。

「大友は退いたのか、顕景？」

茵《しとね》に腰を降ろすなり、頼尚は訊《き》いた。豊前の軍勢を筑前に持ってこれなかったのは、大友軍がたえず国境をうかがって、進攻の気配を示していたからである。

「一色範氏、直氏が針摺原で大敗したという知らせが入ると、即座に守りに転じたようでございます」

西郷顕景は、饗庭宣尚と並んで、頼尚の最も信頼する重臣であった。兵の統率は、息子たちに任せることが多いが、政治むきのことまで含めると、頼りになるのはこの二人であった。

「直資《ただすけ》様、冬資様は、肥前国境に備えるために、軍勢を集めておられます。ようやく筑前から枷《かせ》がはずれ、思うさま軍勢を集めることができそうです」

「慌《あわ》ててはならん。時を置け。時をかけて、九州の武士をまた、こちらに靡《なび》かせるのだ。慌てすぎて、いま菊池とぶつかるようになってはならぬぞ、顕景」

「承知いたしております。それよりお館、宣尚殿からうかがったところによると、菊池武光殿に起請文を出されたとか」

「七代にわたって、菊池には弓矢をむけぬとな」

「なにゆえ？」

「おのが腑甲斐《ふがい》なさを嗤《わら》ったのよ。なにかあれば、菊池はあれを出してくるであろう。起請文など、あってなきが如《ごと》きものだが、儂の心はそれで刺される。一色如きに追いつめられて、菊池に助けられた。その無念さを、忘れとうはない」

「そうでございましたか」

西郷顕景がうつむいた。赤ら顔の巨漢で、戦場では勇猛だが、実は慎重で、完成された判断力を持っている。守護代として豊前を任せて、問題が起きたことはなかった。

「われらにとって、厳しい時がはじまった。そう思っておれ」

「しかし、踏ん切れました」

饗庭宣尚が、静かに言った。浦城に一緒に籠《こも》っている間も、一度も取り乱しはしなかった。ひたすら、菊池へ救援を求める使者を送ることに心を砕いていた。菊池の救援を仰ぐしか、この場を凌《しの》ぐ方法はないと冷静に判断したようだ。頼尚自身が決めたならば、使者を送るのはもっと遅れていただろう。

「お館は、誰をも戴《いただ》く必要はありませぬ。大宰の少弐たる家柄で充分。それで全九州を従えればよい。直冬殿は、もともとお館が戴くような器ではなかった」

「あのお方の眼は、いつも京をむいておりましたからな。実父に養父を殺された。思えば憐れなお方でございます」

そういう命運の憐れさに、心を動かしてしまったのだろうか。

頼尚は、征西将軍宮のことを思い出さずにはいられなかった。八歳で叡山を出て、苦難の末に薩南の谷山に辿《たど》り着いた。そのころは、歯牙《しが》にもかけていなかった。どうせ島津貞久が潰すだろう。そう思っていたのである。

島津は、五年以上の歳月をかけて、ついに潰すことはできず、逆に敗れた。かすかな脅威を頼尚が感じはじめたのは、征西府が菊池に進出してきた時である。刺客を送ったが、戻ってはこなかった。攻めこんでくるということはなく、じっと力を蓄えているさまが、無気味でもあった。小さな戦は何度かあったが、こちらが攻めこめば、断固とした反撃が返ってくるというようなものだった。

九州に、朝廷の力が直接入ってきたことはない。貴種といっても、征西将軍宮と足利直冬では、武士の受けとめ方はまるで違っていた。足利の血を引くというだけで、守護から小豪族まで、直冬には付きやすかったのである。

「征西将軍宮は、なかなかのお方とお見受けしたぞ」

同じように苦難の道を経てきても、直冬とは人物の差がありすぎた。拝謁した時、頼尚は圧倒されるような気分に襲われていたのである。それも、力で圧倒してくるというのではなかった。不思議な、自分を包みこんでくるような大きさを、頼尚は感じたのだった。

「征西将軍宮と菊池が結びついている。これがやがて、大きな障害になるかもしれませぬな」

なんの障害になるのかは、饗庭宣尚は言わなかった。

「兵力の規模は小さいが、菊池は手強《てごわ》い。針摺原の戦況を聞くと、倍する敵と正面からぶつかって、一歩も退いてはおらぬ。むしろ、はじめから菊池が押し気味であったようだ」

「こちらも充分に力を蓄えねばなりません。それが、いやというほどわかりました」

「時をかけよ。時じゃ。少弐家には、九州に号令してきた長い歴史がある。九州の武士の血の中には、少弐家に対する思いは必ずある。時をかけて、それを呼び醒ますのだ」

「はじめております。われらの気持の中では」

宣尚が言い、西郷顕景も頷いた。

「それにしても、一色は、よくぞ短い間に軍勢を立て直しましたな」

「必死であったのだ。その必死さに、直冬殿を離れた武士が付いた」

「まこと、人は一念でございますなあ」

あれほどの大敗を喫したからには、一色は簡単には立ち直れないだろう。しかし、すぐに一色と対する余裕は、こちらにもない。

征西府が動くのか、と頼尚は思った。そうなれば、九州の武士はさらに征西府に靡くだろう。ただ、大友も畠山も島津も、足利幕府の敵に回ろうとはしないはずだ。征西府が強大になれば、連合を組むのは誰もが避けようとする。

征西府と菊池は、九州の全守護を相手にできるほど、強大になっていけるのか。

否定しても、かすかな戦慄《せんりつ》に似たものが頼尚の内にはあった。

十日ばかりを、頼尚は館の奥で暮した。

側室は四人いる。年齢のせいか、媾合《まぐわ》うことは少なくなった。穏やかな時を、求めているだけのことが多い。

それでも、余生を送る老人の心境にはほど遠かった。

頭の隅《すみ》では、たえず九州のことを考えている。菊池はこれからどう動くのか。一色は、再び力を盛り返すのか。

その間も、肥前や肥後の情報は入ってきた。一色範氏はまだ立ち直っていないが、肥前には倅《せがれ》の範光がいた。範光は無傷であり、緒戦で菊池軍を撃退した実績を持っていた。千栗《ちくり》、船隈《ふなくま》で菊池軍が敗れ、それを追った恰好《かっこう》で、一色軍は筑前に雪崩《なだ》れこんできたのだ。一色は、肥前、筑前の国境を防衛線として、むしろ守りに入ろうとさえしていた。

菊池武光ほどの者が、一色軍の真中に、なぜ寡兵で突っこんでいったのか。一万数千の軍勢の中を、わずか一千で駈け抜けたというのだ。

一色を烏合《うごう》の衆と見て、舐《な》めてかかったのか。それとも、一千で攪乱《かくらん》したあと、別の作戦に移るつもりだったのか。追撃を受けながら逃げたが、ほとんど兵の損耗は出していないらしい。事実とすれば、驚くべきことだ。

千栗、船隈を攻めるという知らせは、事前に菊池から届いていた。国境を挟んで対峙するだけであろう、と頼尚は読んだ。そうなれば、一色はうかつに動くことはできない。自分と菊池武光という敵を、腹背に受けることになってしまうのだ。

武光自身が、船隈の一色本陣にむかって駈けたなど、正気の沙汰《さた》ではなかった。注進が入った時は、間違いだろうと思ったほどだ。

なんのために、あれほどの無謀を。どうしてもそれがひっかかってくる。

「まさか」

ひとつの考えが浮かんで、頼尚は思わず声を出した。肌《はだ》に、粟《あわ》が生じてくる。

菊池武光は、負けるために船隈へ突っこんだのではないのか。

武将ならば、緒戦の勝利は誰でも大事にする。それによって、味方の結束は強くなり、勢いも増す。筑前に雪崩れこんできた一色範光軍は、まさにそれであった。そして、浦城にいた自分を囲んだ。

勝利が見えたのであろう。一色範氏と直氏がやってきて、範光と代った。あと一歩のところで、自分は討ち取られるところだった。

そして、針摺原である。

一色に勢いをつけて、自分にぶつからせる。そのために、菊池武光はあえて無謀をおかしたのではないのか。

「できるはずがない」

また声に出していた。単なる物見の軍勢ではなく、囮《おとり》として逃げ回る軍勢でもない。そういう軍勢なら、一色も動きはしなかったはずだ。総大将自らが、手兵を率いて本陣へ突っこんだのである。逃げきれたのは、運がよかったからとしか言いようがない。

否定しても否定しても、頼尚の肌に生じた粟は消えなかった。

ある夜、頼尚は奥の庭の梅の木の枝に、鈴をひとつ結びつけた。風が枝をゆすって鈴を鳴らし、音を四方に撒《ま》き散らした。

「唯心《ゆいしん》か？」

気配を感じ、頼尚は身を起こした。すでに深更である。

「お呼びのようで」

鈴の音は、すでに熄《や》んでいた。庭に片膝《かたひざ》をついているのは、小柄な翁《おきな》である。

「うぬらが儂の仕事をするようになって、もう十年以上になるな」

「はい」

「難しい仕事を、ひとつ引受けてくれ」

「いかなる仕事でも、銭になりますれば」

「惜しむまい。これまで払っていたものの、十倍をとらせよう。戻れば、さらにそれと同額を与える」

「お申しつけくだされい」

「菊池じゃ」

「して、なにをいたさば」

「命をひとつ、消して貰《もら》いたい。前に、剣術自慢の者も送ったことがある。ひとりも戻ってきてはおらぬ」

「菊池武光が命でございますな」

「違う。征西将軍宮の命じゃ」

「必ずや」

「慌てるでないぞ。一年かかろうとも構わぬ。必ず仕留めて参れ」

「菊池には、五人衆と呼ばれる、手練《てだ》れの忍びがおります。容易ならざる相手。いつかはぶつかると思っておりましたが」

「これは手付けじゃ。残りは、饗庭宣尚から受け取るがよい。果すまで戻るなよ、唯心」

頼尚は、銭の袋を放ると、背をむけて部屋へ入った。

忍びと呼ばれる者どもを、頼尚はどうしても好きになれなかった。しかし、役には立つ。それは充分に認めてはいた。唯心とその一党は、おそらく九州随一の手練れであろう。

卑怯《ひきょう》とは思わなかった。征西将軍宮を殺したのが誰なのか、決して知れてはならないのだ。汚れた仕事は、汚れた者がやればいい。

翌朝から、頼尚は奥を出た。

留守の時と同じように、家臣たちはそれぞれの仕事を果していた。決めなければならぬことを、まず決めた。

「一色は、肥前にてなんとか挽回《ばんかい》をはかろうとしております。しかし、筑前に攻めこんだ時ほどの勢いはありません」

饗庭宣尚の報告は、二人だけの時に受けた。菊池に付く武士が増えはじめている、ということも宣尚はさりげなく伝えてきた。

「菊池武光は、一色討伐を考えていると思われます。この際、菊池単独で一色を攻めさせるのが、得策かも」

そうすれば、肥前は菊池に靡くだろう。もともと、強力な守護がいる国ではない。ゆえに、一色も勢力を扶植しやすかったのだ。一色が、菊池に変っても同じことだろう。

それより、菊池が単独で一色討伐を企てられるようになった、ということに対する驚きに似た気持の方が強かった。しばらく見ぬ間に、童《わらべ》が男になっていたという感じである。

「それより宣尚。儂にはやることがある」

「なんでござりましょう」

「博多じゃ」

「一色の手を、いまは離れておりますな。しかし、商人どもは武士のように、斬り従えるというわけにも参りませぬ」

「人を送れ。心利《き》きたる者を。商人を何人か抱きこむのだ。佐志披《ひらく》も利用できる。博多をわがものにした時、商人どもが儂の言う通りに動くようにしておきたい」

「二人ばかり、思いつく者がおります。すぐに博多にむかわせましょう」

「菊池が強くなったのは、銭があったからだとも言える。儂も、銭は持っておらねばなるまい」

「いまはただ、耐えて兵を養うのでございますな」

頷いて、頼尚は眼を閉じた。菊池が、じっと耐えていたのは、何年にわたるのか。自分には、菊池武光ほどの時はない。

ただ、培《つちか》ってきた力はある。

九州の覇権《はけん》は、菊池武光と争うことになる、という確信に近いものが頼尚にはあった。

第六章　猛《たけ》き日輪の下

1

滝が、肩を、背を打つ。

懐良《かねよし》は、手を組み、じっと耐えていた。

正平八年。薩南《さつなん》、谷山の地を踏んでより、十年以上の歳月が流れた。九州統一を目指すという言葉が、ようやく絵空事ではなくなってきていた。

足利《あしかが》幕府の代理ともいうべき、九州探題一色範氏《いっしきのりうじ》を、まともにぶつかって打ち破った。直冬《ただふゆ》が探題であったほんのわずかな期間を除いて、一色は九州守護衆の、その上に立ち続けてきたのだ。

このまま、戦を続けていいのか。時として、そういう思いが入り混じってくる。九州を除くすべての地は、すでに足利の世になっている。ひとり、自分が九州で闘うことに、どれほどの意味があるのか。戦によってどれほどの人の命が失われ、どれほどの民が苦しむのか。

しかし、戦をやめようという考えはなかった。どこかが、間違っている。間違ったまま、かりそめの平和の中で、眠ってしまおうとしているものがある。それを眠らせてはならないのだ。

この国は、足利のものではない。後醍醐《ごだいご》帝の皇子として生を受けたから、そう思うのではなかった。父なる人も、この国をわがものとする権利などなかったのだ。いつも、民が忘れられている。眠りかけているのは、民を思う心だ。

そこまで考えると、いつも暗い情念が渦巻《うずま》きはじめる。ほんとうは、戦を続け、この国をわがものにしたいという思いが、自分のどこかにあるのではないか。父なる人の抱いた怨念《おんねん》が心の底深く、根づいているのではないのか。それを見ないようにするために、民などという言葉を持ち出しているのではないのか。

武光とともに彫った、岩の不動明王が思い出された。なんのための、不動明王だったのか。不動明王の前に立ち、なにも恥じることはないのか。

水の冷たさが、肩を打つ激しさが、躰《からだ》の芯《しん》からなにかを叩《たた》き出すような気さえしてくる。

戦の中で生まれ、戦の中で育ってきた。しかし、戦を生き甲斐《がい》としてはならぬ。勝つことで、驕《おご》ってもならぬ。滝に打たれ続けていると、暗い情念もやがて消えていく。無。心にそういう状態があるとしたら、それだろう。

岩を這《は》い登っていく。

重明と頼治が、焚火《たきび》をして待っている。この五日、ひとりで滝に打たれたいと言ったので、頼治も待っているのだ。日ごとに、打たれる時間は長くなっていた。

躰を拭《ぬぐ》うと、頼治が新しい直垂《ひたたれ》を着せかけてくる。城下に出る時は、侍烏帽子《えぼし》に直垂のことが多かった。特に、千田《ちだ》庄に波多《はた》の館《やかた》ができてからはそうだ。千田庄は、菊池と菊池川河口の中間あたりにあり、隈府《わいふ》城下を離れてかなり駈《か》けなければならない。

「今日はまた、格別長うございました」

頼治が言った。ひとりにしておくのが、心配なのだ。まして、この滝では刺客に襲われたこともある。

「水垢離《みずごり》は、今日でやめだ。心配をかけて悪かったが、儂《わし》にも考えなければならぬことがある。後醍醐帝の皇子に生まれてしまった。それをどう思うか、考え続けてきた。この思いだけは、兄弟のように育ってきた頼治にも、わからぬと思う」

「それを、口で仰《おお》せられるようになりましたか。それならば、心配はいたしません」

重明が口を挟《はさ》んだ。

「帰るか。笙子《しょうこ》も心配いたしておる」

「毎日でございましたからな」

重明が馬を曳《ひ》いてきた。

菊池の城下は、年ごとに賑《にぎわ》いを増していた。商人が増えたのである。刀鍛冶《かじ》もずらりと軒を連ね、終日、鉄を打つ音を響かせている。城下の様子を見るたびに、武光が無骨一辺倒の男でなくてよかった、と懐良は思う。

加瀬忠明が、奉行として仕切っているので、市での揉《も》め事なども、ほとんど起きてはいないようだ。

「おう、堀田安秋が来ておるぞ。六ツ葉鉄線の旗が見える」

菊池川の船溜《ふなだま》りに繋《つな》がれた小舟に、旗が立っていた。外海を行く大型の船は、この川を遡江《そこう》はできない。積み荷は、河口で小舟に移して運んでくるのだ。

堀田安秋は、加瀬忠明とともに、武光の居室にいた。

「これは」

入ってきた懐良を見て、三人が居住いを正した。

「また、銭の話か？」

「いえ。銭は、新しくできる黄金塚城に蓄えるだけで、何年もかかりまする。まったく別の話で」

　堀田安秋は、なんとなく落ち着かない様子だった。武光は、ひとり考えこんでいるという表情だ。加瀬忠明だけが、慎ましく、しかし顔のどこかに笑みを浮かべた感じで控えている。

「なにがあった、安秋？」

「実は、いまお館が波多の館におられます」

「なんだ、義範《よしのり》も来ているのか」

「まあ、そういうことで」

「安秋。まわりくどい話をいたすな。儂が御所様に申しあげる」

　武光が、腕組みを解いて言った。

「忽那《くつな》義範殿は、月王丸殿を連れに来られました。高麗《こうらい》へ連れて行かれるようで。もっとも、阿久里《あぐり》殿が承知ならばですが」

「月王を、高麗へ？」

「長い時ではござらぬ。まずはふた月ほどのお考えのようで。阿久里殿の承知を取りつけてから、御所様に願い出るおつもりなのでしょう」

「そうか。阿久里が承知すれば、儂はよい。幼きころより、高麗を見せておくのも悪くあるまい。おそらく義範は、月王に高麗と日本を往き来させるつもりなのであろう」

「それが」

堀田安秋が口籠《くちごも》った。

「たったふた月ゆえ、二郎もどうかと言われております」

武光が言った。考えこんでいたわけがわかった。懐良が口出しすべきことではない。父親の武光が決めればいいことだ。

「二郎は、いくつになった」

「十二歳でございます」

「ほどなく、元服か」

「菊池様は、最初は驚かれ、次にお怒りになり、それから考えこんでおられます」

「武光も、人の親だな」

「悪くない、という気持になっております。それがしは、肥後の山で育ち申した。海については、なにも知りません。二郎に海を見せ、日本以外の国を見せるのは、有益なことでございましょう」

「が、親の情として、ひとりでやるのはしのびない、ともお考えでありまして。お館の申し入れは、二郎殿ただひとりでということであります」

つまり、従者など付けるな、ということなのだろう。

「義範も、意地の悪い爺《じい》になったものよ」

言って、懐良は声をあげて笑った。

武光は、肥前に逃げこんだ一色討伐のための準備を進めている。忙しい時間の中で、親として悩むのが、まんざらでもなさそうだった。

懐良が千田庄の波多の館を訪《おとな》ったのは、義範が出立するという前日だった。

「頼むぞ、月王を」

懐良は、義範にそれだけを言った。

「阿久里殿は、御承知でござる。月王丸殿は、いずれは波多の水軍を率いるものの、忽那や村上の水軍を知っておくことも、無駄《むだ》ではありますまい。いまのところ、それがしの思いは、海に馴染《なじ》ませたいというだけでありますが」

「よい。玄界灘《げんかいなだ》を、それに連なる大海原を、わが庭のように駈け回る。儂の見果てぬ夢だ。それを月王がかなえてくれる」

義範の膝《ひざ》にいた月王丸が、懐良の膝に移ってきた。ちちきどの。月王丸は懐良をそう呼んだ。母親を真似《まね》ているが、都竹《つづき》殿とはっきり言えぬのである。

「針摺原《はりすりばる》で勝って、征西府は雄飛の秋《とき》を迎えましたな。外より眺《なが》めていると、よくわかります。おそらくは、この五、六年が、九州平定の山場かと」

「儂も武光も、そう考えている。耐えに耐えてきたのだ。急ごうとは思わぬが」

「五条頼元殿も、息災の御容子《ようす》。お目にかかっては参りませぬが」

「千田庄まで来て、なぜ菊池を訪わなかった？」

「極力、避けようと思っております。征西府の歩みを、外から眺めている者が、ひとりくらいはいてもよろしゅうございましょう」

なにか考えがあってのことだ、と懐良は思った。それ以上は、なにも訊《き》かなかった。

馬蹄《ばてい》の響きが近づいてきたのは、夕餉《ゆうげ》のころだった。

「菊池武光様が」

阿久里が板戸を開けて言った。若刀自《わかとじ》という身なりである。館では、そうさせていた。

「義範殿、まだおられるか？」

「おう。入られよ」

足音も高く、武光が入ってきた。二郎の手を引いている。

「これは、御所様もこちらでございましたか」

「どうした。血相を変えておるではないか」

「実は、二郎を義範殿にお預けいたしたいと参上した次第で」

「ほう。肚《はら》を決めたな、武光」

「こやつ、臆病《おくびょう》風に吹かれております。異国へ行くより、戦の方がよいとほざきおって。戦では、家臣が守ってくれる、と考えたに相違ないわ。こやつひとりだけを、義範殿へお預けいたす。高麗でも元《げん》でも、引き回してくだされい」

後の半分は、義範にむけて武光は喋《しゃべ》っていた。

「許し難いことに、こやつは泣いて母の胸に飛びこみおった。母親がまた腑甲斐ない。武士が、なぜ海や異国を知らねばならぬのか、と申しました。子を庇《かば》うのが親の情とは申せ、臆病風まで庇うのは許せません」

二郎は、父親の後ろでうつむき、涙をこらえている様子だった。

「気を鎮《しず》めよ、武光」

「それほど戦がよいなら、明日にでも野戦に連れ出すと申しますと、元服してからだとほざきましたぞ。わが倅《せがれ》ながら、なんと情無い言いようじゃ」

二郎は、さらにうつむいた。泣けば叱《しか》られると思っているのだろう。懸命に涙はこらえているようだ。

「二郎殿」

義範が穏やかに声をかけた。

「海は荒れますぞ。人間の力では、どうしようもなく、荒れ狂う時がある。ひとりひとりが、海と闘わねばならぬ。だから、自分というものがよくわかりますのじゃ」

大きく頷《うなず》いたのは、武光の方だった。

「いやなら、来ることはない。儂も、二郎殿に恨まれたくはないからな」

「参ります。連れていってくだされ」

顔をあげ、はっきりと二郎は言った。

「父上は、いきなり高麗へ行けと申された。驚きました。言葉もわからぬ、海のむこうの土地じゃ。死ぬなら、戦の方がよい、とその時は思ったのです」

「そうであろうな」

「御所様。それが臆病風と申すものでござるぞ」

「安秋が話を切り出した時は、その方も驚き怒ったそうではないか、武光。二郎が臆病であるものか」

「泣いたのは」

二郎は、もう涙を隠そうとはしていなかった。

「臆病者と言われたからでござる。わが父でなくば、その場で斬《き》って捨てております」

「おう。斬りたくば斬ってよいぞ、この父を。おまえごときの細腕で、斬れる躰ではないわ」

「よさぬか、父子《おやこ》喧嘩《げんか》は。とにかく、二郎は行くと申しておる。気持よく、送り出してやるのが父であろう」

「はあ」

武光も、ようやく落ち着きを取り戻しはじめていた。

「ひとつだけ、申しておく。二郎、菊池の名を汚すでないぞ」

「心得ております。命に代えても、父上の名は汚しませぬ」

「よし」

二郎の方にむけていた顔を、武光は真直ぐ義範にむけ直した。

「お願いいたします」

床に手をついて、頭を下げた。あまり武光がやらぬことである。

「武光殿に、頭を下げられてしまったか。これは大変なことを申しあげてしまったようじゃな」

二郎も一緒に頭を下げていた。

「高麗も、苦しいことばかりではない。愉《たの》しいこともたんとありますぞ、二郎殿。見るものすべてが、めずらしいであろうし」

父子喧嘩は収ったようだった。

武光と二郎の分の夕餉も、阿久里が用意をした。武光は、二郎をこのまま置いていくつもりらしい。二郎も覚悟を決めたようだ。

帰路は、武光と二人で馬を並べた。針摺原以来、征西府に伺候する武士も多く、懐良の仕事は増えていたのである。波多の館に泊まることも難しくなっている。

「一色範氏は、肥前で懸命に再起をはかっております。九州各地で、南朝に心を寄せる武士が決起する気配もあります」

「まずは、われらの力だけで、一色を九州より追うことだな」

「その間に、少弐《しょうに》頼尚《よりひさ》が力を盛り返しましょうな」

「これからは、どこことも連合は組まぬ。来る者は拒まぬとしてもな。もはや、余人の力を当てにすることはできぬ」

一色範氏を九州から追うと、足利幕府の公的な出先は消える。それぞれの領国をもった守護のみが敵である。

「御所様。おひとりで波多の館を訪うのは、やめにしてくださいませぬか。お気持はわかりますが、せめて重明殿、頼治殿を伴われてくだされい」

「早助や右京が、儂に付いているようだが、それだけでは足りぬか？」

「なにかが起きてからでは、遅うございます。城下ならばいざ知らず、かなりの道のりを駈けねばなりませんので。なにかを知らせるにしても、時がかかりすぎます」

「心しよう」

「阿久里殿は、城下に移っては来られますまいな」

「情の強い女子《おなご》なのだ」

馬の脚は、どこか重かった。子をひとりで旅立たせる。二人に、同じような感慨があるせいなのか。

「駈けるぞ、武光」

「心得ました」

残したものを振り切るように、懐良は走った。武光も、ぴったりと付いてくる。

闇《やみ》に、馬蹄の音だけが高かった。

2

針摺原の大敗を、一色は肥前綾部《あやべ》城に拠《よ》ることで、なんとか回復しようとしていた。在地の武士層の組織には一応成功し、国境を越えて筑前早良《ちくぜんさわら》郡に入り、飯盛山《いいもりやま》に陣をとるまでになった。再び大宰府をうかがうという態勢である。

少弐頼尚は、それを静観していた。

征西府では、多少の曲折はあったものの、単独で一色を討つと決定した。懐良と武光が、ともに単独で討つべきだと述べたからである。菊池の影響力を測るのに、いい機会だった。どれほどの数の肥前の武士が、菊池に靡《なび》いてくるのか。

二千の兵を率いて、懐良は武光とともに進発した。筑前における唯一《ゆいいつ》の一色の拠点とも言える、飯盛山をまず攻める計画だった。

しかし征西府軍が国境に近づくと、一色直氏は即座に肥前綾部城に戻り、肥前勢力を集結させた。

征西府軍は、すぐに肥前に転じた。筑前、筑後、肥前の三国の国境が交差した地域である。わずかな移動で、国境は越えてしまう。

一色直氏は、神崎地方に五千の兵を集めたが、対峙《たいじ》している征西府軍も、いつの間にか四千に脹《ふく》れあがっていた。

しばらくは、睨《にら》み合いが続いた。

「これ以上の武士は、すぐには集まってこないようでございます、御所様」

「形勢を眺めているのであろうな。針摺原では、三千は三千のままだった。それを思うと、わずかの間の変転はおそろしい」

「もうしばらく、このままでいようと思います。本腰を入れた攻撃は、菊池軍だけで充分でありましょう。ただ靡いてきている武士は、足手まといでもあります」

「少弐頼尚は動かぬであろうな、武光」

「おそらくは」

「少弐との連合は、いまだ解消されてはおらぬ。その連合をうまく扱えば、北九州の武士に、もうひとつ征西府の印象を強くすることができよう」

「考えております。一色を思うさま叩いたあと、この一帯の後始末を少弐頼尚にお命じくだされい。征西将軍宮が、少弐に命ずるのでございます」

「儂も、そう考えていた」

遠征の軍勢は、腰を据《す》えて出さなければならない。大将も、懐良や武光でない場合が多くなる。そのために、この戦でひとつのかたちを作っておく必要はあった。

「頼尚は、やはり筑前、豊前《ぶぜん》をかためるつもりだな。豊後《ぶんご》の大友が圧迫されよう」

周到な部分と、甘い部分を持った武将。少弐頼尚を、懐良はそう見ていた。甘い部分が出れば、足利直冬を見限る時を誤る、ということになる。これからは、甘い部分が出るとは期待しない方がよかった。

征西府が菊池に進出した時も、潰《つぶ》す気になれば少弐頼尚は潰せたかもしれないのだ。一色範氏との確執に力を注ぎ、征西府に対しては本腰を入れてこなかった。

耐えに耐えたという思いが懐良にはあるが、運にも恵まれていたのだ。

対峙が二十日を過ぎると、菊池軍を前面から後退させ、靡いてきた武士団と入れ替えた。毎日のように少数の武士が参集してきて、三千を越えはじめていた。

針摺原の戦から、すでに五カ月が経過している。

薩南の征西府方はしばしば蜂起《ほうき》して島津を苦しめ、日向《ひゅうが》では楡井《にれい》頼仲が畠山直顕《はたけやまなおあき》をてこずらせている。九州の守護は、守護同士の反目と、領内の征西府方の蜂起という、二重の闘いを否応《いやおう》なく負っていた。

「面白い男が、拝謁《はいえつ》を願い出て参りましたぞ、御所様」

頼治が報告に来た。

「阿蘇《あそ》惟時《これとき》でございます」

「ほう」

懐良も、思わず声を洩《も》らした、十七年前、多々良《たたら》浜で菊池に従って足利尊氏《たかうじ》と闘って以来、両端を持し続けてきた、肥後の雄族である。庶子の恵良惟澄《えらこれずみ》が、一貫して征西府のために闘ってきたのとは、実に対照的であった。

五条頼元は、阿蘇惟時を当てにして、何度煮え湯を呑《の》まされたか知れないのだ。阿蘇さえ動いてくれれば、これほどの苦労はしなかったという思いが、懐良にもある。

本陣で謁見することにした。

武光をはじめ、頼治や重明や赤星武豊や城《じょう》武顕が居並んだ。

薩南から菊池へむかう途上、恵良惟澄の本拠御船《みふね》城で、懐良は一度阿蘇惟時を謁見していた。

「久しいのう、阿蘇惟時」

「はっ」

「ここは戦陣じゃ。改まることはない」

惟時が顔をあげた。老いている。すでに六十は越えているはずだ。年齢の老いだけではないやつれが、惟時にはあった。

「参陣いたしたく、まかりこしました」

「多々良浜以来、十七年ぶりの参陣になるはずじゃの。この十七年間、吉野の綸旨《りんじ》にも、征西府の令旨《りょうじ》にも応《こた》えなかった。責めているのではないぞ。なぜいま、と誰でも考える」

　多々良浜で、惟時は息子を二人死なせている。それに対する朝廷の恩賞に不満があったと、五条頼元だけでなく、異母弟の恵良惟澄すら考えているようだ。

　多々良浜で、武光の兄武敏を破り、尊氏は勝ちに乗った。九州で大軍を組織し、京へ攻めのぼったのである。

「恩賞を求めての、参陣ではございませぬ」

　老いの姿に具足は痛々しかったが、声には張りがあった。

「それがし、尊氏殿に命を救われたことがございます。後醍醐帝の綸旨を奉じて尊氏殿が兵を挙げ、六波羅《ろくはら》の北条《ほうじょう》探題を攻めた時、それがしも従軍いたしました。その折のことでございます。事情を説明いたしても詮《せん》なきこと。ただ、身を挺《てい》するようにしてそれがしを救ってくれた尊氏殿を、好きになり申した。多々良浜で倅を二人とも失ったのも、そういう尊氏殿に刃をむけたせい、と思っております」

「いまも、足利尊氏を好きなようだな」

「御意」

「無理をするには及ばぬぞ。人を好きになり、それを貫いた。見事と言ってもよい。阿蘇一族からは、恵良惟澄が参って、大きな働きをしてくれておる」

惟時は、一度深く頭を下げた。

「阿蘇は、代々勤皇の家柄《いえがら》でございます。父祖にむけなければならぬ顔を、それがしも思うような齢《よわい》に達しました」

「好きにいたせ。拒みはせぬ」

それだけ言うと、懐良は頼治に眼をくれた。謁見は終りという合図である。頼治に促されて、阿蘇惟時は退出していった。

「おそろしい男だな」

二人だけになった時、懐良は武光に言った。武光は、じっと腕を組んでいる。

「足利尊氏でございますな」

「なにか、人を魅《ひ》きつけるものを、持っているのであろう。新田《にった》義貞《よしさだ》には、かけらもなかったものだ」

自分の父なる人にも、そういうところはあったのかもしれない、と懐良は思った。時として、父なる人と尊氏が、似ていると感じることがあるのだ。もっとも、二人とも直接にはほとんど知らないと言ってもいい。

「都は見えぬ」

懐良は声に出して言った。なにかを考えていたわけではない。

「どういうことでございますか？」

「儂には、京が見えてこぬのだ、武光。九州を平定し、京へ攻めのぼる。それにどれほどの意味があるのか、と時々思う。考えてみれば、儂は一度も、京を目指そうと思ったことはない。いま、なぜこんなことを言い出したのか、自分でもわからぬが」

父なる人の影を拒んでいる。そうかもしれなかった。いずれわかるだろう。

「京は、幻のようなものでございますな。誰もが、その幻を摑《つか》もうとする。足利直冬も、幻を摑みたくて、九州に根をおろせなかったのではありますまいか。それがしのような田舎武士には、そう思われてなりません」

「ならば、もっとましな幻を追おうではないか」

言い放って、懐良ははっと息を呑んだ。言葉にしてはならぬことを、してしまったのかもしれない。

聞いていたのは、武光ひとりだ。武光はただ、腕を組んで眼を閉じていた。

七月七日に、菊池軍は膠着《こうちゃく》を破って、攻勢に転じた。睨み合って見きわめるものは、すでに見きわめた。これ以上の膠着は、いたずらに時を過すだけのことだ。

征西府軍全体で五千余の兵力だが、攻勢に転じたのは、菊池軍の二千のみである。

攻めにかかった菊池の兵の精強さは、懐良も舌を巻くだけだった。展開した五千の一色軍を、まるで斧《おの》で断ち割るように、城武顕の騎馬槍隊が両断した。半分を弓隊が釘付《くぎづ》けにし、残りの半分に騎馬隊が突っこんだ。すでにそこで、一色軍は敗走をはじめていた。白兵戦に到る間もなかったのである。

武光は追撃の手を緩めず、一色範光の本拠菩提寺《ぼだいじ》城を攻めたてて落とし、一転して筑前飯盛山に逃れた一色直氏を攻め落とした。

菊池軍が通るところ、一色軍の兵の屍《しかばね》しか残っていないという有様であった。直氏、範光が連合して、最後の決戦を挑《いど》んできたが、それも一蹴《いっしゅう》した。

「戦というものは、こういたすものか」

菊池の兵は、決して散らばって前進はしない。散らばるのは、陣形を組み直す時だけである。それも、ほとんど鳥雲の陣であった。つまり、進みながら陣形を組み直す。

征西府に参陣した三千余の軍勢は、菊池軍のめまぐるしい動きを、ただ眺めているだけで、ほとんど動きもしなかった。

「ようやく、それがしが思い描いていた戦ができるようになり申した」

「儂には、無敵に見えたぞ、武光」

「そうありたいとは思います。兵にもそう思わせたいのです。一色は、いわば負け犬でござる。五千集めようと、針摺原を忘れてはおりません。だから弱いのです。その軍勢に、鍛え抜いた二千の菊池軍をぶつからせれば、必ず勝ちます。それも鮮やかに。兵は、そうやって勝ちの味を覚えさせせると、さらに強くなっていくのです」

「なるほどな」

「しかし無敵ではありません。九州の武士が、それほどの腰抜け揃《ぞろ》いと、御所様は思っておられますか」

「戦は、人と人か」

「まさしく。強い時もあれば、弱い時もあるのが、人でござる。自分と同じように、兵がみんな強い、とは思われぬことです。御所様は、芯に強いお気持を持たれておられますから、なおさらです」

「学ぶものが、多くあった」

「どうも、つまらぬことを申しましたな。これも、鮮やかに勝てばこそで、滅多にないことかもしれませぬな」

武光が、白い歯を見せて笑った。

一色一族は、肥前中央部の、小城《おぎ》に籠ったまま、出てくる気配はない。

征西府軍五千は、筑後高良山《こうらさん》に本陣を移した。しなければならぬ仕事が、まだ残っている。参陣した諸将に懐良はひとりずつ謁見し、言葉をかけた。逆賊一色範氏一党を討伐したという令旨を出すように、征西府館の五条頼元にも使いを出した。

「さてと、参るであろうか」

仮小屋の本陣で、懐良は武光や頼治にむかって声をかけた。大宰府の少弐頼尚に、至急伺候するようにという使者を送ったのである。

少弐頼尚が、懐良が思っているほどの男なら、必ず来るはずである。

「参陣してきた武士たちの眼は、いまそれだけにむいておりますな。九州の武士が、全部見ていると言ってもよいでしょう」

「武光殿。御所様に対する時と、足利直冬に対する時と、九州の武士たちの態度が違うのではないか、と私は思うのだが」

「それは頼治殿、九州では、皇子なるお方を正式に迎えたことがないからでござる。どういう態度をとればよいかわからぬ、というのが正直なところでござろう。時の権力者の一族は、いくらも迎え入れた。古くは大宰府に帥《そち》や権帥《ごんのそち》を迎え入れた。鎌倉幕府の探題を迎え入れ、足利尊氏を迎え入れ、新探題の一色範氏を迎え入れた。足利直冬も、それと同じでござった」

だから、少弐が来るか来ないか、それが問題なのである。少弐の態度が、武士たちの征西府に対する今後の態度を決めかねない。

二日しか待たなかった。

少弐頼尚は、牛車を三つ連ね、直衣《のうし》に立烏帽子というなりで征西府本陣に伺候してきた。牛車には、祝の品が積まれていた。

立烏帽子だけの具足姿で、懐良は頼尚を謁見した。

「このたびの御戦捷《せんしょう》、心よりお喜び申しあげます」

頼尚は、型通りの挨拶《あいさつ》をした。丁寧であり、どこにも非礼はなかった。

懐良はそれを受け、筑前、肥前の国境の安定を、仕事として頼尚に命じた。恭々《うやうや》しく、頼尚は平伏した。参陣した諸将が居並ぶ前である。

「さすがでございましたな、少弐頼尚は」

武光が唸《うな》った。

「これも戦だな、武光。少弐もわれらも、どちらも勝たなかった。まずは睨み合っただけというところか」

懐良は、九州の統率者として頼尚を迎え、頼尚は、高貴なる人に接する態度を崩さなかった。つまり懐良を、たまたま九州に来ている皇族として、終始扱ったのである。見ている武士によって、受け取り方は違っただろう。だから、どちらが勝ったわけでもない。

「こういう戦も、覚えねばならぬな、武光」

「少弐頼尚が教えてくれましょう。いや、すでにひとつ教えられました」

ほかに、やるべきことは残されていなかった。菊池へ凱旋《がいせん》するばかりである。

こういう戦が、九州でできるようになった。馬上で、懐良はそれを考えていた。薩南で島津貞久と対峙していたころと較《くら》べると、大きな進歩である。ただ、どこにむかって自分は進歩したのか、という思いはたえず付きまとってくる。京へむかってではない。賀名生《あのう》の朝廷がなんと言ってこようと、懐良の眼に京は映っていなかった。

菊池には、なんの変りもなかった。いま、菊池をおびやかせる武士は、九州にはひとりもいないはずだ。

高麗へ行った月王丸も菊池二郎も、まだ戻ってはいなかった。懐良を迎えたのは、五条頼元と笙子だけである。

「兄が、身罷《みまか》りましてございます」

菊池に戻って半年ほど経《た》った時、恵良惟澄が伺候してきて、阿蘇惟時の死を伝えた。

懐良は、尊氏が好きだと言い放った、惟時の老いた顔だけを、しばし思い浮かべた。

阿蘇大宮司職の跡を襲うのは、恵良惟澄である。正平八年の暮だった。

3

冬の、晴れた玄界灘は、めずらしいことだった。大抵、厚い雲が垂れこめ、恨みを抱いた人の心のように荒れている。

忽那義範は、波多の館の裏山に登っていた。正平八年の暮から、すでに二カ月近い波多津への逗留《とうりゅう》になる。かつて本拠であった忽那島へ戻ることは、ほとんどなくなった。惣《そう》領《りょう》を譲った甥《おい》の重勝が、征西将軍宮幕下の冷泉《れいぜい》持房と連合し、内海をしっかり押さえているので、ことさら戻る必要もないのである。波多津にいた方が、高麗との往復にもなにかと便利であった。

「爺さま、安秋の船が戻ってきた」

手を引いていた月王丸が、海の方を指さして声をあげた。一群の船団が、島と島の間に現われている。確かに、六ツ葉鉄線の、忽那の旗を掲げていた。

「月王は、安秋の船がわかるのか？」

「母者の船もわかります。それから村上殿の船も」

「都竹殿の船もか？」

「都竹殿は水師ではない。いつも馬に乗っておいでじゃ」

牧宮《まきのみや》のことを、月王丸はようやく都竹殿と言えるようになっていた。すでに、六歳になった。言葉も、言うこともしっかりしてきた。

菊池武光の一子二郎とともに、高麗へ連れていった。二郎は船酔いに苦しんでいたが、月王丸はむしろ喜々としていた。あれからさらにもう一度、月王丸ひとりを高麗へ伴っている。

孫のようなものだった。いつも呼び捨てで、時には声を荒らげて叱りもする。貴人の血を受けた子として扱うことは、母の阿久里も望んでいなかった。牧宮も、おそらく同じ考えだろう。月王丸がなにかを備えていれば、波多の水師の頭《かしら》として、黙っていても頭角を現わしてくるはずである。

征西将軍宮として、牧宮が忽那島に辿《たど》り着いたのは十一歳の時だった。疲れ果てながらも、毅然《きぜん》とした眼差《まなざ》しは失っていなかった。月王丸を見ていると、あの時の牧宮の姿が時々蘇《よみが》える。あのころ、義範は二十六歳だった。兄の重清と争い、惣領を奪い取ってしばらくしたころだ。いまは、四十一を越えてしまっている。

牧宮と出会ってからの月日は、激しいものだった。内海の島の小領主ではおよそ考えられぬ月日を、送ってきた。ただ、義範はある時期から、牧宮の覇業《はぎょう》を、一歩離れて眺めるようになった。そういう存在が、いずれ牧宮には必要になる、という思いは確かにあった。しかしそれ以上に、狭い国土での際限のない争いが、たまらなく不毛なものにも思えたのだった。無論、牧宮のためなら、いかなる争いであろうと、命を賭《か》ける覚悟はまったく変ってはいない。

牧宮が、なにか自分が思いもしなかったものを見せてくれる、という予感に似たものが、義範の心の中には絶えずあった。予感にふるえ続けてきた月日だった、と言ってもいいであろう。しかもそれがいま、間近にあるような気がする。なにかが見えた、と思うこともある。京に攻め上り、足利一族を討ち果す牧宮の姿などではなかった。この十年の征西府の有様を眺めれば、それは想像に難くはないことだ。

「安秋は、運んできてくれたであろうか、爺さま」

月王丸は、帆に風を受けて近づいてくる船影から、眼を離そうとしない。

「高腰の馬具を欲しがっていたのだな」

「肥後駒《ごま》にぴったりだと、安秋も言いました」

「安秋には、運ばねばならぬものが、ほかにある。わかっているな。月王の馬具は、どうしてもなくてはならぬものではない」

「だから、いつとは決めておりませぬ」

月王丸は、馬も好きだった。そこも、忽那島の牧場《まきば》で荒馬を懸命に馴《な》らしていた牧宮の姿と重なってくる。

「爺さま、行ってみましょう」

義範はかすかに頷き、踵《くびす》を返した。先頭の船は、もう波多津の船溜りに入ろうとしている。

堀田安秋は、黙々と揚荷を見守っていた。このところ、大人びた感じが強くなった。二十四歳であるが、妻帯をしようとはしない。高麗に、馴染みの女がひとりいるだけである。

「馬具は運んで参りませんでしたぞ、月王丸殿」

二人の姿を見て、安秋は軽く一礼した。途中で高麗の水軍と交戦したのか、怪我《けが》人が何人かいた。よくあることだが、和船の関船《せきぶね》の押し走りに、高麗の船は追いつけない。ただ輸送船の警固の時は別で、仕方なく交戦しなければならないことが、時々あった。

「馬は、高麗でお乗りくだされ。しばらくは、馬具を運ぶ余裕などなさそうでござる」

「駄目なのか」

月王丸は、気落ちしたようでもなかった。ふんだんに、物を与えるような育て方を、阿久里はしていない。

「すぐに、菊池にむかいます。波多の荷は少量ですので、風さえよければ夕刻までには菊池川に着けます」

義範を見て言い、安秋はまた荷に眼を戻した。ひところの闊達《かったつ》さを安秋がなぜ失っているのか、幼いころから側《そば》に置いていた義範には、なんとなくわかっていた。それについて、なにを言ってやることもできない。どうにもならないことだと、安秋にもよくわかっているはずだ。

「安秋殿、このまま出航されるのか？」

供を二人連れた阿久里が、近づいてきて声をかけた。安秋の顔に一瞬喜びの表情が浮かび、すぐに暗い色に変るのを、義範は見逃さなかった。

「加瀬殿に、すでに知らせを出してありますほどに」

「それなら、荷揚げは波多の者にさせまする。安秋殿は、館で休まれるがよい。月王も、話を聞きたがっております」

安秋は、かすかに首を振った。阿久里が、配下の者を数十名呼び集め、荷揚げは見る間に進んでいった。

思いのかなわぬ女子に、思いを寄せおって。出かかった言葉を、義範は呑みこんだ。高麗では、波多と忽那の船は、ほとんど行動をともにしてひとつの船団を組んでいる。波多の船は、阿久里が指揮するのである。安秋と一緒の時間も多い。安秋がいつか阿久里に魅かれてしまったのも、無理のないことなのかもしれない。ただ、航海に出た時の阿久里の気持は、男である。衣装も男物で、時には具足を付けて戦に及ぶこともあった。

上松浦《まつら》党では、以前から女地頭が多い。男たちが、海で死んでしまうからである。それでも、阿久里のように船団を指揮する話を、義範は聞いたことがない。

そそくさと舫《もや》いを解くと、安秋の船は櫓《ろ》の音を軋《きし》ませて出ていった。

「慌《あわ》てておられますなあ。菊池でなんぞあったのでは」

「菊池に、女子でも作ったのかもしれぬな」

戯《ざ》れ言《ごと》を飛ばし、義範は月王丸の手をとった。父の波多広が病床にあるので、阿久里はしばらく千田庄の館には行っていないはずだ。

「なぜ、安秋殿は急がれるのか、爺さま？」

「戦でも待っているのであろう。それより月王、儂《わし》とともに高麗でしばらく暮さぬか。二度も行って、馴れたであろう」

「母者も一緒ですか？」

「母者がいなければ、淋《さび》しいか？」

「母者が、淋しい思いをいたします」

義範は、口もとだけで笑った。都竹殿という言葉が、月王丸の口から出てこない。仕方がないにしても、どこかやりきれない気もする。

月王丸を高麗へ連れて行くことは、本気で考えた方がいいのかもしれない。九州の戦は、これからさらに激しく大規模になるはずだ。波多津も、いつ戦乱に巻きこまれるか、知れたものではない。月王丸が牧宮の子であることがもし知れれば、ただちに命の危険に晒《さら》されることになる。

「行くぞ、月王。もう一度山へ登り直しじゃ」

月王丸は、大人しく付いてきた。阿久里は、安秋が揚げていった荷を、倉へ運ばせる指揮で忙しい。

村上義弘が、波多の館の客殿に義範を訪ったのは、二月も終りに近づいたころだった。相変らず女物の単衣《ひとえ》で、太刀を肩に担《かつ》いでいる。

「客人でござったのか」

義範は、水野十郎太という博多の商人と用談中だった。都竹と書かれた札を持って阿久里を訪ね、義範にも会うために高麗へ一度やってきたことがある男である。

「よい折じゃ。引き合わせておこう。博多の商人で、水野十郎太と申すものでござる」

十郎太は一度平伏し、あげた眼を真直ぐに村上義弘にむけた。束《つか》の間、二人は睨み合うような恰好《かっこう》になった。村上義弘が頷いて、緊張が解けた。まずは、村上義弘に認められたということである。

「九州も、いよいよという情勢になりましたな、忽那殿」

十郎太が退出すると、村上義弘は柱を背にして口を開いた。片膝を立て、割れた裾《すそ》から覗《のぞ》く臑《すね》は、これが水師のものかと思うほどに白かった。

「それでも、まだ五年はかかりましょうな」

「短いものでござるよ。儂が鐺《こじり》を頂戴《ちょうだい》したのが、ついこの間のような気がするが、すでに十年以上が経っている」

あれは、牧宮が忽那島を出て、薩摩へむかう途中のことだった。それまで村上義弘は、船上で杖《つえ》のように太刀をついていたが、その鐺を付けてから肩に担ぐようになったのである。

「大きくなったがゆえに、征西府は九州の守護をみな敵に回すことになった」

「もともと、敵でござろう、忽那殿。みな、あるべき姿を晒しはじめたということじゃ」

「中でも、難敵は少弐頼尚」

「やはりな」

「博多の商人にも、ひそかに手をのばして、抱きこみを計っているようでござる。水野十郎太の話もそれでござった」

「まあ、菊池武光は稀代《きだい》の雄将だと聞く。戦で遅れをとることはござるまい」

村上義弘は、立てていた膝をのばし、胡坐《あぐら》に組み変えた。いかにも無作法な仕草だが、それが装っているのだということが義範にはよくわかる。

「村上殿も、一度会われてはどうか？」

「菊池武光にでござるか。やめておこう。会って好きになれなければ困る。嫌《きら》いになるとは思わぬが、肌《はだ》は合わぬ。なぜかそんな気がする」

人見知りのところがある。それも、村上義弘の意外な一面だった。武光と村上義弘の肌が合わないかもしれない、とは義範も感じていることだった。しかし、肌が合わなければ敵、というわけでもない。それでも、義範は執拗《しつよう》に勧めるのはやめた。

「さきほどお見かけしたが、月王丸殿も大きゅうなられましたな」

「六歳でござるよ。しばらく、高麗で暮させようかと思いましてな」

「やはり、父御《ててご》のことを気にするようになられたか」

「わからぬ。いずれはすべてを知らねばならぬであろうが、いまはあくまでも波多阿久里が一子。都竹殿が父であることは、薄々感じているかもしれませんが」

「高麗も、いいかもしれぬな。阿久里殿はしばしば参られるであろうし。だが、高麗の戦も激しくなり申すぞ」

高麗王朝が、水軍を増強しはじめていた。その背後には、無論元朝がある。倭寇《わこう》と彼らが呼ぶ、日本の水軍の動きが看過できなくなったのであろう。倭寇と呼ばれる者たちの中には、高麗王朝に反対する高麗の水軍も数多く混じっていた。それもわかっているのだろう。富山浦《ふさんぽ》などに館を構える商人などは、王朝は逆に保護する姿勢をとっていた。ただ、商人と水軍は渾然《こんぜん》一体となって、どこで区別すればいいかわからない状態だった。義範自身が、いい例である。

王朝が、すべての日本人が敵である、といつ決定を下すかわからない情勢でもあるのだ。その時のための、準備はしておかなければならなかった。まず第一が、船である。義範の波多津逗留がのびているのも、それがあった。できるかぎりの船の建造の手配をしているのである。

阿久里が、酒肴《しゅこう》を運んできた。

逗留中の義範の食事など、下女まかせにせずに、自分でやっていた。義範に対して、舅《しゅうと》にむかうような気持を持っているのかもしれない。

「ちょうどよい。阿久里殿も、忽那殿と一緒にこれを読んでくださらぬか。佐志披《ひらく》から、儂への書状じゃ」

「本家から、村上殿にでござりますか」

村上義弘が差し出した書状を、まず義範が読み、それから阿久里が読んだ。差出人は、源披となっている。

上松浦党は、すべて源姓で、名は一字である。数が多いので、佐志とか波多とか名乗っているが、正式な時は源姓を使う。源氏の流れをくむという誇りが、そうさせているのであろう。にもかかわらず、党という自らを蔑《さげす》むような呼び名も使う。そこに、九州北部の海岸で、外敵に身を晒しながら生きてきた一族の、中央の政権に対する複雑な心情が覗いて見えた。

「本家では、海の上では水軍はひとつであるべきだとお考えのようですね」

「佐志披とは、儂もあまりよくはない。それでも、儂を通して、忽那殿や阿久里殿に仲介してくれということであろうな」

「さすが、見るべきところは見ているな。いま、日本の水軍がまとまらなければ、遠からず高麗から追い出される、と儂も思っておる」

「そうか、忽那殿には御異存がないか」

「話を急がれるな、村上殿。これは、もともとは佐志本家と波多家の間のことでござるぞ」

「実は、もう返答をしてしまい申した」

「なんと、拒絶されたか」

早計な、という思いが義範の頭をよぎった。どこかで、妥協できることがあるかもしれないのだ。その妥協のひとつひとつが、日本の水軍に力を加えることになる。

「拒絶ではござらぬ。といって、承知もせぬ。いまさら、忽那や村上の水軍が、佐志披の下風には立てぬ。佐志も、分家の波多に頭は下げたくないであろう。だから、まったく違うところで、ひとつにまとまればよい。その気があるならそうしろと、佐志披には伝えてござる」

「ほう、どこでまとまると考えられたのか？」

「旗でござるよ」

村上義弘が、にやりと笑った。

「八幡大菩薩《はちまんだいぼさつ》。これは、波多家のものでも佐志のものでもない。誰が誰の下風に立つ、ということもない。佐志披の無骨な顔も、これで多少立つであろう」

義範は、低く唸《うな》り声をあげた。阿久里は、なにも言わず、畳んだ書状に眼を落としている。

「あとは、佐志披の出方だけでござるな」

笑みを絶やさぬまま、村上義弘は酒に手をのばした。女のように細い指に、義範はしばし眼をやっていた。

4

茵《しとね》から身を起こし、懐良は枕辺《まくらべ》の太刀に手をのばした。阿久里の髪が、畳の上に黒く拡《ひろ》がっているのが闇の中でも見てとれる。

気配は遠いものだったが、はっきりと懐良の神経を打った。千田庄の、波多の館《やかた》である。数カ月ぶりに、阿久里が千田庄までやってきた。単身訪《おとな》った懐良は、つい時が過ぎるのを忘れてしまったのである。闇夜の帰館は、五条頼元からも武光からもきつく止められていたので、波多の郎党のひとりを使いに出して、頼治に泊まることを伝えたのだ。

「なにか」

懐良の気配で眼醒《めざ》めた阿久里が、途中で声を呑みこんだ。懐良は、すでに太刀の柄《つか》に手をかけている。

「遠いが、この屋敷から逃げるほどの余裕はないな」

阿久里も、近づいてくる気配に気づいたようだ。身を起こして薙刀《なぎなた》を執った。

「おまえは、どこかに隠れておれ」

「なにを言われる。私が、都竹《つづき》殿を守ってみせます」

かなりの多人数だ、と懐良は読んだ。ぶつかり合いの気配は、潜んでいた早助のものだろうか。ほかに、波多の郎党がひとり。下女がひとり。

「御所様」

足音が近づいてきた。

「いずれの軍勢か？」

頼治の声を聞きとって、懐良は低く言った。

「軍勢ではございません。それよりも早く身をお隠しください。頼治が、御所様の代りをいたします」

板戸はすでに開かれていた。外は濃い闇である。なぜ頼治がここにいるのか、ふと思ったが、訊《き》く暇はなかった。太刀と太刀が触れ合う音が、すでに間近に迫っている。

「およそ四十名ほど。刺客でございます。まるで闇から湧《わ》き出してきたように」

四十と言えば、軍勢と言ってもいい人数である。頼治が、逃げろではなく隠れろと言った意味が、よくわかった。逃げることができないほど、四方から屋敷は囲まれているに違いない。頼治は、征西将軍宮として討たれ、懐良を助けようとしているのだ。

板戸に、ぱらぱらとなにかが当たった。小柄《こづか》のようだが、短い矢のようにも見えた。刃が空を切り、人の肉を切る音が、間近から聞えた。頼治が、太刀の鞘《さや》を払った。縁に飛びこんできた影に、真上から太刀を浴びせる。太刀がぶつかって、闇に火花が散った。頼治の太刀は反転し、横ざまに影を断った。肉の切れる音。血の飛ぶ音。倒れる音。

「頼治殿、屋敷に火を放て」

重明の声。その間も、太刀の白いひらめきが闇の中で交錯している。

「火を？」

頼治が、一瞬逡巡《しゅんじゅん》した。重明は、四十人を相手にひとりで闘っているのか。

「闇の者どもだ。火の光で照らし出してやれ」

重明の息遣いは、かなり乱れている。阿久里が、素速く燭台《しょくだい》に手をのばし、火をともすとそれを簾《すだれ》に近づけた。また、縁に影が飛びこんできた。燃えあがった火で、顔まで隠した黒い衣がなんとか見てとれた。使っているのは小太刀だ。頼治の横からの攻撃を、男は身軽にかわした。空を切った頼治の太刀が、さらに速さを加えて戻ってくる。懐良は踏み出した。いつの間にか、太刀の鞘は払っていた。男の小太刀が懐良にむかってくる。白い光。風。懐良は、正眼に構えた太刀を、そのまま突き出した。切先に手応えがある。次の瞬間、男の躰《からだ》は肩から胸まで、頼治の太刀で断ち割られていた。

火が大きく燃え盛り、外の様子まで見えるようになった。全身に血を浴びた重明が、頭上に太刀をかざしている。烏帽子《えぼし》は飛び、髪は肩を覆《おお》っていた。囲むようにして、十数名が間合を詰めている。

飛び出そうとすると、二人縁に現われた。阿久里の薙刀をかわした男に、懐良はひと太刀浴びせた。浅い。もうひとりと、頼治が斬《き》り結んでいる。手負いの男が、なにかを投げた。払う間もなかった。肩に熱い感じがある。構わず、懐良は太刀を振り降ろした。存分の手応えがあった。さらに三人。頼治が、背中を斬りつけられた。ひるまず、とっさに躰を回転させるようにして、斬り倒した。阿久里の高い気合が聞えた。頼治と斬り結んでいた男が、太刀を振りかぶったまま、薙刀で腹を突かれて退《さ》がっていく。壁にぶつかり膝を折った。二人と睨み合いながら、懐良はそれを視界の端で捉《とら》えていた。うかつには動けない。ともに手練《てだ》れだった。

新手と、頼治が斬り結んでいる。背後の炎が大きくなった。右へ、懐良は回った。相手のひとりが、肩で息をした。誘い。乗った。肩が下がった刹那《せつな》、踏みこんで斬りつける。残りのひとりが、同時に動いた。斬りつけた太刀を、そのまま反転させた。ひとりの胴を薙《な》いだ。風。背後からだ。阿久里の気合が重なった。背中に痛みがあったが、深く食いこんできた感じではない。男の太刀が阿久里にむかうのと、懐良の太刀が男を下から切りあげるのが同時だった。阿久里が、肩を押さえて膝を折った。

憤怒が、懐良を衝《つ》き動かした。頼治と斬り結んでいる男の片腕を斬り落とし、阿久里を肩で支えて外へ飛び出した。

もはや闇ではない。炎がすべてを照らし出していた。血の海の中に、重明は立っていた。敵の数は十五、六。それが目まぐるしく動いている。縁の上から、ひとり懐良に斬りつけてきた。身を低くして、懐良は太刀を横に払った。落ちかかってきた男を、さらに斬りあげる。

息が乱れていた。どれほどの時が過ぎたのか。すさまじい炎の熱気だった。自分が斬り結ぶ相手しか、もはや見えなかった。

「御所様を」

重明の声。懐良は、躰の底から力をふりしぼった。太刀に、ずしりと手応えがある。意志よりさきに、太刀の方が動いていた。血が飛ぶ。阿久里はどこなのか。二人が、襲いかかってきた。ひとりの太刀を受けてはずし、斬りつけた。相手の太刀が、膝に入った。絡《から》むようにして、懐良は倒れた。炎。それを遮《さえぎ》るような人影。太刀の白い光。懐良の太刀は、絡み合った相手の躰から抜けない。太刀を振りかざした男が、膝から崩れた。背に、太刀が突き立っている。

懐良は跳ね起きた。重明が素手になっている。自分の太刀を投げたのか。その重明の躰にむかって、二人の男が交錯するように走った。膝を折りかかったが、重明は立っていた。斬りつけてきたひとりに組みつく。相手の太刀を奪っていた。

どこをどう動いたのかも、わからなかった。重明と頼治はどこなのか。阿久里は無事なのか。斬っても斬っても、敵は眼の前にいた。ここで散る命ならば。懐良の心にあるのは、その思いだけだった。それだけのものだ。それだけのものだった、というに過ぎない。

馬蹄《ばてい》の響きを聞いたような気がした。眼の前から、敵の姿が消えていた。

「御所様。御所様」

自分を呼ぶ声を、懐良は聞いた。重明が立っていた。血にまみれた姿で、眼だけが白かった。

「御無事でございましたか。お怪我は」

それだけ言い、重明は崩れるように倒れた。駈《か》け寄り、抱きあげようとした手を、懐良は途中で止めた。死んでいる。それがはっきりとわかった。

その場に坐《すわ》りこんだ。気づくと、右手には太刀を握ったままだ。放そうとしたが、指が強張《こわば》って開かない。懐良は、左手の指さきで見開いた重明の眼を閉じてやった。

「御所様、御無事で」

赤星武豊であった。裸馬が、荒い息を吐いているのが見えた。

「阿久里は？　頼治は？」

「手負うてはおられますが、お二人とも御無事でございます。忽那様だけが」

懐良は、大きく息を吐いた。重明の躰を、誰かが持ちあげようとしている。それを止めようと思ったが、もう声は出なかった。

襲われてから三日経った。

「天が儂を生かした。天に生かされた。そう思うことにしようと思う」

見舞いに訪った五条頼元と武光に、懐良はそう言った。武光は、筑後への出陣の途中で知らせを受け、供回り二十騎ほどと今朝駈け戻ってきたらしい。

「阿久里と頼治は？」

「傷も塞《ふさ》がりはじめております。まずは心配いりますまい」

頼元は、このところあまり渋面も作らなくなった。表情を動かさないと言った方がいいのだろうか。重明と言った時だけ、頼元の表情はかすかに曇りを見せた。

「まこと、壮烈な死でございました。赤星武豊が駈けつけるまで立っていたとは、およそ信じられぬほどの傷を負っておりました」

赤星武豊は、郎党を率いて菊池川の警固に当たっていたのだという。波多の館から半里と離れていないところで夜営していて、火を見つけたらしい。それも幸運と言えば幸運だった。

「二十四の屍体《したい》が残されておりました。それに武豊の郎党が、五人ほど討ち取っております。残りは、手負うたまま闇に紛れて逃れたのでございましょうな」

自らの太刀を投げ、素手で敵にむかった重明の姿が、懐良の脳裡《のうり》に浮かんだ。

「こちらの死者は？」

「重明のほか、波多の郎党が一名」

「それに、早助が死にました」

武光が付け加えた。武豊の夜営地にむかう途中の道で、事切れていたという。そこに到るまで、四つの敵の屍体が転がっていたらしい。

「手練れ揃いの敵であった」

「生きて捕えた者が二名おります。どこの手の者か、いま吐かせているところで」

「儂は聞くまい、それを。儂の軽率さから起きたことだ。聞けば、相手を恨みたくもなろう。そういう恨みで、戦はせぬものだ」

重明と頼治は、懐良が泊まるという知らせを受けて、警固のためにひそかに近くの民家に控えていたのだろう。泊まらなければ。いや、頼元や武光にうるさく言われている通り、しっかりと警固を付けていれば。

悔んだところで、重明が生き返るわけではなかった。

「三月ほど前から、商人などの態《てい》で城下に入りこんでいた模様でございます。遅い者でもひと月ほど前に入っております。四十を越える人数と言い、絶対の備えで御所様のお命を狙《ねら》ったのでございましょうな」

「それも、武光殿が二千の兵を率いて筑後に出陣された隙《すき》じゃ」

「それでも、儂が城下か城中にいれば、これほどのことにはならなかったであろう」

「波多の館は、城下に建て直します。すでに頼元殿の御同意は得ております。月王丸殿がおられなかったのだけが、幸いでありました」

本来なら、月王丸もともにいたはずだ。いまは、義範が高麗へ連れて行っている。月王丸がいたら、ということは寝ている間に何度も考え、その度に肌に粟が生じた。

「これからは、軽々しい振舞いには気をつけよう。儂ひとりのことでは済まぬということが、痛いほどよくわかった」

「忽那重明という武士のことは、菊池の者は誰も忘れませぬ」

武光が眼を閉じた。ひっそりと、名もないように死んだ早助のこともだ。忘れてはならぬ死者が、何人出ればすべてが終るのか。生きていくということは、死者の思いを背負っていくということなのか。

それからさらに十日ほどで、懐良は床を離れた。左腕を吊《つ》った頼治と城下にむかおうとすると、男が二人膝《ひざ》をついた。

「菊池武光が郎党、山鹿《やまが》忠景でございます」

「五条良氏様より差しむけられた、明源《みょうげん》と申しまする」

足をとめ、懐良は頷《うなず》いた。

「ともに、五名ずつの配下を率いておりますれば、いずれお目障りになることもあろうかと」

懐良はもう一度頷いた。警固が付くのは、仕方のないことだ。

「よい、大儀である」

頼治が言った。二人は平伏し、そのまま動かなかった。

阿久里は、城下の赤星武豊の屋敷で養生していた。肩から胸にかけての傷だという。

懐良を迎える表情は、すでに元の生気を取り戻していた。堀田安秋も来ていた。

しばらく見つめ合った。それだけだった。

「毎年、正月の吉例だった松囃子《ばやし》能を、七月十五日に勤めるよう座中に申しつけた、と武光が言った。阿久里も儂の供をするとよい」

「女子は、観《み》てはならぬものではないのですか？」

「阿久里は菊池の武士でもある。武光がそう言うのだ。直垂《ひたたれ》でも着て、儂の供をするとよいぞ」

言って、懐良は久しぶりにほほえんだ。

能舞台のむかいに、椋《むく》を一本植えたい、とも武光に伝えてある。植え替えができる時期に、二人で植えよう、と武光は答えた。なんのための椋か、それぞれの心の中にあればいい。それ以上の言葉は交わさなかった。

「安秋。月王がいなくて、まことによかったと思うぞ」

「御意。それにしても、重明様はよくも」

「儂を助けるために、自らの太刀まで投げた。だが、もう言うまい。それより、高麗の情勢はどうなのだ」

ほっとしたように、安秋が顔をあげた。

「王朝の水軍が増強され、しばしばわれらと闘っております。高麗には、王朝を倒さんとする勢力がありますが、われらの合力なくしては蟷螂《とうろう》の斧《おの》。われらの名をかたって、自らのために略奪をなす手合いまで出て参りました」

「王朝の水軍が強くなれば、それらは一掃されるのではないか？」

「あまり強くなると、われらも一掃されまする。背後に、元朝が控えておりますゆえに。われらにとっての大きな問題は、船が少ないことでございました」

「どう解決したか、およその見当はつくぞ」

「はっ、王朝の水軍の関船を、六十余艘《そう》奪いました」

「義範や村上義弘の考えそうなことだ」

「いま、阿久里殿にも申しあげていたことでございますが、上松浦党のすべても、われらと同心いたしてございます」

「佐志披《ひらく》がか？」

「はい。八幡大菩薩の旗のもとでなら、ともに戦えると申しまして。日本の水軍も、いまひとつにまとまりつつあります」

懐良は、荒れた冬の玄界灘《げんかいなだ》を思い浮かべた。海にはなにかがある。いまでも、そう思わずにはいられない。

「月王は？」

「高麗の馬具を使って、上手に馬を責めておられますぞ」

安秋が、その様子を面白く語った。生きている。懐良は思った。生きているから、また月王丸にも会うことができる。

阿久里が、小さな笑声をたてた。

5

豊前、筑前は、一年半近く戦塵《せんじん》から離れた平穏の中にあった。

少弐頼尚は、大宰府の館で、ひっそりと時を待っていた。征西府には、変らぬ恭順の意を表わしてある。一色範氏との暗闘に明け暮れていたころより、はるかに静かで落ち着いた生活であった。

一色範氏は、征西府との戦の大敗から立ち直るべく、肥前はもとより、筑前や日向の武士にまで活発な働きかけを続けている。大友や畠山や島津とも、いつでも連合するという姿勢である。尊氏殿の代官という立場はそのままだから、靡《なび》く武士も少なくないようだ。それでも、時の勢いは、やはり征西府と菊池にある。静かな時の中では、それがよく見てとれた。

世を捨てたわけではなかった。心の奥には、消えることのない炎がある。それを、他人に見せようとしないだけだ。

政治向きのことの大半は、豊前を西郷顕景に、筑前を饗庭《あえば》宣尚に任せ、頼尚はただ最後の決定を下すだけである。兵を養う仕事は、息子たちや甥や、元服した孫に任せている。老人より、血の気の多い若者にむいたことだった。

静かな時の中で思うのは、なぜ足利直冬にあれほどまでに固執したのか、ということだった。何度考えても、出てくる答は同じだった。一色範氏にあって自分にないもの。それを直冬の中に求めたのだ。一色との長い暗闘が、判断を狂わせたとしか考えようがなかった。

「秋じゃのう、もはや」

庭を眺《なが》めながら、頼尚は榛名《はるな》に言った。孫ほどの歳《とし》の娘だが、最近では榛名だけを側に置いて、身の回りをみさせている。夜伽《よとぎ》を命じたこともあるが、まだ幼さの残る躰に、手で触れてみただけだった。女を抱けぬのも、自分がいま負け犬だからなのだと思う。ただ一色範氏のように、眼を血走らせて駈け回る負け犬ではない。

「饗庭様がおみえでございます」

立ちあがった榛名が、戻ってきて言った。頷いただけで、頼尚は縁から腰をあげず、饗庭宣尚を側に呼んだ。

「そろそろ、葉も落ちはじめておりますな」

頼尚の側に坐り、宣尚も同じように庭に眼をやった。

「一色は、相変らず忙しいことよのう」

「菊池は、部将を出してあしらうだけでございますからな。ただ、大友と連合する動きがないわけではありません。豊前にて、西郷顕景が、少しずつ少しずつ豊後を締めあげておりますほどに、大友も苦しいのでございましょう」

榛名が、茶を運んできた。筑後八女《やめ》が茶の産地で、頼尚の所領がわずかだがそこにもあった。饗庭宣尚も、すでに四十五を越え、頭には白いものが増えている。こうして二人で並んでいると、隠居の四方山《よもやま》話という風情《ふぜい》だが、交わされている言葉は生々しいものだった。

「菊池も、相変らずか？」

「こちらの思うようには、動きませぬわ。征西府は、島津と対峙《たいじ》して、これを抜いた経験も持っております。領地が、両刃の剣になることがあるのを、よく知っているのでございましょう」

征西府と菊池の勢いをもってすれば、肥後一国はおろか、筑後、日向の一部まで、簡単に斬り取ることができるはずだ。頼尚が待っているのも、それだった。戦に勝てば、領地を欲しくなる。それは主君から家臣に到るまで同じなのだ。しかし、あれほどの大勝をした菊池が、ほんのわずか領地を拡げただけで、あとは敵に回った武士であれ、本領を安堵《あんど》しているのである。

肥後から、筑後、日向まで手をのばせば、優に二万から三万の兵を養えるであろう。しかし、広大な領地を守る兵も必要となる。島津が、薩摩、大隅を領しながらも征西府に敗れたのも、そのためだった。

菊池が領地を拡げたその時が、自分が起《た》つ機会だと頼尚は思っていた。うまくかわされたという気がしないでもない。菊池の郎党への恩賞のほとんどは、銭だったという。

菊池の総兵力は五千五百。領地の広さから見れば多すぎる兵力だが、あれほどの勝利に乗っていることを思えば、少なすぎる。つまりは、銭倉の銭が養える規模の兵力しか、抱えようとしていないということか。菊池の領地の守備は、五百もあればいいだろう。とすれば、ぎりぎり五千は動かせるのである。一国の守護並の兵力と言ってよかった。

「菊池が、小さく固まっているのは、困りものじゃのう」

「いまのところ、手の打ちようもありません」

饗庭宣尚が打とうとする手は、頼尚にもほぼ読めた。誰かを、寝返らせようというのである。しかし、菊池の家臣団に揺ぎはない。征西府はなおのことだ。

「時を待とう、いましばらく」

「お館も、忍耐強くなられました。五年前なら、すでに兵を起こしておられますな」

「それより宣尚、博多の方はどうじゃ？」

「やはりあのお方が」

博多を押さえるということは、交易を押さえるということでもあった。そうすれば、自然に銭は流れこんでくる。一色範氏を探題として尊氏が派遣したのも、その銭が欲しかったからだと、いまにしてわかる。

一色が筑前から去っても、博多は頼尚の思うようにはならなかった。

「あのお方は、あくまで一色に、そして尊氏殿に従われるおつもりのようです」

饗庭宣尚があのお方と呼ぶのは、頼尚自身の弟の資経《すけつね》である。もともと父貞経《さだつね》は、頼尚に豊前を、資経に筑前を与えるつもりだったようだ。しかし父は、尊氏が九州に落ちてくる前に、武光の兄武敏に攻められて、大宰府で自刃《じじん》した。

尊氏が大軍を率いて京に攻め上った後、残されたのが一色探題であった。頼尚は、九州の名家たる少弐家が、一色の下風に立つことを潔《いさぎよ》しとしなかった。資経は、尻尾《しっぽ》を振る犬のごとく、一色に靡いたのである。激怒した頼尚は、筑前をも資経に渡そうとしなかった。それ以後、一色と組んだ資経が、博多をいいように切り回すのを、苦々しい思いで見つめ続けてきたのだ。しかし、一色はもう博多にはいない。資経も、諦《あきら》めてもいいころだった。

「あのお方がおられる以上、博多には深く食いこめませぬな。博多の商人どもは、あのお方を通して、一色に銭を流している様子」

「博多は、なんとしても押さえねばならぬ」

「商人は、権力に靡きまする。いまのところ、この国の権力は尊氏殿ということで」

「それはよい。しかしすべて儂を通させよ。それをなすのに、資経が邪魔になるのなら」

頼尚は、言葉を切ってしばらく庭の木に眼をやっていた。

「任せよう、おまえに」

「それは困ります。任せていただくわけには参り申さぬ。これだけは、御容赦を。御兄弟のことにございまするぞ」

自分で片を付けろ、と宣尚は言っているようだった。兄弟の争いに手を出して、後で恨まれたくないということだろう。

「心利《き》きたる者を、二人ほど送りこんでございますれば、いずれは道が開けるものとも思えまするが」

気を取り直すように、宣尚が言った。

「京も騒々しいようじゃな」

頼尚は、博多から京へ話題を移した。足利尊氏、直義《ただよし》兄弟の、悲惨な争闘を思い浮かべて、苦い思いに駆られたのである。

幕府でも、旧直義党であった山名時氏を中心とする勢力が、尊氏、義詮《よしあきら》から離反し、中国にある足利直冬と連合する事態が起きているようだった。それによって、直冬は再び勢力をのばす機会を摑《つか》むかもしれない。しかしそれも、一時的なことだろう。尊氏を凌《しの》ぐほどの者が、いまの京にいるとは思えなかった。

「尊氏殿とは、いつかは和解せねばなるまいな。一色を、九州から追い出してからだが」

饗庭宣尚は、なにも答えなかった。頼尚も、それ以上言おうとはせず、じっと庭の木に眼をやった。


木枯しの中の鈴の音だった。

頼尚は、榛名を眼醒《めざ》めさせぬように、そっと身を起こした。

板戸を、わずかだけ開く。唯心が平伏していた。

「お願いの儀がございます」

「うぬは、どの面《つら》をさげて戻ってきた」

低いが、頼尚の声には怒気が籠《こも》っていた。

「わが一党、すべての力をもって、事に当たりましてございます。絶対の機会を捉え、全力で当たりました。四十数名の一党の生き残りが、十名に満たぬほどでございます」

「言い訳か、唯心。うぬらしくもないぞ」

「征西将軍宮を討てるのは、あの時かぎりでございました。もはや無理だという御報告でございます」

かっと頭に昇ってくる血を、頼尚はなんとか抑えた。取るに足らぬ者どもである。腹を立てるだけ無駄《むだ》というものだ。

「うぬに、それだけの力がなかったということだな。銭は戻せ」

「もとより。お館様に直にというのはいかにも恐れ多く、ひそかに饗庭様のもとに戻してございます」

「ならばよい。また、なにか仕事をなした折には、応分の銭を与えよう」

忍びとしては、まだ利用価値のある男である。こみあげてくる嫌悪感《けんおかん》も、頼尚は呑《の》みこんでいた。

「お願いの儀が」

「申せ」

「いずれ、大きな戦がございましょう。その戦に、わが一党の生き残りを、兵としてお加えいただきますよう」

「異なことを申すな。忍びは、忍びであるから使い道があるのだ。わが軍勢に、十名の兵が加わったところで、なんの力になろう」

「死んだ者たちの仇を、兵として闘って取ってやりたいのでございます」

「兵とは、武士という意味か？」

唯心は答えず、ただ平伏した。なんということを、と頼尚は思ったが、同時になぜという興味も抱いていた。

「あのように死にたいと、生き残りたるわが一党の者どもは思うようになりました」

「あのようにとは？」

「征西将軍宮麾下《きか》の大将のようにでございます。無論、身分は考えております。しかし、闇《やみ》の中で名もなく朽ちるのではなく、雄々しく命を捨てたいと」

「征西将軍宮麾下の大将と言えば、忽那重明じゃな。それほど雄々しく闘って、死んでいったのか？」

「斬りつけながらも、心がうちふるえてございます」

壮絶な闘争であったとは、頼尚も聞いていた。征西将軍宮も、かなりの手傷を負ったはずだ。

「唯心、うぬはもとは武士か？」

再び平伏しただけで、唯心は答えなかった。忍びとして生きる者の心を動かすほどの死が、ほんとうにあったのか。それが、征西将軍宮麾下の大将だったのか。

「やはり武士じゃな、唯心」

「家名のほどは、御容赦を」

「名乗れぬ者は、武士ではない。それがなぜ、武士として死ぬことができようか」

「北条時益《ときます》が郎党にて」

「待て。六波羅《ろくはら》探題の郎党であったというのか。それ以上は申すな」

「さりながら」

「六波羅探題の時益殿、仲時殿は、尊氏殿に攻められ、一族郎党ともに近江《おうみ》山中にて自刃されておる。その数、四百余名。武名をおしんでの自刃であったと聞いておるぞ。敵方であったが、儂にもその心はわかる。時益殿の郎党など、すでにこの世にひとりもおらぬ」

「なればこそ、忍びとして生きておりました」

「ならば忍びとして死ね、唯心」

不快さが衝きあげてきて、頼尚は板戸を閉めようとした。

「お待ちくだされい。お館様のお喜びになるものを、それがしは持参しております」

「ほう」

「菊池を、二つに割ることができまする」

板戸にかけた手を、頼尚は放した。聞くだけの価値はある。それに、唯心の仮面のように無表情な顔が、涙で濡《ぬ》れていた。

「申してみよ」

「征西府軍の有力な武将が、菊池武光に逆心を抱いております」

「まことのことか。誰だ？」

「阿蘇惟村《これむら》でございます」

恵良惟澄の嫡男《ちゃくなん》で、阿蘇大宮司職を譲られたばかりのはずだ。死んだ阿蘇惟時は、九州の争乱から眼をそむけている感じだった。しかし恵良惟澄は、南朝方として菊池武光の何年も前から闘い続けてきたのだ。

「なにゆえだ？」

「事あるたびに、父親が菊池武光と比較するからでございましょう。それに、もともと菊池とは並び立つ家であって、下風には立てぬという気持もございましょう」

「なるほどな」

考えられぬことではなかった。父親の惟澄は、南朝に対して忠誠一途であった。そのためには、菊池武光の指揮を受けることも肯《がえ》んじた。しかし、息子までそうとは限らない。計算をする男なら、尊氏に付く方が得だということは、すぐにわかるはずだ。

「よいことを教えてくれた」

「阿蘇惟村は、頼れる後盾を捜しております。ただ声をかけかねているというのが現状でございましょう」

阿蘇惟村は、武光の郎党と言うわけではなく、独立した豪族である。惟村が離反することによって、堅固な菊池の武士団が割れることにはならない。ただ、征西府と菊池に同心しようとしている武士たちに与える影響は計り知れない。

「お気に召していただけましたか？」

「おう。このような知らせなら、これからも欲しいものよのう」

口ではそう言ったが、頼尚はやはり唯心に対する嫌悪感を拭《ぬぐ》いきれなかった。

忍びとして使うのも、そろそろ限界なのかもしれない。腕は惜しいが、抱いている心情は邪魔である。払った銭の分だけ、忍びは働けばいいのだ。

「それでは、われら一党を、軍勢の端にお加えいただけまするか？」

「それはならぬ」

頼尚は、もう一度板戸に手をかけた。

「唯心。うぬは、骨の髄まで忍びじゃ。いまの話で、それがよくわかったぞ。忍びは、忍びとして生きておれ。汚れた仕事の中で死んでいけ。けだもののようにな」

唯心の眼が、かすかに光った。構わず、頼尚は続けた。

「仕事をやろう。博多じゃ。わが弟、資経の命が欲しい」

返答は聞かず、頼尚は板戸を閉めた。

榛名は眼醒めて、茵の上に身を起こしていた。自分もけだものだ。聞きとれぬほどの声で、頼尚は呟《つぶや》いた。けだものが、けだものを嫌っているだけだ。茵に横たわった。躰の温もりだけを、心が求めていた。

6

隈府城中の大広間には、菊池の重立ったる一族郎党が参集していた。

加瀬忠明が、細い眼で一座を見渡しながら、盛んに数字を並べている。勝ち戦が続いて、菊池家は肥後一国を領してもいいのではないか、という声が一族の中からも出はじめたのである。強い意見というほどではないが、不満に繋《つな》がりかねない芽は、早い時期に摘んでおくように武光はしていた。菊池軍はこの二年でかなり増え、総勢で五千を越えている。

「いまの、菊池郡とその周辺の領地だけでも、肥後一国を領しているのと同じ兵力を動かせるというのか、忠明」

「まさしく。肥後一国となると、領内の不満を抱く武士も押さえねばなりません。領地の防衛線も、いまの十倍以上になり申す。そのために必要な兵力が、およそ一万五百から一万一千」

「細かいのう、忠明」

「これでも、およその数にすぎませぬぞ、赤星様。兵の中には、病みたる者、傷を負う者も出ます。領地が広くなれば、それを正確に摑むのも難しくなります。速やかに隈府城下に軍勢を集結させることもできません」

「しかし、軍勢が一万あればと、いままで何度思ったか知れぬぞ」

「上を見れば、限りがありませんな。一万の軍勢を抱えていれば、二万欲しくなりましょう。二万いれば、五万欲しくなるのが武将の気持というもの。いまの菊池は、闘える人数が五千四百三十。そのうち五千はいつでもどこへでも出せる。そうしておきたいのです。戦が南九州であろうが四国であろうが、たとえ京であったとしても、五千の軍勢はいつでも動かせ申す」

「戦は、三日や四日で終るとは言えぬぞ」

「二年。万々が一、負け戦が続いたとしても、五千五百の兵を、同じ状態で二年は養えます。これを一年に縮めれば、七千。しかし、二年という月日は長いものではござらぬ」

赤星武豊が腕組みをした。二人のやり取りを聞いていた部将たちから、いくつか意見が出はじめたが、みんなどちらを選ぶべきか判断に苦しんでいる。問題なのは、同心してきた一族郎党以外の武士たちへの恩賞だった。それもいままで通り銭で賄《まかな》うと忠明は言うが、戦の規模は大きくなるばかりだった。それに伴って、出さなければならぬ恩賞も増える。満足な額の恩賞など、望みようもないだろう。

「みなに、ひとつ申し伝えておくことがある」

武光が口を開いたので、座はしんとなった。木野武茂のそばには、すでに元服して武政となった二郎も控えている。

「領地は、いまで充分であろう。というより、九州のすべてが、御所様の領地である。いや、御所様のものでもない。御所様も、すべての民の土地といつも言っておられる。胆《きも》に銘ずべきは、われらの戦が領地を得るための戦ではないということだ。九州を鎮《しず》めるための戦。われらに同心してくる武士たちはさておき、菊池の家の子郎党だけは、それを心に刻みこんでおけ」

武政が、大きく頷くのが見えた。城武顕が膝《ひざ》を乗り出してくる。

「いま、お館にはっきりと訊いておきたい」

「申せ、城武顕」

「御所様とお館は、九州に新しい幕府を作られるつもりなのか。それとも、違うものを考えておられるのか？」

「わからぬ」

城武顕は、大きな眼を剝《む》いている。その眼にむかって、武光はかすかにほほえんだ。

「いまだ、誰も踏んだことのない道だ。御所様も儂《わし》も、どこへ行き着くか言うことはできぬ。ただ、武士はいままで、源氏、平氏の棟梁《とうりょう》に従い、自らの命運を託してきた。われらに、それはない。自らで道を拓《ひら》いていく。その道が行き着くところは、御所様を信ずるしかないのだ」

城武顕が、声をあげて笑った。

「それがしとしたことが、わかりきったことを訊いてしまい申した。お館も儂も同じようにわからぬ。御所様でさえ、おわかりではない。その道を、みなで拓いていく。まさに男子の道じゃ。御所様とお館を信じることさえできれば、心に影などささぬわ」

木野武茂や赤星武豊も、つられたように笑い声をあげた。

菊池軍の総数は、常時五千前後。領地のための戦はしない。武光がさらに言うまでもなく、それは一座の中で自然に決まっていった。武光も、軍勢を五千以上に増やそうという気はない。加瀬忠明が言う通りなのだ。

「さて、もうひとつ重大な決定を伝えねばならぬ。遠征じゃ」

遠征と聞いて、一座はしんと水を打ったようになった。これまで、肥前、筑後に何度も兵を出してきたが、遠征と言えるものではなかった。その場の戦が、勝負のすべてだったのだ。遠征は、覇者《はしゃ》の道である。

「筑前、筑後、肥前、豊前、豊後。九州北部五カ国への遠征となる」

武光は、一座の顔をひとりずつ見つめた。五カ国への遠征と聞いて、気を呑まれているのは、まだ戦の経験のない武政ぐらいのものだった。

「征西府旗を押し立てての遠征となる。五条良遠殿を通じて、すでに征西府には伝えてある。これは、御所様と儂の二人で決めたことだ。緒方太郎大夫、陣立てを」

武光の従者であった太郎大夫は、老齢の鹿島刑部大輔に代って、一族郎党の把握《はあく》を主な役目としている。太郎大夫に訊けば、家中の誰が傷を負い、誰が病を得ているかすぐにわかるのである。父武時のころからの家臣は、すでにだいぶ減ってしまっていた。

「総大将、征西将軍宮様」

太郎大夫の声が響いた。征西府旗があるところ、牧宮の姿は必ずなければならない。

「侍大将、菊池武澄殿。副将、城武顕殿」

見わたす顔が、怪訝《けげん》な表情をしている。武光の名がない。赤星武豊の名もない。

「軍勢は三千。留守居は木野武茂殿。なお、この遠征で、武政様が初陣《ういじん》を飾られる」

ざわめきが起きた。それが静まるのを待って、武光は口を開いた。

「儂と赤星武豊は、阿蘇惟村と連合して南部の敵に当たる。南部にまで、一色の動きがあるようだ。この際、足利尊氏の代理である一色を完全に叩《たた》いて、尊氏の影を九州から消さねばならぬ」

針摺原《はりすりばる》で大敗したとはいえ、中央の尊氏の代人というだけで、勢力の回復はそれほど難しくはないのだ。菊池が大敗していれば、そのまま一族の滅亡に繋がっただろう。

戦についての心配はしていなかった。弟の武澄は、兄弟の中でもっとも戦上手である。ただ、やり方が鋭すぎる。肥前で一色が軍勢を集めるたびに、武澄を出してみた結果、武光はそう思うようになっていた。武澄の戦は、火である。時には水になることも戦には必要なのだ。牧宮という総大将を仰ぐことによって、鋭いだけの戦は抑えられるだろう。

「お館が南を固められるというのは、なるほどわかり申した。なれど武政様に初陣をひとりで飾れというのは」

「菊池の男子は、親のそばで供回りに守られて、真の武士になっていくのではない。ひとり、血に染まりながら武士になるのだ。御所様にも、たえず騎馬隊の先頭に加えるよう、お願いしてある」

「いま、城武顕が申したこと、それがしも同じ思いでござる」

こういう席では、いつも寡黙《かもく》な木野武茂が言った。武光は、ただ首を横に振った。武政は、確かに立派な青年に成長した。馬も剣もかなりのものだし、忠義心も強い。しかしどこか線が細かった。同じことを、月王丸とともに高麗に伴った忽那義範からも言われた。家臣は、武政が武術に優れていれば喜び、気の利いたことを言えば利発だとほめる。なかなか、冷静な眼では見られないのだ。

「武政、遠征ではいつも先陣に立て。菊池の惣領《そうりょう》は、親に譲られるのではない。自らの力で継ぐのだ」

これ以上なにも言うなというように、武光は一座を見渡した。親と子の問題でもある。牧宮は、武光がこの話をした時、ただ黙って頷いていた。

武政は、じっと武光に眼をむけている。

「城武顕、前へ出よ」

武政の話を、武光は切りあげた。

城武顕は、それほど大柄《おおがら》ではないが、鼻から右の耳にかけて刃傷があり、人を威圧するような面貌《めんぼう》をしている。膂力《りょりょく》は家中で並ぶ者はなく、槍《やり》の技も武光が舌を巻くほどである。生来の戦上手で、軍功第一は家中の誰もが認めるところだった。

緒方太郎大夫が、槍を運ばせてきた。柄《え》にまで、赤漆《あかうるし》を塗りこめた槍である。

「城武顕。おまえの槍は、いつも敵の血で柄まで染まっておった。家中でただひとり、おまえに皆朱《かいしゅ》の槍を許そう」

一座から、どよめきがあがった。城武顕は、じっと皆朱の槍に眼を注いでいる。

「生涯《しょうがい》の、励みといたします」

城武顕の声は、消え入るように小さかった。日頃《ひごろ》の大音声《だいおんじょう》に似ず、感きわまった時は声を出せないのである。

「菊池千本槍の名、さらに高めてくれ」

言って、武光は腰をあげた。

「お館」

居室まで追ってきたのは、武澄だった。

「なにも言うな。征西府の旗に恥じぬ戦をしてこい」

自分になにかあった時の、代りの武将ということは、たえず武光の頭にはあった。武澄ならば、とようやく思えるようになったのである。あとは火のような攻めだけでなく、戦の幅を持てばいいのだ。

「兵のひとりひとりの命を、おのが命と同じだと思え。しかし、死なせることを怕《こわ》がるな」

それだけ言って、武光は居室の板戸を閉じた。

征西府旗の出陣を見送ったのは、八月十九日だった。それから十日余り、武光は暇を見つけては、城下の女の家に通っていた。四人の女がいるが、ともに若い。最近では、熟《う》れきっていない女体が好みになった。城中に居室を与えないのは、笙子ひとりしか館に入れようとしない牧宮に遠慮してである。

「葦影《あしかげ》か」

女の茵の中で、武光は気配を感じとった。あどけない表情で、女は眠っている。

「少弐頼尚は、甥《おい》の頼資を大将とした軍勢を出します。およそ六百」

征西府に恭順の意を表わしている少弐頼尚に、遠征への軍勢督促状は出してあった。甥を大将にした六百の軍勢とは、どこから見ても無難な線である。

「なかなか、尻尾を出さぬな」

「まず、一色の影が九州より消えるまでは」

遠征先の、筑前、豊前は、少弐頼尚の領国である。しかし豊前には、宇都宮頼綱という、一色に同心する強力な豪族がいる。筑前には、いまだ少弐が手を出せない博多がある。この遠征は、少弐にとっても損なものではないのだ。

牧宮には、山鹿忠景が目立たぬように貼《は》りついている。まずは、暗殺の危険はない。万が一の負け戦の場合の、落ちのびる手筈《てはず》も、五条良氏に依頼してある。

「儂もそろそろ腰をあげるか。肥後南部に、畠山直顕に同心する者が現われているようだ」

「それについて」

葦影が言葉を切った。めずらしいことだ。伝えるべきことを伝えると、すぐにいなくってしまう男である。

「阿蘇惟村様には、お気をつけくだされい」

「なに、惟村だと？」

「いまのところ、なんの証拠もございません。しかし征西府に逆心を抱いておられると」

「やめい、葦影。惟村は、恵良の伯父貴の嫡男ぞ。阿蘇惟時に代った大宮司職を、伯父貴がすぐに譲った男ぞ」

「出すぎたことを申しました」

葦影の姿が消えた。

あっさり消えたところをみると、惟村のことを武光の意識の端に焼きつけておけば、それでいいと思ったのであろう。

惟村は、恵良惟澄の嫡男としては、確かに物足りない男だった。だが、惟澄はかわいくて仕方がないらしい。大宮司職を譲ったのも、阿蘇家の頂点に立てば、いくらかましになるだろうと考えてのことである。

たとえ心になにか抱いたとしても、それを実行できるほどの肚《はら》は据《すわ》っていない。武光は、惟村のことを忘れようとした。

一千の兵を率いて武光が菊池を発《た》ったのは、九月一日に征西府軍が肥前国府に入ったという知らせを受けてからである。

進発の日の夕刻、惟澄の本拠たる御船城に入った。菊池の庶子として過した豊田庄は、すぐそばである。

「女子《おなご》でもまだ置いてあるのではありますまいな、お館」

赤星武豊が言った。菊池の惣領となった時、何人かの女も豊田から菊池へ伴った。正室も、阿蘇家にゆかりの女で、惟澄の娘として嫁《か》してきた。武光の女好きは、あのころからあまり変っていない。

惟澄は、武光の来着に大喜びであった。早速、酒宴が張られる。すでに頭髪は白くなり、盃《さかずき》を持つ手の皺《しわ》なども目立った。武光が菊池の惣領となるまで、肥後南軍の中心として闘い続けたことなど、嘘《うそ》のように老人臭くなっている。

「引き合わせたい男がいる、武光殿」

両手をついて控えている男を、惟澄が扇で指した。

「名乗ってよいぞ」

「はっ、安見藤兵衛が一子、藤敏でございます」

「なに、安見藤兵衛じゃと」

はつねという女がいる。すでに武光の子を二人産んでいた。豊田から菊池へ伴った女のひとりである。松丸という弟がいたことを、武光は思い出した。

「なるほど。あの松丸か」

「お久しゅうございます」

すでに、口髭《くちひげ》を蓄えた堂々たる武士であった。

「あの、棒を振り回していた松丸がな」

「武光殿。なかなかの武者でござる。惟村のよき片腕となることは必定」

「そうか。戦場の働きを見せて貰《もら》うぞ」

安見藤敏が、顔を紅潮させた。

南への進発は、翌朝だった。阿蘇惟村の軍勢五百も加わっている。

「気に入らぬな、お館」

赤星武豊が馬を寄せてきて言った。

「惟村か？」

「儂とも、眼を合わせようとはせぬ。恵良殿とは大違いじゃ。さすが恵良殿に鍛えられただけあって、兵どもはしっかりしておる。騎馬隊を率いている安見藤敏も、立派なもんじゃ。しかし、大将が馬から落ちそうではないか。戦をやる気など、なさそうに見える」

「しばらく忘れろ、兄者」

「しかしお館。戦場であれをやられたら」

「戦場には敵がおるわ。いやでも背筋をのばさずにはいられまい」

煩雑《はんざつ》な戦になりそうだった。誰が敵か、まず見きわめなければならない。惟村に注意を払っている暇などないのである。

兵を叱咤《しった》して、武光は早駈《はやが》けに移った。

7

汗が背中を流れていた。九月に入ったばかりで、まだ暑さは厳しい。

懐良は、灼《や》けた具足を気にもせず、晴気《はるけ》城を眺めていた。肥前国府においても、一色一族はなんの抵抗もしようとしなかった。肥前で征西府の旗に正面きって反抗の姿勢を示したのは、小城《おぎ》晴気城に拠《よ》る、千葉胤泰《たねやす》のみである。房総の千葉一族の本家筋に当たるという誇りが、闘わずして旗を降ろす屈辱を許さなかったのか。

本陣は晴気城から一里余。筑後、肥前の武士たちも靡いてきて、その数およそ二万であった。大軍をもって揉《も》み潰《つぶ》すことは難しくないが、対城《むかいじろ》を築いて最小の犠牲で攻略するという、城武顕の献策を入れたのである。日頃は果敢な攻撃を主張する武澄も、侍大将という立場を考えたのか、城武顕の穏やかな献策を支持した。

「御所様、あの築城隊の働きを御覧下さい」

重明に代って麾下の大将となった頼治が、軍扇で晴気城の方角を指した。築城隊およそ三百。城外にうって出ようとする敵には、弓隊と騎馬隊の二段で備えてある。築城隊の仕事は、見事なものだった。土塁ができたと思ったら、すでに櫓《やぐら》を組みはじめている。骨組になる木材は、あらかじめ用意してあるのだ。百人ほどの兵が一度城外に出てきたが、弓隊の矢に晒《さら》され、二十ほどの屍《しかばね》を残してまた城内に退いた。

夕刻までには、濠《ほり》に水を通し、跳ね橋をかけた対城が完成していた。闇とともに、その対城の処々に火がともった。

「あの対城には、隙がひとつございます、御所様。城武顕から何度も献策を受けていたことでございますが、ようやく実行できる機会が参りました」

本陣に戻ってきた武澄が言った。陣幕の中は、頼治しかいない。

「それは、敵を誘うために作った隙という意味か、武澄」

「御意。隙は搦手《からめて》にございます。千葉胤泰ほどの者なら、それは気づいておりましょう。まだ対城を固めきっていない。そう思って、できるかぎり早く、夜襲をかけてくるのは必定。搦手は破られまする」

「今夜か？」

「今夜来なければ、別の策を千葉が持っていると考えた方がよろしゅうござる。つまりは、それを見極めることもできるわけで」

「搦手を破られて、それから？」

「対城の内から、大手が破られましょうな。それを見て、敵の本隊は突入いたします」

「対城が落とされるということではないか」

「同時に、敵も潰れます。あの対城は、実はたやすく潰れるのでございます。濠の水はすぐに抜け、構築した者しかわからぬ破れやすいところが壁にはあるというわけで。櫓も、決められた一本の柱を抜けば、倒れます」

「なるほど」

「城武顕が申しまするには、時と相手の器量と地形を見て、それぞれ隙のありようは変える。敵を、われらが対城の中に引き込んで叩き潰す。敵の城を攻め落とすより、はるかにたやすく、時もかかりません」

　野戦よりも、これからは城攻めが増えるかもしれない。そのために、城武顕が考え出したことなのか。

「武澄も、穏やかになったものじゃ。矢を射かけ、火を放ち、騎馬隊で突っこむ。それしか戦を知らぬと思っておったぞ」

「兄武光の先陣をつとめる時は、そのように闘います。そういう戦を、忘れてはおりません。侍大将を兄に命じられてより、眠れぬ夜が続きました。そしてようやく、自分の戦はどうあるべきか、見えはじめました。部将として、先陣をとる方がはるかに楽なことでございました」

武澄が笑った。痩《や》せていて、人を射るような眼光をしている。武光と面貌はまったく似ていなかった。武光の眼は、茫洋《ぼうよう》として海のような感じがする。

夜襲があったのは、夜明け前だった。かなりの人数であることは、鯨波《とき》だけでもわかった。狙《ねら》い通り、搦手から攻めこんでいるようだ。武澄はまだ騎馬隊を動かしていない。

大手が内側から破られたのは、周囲が薄明るくなってからだった。跳ね橋が降ろされるのと、晴気城から千葉の本隊が出てくるのがほとんど同時だった。対城に、騎馬を先頭とした軍勢が流れこんでいく。武澄の騎馬隊と城武顕の騎馬槍隊が、流れる影のように静かに動きはじめた。

晴気城と対城が、同時に攻めあげられた。両方の城が落ち、千葉の軍勢が散り散りになって逃げたのは、まだ明るくなりきらぬころだった。

「糖蜜《とうみつ》の壺《つぼ》に蟻《あり》がたかるようであった。陶壺《とうこ》の陣と呼ぶがよい」

武光に許された皆朱の槍とともに本陣に現われた城武顕に、懐良は言った。献策が図に当たって、城武顕は子供のように喜んでいた。

「晴気城が落ちたことによって、形勢を窺《うかが》っていた肥前の武士が、かなり集まってくるものと思われます」

武澄は、戦だけでなく、いろいろなことに頭を使うようになっている。とにかくやらせてみることだ。武澄が侍大将であることにかすかに危惧《きぐ》を示した懐良に、武光は笑いながらそう言ったものだ。

「小城《おぎ》への滞陣は明日一日。明後日の早朝には、陣払いじゃ」

「晴気城攻略より前に参集していた諸将と、攻略後に参集してきた諸将に、それぞれ分けて軍忠状を与えたいと思います」

「武澄と良遠に任せよう」

征西府からは、頼治の父良遠が遠征に加わっていた。軍忠状を与えた武士は、すぐに帰す。遠征の全行程に加わるのは、菊池軍三千のほか少弐勢などで、総数で五千である。それ以上の規模は、兵站《へいたん》に無理が出る。

翌日の夕刻までに、肥前、筑後から参集してきた武士の数は、実に三万を越えた。総勢で五万を越えてしまう。

「九州には、節操という言葉がありませぬ。集まった者どものほとんどは、またいつ敵になるか知れませんぞ」

陣払いの朝、頼治が吐き出すように言った。武士の参集はまだ続いていたのである。

「征西府の軍忠状を欲しがるようになっただけで、よしとせよ。また敵に寝返るのは、征西府に引きつけておく力がないからだ」

「京でも、同じように無節操が罷《まか》り通っております。悲しい時代です」

征西府が肥後に入府した時、加わってきた武将は恵良惟澄ひとりと言ってよかった。そのころと較《くら》べると、征西府の旗は強いものになったのだ。

武澄の陣払いは見事なものだった。陽が高くなる前に、全軍は東にむかって進発していた。いまのところ、武澄に急ぐ気配はない。堂々たる行軍で、真直ぐに東にむかっていた。気づくと、いつの間にか軍勢は一万を越えている。土地の武士たちが、勝手に加わってくるのだ。陣を張るたびに、その武士たちにも軍忠状を出して帰した。

参集してくる武士を、そのまま軍勢に組みこみはじめたのは、豊後に入ってからだった。もともと、大友一族のもとにいた武士である。大友との対峙でどういう態度をとるのか、見たいという気持が武澄にはあるのだろう。

軍勢の前方が騒々しくなったのは、ようやく豊後国府に近づいたころだった。

「大友氏時を大将とする二千の兵が、鶴翼《かくよく》の陣で前方を遮《さえぎ》っております。城武顕が、それを二つに両断したところです」

注進を受けた頼治が報告してくる。

「征西府旗を先頭に立てよ。やがて大友氏泰も出てこようほどに」

頼治と武澄の間で、何度か伝令のやり取りがあった。やがて、頼治が大きく手を振る。懐良を中心とした本隊が、前面に突出した。左右を、菊池の騎馬隊が固めている。大友軍は、二つに割られてもまだ散らずにいた。

「目指すは国府だ。征西府旗を見失うでないぞ。菊池の魂を大友に見せてやれ」

武澄の声が響き、全軍は一斉《いっせい》に攻撃に移った。踏みとどまっていた二千の大友軍は、ひとたまりもなく潰滅《かいめつ》した。国府まで、一直線に駈け抜けた。抵抗はなにもなかった。城に籠る態勢を見せていた大友氏泰は、征西府軍の勢いを見て、闘わずに降伏したのである。

国府に四日滞陣した。その間に、降伏した大友軍の中から、千五百を軍勢に組みこんだ。最後の敵は、博多に拠る一色範氏であり、一色と同心していた大友は、攻撃軍の中に加えておく必要があったのだ。

「少弐頼資は、雑兵《ぞうひょう》のごとくわれらの下知に従いながら、軍勢の闘いぶりをじっと見ておりますぞ。いずれ闘う、という気を持っているのでございましょうな」

「戦は、見物していてわかるものでもあるまい、武澄」

「御意。菊池軍は、その本領を発揮できる敵に、まだ当たっておりません」

勢いの強いものには呑まれよう。いま九州はそうなっている。南の島津も、内に三条泰《やす》季《すえ》を中心とする征西府方を抱え、北から武光の圧迫を受け、ひたすら京の足利幕府に救援を乞《こ》うているだけだという。

ただ、この勢いでそのまま九州を呑みこめるとは、まだ征西府の誰も思っていなかった。

　豊前では、まず宇佐大宮司の抵抗を受けた。少弐頼尚の領国であるが、宇佐大宮司と宇都宮頼綱は、終始幕府の代人たる一色範氏に付いて、頼尚も手を出せずにいた。

　宇佐を野戦で蹴散《けち》らしたころから、征西府軍の動きは二つになった。菊池を中心とする本来の征西府軍と、参集してきた武士の集団に分れるのである。征西府軍の迅速な動きに、烏合《うごう》の軍勢が付いてこれないという状態になったのだ。

　宇佐から城井《きい》にむかう途中、懐良は声をあげて武澄を呼んだ。めずらしく怒気の籠った懐良の声に、側近たちは緊張しているようだ。武澄が、土煙をあげて馬を返してきた。

「田を刈っているのは、菊池の兵ではないのか、武澄？」

「左様でございます。わが軍の雑兵で」

「なぜだ？　刈り入れ前の稲を刈り取れば、農民が困窮するであろう」

「戦でございます」

「稲を無法に刈り取ることがか？」

「兵と兵がぶつかるだけが、戦ではございません。これも立派な戦。われらがこの稲を残していっても、宇佐や宇都宮が刈り取ります。どちらにしても、農民の手には残りません。われらは、後続に数万の兵を従えております。その兵糧《ひょうろう》が必要です。必要ない時は、穂を付けた稲は焼きます」

「これも、戦か」

「泣くのは、農民だけでございます。武士は、敗れれば死ねばよい。農民の苦しみは、戦が続くかぎり終りません」

山の民を使った五条良氏が、兵糧の補給はしているはずだ。それだけでは足りなくなったということなのか。

「御所様にも、これも戦だということを、よく御覧頂きたく思います。兄も、そう申しておりました。遠征では、農民の困窮に心を痛められるであろうと」

「しかし、耐えよと言うのだな」

「この世から、戦がなくなるまでは」

言われる通りだった。戦があるかぎり、兵は死に、民は泣くのだ。

「城井の宇都宮頼綱も、野戦を挑《いど》んでくる構えでござる。それがしは、先鋒《せんぽう》にて指揮を執ります」

軽く、懐良は頷いた。博多が迫るにしたがって、戦のやり方も菊池軍本来のものになっている。

宇都宮頼綱も、菊池軍の敵ではなかった。宇佐、宇都宮と野戦を挑んできたところをみると、武光のいない菊池軍を甘く見たのかもしれない。武澄と城武顕が、それをたやすく撃ち砕いた。

城井を破ると、すぐに筑前である。

翌朝は長者原《ちょうじゃばる》を越えて筑前に雪崩《なだ》れこむという日の深更、陣中に五条良氏が姿を現わした。これまで、影のように軍勢に付き添い、兵糧の補給を担当してきたのだ。それがなければ、田を刈るだけでなく、農民からの徴発も避けられないことだったかもしれない。

「痩せたのう、良氏」

懐良は、そう言葉をかけただけだった。良氏は、ただ眼をしばたたいている。頼治、良遠も加えた四人で、束《つか》の間の酒宴を張った。

早朝、征西府全軍五万余は、長者原を越えた。大宰府から出てきた少弐頼尚の軍勢三千も加え、長者原を越えたころには、七万の大軍にふくれあがっていた。

「目指すは博多ぞ。略奪は許さぬ。無用の殺戮《さつりく》もならぬ。征西府の旗のもとにある軍勢だということを、忘れるでない」

武澄の声が全軍に響き渡った。

先鋒は城武顕。それに菊池の騎馬隊に守られた征西府旗が続いた。実に、一里を越える大軍である。次々に物見からの注進が入った。

「御所様。一色範氏をはじめ、直氏、範光兄弟も、旗を巻いて逃走したようでございます。どうやら、すべてを捨てて長門にむかったようです。追撃の一隊を出してありますが、とにかく逃げに逃げている様子で」

「よい。征西府の勢威が、ひとまずは足利尊氏の代官を九州から追い払った。粛々と博多に入れ。菊池の兵は心配いらぬにしろ、参集した武士の中には、略奪をなそうとする者もおるやもしれぬ」

「それぞれの軍勢の大将には、厳しく通達を出してございます」

博多では、商人、町人が、沿道に出て軍勢を迎えていた。征西府の旗が通る時は、みなひれ伏している。

船着場の前に、諸将が集められた。一千に近い数である。

「九州北部五カ国は、征西府が平定した。九州探題を名乗っていた一色一党は、すでに長門に逃走しておる」

武澄の声が響いた。懐良は征西府旗を従えて、馬上で参集した諸将を見渡していた。

「九州に、日輪は二つはいらぬ。征西府旗のみが、九州の天にある日輪ぞ」

鯨波があがった。

「みなに申し伝える。この地に戦があるかぎり、征西府は闘い続けるであろう」

懐良が口を開くと、水を打ったように静かになった。

「この地を乱すものは、断じて討つ。この征西府の旗を、眼に灼きつけておけ。征西府は九州のためにある」

再び、鯨波があがった。

五条良遠が、北九州平定の征西府令旨《りょうじ》を出すことを発表し、懐良は鯨波に送られて設けられた陣屋に入った。

五カ国の平定と言っても、かりそめの平定である。まだ、大きな火種は消えていない。いや、これから燃えあがろうとしているのだ。

「潮の匂いだな、頼治」

「博多のむこうは、もう高麗でございます」

海が、懐良の心の中のなにかを誘っていた。いましばらく、それにも耐えるしかなかった。戦は、これからさらに激しくなる。

「波の音を聞くのは、久しぶりだ」

眼を閉じた。頼治は、黙って控えているだけで、声をかけてこようとはしなかった。

第七章　やがて時が

1

　五条頼元が、恭々《うやうや》しく綸旨《りんじ》を捧《ささ》げ持ってきた。北九州での征西府の大勝を喜び、廟議《びょうぎ》に加わるために京へ上るように、という懐良《かねよし》への内勅であった。

「北畠《きたばたけ》親房《ちかふさ》もすでになく、淋《さび》しい思いをなされているであろうな」

「御意」

「しかし、いま京へ上るわけには参らぬぞ、頼元。北九州は、いまだまことの決着はついておらぬ。北九州が終ったとしても、南もある」

　昨年の秋から暮にかけての遠征は、征西府の示威にはなった。一度は必要なことだったのである。しかし、それで北九州が平定できるほど甘いものではなかった。いまだ爪《つめ》を隠した少弐《しょうに》頼尚《よりひさ》は、着々と底力を蓄えているだろう。豊前《ぶぜん》の宇佐大宮司と宇都宮頼綱を下したことは、領内の火種が消えたということで、頼尚にはむしろ有利に作用しているはずだ。

少弐頼尚が、どこでまことの姿を見せるか。懐良も武光も、いまそれをじっと待っている。

「頼元は老いてございます。生あるうちに、京の地を踏むことができるでありましょうか」

京の地を踏むことがそれほど大事なことなのか、という言葉を懐良は呑《の》みこんだ。頼元は、今年六十八歳に達するのだ。若い自分にはわからない、京に対する感慨があるのかもしれない。

征西府の表に詰めている時が、多くなった。直衣《のうし》に指貫《さしぬき》という姿で通しているが、それさえ懐良には窮屈だった。領地争いについての訴えも、頻繁《ひんぱん》に持ちこまれるようになった。五条良遠がそれを聞いているが、最後には懐良の花押《かおう》が必要になる。

仕事が増えるのは、それだけ征西府が九州の武士の信望を集めはじめたためだ、と考えるとおろそかにもできなかった。

忽那義範《くつなよしのり》が、月王丸を伴って城下の波多《はた》の館《やかた》に滞留しているという知らせを受けたのは、三月に入ったばかりの日だった。

「都竹《つづき》殿、おいでなさいませ」

訪《おとな》った懐良を、月王丸は縁にきちんと正坐《せいざ》して迎えた。思わず手をのばし、懐良は月王丸を抱えあげた。重くなっている。確実に、重くなっている。子供が大きくなるという単純なことが、懐良にはとてつもなく不思議なことのように感じられた。その不思議さには、涙ぐみたいような感動が含まれている。

「もう八歳になったのだな、月王は」

「剣を爺《じい》さまが教えてくれます。それから安秋や六兵衛が船の操り方や、潮の読み方を」

「そうか。いつか月王が操る船で、高麗《こうらい》へでも渡ってみたいものだ」

「都竹殿は、高麗へ行かれたことがありませんのか？」

「一度だけ、行ったことがある」

その時も、船頭は六兵衛で、指揮を執っていたのは堀田安秋だった。遠い昔のことだったような気がする。その帰路の海上で阿久里《あぐり》と再会し、波多津へ寄った。阿久里が月王丸を孕《はら》んだのは、その時だ。儂《わし》が高麗へ行ったからおまえが、と懐良は言いそうになった。

「都竹殿、お上りくだされい」

部屋の奥から、義範が声をかけてきた。ほとんど阿久里の父親のような振舞いだが、懐良にはむしろ快かった。

「聞いたと思うが」

「重明のことでございますな。お役に立つ死に方ができたようで、お側《そば》に置いておいた甲斐《かい》がございました」

「儂のために、何人もの人間が死んでいく」

「その重さに、耐えきれぬと思われはじめましたか？」

「どのような重さであろうと、耐えねばなるまい。それが、生きている儂のつとめだ」

「都竹殿、爺さまも死なれるそうです」

　そばで聞いていた月王丸が言った。

「ほう、義範も死ぬと申すか」

「本日、正平十一年三月二日を、命日といたします。御所様にお目にかかった日を命日にしようと、心に決めて参りました」

「つまりは、忽那義範という名が死ぬということだな」

「高麗に居を定めます。南浦《なんぽ》と名乗る、高麗の商人とお思いくだされい。高麗の海の民と、日本の水軍が連合して、元朝《げんちょう》と闘っております。高麗王朝を倒すためには、元朝を倒すほかはなく、赤子が大男に挑《いど》むにも似た争いとなっておりますが」

「高麗の様子は、安秋から聞いておる。南浦は、両水軍の頭《かしら》になろうというのか？」

「頭などとても。ただ、両水軍をまとめる役は必要なのでございます。時として、略奪だけを目的とした者ども混じりますゆえに。高麗が栄えれば、交易も盛んとなります。略奪は、民を苦しめることのみが多く」

「その略奪の銭が、菊池に運ばれてきておることも、知っている」

「お間違えなさらぬように。略奪にも、いろいろとございます。われらが略奪するものは、第一に税のために蓄えてあるもの。それで、王朝は税を徴収することができなくなります。第二に、王朝と結び付いた、富有なる者の倉などです。それを見極めるためにも、彼の地に居を定める者が必要でござる。それに、元朝は、外へ外へと拡《ひろ》がっていこうとする国。いつまた、日本を襲おうとするかもわかりません。それも、調べあげて事前に叩《たた》くのです」

「わかっておるのだ、頭ではな。元が襲来すれば、三度《みたび》九州北岸の民が泣くことになるのも。この国に、それを迎え撃つ力が、いまはない」

阿久里が入ってきて、月王丸になにか言った。毎日、決められたことをやっているようだ。素直に頷《うなず》いて、月王丸は大人たちの間から立ちあがった。

酒肴《しゅこう》が運ばれてきた。千田《ちだ》庄の館が襲われて以来、波多の館の人数は多くなった。阿久里の背中や肩から胸には、無残な傷が残っている。それを見られるのがいやで、阿久里は茵《しとね》をともにするのを避ける気配だが、懐良はそれを許そうとしなかった。

若々しい、見知らぬ女体を求める気持がないわけではない。むしろ強いかもしれない。しかしそれを、自分が闘うべきもののひとつだと、懐良は考えていた。父なる人の淫蕩《いんとう》な血を拒絶することは、無言の呪縛《じゅばく》との闘いの一部でもあった。

「月王丸は、父が誰であるか考える年ごろになったのではないのか」

酒を口に運び、阿久里を見て懐良は言った。

「ずっと以前から、それは気にしているようです。口に出すことは滅多にありませぬが」

「それがしに、お任せいただけませぬか、御所様。いまはまだ、それがしを祖父とでも思っていただいていた方が」

「わかった。父親らしいことを、なにもしてやれぬ。任せよう」

「父なる心をお持ちでございます。それだけで、月王丸にも私にも充分です」

言って阿久里は懐良の盃《さかずき》に酒を注いだ。阿久里が菊池にやってくることは、千田庄の館にいたころよりずっと少なくなった。波多に使者を出しても、航海に出ているという留守居からの返事が多かったのだ。それを裏付けるように、阿久里の肌《はだ》は潮に焼けて浅黒くなっている。

「阿久里が航海に出るのだけは、止められぬのかな、南浦」

「御所様。それについては、どうぞこらえていただきたく思います。いま、白地に黒で八《はち》幡《まん》大《だい》菩薩《ぼさつ》の旗を掲げるのを許されているのは、阿久里殿の乗られた船だけでございます。ほかの船は、思い思いの色で、八幡大菩薩の旗を掲げております。許されているというのは、つまり衆目が認めているということでございましてな。漁師から輸送船の水師まで、八《ば》幡《はん》船《せん》の中心は白地に黒文字の旗と思っております」

「八幡船か」

「いつからか、日本の水軍をまとめてそう呼ぶようになりました」

「しかし、阿久里が総帥《そうすい》というわけではあるまい」

「戦の総帥は、時に村上、時に堀田安秋、時に佐志披《ひらく》と、その場に応じて入れ替っております。白地に黒文字の旗だけは、それとはまったく別の存在でございます」

その旗が、阿久里だけに許されているということの理由が、漠然《ばくぜん》とだが懐良にはわかるような気がした。征西府旗に似たものとして扱われているのかもしれない。義範と村上義弘の力があれば、不可能なことではないだろう。とすれば、月王丸が成長すれば、その旗を受け継ぐということなのか。それまでは、阿久里が掲げる旗ということなのか。

「月王は、ただの水師として生きることはできぬのか?」

「人には、それぞれ定められた星というものがございます」

突き放すような、義範の言い方だった。その星がどういうものかということは、誰よりも懐良自身がよく知っていた。

「最後は、戦よりも交易でございます。略奪を続ければ国は貧しくなり、交易であがる利もなくなります。しかしいまは、高麗王朝と、その背後の元朝を倒すしかありません」

懐良は眼を閉じた。遠い、海のむこうの話だ。いまはようやく、九州統一の目処《めど》が立ってきたというにすぎない。これから、何度の困難な戦を通り抜けなければならないのか。

書を読む、月王丸の声がかすかに聞えてきた。淀《よど》みはないが、どこか幼さを感じさせる声だった。自分が叡山《えいざん》を降りて九州にむかったのは、八歳だった。長い旅の間も、五条良氏、良遠兄弟に学問の講釈は受けてきた。

自分には自分の星があり、それに耐え続けてきた。だからといって、月王丸の星が厳しくてもいいとは、やはり思えなかった。

長門《ながと》に遁走《とんそう》していた一色一族が、再び兵を集めて九州に侵攻してきたのは、その年の夏だった。

征西府では早速軍議が持たれ、菊池武澄を総大将とする二千の軍勢が送られることになった。その軍勢は、豊前に到着するころには、三千以上にふくれあがっているだろう。

「一色との戦は、ようやく先が見えて参りました。これで打ち破れば、もはや再び九州の地を踏むことはできますまい」

「尊氏《たかうじ》の代官という立場が、武士の間でどれほど強いものか、いやというほどわかったぞ、武光」

「畠山直顕《はたけやまなおあき》を討てば、九州は鎌倉以来の三人衆が残るのみとなります。九州に根を張ってきた分だけ、尊氏との繋《つな》がりも薄いということです」

畠山は、尊氏が九州に落ち、再び東上する時に、南の島津の押さえとして残していった守護である。一色を探題として頂点に置き、日向《ひゅうが》に畠山を配して九州を押さえこむという尊氏の戦略は、畠山を討つことによってようやく無に帰する。

「それがしは、一千ほどの兵を率いて、肥後南部に当たります。畠山直顕がいるかぎり、消しても火種は残ります」

薩南《さつなん》では、三条泰季《やすすえ》を中心とする南軍が、島津の動きをしっかりと封じていた。しかし日向では、わずかに楡井《にれい》頼仲が奮闘しているだけである。米良《めら》にある五条良氏も、まともな戦では畠山とはぶつかれない。良氏の下にある山の民は、戦によって領地を拡げるような生き方をしてこなかったのだ。かつて五辻宮《いつつじのみや》が苦労したのと同じように、良氏も山の民を軍勢として組織することには苦労しているようだ。

昨年の遠征から戻った時、病床にあった五辻宮が亡《な》くなったという知らせが入っていた。父なる人と関《かかわ》りの深かった人物は、少しずつ減っていく。

「ところで御所様、少弐資経《すけつね》の姿が博多から消えたという話が入っております。いま葦影《あしかげ》に真偽を確かめさせておりますが、まことならば、少弐頼尚の力が博多にも及ぶということになります」

頼尚と資経は兄弟であるが、長く博多にあった一色探題と資経が組み、頼尚との確執をくり返していたのである。

「一色とともに、長門に逃げたということはないのか？」

「まず考えられません。博多あっての資経。一色を捨てても、博多を捨てるとは思えませぬな。ひと時、姿を隠したのか、殺されたのか」

死んだとは言わず、殺されたと武光は言った。かなり確信に近いものを持っているのかもしれない。

「兄が、弟を？」

「めずらしいことではありません」

「怕《こわ》い男じゃの、頼尚は」

「足利直冬《ただふゆ》を担《かつ》いで躓《つまず》いてから、自分を研《と》ぎ直したようでございますな。頼尚が博多を手中にすれば、いっそう手強《てごわ》くなります」

少弐頼尚の沈黙と恭順が、次第に無気味なものになってきた。それは、九州の武士たちが一様に感じていることにちがいない。

武澄の豊前滞陣は、ひと月以上の長さになった。豊前麻生《あそう》山にて、激戦が展開されたのが十月二十六日だという知らせが入った。互角の戦だったようだ。十一月に入って再び麻生山でぶつかり、一色軍は総崩れになった。一色直氏を総大将とする一色一族は、再び長門に遁走した。最後の踏ん張りであったようだ。長門に滞留する気配はなく、そのまま一族をあげて京に戻るようだという。

「武澄も、一人前の働きをするようになりました」

武光は、武澄が無理な攻めをせず、じっくりと一色軍を潰滅《かいめつ》に追いこんだ戦ぶりに満足そうだった。武澄豊前滞陣の間、武光は二度ほど肥後南部に兵を出したが、ともに十日ほどで菊池に帰還している。

昨年の征西府の遠征の間、やはり肥後南部を転戦していた武光は、少女のような女をひとり連れ帰ったという。阿蘇《あそ》家にゆかりの女らしかった。溺愛《できあい》に近い愛し方をしている、と頼治が遠慮しながら報告した。もともと頼治は、他人の告げ口をするような男ではない。よほど心配してのことと思えた。

「阿蘇から連れ帰った女子《おなご》は、いかがいたした、武光？」

武光に正面からなにか言えるのは、自分だけであろうと思い、懐良は口を開いた。

「これは、御所様にまで聞えておりましたか」

「おまえが、豊前に戻ってきた一色を武澄に任せたのは、その女子から離れ難かったがためという噂《うわさ》まであるぞ」

「それは心外でございますぞ」

言いながらも、武光は半分照れているようだった。

「新田義貞《にったよしさだ》における勾当内侍《こうとうのないし》の例もある。せめて、人の口の端《は》にのぼらぬようにせよ」

勾当内侍という後醍醐《ごだいご》帝から与えられた女官に胸を焦《こ》がすあまり、新田義貞は大事な戦まで放り出したと言われていた。

「性《さが》でございます。いや業《ごう》というべきか。それがしの女好きは、自分でもどうにもなりませぬ。ただ、誓って戦にさわるようなことはいたしません」

「おまえに、遠慮なくものを言えるのは、儂だけになってしまった」

「お互いにそうでございますな、御所様」

武光の女好きを、懐良は不快に思ってはいなかった。むしろおおらかだとさえ思う。ただ、新田義貞と同じように言われるほど、征西府と菊池は強大になったのだった。

2

博多の館は、目立たぬ小さなものにした。軍勢も二百足らずしか入れていなかった。あくまで、筑前《ちくぜん》の守護が領内を警固するという姿勢を崩してはならない。

実に二十年間、この地で一色一族が闊歩《かっぽ》してきたのだ。それに弟の資経が犬のように従っていたと考えると、いまでも少弐頼尚のはらわたは煮えた。一色はすでに京に逃げ帰り、資経も死んだはずだ。ほんとうに死んだのかどうかは、唯心を信ずるしかなかった。

弟を殺せと命ずることに、言い様のない恐怖に似たものを感じた。それを押し殺して、心をけものにしたのだ。理は自分の方にあると信じて疑っていないが、恐怖はそれとはまったく別のものだった。手を下したという唯心に対する嫌悪感《けんおかん》も強くなっている。それが強くなればなるだけ、逆に唯心に接する時はやさしくなった。大きな戦の折を見て、唯心の一党を武士として軍勢の端に加える、という約束までした。もとより、守る気はなく、守らなければならないものだとも思っていなかった。

「筑前、豊前の軍勢を合わせれば、二万余。これを筑後に出せまする。豊前の宇都宮を征西府が下してくれましたので」

直資《ただすけ》だった。息子たちの中では、一番の戦上手である、と頼尚は思っていた。並んで坐《すわ》った冬資は、あまり言葉が多くないが、兄の言うことにはひとつひとつ頷いている。

この二人の名は、足利直冬からとった。直冬のいやな思いを忘れないために、あえて名を変えさせなかったのである。

「もうよい、わかった」

「父上は、気が弱くなられた。わが軍勢は、鍛えに鍛え抜いておるというのに」

言った直資を、頼尚はじっと見つめた。合った眼を、しばらくして直資は伏せた。まだ気力は衰えていない。それを、眼で直資に教えてやったのである。

「時は儂が決める。よいな？」

直資から眼をそらさずに言った。

従者が、饗庭《あえば》宣尚の来訪を告げた。通せとだけ、頼尚は言った。宣尚は入ってくると、二人に挨拶《あいさつ》し、下座に控えた。

「博多の方が、大宰府よりなにかと訪いやすいようでございますな」

二人が出ていってから、饗庭宣尚が言った。頼尚の側近であるという理由で、息子たちには煙たがられているようだ。

「話に来るのはよいが、筑後に兵を進めよなどと言いおった。その理由が小賢《こざか》しいわ。三人の息子で一国ずつ分けられるとな」

直資、冬資のほかに、頼澄という息子が頼尚にはいる。ほかに庶子が何名かいるが、それぞれ領地を与え、臣籍に下ったという恰好《かっこう》になっていた。

「またでございますぞ。書状だけ、それがしが受け取りました」

足利尊氏からの使者である。

一色一族が征西府に大敗した時、京の尊氏が自ら下向してくるという通達があった。それが沙汰止《さたや》みになり、暮が近づいてくると度々の使者であった。一色が潰《つい》えて九州支配の基盤を失ったので、頼尚をとりこもうとしている尊氏の魂胆は見え透いていた。見え透いた魂胆を、堂々と伝えてくるところが、あの人物の不思議なところでもあった。

「いつものように、丁重に使者はお帰しせよ」

使者が来るのは、大宰府の館である。博多にいて、会わずに済んだ。返書を必要とするようなものではなかったが、会えば黙っているというわけにはいかない。いずれ世の趨勢《すうせい》に従って尊氏の命令を受けるにしても、それまで揺ぎない九州の支配権は握っておきたい。

「島津や大友や畠山にも、同じような使者が出向いているのであろうな」

「特に、畠山は一族でございますし」

「それよ」

いま、九州の中で一番動きが活発なのが、日向の畠山直顕だった。外に島津との確執があり、内に楡井頼仲という小粒だが手強い相手を抱え、それでも肥後南部に時折兵を出したりしている。

征西府が、畠山の動きを黙視するわけはなかった。時の勢いを見るかぎり、征西府に利がある。いつかは、畠山を立ちあがれぬほどに叩くはずだ。それまで、息子たちが勧める筑後進出もできないのである。せっかく畠山にむきかかった征西府の矛先《ほこさき》が、自分にむいてくることになるのは明らかだった。

足利一族の畠山が潰《つぶ》れれば、九州はかつて三人衆と呼ばれた島津、大友、少弐と、征西府の支配下に入る。島津、大友が征西府に与《くみ》することは、よもやあるまい。これまでのように、複雑な関係の中での争いではなく、幕府方と南朝方の争いという単純なものになる。そして、三人衆の頂点に立つのは、大宰少弐として九州に号令を下した家柄《いえがら》の、自分をおいてほかにはないはずだ。

「楡井頼仲は、まだ暴れられるかな、宣尚？」

「わかりませぬ。わずか五百の手勢で、万余の畠山軍を何年も掻《か》き回しております。とうに潰れていてよいはず。それが潰れておらぬということは、いつまで保《も》つか見当もつけかねるということでございましょう」

「小気味のよい武将よな、楡井頼仲は。畠山は、押さえるだけでなく、甘い餌《えさ》で誘いもしたろうに」

「まこと、瞠目《どうもく》すべきことではあります。征西府は、肥後南部の平定を終えれば、日向に遠征いたしますな。北への遠征が、あれほど見事に終りましたからには、遠征への自信も持ったでございましょうほどに」

「菊池で手強いのは、武光と武澄じゃ。この二人は、恐しい戦をする。片方が北の遠征に当たれば、もうひとりが南を押さえる。日向への遠征でも、そのようにして儂に手出しはさせまいな」

「あの二人を崩せますかどうか」

　饗庭宣尚の言った意味は、もとより頼尚は承知していた。人を放っているはずだ。どんな方法でもいい。大将の首を取るのは、戦場とはかぎらないのである。兵を失うことなく勝てる戦と言っていいだろう。

　征西将軍宮には、常に十名の手練《てだ》れが寄り添っていて、手を出す隙《すき》はない。武光や武澄は、戦場でないかぎり、せいぜい従者を二、三人連れているだけだ。

「それはよい。待とうではないか。もうひとりの方はどうだ？」

「来年には、談合の席に誰かを送ってくるはずです。そうでなければ、もう見捨てた方がよろしゅうござる」

「捨てるのは、いつでもできる。こだわらなければよいのだ」

饗庭宣尚が頷いた。

頼尚は従者を呼んだ。泊《とまり》の見張りからの連絡は、一刻《いっとき》も前からすでに入っていた。さらに次の報告が入っているはずだ。

「聖福寺にむかったということでございます」

「そうか。それはよい。宣尚、そこもとも供をするがよい。人に会わねばならぬ」

気軽に、頼尚は腰をあげた。

供回りの徒《かち》は四名だが、家中の手練れを選び出してある。騎乗は、頼尚と饗庭宣尚の二人だけであった。道筋には、ほかに二名の武士がひそかに先行している。いつも目立たぬように外出したが、要心は怠っていなかった。

聖福寺には、かなりの寄進がしてある。到着すると、すぐに寺僧が迎えに出て、舎殿に通された。

「誰でございますか？」

「見ればわかる。あの男、聖福寺に高麗物でも寄進をしているのか。いや、寄進ではないかもしれぬな」

寺社が、高麗や元との交易の窓口になっていることは、めずらしくなかった。自らの利益のためにも、無論交易をなすだろう。

「これは、大宰府のお館様でござったか」

入ってきた佐志披《ひらく》を見ても、饗庭宣尚は大して表情を変えなかった。

しばらく、高麗物の話などをした。お互いの肚《はら》を読む時間は必要なのだ。このところ、佐志披は、頼尚を敬遠気味だった。

「松浦《まつら》党を討伐して、海上の通交を安全にせよと、京の足利殿より要請が来ておる」

「ほう。われらは、博多の商船の警固こそはいたしますが」

いきなり切り出した頼尚の話にも、佐志披はたじろぎを見せなかった。

「もとより、足利殿は実態を御存知《ごぞんじ》ない。高麗との交易が、うまく選ぶように願っておられるだけじゃ。儂とて、足利殿に言われてすぐ動くという間柄《あいだがら》ではない。一色探題に命ずべきことだと思う」

「探題は、もうおりませんぞ」

「だから、儂に言われるのであろう。この機に、前からの思いを遂げてもよいと思った」

佐志披の、太い眉《まゆ》がぴくりと動いた。

「儂は、唐津が欲しい。高麗に対する地形を見ても、博多に劣らぬ泊になるはず。博多は、一色探題の下で、商人まですっかり飼い馴《な》らされてしまったわ」

唐津は、頼尚の領地である筑前とは隣接している。足利の要請などという言い方は、もとより佐志披は信じなかっただろうが、唐津が欲しいという言葉は真剣に受けとめたはずだ。

「ところで、博多では資経様を見かけなくなったという噂ですが」

佐志披が、切り返してきた。

「一色探題とともに、京へでも行ったのであろう。不肖の弟よ」

佐志披の眉が、また一度動いた。唐津を力で奪ってもよい、と頼尚は本気で考えていた。こちらにほんとうにその気がなければ、佐志披ほどの男は、動じはしないだろう。たとえ唐津を奪っても、征西府が口出しをする可能性は少なかった。上松浦党本家の佐志は、分家の波多と折合いが悪かった。その波多が、征西府と非常に近い。佐志本家が潰れるのは、征西府にとっても好都合のはずだ。

「まことは、なにを欲しておられますか、お館様は？」

「佐志家と少弐家は、長い付き合いじゃ」

威《おど》しであるが、露骨な言葉を使いはしない。佐志披が一旦《いったん》捨身になれば、簡単に押さえられるものでもなかった。

「陸《おか》の上だけなら」

「なるほど。陸の上では儂に同心してくれるか。海の上では、いまは佐志の本家と分家だけのみならず、日本の水軍がすべて一体となりつつあるというが、やはりまことか」

「それでなければ、高麗や元の水軍とは闘えませぬわ」

「陸の上だけであろうと、やはり儂は佐志殿に礼を言うべきであろうな」

「いきなり唐津を奪《と》りに出られなかっただけでも、こちらが礼を言うべきでしょう」

「いやいや、佐志殿は水師。合力せよとは、陸にある者の我儘《わがまま》でござろう」

佐志披の眉が、また動いた。

「変られましたな、大宰府のお館様は」

「歳《とし》かのう。来年は六十五じゃ」

「前から、お館様を嫌いではありませんでした。理由はどうあれ、一度担いだ足利直冬を、最後まで担ぎ通したのは、九州の武士ではお館様だけだった。ただ、大宰少弐の家柄を表に出されるところが鼻について」

佐志披が、声をあげて笑った。

言われて、そうかもしれないと頼尚は思った。負けが、自分を慎重にした。謙虚にもした。骨身に沁《し》みる屈辱をともなった負けは、生涯《しょうがい》であれだけだったのだ。

「いずれゆっくりと、酒なども酌《く》み交わしたい。佐志殿ならば、高麗の話もたっぷり聞かせてくれそうだしな」

「高麗に、眼はむいておられますな」

「そうよ。博多の泊に立って、眼を海にむければ高麗じゃ」

頼尚の笑声に、佐志披の笑声が重なった。

正平十二年の正月が明けた。

頼尚は、息子の中から頼澄を選んで、征西府に新年の伺候をさせた。派手な贈物などはしなかった。博多にあがった魚類のほか、布だけを牛車に積ませた。頼澄は、無難にその役を済ませて戻ってきた。兄弟の中では、外交の素質は一番持っている。

二月に入ると、征西府のために日向で八面六臂《ろっぴ》の働きをしていた楡井頼仲が、ついに畠山軍に追いつめられて自刃《じじん》したという知らせが入った。

これで、征西府の日向遠征は、絶対に避けられぬものになったと言っていい。

「参りましたぞ、とうとう」

大宰府館の居室を訪った饗庭宣尚が、人を払ってから言った。

「立ててきたのは、太田時義でござる」

頼尚は頷いた。惟時《これとき》存命中からの、阿蘇家の重臣である。

「ひとりか？」

「供が二人。それは別室に控えさせております。太田時義は、いま書院でひとり」

「すぐに会おう」

度々、阿蘇惟村には誘いをかけてきた。態度をはっきりさせようとしないところは、九州の争いの中で両端を持してじっと動かなかった、伯父の惟時に似ていた。しかし、惟時ほどの堅い意志は感じられず、ただ臆病《おくびょう》なだけだと頼尚は考えていた。それで饗庭宣尚に、粘り強く接触を持たせてきたのだ。

　太田時義は、小肥《こぶと》りの赤ら顔で、眼に落ち着きのない武士だった。頼尚を見て平伏し、怯《おび》えているのかしばらく頭をあげようとしなかった。

「日向で、畠山殿が勝手をされておる。征西府も菊池殿も、お忙しいことであろうな」

「阿蘇家にも、度々軍勢督促の使者が参っております」

「ほう。肥後南部は、阿蘇家に任せるということかな。小さな土豪たちの争いが、しばしばあると聞くが」

　肥後南部の小さな紛争は、ほとんど畠山直顕の煽動《せんどう》と見てよかった。九州全体から見れば取るに足らぬものだが、菊池はこまめに兵を出して、大きく燃え拡がる前に収めようとしている。そういう戦には、恩賞の類《たぐ》いはほとんど出ていないはずだ。

「阿蘇家は、菊池家と並んで肥後の二大名家、なにかと大変であろうな」

「阿蘇家の領内には、なんら争いは抱えておりませぬ。然《しか》るに、征西府におかれては、阿蘇家の領外の争いも、阿蘇家の力をもって解決に当たるように、と思われているようで」

　互いに征西府には不満がある。しかし、それを露骨に表わしたりはしない。それほど、征西府と菊池の力は大きくなってしまった。数年前が、嘘のような変りようだった。征西府から阿蘇家への軍勢督促といっても、命令に近いものに違いなかった。

饗庭宣尚も入れて、漠然とした会話を交わした。その中で、お互いの肚を探り合っていく。見かけによらず、太田時義にはしたたかなところもあった。

「これは、わが主《あるじ》にでございますか？」

中座した饗庭宣尚が運んできたものを見て、太田時義が言った。高麗物のめずらしい壺《つぼ》であるが、中には銭の袋が入っている。

「そこもとへの引出物じゃ。惟村殿への、挨拶の品は、別に用意してある」

かすかに、逡巡《しゅんじゅん》する気配を、太田時義は示した。それだけだった。断られる前に、頼尚は話を別の方へ持っていった。

壺は、太田時義の前に置かれたままである。饗庭宣尚の無表情な眼が、それをじっと見つめていた。

3

馬蹄《ばてい》の響きで、武光は茵から跳ね起きた。

千秋の家である。肥後南部に遠征の折、阿蘇家ゆかりの女ということで、菊池に伴ってきた。それから一年半が経《た》っているが、千秋は武光を飽きさせなかった。ほかの女のもとへも通わぬわけではないが、三日に一度は千秋を抱きたくなってしまうのである。

「按《あん》ずるな、軍勢ではない」

一騎だけである。それも、声高に武光の名を呼んでいた。千秋は、茵でじっと身を固くしている。

「お館様。蓮見《はすみ》又二郎でございます」

武澄の若い従者だった。声に切迫したものがある。

「わが殿が、俄《にわ》かの病にて、ひどく血を吐かれて」

死んだのか、と言おうとして武光は声を呑みこんだ。拭《ぬぐ》いようのない不吉なものが、全身にまとわりついてくる。

「お館様に、どうしても会わねばならぬと、馬に乗ろうとされましたが」

馬に乗ろうとしたというなら、それほどひどい病ではないのかもしれない。太刀を左手に持ったまま、武光は蓮見又二郎の馬にとび乗った。

武澄の屋敷は、城下にあった。外城のひとつを守らせることはせず、城中に居室を与えてあるが、それとは別に屋敷を構えているのである。

まだ深更というほどでなく、城下にはいくつか明りがあった。武澄の屋敷に近づくと、再び不吉なものが躰《からだ》にまとわりついてきた。霧が躰を濡《ぬ》らすような感じだ。

屋敷は、しんとしていた。厩《うまや》で武澄の馬が見えないものに襲われでもしたように、荒い息を吐きながら暴れているだけだ。武光は訪いも入れず中門の板敷きにあがり、縁に回って板戸を開いた。

郎党たちの背が並んでいた。そのむこうに、武澄の妻や子供たちの背も見える。

武光は武澄のそばに坐り、燈台《とうだい》の炎に照らされた顔に手をのばした。まだ暖かい。しかし息はしていなかった。おびただしい血を吐き、もがき苦しみながら厩まで這《は》い、そこで事切れたと誰かが説明した。啜《すす》り泣きがいくつか重なっている。

「儂に、なにを伝えようとしたのであろう？」

「自分の眼で、なにかを確かめたかったのかもしれませぬ。お館様のもとへ行かねば、というのが最後の言葉でございました」

武澄の妻は、取り乱してはいなかった。息子たちも、固いがしっかりした表情をしている。それが、かえって痛々しかった。

どれほどの時間、武光は武澄の脇《わき》に坐っていただろうか。知らせを聞いた一族や郎党が駈《か》けつけはじめ、武澄邸は騒然としはじめた。木野武茂が、沈痛な面持《おもも》ちで指図している。明朝、遺体は城中へ運ぶようだ。五条頼治も駈けつけてきて、牧宮《まきのみや》の悔みの言葉を伝えた。周囲の気遣いをはばかって、牧宮は直接の弔問を避けたのだろう。誰もが、武澄を武光に次ぐ侍大将として認めていた。

武光は、弔問の人に紛れて、庭の暗がりに出た。篝《かがり》も、そこまでは届いていない。

「毒殺でございますな」

　葦影の、独特の声だった。三歩離れるとほとんど聞えないが、そばでは明瞭《めいりょう》に聞える。

「武澄様は、気を鎮《しず》める薬草をよく用いられていたそうで。出入りの薬草屋まで、われらの眼は届きませんでした。薬草屋のことを、調べてはおりましたが」

　武澄が、気が立って眠れないと時折言っていたことを、武光は思い出した。武光のように、女と酒で気を鎮めることができない男だった。

「一年も出入りして、何事もなかった薬草屋でございます。粘り強く機会を待って、ただ一度の時に賭《か》けたのでございましょう」

　武光は、さらに庭の奥に歩を進めた。葦影の声は聞えなくても、自分の声は聞かれるかもしれない。肚の底に、黒い怒りが渦巻《うずま》いていた。戦場で死ねぬ口惜しさは、心を引き裂くばかりだっただろう。

「薬草屋のことを、調べてはいたと申したな、葦影」

「阿蘇の薬草屋で、千秋殿の口添えで出入りがかなった者でございます」

「そうか」

　自分の声が、さらに低く押し殺したようになるのがわかった。

「おまえのことだ。千秋のことも調べあげておろう」

「阿蘇の女子であることは確かでございますが、阿蘇家とはゆかりはございません。阿蘇宮の女官にしようと、親は考えていたようです」

ゆかりがあると言ったのは千秋自身で、阿蘇家の郎党の娘というわけではなかった。恵《え》良惟澄《らこれずみ》にも阿蘇惟村にも断らず、拾うようにして連れてきたのだ。ただ、惟村の本拠たる阿蘇宮のそばの小さな商家の娘ではあった。

「御所様の周囲は、大丈夫であろうな？」

「はい。ふだんは笙子《しょうこ》様がお側におられるだけで、波多の館に行かれる折は、山鹿様や明源のほかに、われらも気を配っております」

武光は、闇《やみ》の中に立ち尽していた。葦影の姿は、いつの間にか消えていた。喋《しゃべ》ることがなくなると、消えてしまう男だ。

武澄が、自分になにを伝えようとしたのか、ぼんやりだがわかるような気がした。下手をすれば、自分が武澄のようになっていたかもしれない。

屋敷の方から、自分を呼ぶ声を武光は聞いた。すぐに返事はしなかった。

千秋を住まわせた家に戻ってきたのは、夜明け近くだった。

千秋は起きて待っていた。自分を見あげてくる眼を見て、ふっとむなしさに似た感情に武光は襲われた。

「薬草屋が何者なのか、訊《き》こうか」

千秋の表情が、かすかに動いた。次の瞬間、懐剣が突き出されていた。鞘《さや》ごと、武光は太刀を千秋の肩のあたりに叩きつけた。骨の砕ける感触が、はっきりと掌《てのひら》に伝わってきた。千秋は気を失って、呻《うめ》き声ひとつあげなかった。倒れた千秋を見ても、あるのはやはりむなしさに似た感情だった。

「葦影。いるのであろう。出て参れ」

「意外な鋭さを持った太刀筋でございましたな。お館様の身を、別段心配はしておりませんでしたが、お役に立つこともあろうかと」

「この女を、阿蘇へ戻してこい。手当てをしてやってからな」

声だけだった葦影が、薄闇の中にぼんやりと姿を現わした。六月の朝は早い。すでに、外は薄明るくなっているようだ。

「屍《しかばね》を運ぶことになると思っておりましたが、よくこらえられました」

「菊池武光は、女を斬《き》る太刀は持たぬ」

「それでも、肩から腕にかけての骨が、小砂利のように砕けておりますぞ。そこが血で脹《ふく》らんでくるようなら、腕は斬り落とさねばなりますまい」

「そうか。そのような力が籠《こも》っていたのか」

軽く打ったつもりはなかったが、骨を砕く気もなかった。やはり、抑えきれぬ怒りはあった。それは、自分に対するものだといってもいい。

「波多の館を襲った一党の者であろうか？」

「違います。操っている者までが、違うとは言いきれませぬが」

千秋が、低い呻きをあげた。葦影は、まるで襤褸《ぼろ》でも担ぐように、軽々と千秋を担いで出ていった。

武光は、腰を降ろして、太刀を抜き払った。じっと刃に眼をやる。外の薄明るい光で、刀身に映った自分の顔がぼんやりと見えた。

朝になれば、武澄は城中に運ばれ、再び人が集まってくるだろう。ひとりきりでいられる時間は、なくなりそうだった。

その年の夏の盛りから、菊池川を遡江《そこう》してくる船が多くなった。銭だけではなく、米や焼物なども運びこまれてくるようになったのだ。指揮をしてくるのは、いかにも水師らしく潮焼けをした、六兵衛という船頭だった。船の上ではその方が便利なのか、佩《は》いている太刀も武士のものより短かかった。忽那義範も堀田安秋も、阿久里でさえもまったく菊池には姿を見せない。

「高麗は忙しそうじゃのう、六兵衛」

「これは菊池のお館様。高麗ではいま、税として収められるものを、次々と日本の水軍が襲っております。これはその一部でございます。わが主、忽那安秋も、お館様同様、戦に明け暮れる日々でございます」

六兵衛は、新しい兵糧倉《ひょうろうぐら》への米の運び入れを指図しているところだった。加瀬忠明は、兵糧の備蓄を二倍に増やすと、ひと月前に武光に報告していた。

「忽那殿が、堀田安秋を養子にされたという話は、まことなのか？」

「はい。忽那義範は、南浦《なんぽ》と名乗って頭を丸めてございます」

「なに、出家された」

「われらにはわかりません。ただ頭を丸めただけかもしれませぬ。経を唱えている姿なぞ、ついぞ見たことはありませぬゆえ」

言って、六兵衛は大声で笑った。南浦と名を変える話は、義範自身から聞かされていた。日本を捨てるわけではなく、日本だけという気持を心の中から消すのだ、と武光にはよく理解できない説明をしたのだった。

「月王丸殿や阿久里殿は、お変りないのか？」

「お二人の書状を、航海のたびに五条頼治様へお届けしております。月王丸様は、もう立派な字を書かれますぞ」

二人とも、波多にいる時より、高麗にいる時の方が多いのかもしれない、と武光は思った。

汗にまみれた五十人ほどの槍隊《やりたい》が、兵糧倉の横の坂を駆けあがっていった。兵の鍛錬は、どんな時でも忘れたことがない。騎馬隊は、阿蘇の外輪山で代る代る野戦を想定した鍛錬を続けている。菊池の牙《きば》は、以前にも増して鋭くなった、と武光は思っていた。ただ、その牙をむける相手が、立ちあがってくるのはまだ見えてこない。

「出かけるぞ」

かたわらに控えた従者たちに、武光は声をかけた。家中から選んだ五人の従者を、いつも付けるようにしていた。特に、城の外に出かける時は、前後をしっかりと固めさせている。武澄が死んでからだった。臆病というのではないが、要心深くはなった。博多の探題館の犬射《いぬい》馬場に晒《さら》された、父や兄たちの首を見た幼少のころから、死は当たり前のものとして心の中にあった。ただ、戦場で死ぬべきなのである。

玉名庄の近くに、石貫《いしぬき》というところがある。すでに菊池川の河口に近いあたりだが、そこに尼了悟《にりょうご》が寺を建てようとしていた。武澄の妻が出家して、尼了悟となったのである。

「おや、御所様も来られたか」

粗末な山門の前に、牧宮の馬と従者が五名いた。牧宮も、ひとりで遠乗りなどはしなくなっている。忽那重明を失ってからだ。大事な者を失うまで、人は要心深くなったりはしないものらしい。

境内には、五条頼治と三名の武士が控えていた。石貫寺といって古い寺だが、広福寺という名で、新しく建てようというのである。土地も尼了悟が寄進していた。大木が多く、蟬《せみ》の声がかまびすしい。

武光は、五条頼治に軽く礼を言った。武澄の、四十九日である。

「御所様は？」

「堂舎におられます。京から来られた僧に、いたく心を惹《ひ》かれた御容子《ようす》です」

「京から、僧が？」

武光は、声をかけて堂舎に入っていった。

僧は、祖禅寂照《じゃくしょう》であった。

「これなる御坊と、なぜ人は戦をせねばならぬか、語っていたところだ。出会うた刹那《せつな》に、なぜかひどく心を惹かれた」

牧宮は、ごく普通の直垂《ひたたれ》姿だった。二人の前には、尼了悟のもてなしなのか、湯が置かれている。武光は、ちょっと声をあげて笑った。二人とも、相手が何者なのかはわからずに、喋っている気配だ。

「祖禅寂照という御坊で、俗名を菊池武士《たけひと》と申します」

「なに、おまえの先代の菊池の惣領《そうりょう》が、この御坊なのか、武光」

「これは、もしや征西将軍宮様では。高貴なお方とは思うておりましたが、直垂をお召しゆえ」

「よい。武光とは兄弟のようなものだ。そう扱ってくれた方が、儂《わし》も嬉《うれ》しい」

出家してから、二度ほど寂照は菊池に姿を見せている。家中を憚《はばか》って、城にはやってこなかった。葦影から知らせを受けて、武光の方から会いにいったのだ。かつての惣領に誰も気づこうとしないことを、寂照はかえって愉《たの》しんでいるようでもあった。

一度再会してからは、京の便りを時折武光に届けてくれていた。それは、吉野からの知らせとはまた違った意味で、武光の中央情勢の分析には役立っていたのである。

「武澄が死んだと聞いて、ここを訪《おとな》う気になった。あれの幼少のころを、儂はよく憶《おぼ》えておる。気性は武光に似て、体質は儂に似ていた。よく、儂と同じ病に襲われる武澄を見たものだった」

寂照も、武澄の四十九日に合わせて、菊池を訪ったものらしい。それで、広福寺のことを知ったのだろう。戦時下といってもいい菊池では、四十九日の法要はほとんど行われていなかった。

「家があるかぎり、武士は戦をせねばならぬと、寂照に言われていたところだ」

「家がなくなれば違う家が出来、武士がいなくなれば、違う武力が現われまするぞ」

「それをただ、人の業として片付けてもよいのか、とも言われた」

「出過ぎたことを、申しました」

「どうにもならぬもの。それを俗人に代って思い悩むのも、仏の子に与えられた仕事ではないのか、寂照」

「恐れ入りまする。いまだ仏の子になりきれず、思いを口から出してしまいます」

尼了悟が、武光に湯を運んできた。武澄の息子たちが、城中でどうしているか伝えようとして、武光はやめた。世を捨てるというのがほんとうはどういうことか、武光にはわかっていない。ただ、言葉にもせず、気にすることもない事柄《ことがら》は、自分よりずっと多いに違いないのだ。

「ほんに、蟬がよう鳴きまするなあ」

尼了悟は、眼を閉じて蟬の声に聞き入っている容子だった。武澄の菩提《ぼだい》を弔うとはどういうことなのか、と武光はもう一度考えた。少なくとも自分にとっては、敵のすべてを打ち砕くことだ。武将である自分に、それ以外のことは考えられない。

「寂照は、菊池の惣領にならねばならぬ血を受けたことを、悔んだことはあるか？」

「忘れました。その時は悩んだでございましょうが」

「血とは、そのようなものかな」

「さあ」

「儂は、自らの血を、悔むことが時々ある」

牧宮は眼を閉じていた。

三人とも、蟬の声に聞き入ったように、動こうとしない。武光も眼を閉じてみた。ただ閉じてみただけだ。

4

正平十二年の暮から十三年の正月にかけて、日向での畠山直顕の動きはいっそう活発になった。ただ、どこか底力のない動きで、肥後南部や大隅《おおすみ》の土豪を煽動《せんどう》することが多かった。十二年の四月、大隅に侵攻して島津に敗退してから、腰の力を失ったという感じなのである。それでも、征西府としては、畠山の動きを黙視はできなかった。放っておけば、日向米良《めら》の五条良氏が潰されかねない。なんといっても、楡井頼仲の死が大きいのだ。

「どうかな、忠明？」

居室に加瀬忠明を呼び、武光は尋ねた。次の遠征で畠山を叩くということになれば、少弐、大友、島津の三人衆は、征西府の強大さに一様の不安を抱くだろう。遠征がすぐに、九州を二つに割る戦に発展しかねないのだ。大きな、激しい戦になる。

「銭は充分でございます。米もそこそこには」

どれほどの規模の戦になるのか、最も気にしているのは加瀬忠明かもしれない。五千の兵を二年養えると豪語したことがあるが、九州を二分する戦では、数万の兵が参陣してくることが予想された。

四十名ほどの配下を使い、倉の管理から市の切り回しまでやっている。何年もかけたその蓄えが、一度の戦で消えてしまうかもしれないのだ。

「まずは瀬踏みだ。豊後《ぶんご》、日向の国境に兵を出し、大友、少弐の動きを探らねばならぬ」

豊後、日向の国境は、菊池からそれほど遠くはない。しかし、畠山の本拠は、むしろ大隅との国境に近いのだ。

「思う存分の戦をなされませ」

「苦労をかけていることは、わかっている」

「お館らしくもない。それがしは、すでに戦場での功名手柄《てがら》は諦《あきら》めておりますわい」

「おまえの物言いも、近ごろは親父《おやじ》に似てきたな」

「ところでお館、御所様はまたぼんやりと城中を歩いておられましたぞ」

「それよ」

　武光も気にかけていることだった。この三月ほど、牧宮はなにかを思い悩んでいる容子だった。昨年の暮には、五日間滝に打たれに通ったというし、征西府館の居室を訪っても坐禅《ざぜん》を組んでいたりする。

　ほんとうになにかあれば、自分に言わないはずはない、と武光は思っていた。黙っているのなら、まだ語るべき時期ではないのだ。

　自分の血を悔むことがある、と祖禅寂照に言っていたことも思い出されてくる。闘うことに倦《う》んだのではないか。ふとそういうことも考えたが、それでも自分にだけは言うはずだ、と武光は思った。

「いろんな方が、亡くなりました。それで無常感を強くしておられるのではありますまいか」

「あのお方は、もっと強い人だと儂は思っておる。だから儂は、一族の命運をあの方に託した。いまさら、按じたところで、どうなるものでもない。儂にできることなら、なにか言われるであろうし、誰にもできぬことならば、黙して語られまい」

「それにしても、いつもの御所様とは」

「もうよせ、忠明」

加瀬忠明は、床に眼を落として小さく頷いた。

牧宮はこれまで、心の屈託をあまり人に見せることはしなかった。五条頼治とでも話してみれば、なにを思い悩んでいるのかわかるかもしれない。しかしそれもやりたくはなかった。牧宮が、自分になにか言ってくるのを、ただじっと待つべきなのだ。

「征西府の勢威を見て、九州に渡ってくる武士の数が増えております。いずれ、新田や名和の残党も渡ってくると思いますが」

加瀬忠明が話題を変えた。確かに、足利との闘いに敗れ、行場を失った南朝方の武士が多くなりはじめてはいた。征西府では、伺候してくれば型通りの軍忠状を出しているようだ。名和一族など、肥後南部に以前からの領地を持っているので、やがて大挙してやってくるだろう。

「当座のものに困らぬようにはしてやれ。それ以上のことは、とてもできぬ」

加瀬忠明が頷いた。話さなければならないことはいくらでもあるのに、話は途切れたままだった。

三月のはじめ、武光は一千の兵を率いて菊池を発《た》った。主力はすべて菊池に残し、実戦の経験の浅い兵ばかりである。一族で伴ったのも、武政だけだった。父子で轡《くつわ》を並べて戦場に出るのは、はじめてである。

阿蘇外輪山を越えて、日向北部に入った。北部を叩けば、畠山直顕も南部にばかり集中していられなくなる。五条良氏が受ける圧力が、いくらかは軽減されるはずなのだ。

敵を求める、という戦になった。菊池の並び鷹《たか》の羽の旗を見ただけで、反征西府を叫んでいた土豪たちも、畏《おそ》れをなして山中に遁走《とんそう》してしまったりする。

唯一《ゆいいつ》の激戦は、畠山重隆が率いる二千の軍勢とぶつかった時だった。臼杵《うすき》庄の北、豊後国境に近い原野だ。周辺の土豪は形勢を展望していて、本隊同士のぶつかり合いになった。

「ほう、変った陣形をとってくるな」

畠山軍は、倍する軍勢にもかかわらず、小さくかたまっていた。三角の、楔《くさび》とむき合ったような感じである。菊池軍は鳥雲の陣で、鶴翼《かくよく》から槍の穂先のような二列の隊形に変りつつあった。

「武政、あの陣形をなんと見る」

「守りを固くしながら、いつでも攻撃に移れる陣形でございます。警戒すべきは伏勢《ふくぜい》の有無で、うかつな総攻撃は挟撃《きょうげき》を食う恐れがあります」

「一里四方に伏勢はおらぬ。物見から、すでに注進は入っておるぞ」

「ならば、あの三角の端の一点から崩していくのが、上策かと」

「いや、先頭の楔の頂点に全軍をぶっつける。つまり、まともにぶつかり合うのだ」

「数の勝負になりますぞ、父上」

「わかっている。しかし、敵がなぜあのような陣形をとっているのか、考えてみろ。大きく拡《ひろ》がりたくないからだ」

「全軍でぶつかれば、敵の思う壺ではありませんか」

「戦には、二段、三段の構えや策がいる。ぶつかって、退《ひ》くのだ。まず、敵に勢いをつける。勢いのついた敵は、前へ出てくる。動けば、あの陣形は崩れる」

「それでは、われらは小さくかたまり」

「いや、散れ。五十ずつに分れ、それぞれ思う敵にぶつかればよい。敵も分れて闘わねばどうしようもなくなるだろう。儂は、供回り百騎で、機を見ることにしよう。だからここにいる。二千に対する百は寡衆だが、散った敵に対する百は、止《とど》めの剣ともなる」

　ぶつかっても、敵に勢いがつくまでは踏み留まらなければならない。つまりは、本気で撃ち砕く気でかからなければ、ただの牽制《けんせい》と見られてしまうのだ。退く時も、次の自軍の陣形が頭にならなければならない。しかしそこまで武政には言わなかった。実戦で身につけるしかない呼吸だからである。

対峙《たいじ》した両軍の間を、原野の風が吹き抜けている。槍の穂先のようになった陣形は、武光の指示通り再び両側に開き、中央に騎馬隊が突出していた。

「潮時ぞ、やれ、武政」

　太刀を抜き放った武政が、叫び声をあげて馬の腹を蹴った。

　武政を先頭にした騎馬隊が、小さくかたまって突っこんでいく。ぶつかった。突っこんだ分だけ武政の方に勢いがあり、楔に別の楔を打ちこんだような恰好《かっこう》になった。徒がそれに続いている。

　しばらく揉《も》み合いが続いた。敵の三角の陣形は、すでにかなり崩れはじめている。しかし、満を持して受けた攻撃だけに、徐々に盛り返してきた。動きが止まると数の勝負になる。一旦《いったん》退《さ》がりはじめると、二千の敵の圧力は四千のものになる。

　退け、と武光は心の中で言い続けた。これが戦の機というものだ。押しまくられてからだと、次の陣形がとれない。武政は、兵を叱咤《しった》して、一度押しこんだ。伝令を飛ばして、退けと命ずるのを、武光はこらえ続けていた。

　一度押しこんだ菊池軍が、また押し返された。武政の太刀が、頭上で振られるのが見えた。菊池軍が、素速く退いた。畠山軍は完全に勢いに乗ったが、退く菊池軍が五十名ほどに小さく分れて散ったので、追撃の矛先《ほこさき》をどこへむければいいのか、一瞬戸惑ったようだった。

菊池の、軍編制の単位は十名である。それが五つで五十。五十が二つで百。百以上は、二百であったり四百であったり、時に応じて変える。度重なる戦で、それが最も効果的だと武光は判断していたのである。

五十ずつに分れた菊池軍が、陣形が崩れた畠山軍の中を、縦横に駈け回りはじめた。そうなると、畠山軍はさらに拡がっていく。

武光は、測っていた。畠山の兵の力、作戦のとりよう、武政の指揮、菊池の兵の動き。すべてを、じっと馬上から測った。二百ほどの敵の本陣が、次第に晒されてくる。無言で、武光は太刀を抜き、振った。百騎が、一団となって敵の本陣に突っこんでいく。

「畠山重隆」

武光は馬上で叫んだ。

「菊池武光が、その首を貰《もら》うぞ」

絡みついてきた三騎ばかりを、叩き伏せていた。本陣は退きはじめている。さすがにその二百だけは、小さくかたまったままだ。

追い撃ちに、追い撃ちを重ねた。武光の率いる百騎は、本陣以外はなにも見ていない。一里余を追い回して、ようやく武光は手を挙げた。すでに畠山軍は四散している。武政は、もう兵をまとめはじめていた。

「退がる機を、一度逃がしました。やむなく再度押しこんでから退がりましたが、あれをやらなければ、兵の損耗はもっと少なくて済んだと思います」

「それがわかればよい」

武澄の非凡さとは較《くら》べられないが、立派な大将の戦ぶりだったと言っていい。実戦を重ねていけば、そこそこの武将にはなるだろう。少なくとも、阿蘇惟村などよりはずっとましだ。

畠山重隆の軍勢を打ち砕いたことで、日向北部の戦は終ったようなものだった。次の畠山戦は、恐らく決戦である。

帰路も、兵を休ませはしなかった。原野を駈け、阿蘇外輪山を登って下り、二日で日向から菊池に帰還した。

正平十三年四月三十日、足利尊氏が病のため京で死んだ。

その四日後には知らせが入り、さらに三日後には吉野からの綸旨《りんじ》が菊池に届いた。征西府の大広間で、激論の最中の軍勢督促の綸旨であった。

この機に、九州の軍勢を集めて京に攻めのぼるべきだという、五条頼元を中心とする強硬な意見があった。慎重論はそれに押されかけていたが、牧宮は奏上される意見に耳を傾けるだけで、一言も語ろうとしなかった。

かつて尊氏が、ほとんど身ひとつで九州に落ちのびてきて、多々良《たたら》浜で菊池武敏を破り、何十万とも言われる大軍を組織して京に攻めのぼった。後醍醐帝と尊氏の長い争いの最初の決着がそれであった。楠木《くすのき》正成《まさしげ》は奮戦して死に、その折、武光の異母兄にあたる人も、楠木一族とともに自刃している。新田義貞は戦わずして逃げ、後醍醐帝は京を捨てた。

あの借りを返すのは、尊氏が死んだこの時という気持が、菊池一族の中にもないわけではなかった。しかしいまの征西府に、九州の武士団を全部組織できる力があるのか。畠山を除いて全部の守護や大豪族が征西府に帰属しているとはいえ、それは表面的なことだった。火種は、まだいくらでもある。

武光は、求められると軍事的な見地からだけ意見を述べた。組織できる軍勢は九州で五万。しかしその中には、不満分子を半数以上抱える。しかも、九州は捨てる気にならなければならない。京に到着するころは、五万が十万に増えているかもしれない。兵站は海路としてそれほどの不安はないが、それもせいぜい半年である。半年の間に足利一族と決着がつけられるかどうかは、なんとも言えなかった。

綸旨到着からさらに二日、激論が続けられた。京の情勢と、全国の反足利の武士の動向をしばらく見る、という慎重論が優勢になってきた。ひと言も心の内を明かさぬ牧宮の存在が、無形の圧力になっていた。

「武光は、やはり京へ上って、天下を取りたいと思うか？」

隈府《わいふ》城中の、城下を見降ろす櫓《やぐら》の上であった。牧宮の声は、沈んでいた。思い悩んでいたことの解決は、まだついていないようだ。

笙子に子でもできれば気分が変るかもしれないと思ったが、その気配はなかった。笙子と阿久里以外に、女に手をつけようという気もないらしい。

「武光」

「御所様のお心次第でございます」

促されて、武光は言った。

「友として、おまえに訊いている」

「御所様が、京を回復したいと祈念されておられるならば。しかし、いましばらくこらえてくだされい。九州では、まだ大木がくすぶっております」

「この半年、考え続けてきたことがある」

牧宮の眼が、じっと武光を見つめてきた。

「おまえひとりにだけは、言っておきたい。ほかの誰にも言えぬ」

かすかな緊張が、武光の躰を走った。頼治や警固の者は、櫓の下で控えている。二人きりで登ることを、牧宮が望んだのだ。

「儂は、京に上る気はない。九州を除けば、足利の世じゃ。尊氏が死んだとて、それが変るわけもない。わが手で変えようとすれば、多くの人が死ぬ。武士も民もな」

言葉を返せず、武光は黙って聞き入っていた。

「儂はいま、九州をひとつの国にできれば、と思っておる」

「ひとつの国と申しますと」

「京を中心とした、足利の国はあってよい。それとは違う、新しい日本じゃ」

とてつもないことを、聞かされているような気がした。あまり先のことは考えないが、九州を統一したら、征西府は京へ攻め上るものと、漠然《ばくぜん》とだが武光は思っていたのだ。

「高麗も揺らいでおる。九州と高麗をあわせて、ひとつの国となしてもよい」

牧宮の顔が、ふっと遠くを見るものになった。武光は、言葉を見つけられなかった。

「こういう考えは、儂を支えてきてくれた、多くの人間の夢を踏み躙《にじ》るものであろうか」

牧宮がなにを思い悩んでいたか、武光はようやくわかったような気がした。新しい夢。そういう言葉が浮かんだが、口からは出てこなかった。

「考えてみます、武光も」

「そうしてくれ」

それ以上、牧宮はなにも言わない。

夕刻まで、じっと二人で菊池の城下に眼を注いでいた。

第八章　覇道《はどう》はるかなり

1

山越えに、五日かかった。

五千に近い軍勢である。そのうち、菊池軍は三千を占めていた。物見隊を放つこともできぬほど、山は深かった。独力での山越えなら、十日はかかっただろう。日向《ひゅうが》穆佐《むかさ》を襲うには、誰が考えても日向北部から南下するしかない。肥後南部からの山越えは、数千の軍勢がやるものではなかった。五条良氏の支援がなかったら、武光もそれほどの無謀は冒さなかっただろう。

「穆佐城まで、ほぼ一日でござる」

五条良氏は相変らず痩《や》せていて、顔色は悪かった。しかし眼には強い光がある。五辻《いつつじの》宮《みや》はすでに亡《な》く、ひとりで全九州の山の民をまとめていると言ってよかった。

「兵站《へいたん》も、山の民の力を借り申した。われらだけなら、まだ山の中をうろついていたであろう」

山越えの奇策を選んだのは、豊後《ぶんご》の大友氏時の動きがおかしいからだ。征西府に帰順しているとはいえ、それは表面的なことにすぎない。日向北部からの南下は、氏時を誘うようなものだ。穆佐の畠山直顕《はたけやまなおあき》にむかっている間に、背後を襲われる危険がある。

菊池を進発したのは、十一月のはじめだった。肥後南部の掃討のためと、兵たちには伝えた。事実、肥後南部で二十日ほど転戦してのちの、山越えだったのである。畠山を攻めることを知っていたのは、牧宮《まきのみや》と、ほんの数名の部将にすぎない。

武光には、確信にも近い予感があった。畠山が倒れれば、残る九州の守護は、少弐《しょうに》、大友、島津の三人衆のみとなる。この三人に、大きな争いの火種はない。畠山を倒した征西府に、連合してむかってくるはずだ。畠山への攻撃が長引けば、その機を狙《ねら》って攻めに転じてくる可能性もあった。攻撃は、あくまで迅速に、一撃で決めなければならない。

九州の覇権を争う戦は、すでにはじまっているのだ。

「攻撃は、明朝といたしたい」

「それは、夜中に進軍するということでござるか？」

すでに夕刻だった。深い山中を抜けたとはいえ、まだ闇《やみ》の中の進軍が容易な地形ではなかった。畠山直顕に、すでに注進が届いていることは考えておいた方がよさそうだ。やはり、意表を衝《つ》くのが最上である。

「菊池の軍勢はともかく、他の軍勢は遅れましょうな」

「後詰《ごづめ》にいたしたい。場合によっては、挟撃《きょうげき》の備えともなるもの」

進軍は、最も遅い軍勢にその速度を合わせなければならない。二つに割れば、菊池軍三千だけで、充分に明朝の穆佐城攻撃を敢行できる。兵も馬も、それだけの鍛え方はしてあった。穆佐城を落として畠山直顕を山の方へ追いこめば、当然遅れている軍勢とぶつかることになる。

「戦は、武光殿に任せた方がよさそうだ」

言って、五条良氏は白い歯を見せて笑った。

闇とともに、菊池軍は進軍した。道案内は、この地の山の民の長《おさ》で、同じような猟師の身なりをした誓亀《せいき》がそばに付いている。

「一里余で、穆佐城でございます」

誓亀の声が、闇の底に低く響いた。まだ夜明けは遠い。

「旗を伏せよ。音をたてずに進め」

命令が、後方に伝達されていく。

兵や馬のかすかな息遣い。革を擦《す》る音。ゆっくりと進んだ。ほぼ半里。地が平坦《へいたん》になった。樹林が途切れ、闇が前方に拡《ひろ》がった。前方の小さな丘を越えれば穆佐城だ、と誓亀が耳もとで囁《ささや》いた。

待った。声をたてる者はいない。武光は、そばにいる武政の腕に触れた。

「兵百を率いて、城のそばまで行け。火をかけろ。それを合図に攻撃する。いまからならば、ちょうど夜明けごろとなろう」

武政の腕に、ぐいと力が籠《こ》められるのがわかった。対城《むかいじろ》を築いて、じっくりと攻める暇はない。

武政の率いる兵が、移動をはじめるかすかなもの音がした。風は熄《や》んでいる。

「城《じょう》武顕。先陣じゃ。弓隊に矢を射かけさせるゆえに、大手は避けて突っこめ」

徒《かち》に、丸太も抱えさせた。すべての備えはできあがっている。待った。もっと若いころは、この待つ時間が長かったものだ。

「城に火」

丘の上の物見から注進が入った。

「乗馬」

低いが、全軍に通る声だった。具足の擦れ合う音だけが聞えた。馬を出した。丘の頂上まで、ゆっくり登った。城は、二カ所から火をあげていた。闇も払われはじめている。

「やれ」

城武顕に言った。鯨波《とき》。腹を蹴《け》りつけられた馬がいななく。騎馬槍隊が、槍の穂先を揃《そろ》えて突っこんでいった。朝露が土埃《つちぼこり》を押さえていて、突っこんでいく騎馬槍隊の姿が、黎明《れいめい》の中でいつまでも鮮やかだった。

「弓隊」

夜中の行軍の疲れなど、武光は意に介していなかった。騎馬槍隊は、すでに城にとりついている。旗を掲げた。菊池の並び鷹《たか》の羽の旗。武光の全身に、一度緊張が走り抜けた。無言で、太刀を振る。騎馬隊。徒。城の火は大きくなり、敵の射かけてくる矢はすでに少なくなっていた。徒の丸太が、次々に大手門にぶつかっていく。徒の働きを助けるためには、はじめに弓と騎馬の攻撃が必要なのだ。

門が、内側から開かれた。五百騎ほどが駈《か》け出してくる。ほんのわずかな間を置いて、さらに五百騎。それから徒も続いた。総勢で四千ほどか。さすがに畠山直顕の本隊で、動きに乱れはなかった。お互いに陣形を組む間もなく、乱戦になった。

武光は、先頭を駈けた。耳もとで風が鳴る。白い刃の光がひらめく視界に、赤い色が飛ぶ。まつわりついてくる敵をほとんど無意識に打ち倒しながら、武光の眼は畠山直顕の姿だけを求めていた。乱戦では、大将がどれほど闘っているかということが、兵の士気に大きく影響する。

城武顕の騎馬槍隊が、最初に飛び出してきた五百騎を鮮やかに二つに割り、さらにその二つを突き崩そうとしていた。もうひとつの五百騎の中央に、武光はようやく畠山直顕の姿を見つけた。

「騎馬隊」

叫んだ。武光が中天に差しあげた太刀を見て、すでに百騎ほどは集まってきている。

「続けっ。畠山直顕があれにある。ほかの者には眼をくれるな」

前を駈ける者は、誰もいなかった。畠山直顕の麾下《きか》が二十騎ほど突出してくる。その真中へ、武光は突っこんでいった。三人が馬から落ちていた。四人目の首が宙に飛んだ。気を呑《の》まれたように、敵の動きが止まった。菊池の騎馬隊が突っこんでいく。畠山直顕の旗が後退しはじめた。

「崩れたぞ。追い撃ちに討て。手を緩めるな」

一旦《いったん》崩れはじめた軍勢は、脆《もろ》いものだった。前へ押し出す菊池軍の力にはずみがついた。

畠山直顕は、数十騎の麾下に守られて、西の三股《みまた》の方へ逃げていく。三股には、息子の重隆がいる。

「城武頴。敵の殿《しんがり》を突き崩せ。構えを作らせるな。三股まで駈け抜けるぞ」

城武頴の、皆朱《かいしゅ》の槍が突き出された。日頃《ひごろ》の訓練の通り、騎馬槍隊を先頭とする陣形を、菊池軍は前進しながら作っていた。

畠山直顕は、逃げに逃げた。城武頴の槍の穂先が届くのではないかと思えるころ、前方に三股城の城門が見えた。重隆は、逃げてくる父親の姿を見て、城門を閉ざすことができなかったようだ。城武顕の騎馬槍隊も、一緒に城門に突っこんでいった。大して時間はかからなかった。城中の何カ所からか火があがり、城兵は搦手《からめて》から逃げはじめた。再び追撃だった。三股は、大隅《おおすみ》との国境近くにある。国境のむこうには、畠山の宿年の敵であった島津の軍勢がいるはずだ。

思った通り、畠山父子は北へ逃げた。武光は、追撃の手を緩めなかった。二里も追わぬうちに、五条良氏が指揮する軍勢が畠山軍の前方を遮《さえぎ》った。挟撃のかたちになった。すでに畠山の旗はない。それでも、武光は追撃を続けた。軍勢の両翼を拡げて包みこみ、逃げる敵をひとりも討ち洩《も》らさぬという態勢である。

自軍の兵の疲れが極限に達するまで、武光は追撃をやめなかった。追い撃ちに討たれる兵は無残である。その無残さも、執拗《しつよう》な追撃を重ねることで、自軍の兵に教えることができる。

夕刻近く、武光はようやく兵をまとめた。

「畠山軍の死屍《しし》が塁々と続いておりますぞ」

五条良氏も、兵をまとめて本隊に合流してきた。

「畠山父子の行方は知れません。これだけ叩《たた》けば、あとは良氏殿おひとりに任せておいても、大事ありますまい」

「激しい戦をなさいますな、武光殿は。これで、菊池へ戻られまするか?」

「いや。大慈寺へ詣《もう》でたいと思います」

「ほう。楡井《にれい》頼仲の墓へでござるか」

「この武光の力が足りなかったばかりに、あれほどの武将を、孤軍奮闘の末に自刃《じじん》させてしまいました。頼仲が拠《よ》った志布志《しぶし》へは、この身で参らねばなりますまい」

「生きて、ともに闘いたかったでござろう」

五条良氏が、遠くを見る眼をした。日向米良《めら》にあった良氏にとっては、楡井頼仲は誰よりも心強い味方であったはずだ。

一色範氏《のりうじ》を九州から追い、畠山直顕を叩き潰《つぶ》した。しかしその間に、死んでいった味方の武士も多い。戦とは、そういうものだ。

豊後の大友氏時が兵を挙げたという知らせが入ったのは、志布志から北への帰路をとりはじめた時だった。大慈寺には、禁濫妨狼藉《らんぼうろうぜき》の札を立ててきた。何年にもわたって、征西府のために孤軍奮闘してきた武将にも、いまはそれだけのことしかしてやれない。

「大友は、少弐頼尚《よりひさ》に踊らされておる。もっとも、三人衆の征西府への帰属は、表だけのことよ。ひと皮剝《む》けば、三人が三人とも牙《きば》を隠しておる」

大友氏時の決起を、武光は大して意に介さなかった。強大な力を秘めた少弐頼尚は、いまだ静かな山のように動こうとしていない。

牧宮が兵を出して大友を牽制《けんせい》しているという知らせが届いたのは、それからさらに二日後だった。手兵は一千だという。

「御所様に万一のことがあれば」

「按《あん》ずるな。あのお方に勝る武将は、菊池にもおるやもしれぬ。だがあのお方に勝る大将は、菊池はおろか九州にも、ひとりもおらぬ。これ以上はない大将を仰いだ兵は強いぞ。二倍、三倍の力を出すわ」

武政や城武顕の心配を、武光はとり合わなかった。牧宮は、遠征に疲れた兵を気遣って、牽制の兵を出したのだろう。大友が執拗に兵を退《ひ》かないようなら、牧宮との挟撃で大友を叩き潰すこともできる。

十二月十一日に、菊池軍は何事もなく帰還した。牧宮の方は激戦が伝えられたが、兵の損耗は意外に少なく、元気に戻ってきた。

「はじまっておるな、もう」

武光を見て、牧宮はそう言っただけだった。九州の覇権を争う最後の大きな戦が、すでにはじまっているという意味に武光は解した。

年明け早々から、征西府は頻繁《ひんぱん》に豊後に兵を出した。

少弐頼尚は、大宰府の館《やかた》で静かにそれを見守っていた。かつては自分と対抗し、豊前《ぶぜん》さえも窺《うかが》おうとした大友氏泰、氏時兄弟も、いまでは征西府と闘うためには自分との連合を求めざるを得なくなっている。

「大友の要請には、応じるべきではありませぬか、父上」

大宰府館の大広間には、息子や甥《おい》たちのほかに、饗庭《あえば》宣尚や西郷顕景らの重臣も居並んでいた。戦好きの直資《ただすけ》の言葉が一番多かった。確かに、筑前《ちくぜん》、豊前は自分の支配下にあり、大きな戦も数年なく、部将たちは満を持している。

「大友は、よく征西府と闘っているではありませんか。今が時でございますぞ」

「そうかな」

年明けからふた月ほどの、征西府軍の動きに、頼尚はただの軍事活動ではないものを感じていた。自分を呼んでいる。誘っている。そんな感じがするのだ。大友氏時の善戦も、征西府軍の戦に粘りがないからとしか思えない。

戦に敗れたはずの征西府軍を追った一色軍が、いつの間にか大宰府浦城にいた自分を囲んでいた。征西府に救援を求めるしかない状況に追いこまれたあの時の自分のことが、頼尚には忘れられなかった。菊池武光の率いる征西府軍は、一色軍に追われながらも、いつの間にか山中に消えたのである。兵の損耗も、ほとんど出していなかった。そして勝ち戦で勢いのついた一色軍は、大宰府に押し寄せてきた。

一色を誘い出し、自分とぶつからせるために、菊池武光はわざと負けたのかもしれない。

その後の針摺原《はりすりばる》における勇猛さを考えると、あの負けはそうとしか思えなくなってくる。

考えるたびに、頼尚の肌《はだ》には粟《あわ》が生じた。

「大友は、われらを頼りきっております。すでにわれらの軍門の下と言ってもよろしいのではありますまいか」

頼澄まで、めずらしく口を出してきた。

自分と征西府で、九州の覇権を争う戦になる。それがわかっているからこそ、頼尚は万全の態勢が整うまで、動きたくはないのだった。菊池武光は、自分が知っているどの武将と較《くら》べても、勝るとも劣らない。足利尊氏《あしかがたかうじ》や新田義貞《にったよしさだ》や楠木正成《くすのきまさしげ》と較べてもそうである。その菊池武光を倒さないかぎり、自分の手に九州の覇権を握ることはできない。

これも戦と思い定めて、博多にいた弟の資経《すけつね》を暗殺した。博多の商人を抱きこみ、自分と必ずしもいい関係ではなかった大友も、いまは自分の手の中で踊らせている。征西府には何度も刺客を送った。征西将軍宮麾下の大将であった忽那《くつな》重明を屠《ほふ》り、菊池武光の弟である武澄を毒殺した。

しかし、まだひとつ足りない。自分が起《た》つためには、ひとつだけ足りないのだ。征西府側の武将の寝返りである。

太田時義を通じて、阿蘇《あそ》惟村《これむら》への強力な働きかけを続けている。太田時義は阿蘇家の利益を考えてしたたかであり、阿蘇惟村は大友氏時が兵を挙げたと知らせても、怯懦《きょうだ》のためか動こうとしなかった。しかし、動く。遠からず、阿蘇惟村は動く。それまで、豊後での戦に介入してはならないのだ。

「父上は、まさかあの起請文《きしょうもん》を気にされて」

言った冬資を、頼尚は睨《にら》みつけた。冬資の顔から血の気が引くほどの怒気をこめた自分に、しばらくして頼尚は気づいた。

七代にわたって、菊池には弓を引かず。浦城の攻囲から助け出された自分の、精一杯の自嘲《じちょう》を、血を搾《しぼ》って認《したた》めた起請文に託したのであった。

あの起請文の屈辱を消すためには、菊池一族を踏み潰すしかないのだ。

「しばし、いましばし、耐えよ、冬資」

静かな声で、頼尚は言った。気を呑まれたように、冬資がうつむいた。

大広間に、声はない。頼尚は眼を閉じた。時が来つつある。自分がひたすら待ち、恐れてもいた時が、いまそこに来つつある。

2

征西府軍が総勢五千で、豊後に進出したという知らせが入ったのは、三月二日だった。軍勢の中核は菊池軍三千五百で、丸鷹紋の征西府旗が掲げられているという。征西将軍宮自身も、出陣しているということであった。

これまでの、自分を誘い出すような動きとは明らかに違う、と少弐頼尚は思った。本気で、大友氏時を討ち果そうという構えである。

大友氏泰に戦意はなく、大友軍はすべて弟の氏時の指揮下にある。その氏時から、救援依頼の使者がすでに五度にわたって大宰府に遣わされてきていた。氏時も、征西府軍の動きが、正月の粘りのないものとはまったく違うことを感じているらしい。

挙兵の秋《とき》かもしれない。ここで大友が潰されれば、征西府はさらに強大になり、自分は九州の北部で孤立することになりかねなかった。そう思っても、もう一歩を頼尚は踏み出せないのだった。

太田時義が、大宰府の館に伺候してきたのは、三月四日である。頼尚は従者に命じて具足を付けた。直垂《ひたたれ》姿の太田時義は、頼尚の具足を見てさすがに表情を強張《こわば》らせた。

「三度も催促の使者を出して、ようやく来てくれたのだな、時義」

言葉に詰まって、太田時義はただ平伏した。肚《はら》の内がどうなのかは、わからない。

「儂《わし》は戦をはじめる。力はすでに充分すぎるほど蓄えた。わかっておろうの」

「はっ」

「征西府は甘くはないぞ。うぬが主《あるじ》は選ばねばならぬ。この頼尚につくか征西府につくか。帰って主に申すがよい。少弐頼尚が、ついに起つとな」

「はっ」

「よい。阿蘇へ戻れ」

なにか言いかけた太田時義を無視して、頼尚は座を立った。

「よろしゅうございましたか、あれほど脅《おど》して」

饗庭宣尚が、追ってきて言った。頼尚は、笑って具足を従者に任せた。

「そこもとが、なにか付け加えておいてくれたのであろう」

「はい。われらに同心して兵を挙げれば、太田一族を悪いようにはせぬと」

「待つだけじゃ、あとは」

軍勢督促状は、まだ一通も出していない。阿蘇惟村を抱きこんでから、と頼尚は考えていた。

居室に、嫡男《ちゃくなん》の直資が、一族の武藤《たけふじ》を伴って現われた。

「そなたらに、申し達《つた》えておくことがあった」

「なんなりと」

「先鋒《せんぽう》と本陣を、そなたらに任せたい。大きな戦がはじまればの話だが」

「どちらが、先鋒でございますか？」

直資の眼が光った。戦になれば、やはり直資が大きな働きをするだろう。武藤も、一族の中では名だたる戦上手である。

「常に、直資を先鋒とし、武藤を本陣の備えとする。この二つがしっかりしておれば、どのような大軍であろうと、ひきしまるものじゃ」

「数万の大軍、と考えてもよろしゅうございますか、お館様」

武藤の問いに、頼尚はただ頷《うなず》いた。

豊後に進出した征西府軍は、玖珠《くす》に滞陣し、大友氏時の本拠高崎城を窺っている。それに対して氏時は、兵を散らしてまともなぶつかり合いを避けているようだった。ぶつかりたくても、少弐軍の増援がなければぶつかれはしないのである。このままでは、氏時の勢いは徐々に弱まり、やがて潰《つい》えるだろう。保《も》ってふた月だ、と頼尚は読んでいた。

阿蘇惟村からの使者として、太田時義が再び大宰府の館を訪《おとな》ってきたのは、三月十八日だった。報告に来たのは饗庭宣尚で、いつものように無表情だった。

豊後の滞陣が、少しくらいは長引いてもいい、と武光は考えていた。征西府軍が豊後にあることにより、少弐頼尚へ無言の圧力をかけることになる。その圧力が限界に達した時、少弐頼尚は兵を挙げるはずだった。

牧宮は、陣中では生来の闊達《かったつ》さを取り戻していた。心の中には、九州をひとつの国にしようという夢が、やはり秘められているのだろう。自分には、ほんとうの夢というものがないと、牧宮の話を聞かされた時から、武光はたえず考えていた。せいぜい、菊池一族が栄え、武政を筆頭とする息子たちが、立派な武将となることを願っているくらいである。九州を、場合によっては高麗《こうらい》までをも、ひとつの国にしてしまう。およそ想像したこともなかった。夢というのは、ほんとうはこういうものなのかもしれない、と時々思うようになっていた。

考えれば、忽那や村上や上松浦《まつら》党の水軍を通じて、高麗とは京よりもはるかに密接に繋《つな》がっている。

大友氏時が正面から刃向ってくる姿勢を示さないとしても、小さな戦はしばしばあり、豊後の滞陣も忙しいものだった。視界の端で少弐頼尚を捉えながらも、武光はそのひとつひとつをこなしていった。

騎馬が一騎むかってくるという物見の注進を受けたのは、三月十九日だった。ほどなく、征西府旗に真直ぐにむかってくる騎馬武者の姿が、本陣からも見えるようになった。

「なんのつもりだ、あの武者は」

牧宮は床几《しょうぎ》から腰をあげて、じっと騎馬武者に眼を注いでいる。参陣してくる武士でもなく、早馬の注進でもないことは、その武者が太刀を振りあげていることでわかった。五千余の軍勢に、ひとりでむかおうとしているのである。

「射落としましょうか。弓隊の手練《てだ》れなら、一矢で仕留めますぞ」

赤星武貫《たけつら》が言った。兄武豊の長子である。

「待て。待つのだ。誰も手出しはならぬ」

騎馬武者のあげる音声《おんじょう》が聞えてきた。

「馬曳《ひ》けっ」

「武光、なんとする？」

「御所様、これはそれがしひとりのことでございます。それがしが、あの武者を討ってやらねばなりません」

曳かれてきた馬に、武光は飛び乗った。はっと胸に響くものがある。武者のあげる音声が、悲痛なものにさえ聞えた。

馬の腹を蹴って駈け出し、太刀を抜き放った。すでに一町の隔りはない。

「豊田の殿、安見松丸見参。その首、頂戴《ちょうだい》つかまつる」

武光は、声を発しなかった。握りあげた太刀に、渾身《こんしん》の力をこめただけである。擦れ違った。悲しいほどにしたたかな手応《てごた》えが、太刀にあった。主を失った馬が、本陣の中まで駈けこんでいった。

牧宮が、馬を進めてきた。

「阿蘇惟村が家臣、安見藤敏と申す者でございます。この者の姉に当たる女は、それがしの子を二人産み申した」

「なんのために、死にに来たのだ？」

「それがしを、豊田の殿と呼びました。豊田の十郎であったころの呼び名を。名乗りも松丸と幼名であげて」

「なにも言えぬ。だからおまえに討たれることによって、なにかを知らせようとしたのではないのか。儂にはそう思えた」

「自らの主を、売ることはできません。安見藤敏にできたのは、死ぬことだけでございましたろう」

「背反か、阿蘇惟村の」

「間違いはありません」

「葬《ほうむ》ってやるがよい、おまえの手で。阿蘇にも、雄々しき武士《もののふ》がいるものよ」

「打ち捨てまする」

「よいのか、それで？」

「藤敏は、その覚悟で参りましたろう。それより、全軍を西へ動かします」

　武光は、馬上から陣払いの合図を出した。成行きを見守っていた部将たちの声が響く。十里ほど、一気に西へ移動した。

　煮え立つような思いを、武光はこらえていた。自分にできるのは、藤敏の死を無駄《むだ》にしないことだけだ。

「いつ、敵が襲うかもしれぬ。物見を倍に増やして、兵たちを休ませよ」

　いま、阿蘇惟村が征西府に背反するのには、なにか理由があるはずである。大友氏時と結んだのか。あるいはもっと大きなものと結んだのか。まずは、それを見極めなければならない。

三月二十日に、本陣に右京と楓《かえで》が現われた。筑前を探っていた葦影《あしかげ》からの使いである。

大宰府にて、少弐頼尚が兵を集めはじめたという知らせであった。二十一日には、阿蘇惟村が、小国《おぐに》に九カ所の城塁を築いたという注進が入った。小国は豊後との国境近くにあり、退路を完全に断たれたというかたちだった。阿蘇惟村の素速さは、きのう今日背反を決めたわけではなく、長い時間をかけて準備していたものだとしか思えなかった。

「袋の鼠《ねずみ》だな、武光」

牧宮の声は、落ち着いていた。少弐頼尚が本気で兵を集めれば、二万か三万にはなるだろう。北に少弐、東に大友、西に阿蘇。南は険阻《けんそ》な山である。

「道はいくつかある。どれを選ぶかは、武将としておまえが決めることだ。おまえが決めれば、儂は死の中へ走ることもいとわぬ」

「決めております」

全軍を、西へ十里動かしていた。それが、なにかを分けるかもしれない。安見藤敏が来なかったならば、あの場にとどまり、大友氏時の追撃をかわせなかったかもしれないのだ。十里が、天から与えられたもののように、武光には思えた。

「菊池までひた走ります。惟村ごときが築いた城塁、なにほどのことがありましょう」

「わかった。征西府旗を押し立てて、ともに走ろうぞ」

牧宮が、白い歯を見せて笑った。

「武政、武貫、城武顕。御所様のそばを離れるでない。頼治殿も、御所様のお身だけを考えてくだされい」

乗馬の合図を、武光は出した。

「先頭は儂が駈ける。遅れる者は死ぬ。小国の城塁は九カ所ぞ。それを破れば菊池だ。いまは死ぬ時ではない。生きる時だ。よいな、敵の首などに眼をくれるな」

騎馬隊が前面に出た。軍勢の中央に掲げられた征西府旗に眼をやって、武光は腹の底から声をあげた。

地鳴りのような音を、阿蘇惟村は聞いていた。阿蘇山は、しばしば火を噴く。地鳴りには馴《な》れていた。

馬や人が通れる場所には、すべて城塁を築いた。大友氏時と自分で、菊池武光を挟《はさ》みこむ。武光ほどの武将なら、壮絶な戦を挑《いど》んでくるだろう。しかしそこに、数万の少弐軍が到着する。勝敗は見えていた。

肥後のみならず、筑後、肥前にすら及びつつある武光の勢威を、ここで叩き潰すことができるのだ。それを想像すると、惟村の躰《からだ》は快感でうちふるえた。

もともと、菊池と阿蘇は並び立つべき家である。阿蘇をないがしろにした武光は、討たれて当然だと惟村は思っていた。父の恵《え》良《ら》惟澄《これずみ》に対する恩賞も、あまりに少なすぎた。

征西将軍宮も、武光とともに葬ることができる。九州の大名の、誰ひとりとしてなし得なかったことを、自分がするのだ。京の幕府は、どのような恩賞の沙《さ》汰《た》を自分に下すのか。肥後一国、いや筑後まで加えた所領を、与えられるかもしれない。

地鳴りが大きくなった。阿蘇山が火を噴くのかもしれない。阿蘇大宮司である自分にとって、阿蘇山は守り神のようなものである。巨大な火を噴き、灰を武光の頭上に降らせればいい。

「土煙が見えますぞ、お館」

太田時義が言った。惟村は、物《もの》見《み》櫓《やぐら》に登った。九つある城塁の、もっとも後方のひとつに惟村は拠っていた。

「何事だ。戦の前に騒ぐでないぞ」

「あれは」

指さされた方角に、惟村は信じ難いものを見た。丸鷹紋の、征西府旗である。

「馬《ば》鹿《か》な。早すぎる。それに、すでに城塁を破っているではないか」

三つさきの城塁まで、惟村のいるところからは見えた。そのひとつが破られ、さらに次も破られ、すぐ前の城塁に騎馬隊が突っこんでいる。違い鷹の羽の旗が倒れ、並び鷹の羽の旗が突き進んでくる。

武光が来た。そう思った瞬間、惟村の肌には粟が生じた。すぐ前の城塁も破られた。矢を鎧《よろい》に何本も突きたてながら、太刀を振りかざしている武光の姿が、惟村の眼にはっきりと見えた。

武光とは従兄弟《いとこ》である。自分を殺すはずはない、という虫のいい思いが惟村の胸中に走った。それから、武光を討とうとして、いま自分がここにいることに思い到った。

殺す気なのだ。また躰がふるえた。

「矢だ。矢を射かけよ」

叫んでいた。くわっと見開いた武光の眼が、自分だけを見つめているような恐怖に、惟村は襲われた。

先頭の武光にむかって、次々に矢が射かけられる。武光はものともしていなかった。飛んでいる。惟村にはそう見えた。

「敵は疲れているぞ。怯《ひる》まずに矢を射かけよ。征西府の旗などに惑わされるのではない」

太田時義が、兵を叱咤《しった》している。城塁のそばまで、武光は迫っていた。形相に恐れをなして、逃げはじめる兵も出ていた。

「惟村、その首を捻《ね》じ切ってくれるぞ」

武光の声が届いた。憤怒に満ちている、と惟村は思った。武光が豊田にいたころから、憤怒の声はしばしば耳にした。そのたびに、胆《きも》が縮んだものだ。

「出《い》でよ、惟村。小国で死ねっ」

五、六名の兵が、武光の太刀で薙《な》ぎ倒された。血を浴びた武光の顔が、まるで自分を押し潰してくるようだった。

「それ、大将の菊池武光だ。首を取れば、恩賞は思いのままぞ」

叫んで、太田時義が突っこんでいく。その首が宙に舞った。

惟村は、馬に飛び乗っていた。夢中で馬の腹を蹴り続ける。眼を閉じていた。眼を開くと、武光の顔がすぐそばに迫ってくるような気がする。

駈けに駈けた。どこまで駈けても、武光は追ってきそうだった。鬼だ。馬の腹を蹴り続けながら、惟村はくり返し呟《つぶや》いていた。

南小国から、阿蘇の領地に入った。自軍の兵の姿が見えた時、惟村はようやく大きく息を吸った。躰は、まだふるえ続けている。

「たわけがっ。征西府に弓を引くとは、なんたる振舞いか」

御船《みふね》にいるはずの、父だった。

「腹を切れ、惟村。わが倅《せがれ》とは思わぬ。せめて武士らしく死んでみよ」

すでに白髪《しらが》の方が多い老齢でも、父の声は肚に響く太さを持っていた。

惟村は、また馬の腹を蹴った。

ふり返ったが、父は追ってはこなかった。いずれ、父は御船に帰るだろう。それまで、どこかに隠れていなければならない。

駈ける惟村の背中には、まだ武光の燃えるような視線が張りついたままだった。

3

征西府館の広間には、毎日諸将が参集してきた。少弐頼尚討伐の軍議である。直ちに軍勢を整え、筑前へ進攻すべきだという意見が強かった。

懐良《かねよし》は、すぐに決定を下さなかった。武光も、あまり発言せず、諸将の意見を腕を組んでじっと聞いている。自分と武光がなにか言えば、それで事は決まってしまう。武光も、そこのところはよく心得ているのだろう。

武光と事前に話合って、軍議に臨んでいるわけではなかった。しかし武光の考えは、手にとるようにわかる。武光も同じはずだ。

七十一歳になった五条頼元も、いまだ矍鑠《かくしゃく》として軍議に列席し、積極的な進攻作戦を主張した。その間にも、大宰府の少弐頼尚の動向は、次々にもたらされてくる。博多、豊前と活発に動いているようだ。

「少弐頼尚は、やはり挟撃にこだわっているようでございます。そこに隙《すき》が生じるのではと思いますが」

父の前では言葉が少なかった武政も、いつの間にか軍議で発言するまでになっていた。

「挟撃にはならぬ、武政殿」

南肥後に五千の軍勢を率いて、大友氏時が進攻してきていた。絵図の上から見れば、北と南からの挟撃である。

「恵良惟澄殿が、うまくあしらわれるであろう。大友氏時は、遠征というものを知らぬ。兵站を、日向の山の民が断つ。田の稲は、まだ穂を付けておらぬ。氏時は、むなしく豊後に戻るしかありますまい」

日向米良から出向いている、五条良氏が言った。阿蘇家では惟村が背反したものの、恵良惟澄は変ることなく、征西府側の有力武将のひとりである。倅の背反をひどく恥じて、軍議に列席することを避けたようだ。

懐良は、いまはじまろうとしている戦を、少弐討伐だけにしたくはなかった。そういう時期ではないのだ。少弐と征西府が闘うことは、そのまま九州の覇権の争いとなるべきだった。そのつもりで、少弐も兵を挙げたに違いない。

懐良は、すべての情勢を見つめていた。九州だけではなく、京の足利幕府がどう出てくるかも見極めなければならない。新しい九州探題として西下していた細川繁氏が、ついに九州に入ることなく病死したという知らせも受けた。

動き回っているのは大友氏時だけで、戦乱の予兆を孕《はら》んだ無気味な静けさが、全九州を覆《おお》う日が続いた。

六月に入って、懐良ははじめて決定を下した。

「全九州に、征西府令旨《りょうじ》を発せよ」

五条頼元をはじめとする、全員の眼が輝いた。腕を組み、眼を閉じていたのは武光だけである。誰もが、少弐を相手の局地戦ではなく、もっと大きなものを争う戦だと理解したようだ。

九州の、雲の動きが激しくなった。

「武光、儂の決断は早すぎたであろうか？　事を急いだ覚えはないが」

「潮時でございました、まさしく」

隈府《わいふ》城では、参陣してくる武士たちへの対応の準備で、誰もが忙しく動き回っていた。かえって、懐良や武光の仕事は少なくなり、二人だけで語り合う時も持てるようになった。

「少弐頼尚は、ここ数年じっと力を蓄えておりました。充分すぎるほどの備えを持っております。われらも、たとえ数万に及ぶ兵であろうと、一年は養えるものを蓄えました。そこで勝負はつきますまい」

「集まる兵の数が勝負か」

「御所様に、ひとつだけ申しあげておきます。長い間、武士は棟梁《とうりょう》の指図を受けて戦に出、民政を行って参りました。どうしても、武士の心の底には、棟梁がおります」

武士の棟梁といえば、源氏と平氏であり、いまは京の足利義詮《よしあきら》ということになる。そして九州の武士たちは、棟梁の姿を、少弐頼尚を通して見ることになるはずだ。

「わかっておる、骨身に沁《し》みてな。数の上では、少弐に勝てまい。しかし儂には、おまえがおる、武光」

「菊池軍五千のみとしても、鬼神の働きをしてみせます」

「時が来たのだな、とうとう。儂は、早くこの戦乱を終らせたい。人々の心、民の心から恨みという言葉を拭《ぬぐ》い取ってやりたい」

征西府館の、懐良の居室から見る隈府城の緑は深かった。何度、この新緑に眼を細めたことだろうか。

「御所様、いまだから申しあげます。この武光、これまで夢などということを考えたことはありませぬ」

眼が合った。武光がはじめて自分に会いにきた日。あの時の眼を、武光はしていた。

「武光は、御所様の夢に賭《か》けます。九州を新しいひとつの国にするという夢に。それを、武光の夢ともいたします」

叫び声をあげたいような感動が、懐良の躰を突き抜けた。それを抑えた。眼をそらさず、懐良はただ頷いてみせた。


大宰府は、各地から参陣してくる武士で溢《あふ》れ返っていた。

全九州に征西府令旨が発せられてから、これは少弐対征西府の戦ではなくなった。足利幕府を認めるか否《いな》か。九州の武士は、いまはじめて最後の選択を迫られていると言ってよかった。島津や一色や大友などの戦とは、根本的に違ってしまったのである。征西府に付き、形勢を見てこちらへ寝返るなどということも、この戦にかぎってはあるまい、と少弐頼尚は考えていた。武士の中でも、家の存続を第一と考える者は、兄と弟を分けて両方に出したりもしているようだ。

軍勢の編制は、直資、冬資兄弟と、少弐武藤が中心となってやっていた。頼尚が、直接口を出すことはない。

居室から、庭を眺《なが》める時間が多かった。女も、いまは近づけない。

武士の参集の具合は上々だが、舌打ちしたくなることが、頼尚にはひとつあった。大友氏時が肥後南部に兵を出したにもかかわらず、阿蘇惟村が出てこなかったのだ。惟村が出てくれば、父の恵良惟澄もこちらに付いたかもしれない。付かないまでも、いまのように大友を相手に動き回ることはなかったはずだ。

惟村は、菊池武光に対してよほどの恐怖心を抱いたのか、何度使者を送っても動こうとしなかった。小国の城塁を、武光は瞬時にして突破し、阿蘇軍の死屍《しし》だけが何百と残されていたという。菊池軍の戦ぶりと、惟村の慌《あわ》てようが見えるようだった。

二度の挟撃に、武光は嵌《はま》らなかった。そして、全軍のぶつかり合いということになった。

最後には、こうなると頼尚は肚を据《す》えていた。ただ戦は、戦場だけで行うものではない。戦場の兵の損耗を少なくするために、できるかぎりの策を講じるのも戦のうちなのだ。

まだ戦がはじまったわけではなかった。

ある夜、頼尚は庭の樹《き》の枝に風鈴を付けた。

「唯心でございます」

声の方が、いつもさきに聞えてくる。

「首が欲しい」

「戦がはじまれば、われらは武士として軍勢の端にお加えいただけるはずではありませぬのか？」

「その首を、土産といたせ。首を持って戻れば、領地も与えよう」

誰の首だかは、頼尚は言わなかった。唯心も訊《き》こうとしない。銭の袋を放り、頼尚は板戸を閉めた。

征西将軍宮か菊池武光の首があれば、戦は大きくこちらの有利となる。兵を失うことも少なくて済む。最後まで、諦《あきら》めるべきではないのだ。そうやって得た勝ちは、時として耐え難いほど苦い。それでも、兵を殺さぬ算段をするのが大将の務めであると、頼尚はずっと信じ続けてきた。

六月の半ばを過ぎると、肥後南部で粘り続けていた大友氏時も、ついに豊後に戻った。

恵良惟澄にあしらわれただけで、菊池軍は出動の気配さえ見せなかった。

「筑後平野でぶつかることになろうな」

饗庭宣尚と西郷顕景を前に、絵図を指しながら頼尚が言ったのは、もう六月も終りに近づいたころだ。集まった軍勢は五万余。出陣すれば、それはもっと増えるだろう。直資などは、速やかに肥後まで進攻することを主張しているほどだ。

菊池で行う戦がどれほど危険か、息子たちは知らない。かつて、菊池武光の兄武敏が多々良《たたら》浜で足利尊氏や自分と戦って敗れた時、菊池は滅びて当然だった。事実、大軍が何度も菊池へ攻め入ったのである。武敏はそのたびに城を捨て、山中に遁走《とんそう》し、どこからともなく少数の兵で出てきては奇襲をかけるのである。山中には、かなりの数の隠し村や隠し砦《とりで》があると思っていた方がいい。

「出陣はいつでございますか？」

西郷顕景も、すでに豊前の兵一万を率いて大宰府に来ていた。筑後平野のぶつかり合いということに関しては、二人とも異存はないようだった。

「征西府軍が菊池を進発した翌日を、われらが出陣の日といたそう」

軍勢の動きを見る。これも大事なことだった。特に、菊池軍以外の動きがどうなのか。

「受けて立つわけでございますな」

「それほど遠い先ではない。あと何日かであろう」

頼尚の心境は静かなものだった。じっと時を待って、ここまで来たのだ。あと何日かの時を、焦《あせ》って待つことはない。

懐良が武光とともに諸将を集め、七月一日の進発を伝えたのは、その前々日だった。

諸将はどよめきをあげ、勇み立って散っていった。大広間に残ったのは、頼治と武光のみである。

「滝で襲われたそうだな、武光？」

五日ほど前、産《うぶ》さん滝に打たれていた武光を、二十余名の刺客が襲い、全員が討ち取られたという。懐良の身辺の警固も、その時からいっそう厳しくなっていた。

「千田《ちだ》庄の波多館に、御所様を襲ったのと同じ一党でございました。頭《かしら》は、北条時益《ほうじょうときます》が郎党と名乗りをあげましたので、それがしが相手をして斬《き》り捨てました。絶望に満ちた眼をしておりましたな。死にに来たのでございましょう。少弐頼尚も、むごい人の使い方を致します。征西将軍宮麾下の大将の、雄々しい死に様が忘れられぬ、と申しておりました」

「重明のな」

襲った相手の心に、いつまでも残るような死に方を、重明は確かにした。

「武士は忽那《くつな》重明殿のごとく死ねばよい。そう思った時、大戦を前にした気が鎮《しず》まりました。滝で躰を冷やすよりずっと」

　控えの者が入ってきて、頼治になにか耳打ちした。

「ここでよい。すぐお通しせよ」

　頼治が懐良に眼をむけてきた。

「客人でございます、御所様」

「ほう、客人とな」

　入ってきたのは、月王丸と、いまは南浦《なんぽ》と名乗る忽那義範《よしのり》だった。義範は脇《わき》に控え、月王丸が正面に坐《すわ》って懐良と対坐《たいざ》した。すでに十一歳である。成長は、驚くほど早かった。

「久しいのう、月王」

　熱い思いに駆られて思わずそう言ってから、南浦がなぜ月王丸を征西府館に伴ったのか、と懐良は考えた。両手をついて一度平伏した月王丸が、しっかりと自分に眼をむけてきた。

「御武運を、お祈りいたします、父上様」

　一瞬、懐良の心の中が白くなった。切なさに似た思いとともに、涙までこみあげてきそうになる。月王丸は、じっと眼をそらさない。

「父らしいことを、なにひとつしてはやれなかった。許せ、月王」

「父上様を誇りといたします、月王丸は」

　そう言えと、阿久里《あぐり》にでも言われたのかもしれない。それでも、懐良の心の中には喜びが拡《ひろ》がっていた。

「母者は、変りないか？」

「はい。健勝でございます。いまは高麗にて、船団の指揮をいたしております。月王丸は、早く大きくなって、母の代りをいたします」

「そうか」

「では、これにて」

南浦が言った。引きとめようとした武光を、懐良は制した。いま月王丸と自分を会わせた理由が、懐良には理解できた。この機を逃がすと、二度と父子の名乗りをあげることはないかもしれないのだ。戦に負けて、月王丸の父親は死ぬかもしれない。南浦はそう考えたのであろう。

「御出陣は、城下にてお見送りいたします」

「心の中で送ってくれれば、それでよいぞ。月王、すこやかに暮せよ」

「はい」

月王丸は一度平伏し、南浦に促されるままに出ていった。

頼治も武光も、じっとうつむいてなにも言わない。

七月一日は、真夏のような暑さだった。

隈府城に参集した諸将に、武光が檄《げき》を飛ばした。逆賊、少弐頼尚を討伐する。全九州の統治者としての征西府の戦である、と低く落ち着いた声で言った。

集まった兵は、四万に近い。菊池の城下の周囲を、旗が埋め尽していた。

「出陣じゃ」

征西府の旗が掲げられた。鯨波《とき》をあげた諸将が、四方に散っていく。

馬が曳かれてきた。

まず、菊池の並び鷹《たか》の羽の旗を押し立てた武光が、白い馬に乗って城門を出、城下に下っていく。次に征西府旗。懐良の乗馬は黒だった。忽那島にいたころから、それは変らない。

民家からは、人が出て軍勢を見送っていた。その中に、頭を丸めた南浦に連れられた、月王丸の姿を懐良は認めた。束《つか》の間、月王丸と視線がぶつかった。それだけだった。懐良は、ふり返りもしなかった。勝てば、また会えるのである。

叡山《えいざん》を出てから、二十有余年。長すぎるほど長い旅だったのだろうか。月王丸とそれほど違わない年齢で、征西将軍宮として九州にむかった。つらかったという思いはない。それが、自分がこの世に受けた生のありようだった。

「御所様、心がふるえます」

頼治が言った。叡山を出てから、ずっと自分の影のように寄り添ってきた頼治の心に去来するものは、自分と同じなのかもしれない。

「儂もだ、頼治」

城下を出ると、諸将の率いる軍勢が、道の両側に垣《かき》のように並んで鯨波をあげた。先頭は、武光の率いる騎馬隊。供回り五十騎に囲まれた懐良と征西府旗が、それに続いて早足で駈《か》け抜けていく。後方は、城武顕の騎馬槍隊である。一里にも及ぶ軍勢が、直線になった。物見からの注進が次々に入る。それに、武光が厳しい口調で下知《げじ》を与えた。

懐良の前方に拡がるのは、九州の大地だった。おのが夢でもあった。ついに来た。思いはそれだけだった。前方に拡がるものの中に、懐良は駈けこんでいった。心が、けものになった。具足を灼《や》く強い陽光が、陽炎《かげろう》を立て、前方の原野をかすかに揺らした。

4

正平十四年七月七日、征西府軍は筑後川を挟んで、七万の少弐軍と対峙《たいじ》した。九州に新天地を求めてきた新田、名和の一族や、薩摩《さつま》、大隅、日向から遠路参陣してきた谷山忠高の一子義高らの武将も含めて、四万の軍勢であった。

征西府本営は筑後国府、その他の諸将は高良山《こうらさん》を中心として、山麓《さんろく》に東西に並ぶかたちで布陣した。武光の本陣は、西の吉見岳《よしみだけ》城である。

高良山の頂上に立つと、筑後川の一里ほどむこうに、支流に両側を挟まれるようにして陣をとった少弐軍がよく見てとれた。さすがに、容易ならざる配陣である。対峙したまま、数日が過ぎた。武光は少弐軍の正面にあたる神代《くましろ》の渡し場付近より、何度も誘いをかけたが、少弐頼尚は乗ってこようとしなかった。

連日の軍議でも、これといった策は出てこない。日に日に、膠着《こうちゃく》の中の緊迫感が高まるばかりであった。牧宮も、毎日高良山の頂上に登っては、腕組みをして少弐の陣営に眼を据えている。

「渡河隊を五千、選んでおります」

「五千か。こちらから動くしかあるまいな」

渡河は危険である。渡河中の兵は、まったく動きがとれない。お互いに、なにかを測り合ってきた。少弐が動くことはない、と武光は見た。こちらが動かなければ、さらに対峙が続く。

七月十八日、武光は全軍を高良山に集結させた。正面から渡河の構えである。ただし本隊の渡河は第二陣で、先陣は神代の渡しより東半里ほど上流にある古北《ふるきた》からの渡河とした。率いるのは武光自身で、十九日夜、闇《やみ》に乗じて行動を起こした。

少弐頼尚は、高良山に集結して動き出す気配を見せはじめた征西府軍を眺めながら、考えこんでいた。正面から渡河してくる気なのか。菊池武光の気性では、それがないとは言いきれない。しかし、別の動きもあり得る。どちらを選ぼうと、それを受ける備えはあるが、征西府軍の中核である菊池勢に、最も力を発揮させない方法はなんなのか。

先鋒の直資を呼んで、殿軍《でんぐん》の備えを申しつけたのは、十九日の夕刻に近くなってからだ。

「先鋒が殿軍とは、いかなる策でございますか、父上？」

「今夜、一里ほど後退する。大保原《おおほばる》に拠《よ》って敵をかわし、機を見よう」

「敵に倍する兵を擁したわれらが後退とは、得心が行きませぬ。敵の渡河こそが、絶好の機だと考えますが」

直資は色をなしていた。頼尚には、ひらめくものがあった。そのひらめきは、信じるべきなのだ。本陣から筑後川までの一里余は、夏草が風に靡《なび》くだけの原野である。騎馬の原野戦を最も得意とする菊池武光と、ここでぶつかり合うべきではない。

「駈け引きというものがある、直資」

「正面から渡河の構えを見せているのは、われらに対する牽制《けんせい》でございますか？」

直資も、構えの裏を読もうという気になったようだ。もともと、戦の素質は持っている。

「わからぬのだ。あの構えを読み切れぬ。わからぬものには、賭《か》けてはならぬ」

直資は、なおも考える顔をしている。

「大保原まで、退《ひ》こう。押してくる敵を、押し返せばいいというものではない」

頼尚は、武藤に下知を与えた。

全軍の後退がはじまったのは、夜になってからだった。

二十日未明に、武光が率いる五千の兵は渡河を完了していた。闇の中で、武光の太刀が白い光を放った。騎馬隊が、敵陣に雪崩《なだ》れこんでいく。なにも起きなかった。

「少弐頼尚は、すでに退いたか」

肌《はだ》に、かすかな粟《あわ》が生じた。見事というしかない陣払いである。

「追撃じゃ。勢いはこちらにある。伏勢《ふくぜい》に気をつけて進め」

本隊には、渡河を促す伝令を飛ばした。こうなれば、ひとつにまとまっていた方がいい。

突っ走るわけにはいかなかった。物見を放ちながら、ゆっくりと進んだ。大軍の通過した跡は、闇の中でもわかる。物見の兵たちは、けもののように姿のない敵の匂《にお》いを追った。

「大保原に少弐の陣」

注進が入った。武光は、停止を命じた。絵図は頭に入っていた。大保原の手前は、広大な沼地である。沼地を通り抜ける道はあるが、それがどうなっているかはわからない。

動かず、息をひそめて夜明けを待った。渡河した本隊が、続々と到着してくる。

払暁《ふつぎょう》。少弐の四ツ目結いの紋を打った旗が、鳥の群れのように風に靡く様子が、ようやく武光にも見えてきた。沼を渡る細い道は、三カ所で切断されているようだ。

本営の場所を決め、全軍をひとつにまとめて布陣した。

再び膠着である。動きようがなかった。それは少弐頼尚も同じだろう。対峙したまま、また日が過ぎていく。武光にできることは、物見隊を次々に放って、周辺の地形を徹底的に調べあげることだけだった。

懐良は、供回り五十騎を率いて、毎日前線まで出ていた。時には、武光と轡《くつわ》を並べることもある。少弐頼尚の陣営は、旗の紋も見分けられるほど近くであった。

「ここまで少弐軍を追いつめたのか、それとも自分が引き出されたのか、毎日考えているようだな、武光」

八月に入った日に、少弐の陣営に眼を据えながら、懐良は武光に言った。

「よくおわかりです」

「儂も、ずっとそれを考えてきた。敵は攻めたわけではない。防いだだけだ。そう思うことにしようではないか」

「なにを、防いだと言われます、御所様」

「この沼を楯《たて》にすることによって、原野戦で有効なおまえの鳥雲の陣をだ。城武顕の騎馬槍隊も、このままでは力の出しようがあるまい。しかし、少弐頼尚もそれは同じだ」

「わかっております」

大保原の背後は大宰府への道で、敵の兵站《へいたん》にも問題はなさそうだ、と懐良は思っていた。武光は、どこかでこの膠着を破ろうとするはずだ。

「気を抜こうではないか。油断せよと言うのではない。ただ、兵たちも、すでにひと月近くも張りつめたままでおる。頼元が考えたことを、いまここで実行してみたい」

「五条頼元殿が、なにを？」

「まあ、見ているがいい。古狸《ふるだぬき》の考え出しそうなことよ。これほど息の詰まるような戦は、儂もはじめてなのでな。年寄の考えた戯《ざ》れ事も悪くないと思った」

懐良が合図をすると、供回りから二騎進み出て、旗竿《はたざお》を高く翳《かざ》した。ひとりが、大音声で少弐頼尚を詰《なじ》りはじめる。旗竿の先に付けられているのは、正平八年の針摺原の戦の後、少弐頼尚が出した起請文だった。一色範氏の猛攻から、かろうじて救い出された少弐頼尚は、子孫七代にわたって菊池には弓を引かずという起請文を出したのである。

「あのようなものを、どこで？」

「年寄の考えることは、おかしなものよ。隈府城からあれを捜し出して持ってくるとはな」

懐良が笑うと、武光も笑った。なにが行われているのか知った兵たちが、声をそろえて少弐頼尚を詰りはじめる。笑う声が、波の音のように陣中に拡がった。

「決心がつきましたぞ、御所様」

「そうか」

「武政を死なせます」

言って、武光は馬を返した。陣中では、まだ笑い声が渦《うず》を巻いている。

八月六日に行動開始、と軍議で決定した。

六日の陽《ひ》が落ちた時には、菊池武政は草の中を這《は》っていた。少弐軍の後方を迂回《うかい》し、本隊の攻撃を合図に、本陣にむけて突入し、攪乱《かくらん》するのが任務である。

両軍とも、かなりの数の物見を放っている。大軍による迂回は不可能で、与えられた兵はわずか三百であった。筑後の土豪でずっと征西府側にいた、木《き》屋《や》行実《ゆきざね》を副将に付けてくれた。地味だが、底には果敢なものを持っている。何度か戦をともにして、武政は木屋行実に畏敬《いけい》に近い思いを抱いていた。

父武光は、死んで来い、と最後に言った。死ぬことを、怖《こわ》いとは思わなかった。勝敗を左右するかもしれない、重い任務を与えられたということが、武政の心を固くしていた。

「草や岩になりきることですよ、武政殿」

木屋行実は、ことさら暢気《のんき》なことを言った。夜襲の経験は何度かあるはずだ。

「あと一里で、少弐軍の後方です」

三百の兵は、その一里を黙々と這い続けた。

「百名ずつに分けてひそむ。攻撃開始まで、まだ間があろう」

「いいですね。ひそんでいる間は、草や岩になりきることです」

「わかった。そうなるよう、努めよう」

風が強かった。草の戦《そよ》ぐ音が、まるで波の音のように聞える。

征西府全軍は動きはじめていた。六日の深更である。まず筑後川支流の宝満川《ほうまんがわ》を渡河し、北岸に出た。筑後川ほど渡河に困難はなく、全軍は速やかに渡り切った。

第一陣、第二陣は、正面から敵の先鋒とぶつかる。その背後に、武光の第三陣と、牧宮の第四陣が続く。ぶつかる前に、敵の右翼と左翼に兵を回さなければならない。武光は、攻撃命令をじっと押さえていた。

少弐頼尚は、寝つかれず、仮の陣屋でおのが太刀を抜き払い、刃を見つめていた。長い対峙になった。自分がそれを求めたわけではなく、菊池武光も求めはしなかっただろう。駈け引きの成行で、こうなったのだ。頼尚は、ひとつのことだけを待っていた。自分の待っているものがやってくるまでには、激しいぶつかり合いがあるに違いない。すでに、両軍の機は熟しつつある。しかし自分は動けない。どれほどのぶつかり合いがあろうと、待っているものがやってくるまで、本陣の兵は動かしてはならない。睨《にら》み合うだけ、睨み合った。九州の覇権《はけん》を争う戦だということは、兵のひとりひとりまで自覚していて、長い対峙でも脱落者はまったく出していない。それは、征西府軍も同じであろう。

本陣の後方で、騒ぎが起きた。それは、波のように全軍に伝わりはじめた。頼尚は太刀を鞘《さや》に収《しま》い、従者を呼んで具足をつけた。

「背後より、夜襲」

ようやく注進が入った。火もかけられたようだ。大軍の夜襲ということは、あり得ない。これだけ物見を放ち、哨戒線《しょうかいせん》も設けているのだ。夜陰に紛れて近づいたなら、せいぜい数百。千を越えることはあるまい。

「各々が、持ち場を固めよ。いたずらに動くと同士討ちになる」

下知を下した。騒ぎが鎮まる様子はない。陣屋の外に、武藤が控えていた。動くな、とだけ頼尚は言った。

武政は必死だった。ぶつかる相手はすべて敵である。三百と七万では比較にもならぬ数だが、できるかぎり陣中を攪乱してから倒れたかった。味方の攻撃を待って陣中に躍りこむことはできなかったのだ。百人ずつ三つに分けた夜襲隊のひとつが、敵の物見と遭遇してしまった。とっさに、そのまま突っこむことを決断した。木屋行実も反対はしなかった。

ぶつかる相手を、とにかく斬り倒す。そして走る。すでに、全身に傷を受けていた。深手はない。まだ走れる。全軍を掻《か》き回しているのか、自分たちの周囲だけで騒ぎが起きているのかもわからなかった。小さくかたまっていた三百も、いつの間にかばらばらになっている。自分の周囲で認められる味方は、すでに数十である。

「駈けよ。駈け続けよ」

太刀を振いながら、武政は叫んだ。もはや、太刀を振う腕の力は萎《な》えはじめている。死する時、わが名乗りをあげて。武政の胸にそういう思いがめぐった。

「敵の大軍じゃ、本陣が襲われたぞ」

そう叫んでいるのが、木屋行実の声だと、武政は気づいた。名乗るどころではない。思い直した。自分は夜襲隊なのだ。命のあるかぎり、敵を攪乱するのが使命だ。

「敵だ。敵だぞっ」

武政もそう叫んでいた。

敵陣で混乱の気配が起きても、武光は攻撃命令を押さえ続けていた。夜陰とはいえ、これほどの物見の備えがあれば、武政は発見された可能性が強い。せめてできるかぎりの混乱を敵に与えて後《のち》、死ねばよい。その場で討ち取られる無様だけは避けよ。念じているのは、それだけだった。右翼と左翼の軍勢は、どのあたりまで進んだのか。

「お館《やかた》」

誰かが言ったが、武光は耳を貸さなかった。待つしかない。武政が斬り刻まれようと、いまは待つしかない。並んで立っている牧宮も、じっと闇に眼を据えているだけだ。

敵陣の混乱が、さらに拡がっていくようだった。何カ所かに火も見える。

「敵は、第一線まで動揺しております」

注進が入った。先鋒を命じてある、一族の武明からであった。それでも、武光は待った。両翼を進む軍勢には、いま少し時が必要である。本営には声もなかった。

武明から、再び注進が入った。敵の第一線が、陣形を崩しているという。

「思いのほか、武政はお役に立ち申した」

言うと、牧宮も闇の中で頷《うなず》いていた。一礼した。一瞬だけ、牧宮と眼が合った。

「やれ」

伝令が飛んだ。本営でも、馬のいななきが大きくなった。

「今こそ、時ぞ。続けっ」

伝令を受けた武明の声が、闇の中に響き渡った。大喊声《だいかんせい》があがった。騎馬隊が突っこんでいく。敵の第一線とぶつかった。崩れていく。それがよくわかる。先頭に立ち、敵を二つに断ち割るようにして、武明は突き進んだ。背後から、第二陣の味方の喊声も聞えた。

少弐頼尚は、本陣を動かなかった。先鋒がぶつかり合ったという注進が入っても、床《しょう》几《ぎ》に腰を降ろしたままである。

夜明けまで、ほんのひと時である。明るくなれば、彼我の旗の見分けもつく。混乱は自然に収るはずだ。

第一線が退きはじめた。頼尚は、注進に頷いただけだ。敵に勢いはある。しかし、本陣と敵の間には、武藤の率いる六千がいる。夜明けまで、時は稼《かせ》いでくれるはずだ。

武明は、第一線を蹴散《けち》らした。周囲は明るくなりはじめている。兵を小さくまとめた。

少弐頼尚の本陣はまだ遠い。

「待て、あれは」

敵陣から駈け出してきた一団がいた。

「武政殿じゃ、生きておられたか」

飛び出してきた武政と木屋行実の一団を包みこむように、武明は兵を進めた。

右翼に回った味方が、側面からの攻撃をはじめたようだ。

「武政殿に馬を」

そう命じて、武明はまた敵の正面に突っこんでいった。新手が迎え撃ってくる。少弐武藤らしい。ぶつかった。勢いは、こちらにあった。味方の第二陣も続いている。

「突き崩せっ」

槍隊《やりたい》を前に出した。敵が二つに割れはじめる。騎馬隊に勢いをつけるだけの距離ができた。

5

払暁とともに、全線でぶつかり合いがはじまっていた。味方の第一陣が突き崩されても、少弐頼尚は動かなかった。さらに攻め寄せてこようとする敵の先鋒《せんぽう》を、少弐武藤に命じて迎え撃たせただけである。夜襲による味方の混乱は、すでに収っていた。武藤の率いる六千は、すぐに崩れた。武藤は、自分の役割を心得ている。頼尚が、戦の狙《ねら》いをどこにつけているかも、見抜いた兵の退きようだった。敵の先鋒がさらに勢いづく。それにむかって、右翼から数千の軍勢が突っこんでいった。直資の手勢である。敵の第二陣は、左翼の二万に襲いかかっている。魚鱗《ぎょりん》に構えてあるので、突き破られるとしてもかなりの時を稼ぐはずだ。本陣の両翼より遠方の戦線は、見てとることができなかった。注進を頭に入れておくだけである。

直資の手勢が崩された。さすがに、征西府軍の先鋒は強い。間断なく繰り出される槍のような鋭さを持っている。頼尚は、一瞬床几から腰を浮かしそうになった。敗走する兵を叱咤して、直資が再び突っこんだのである。従う兵は百に満たないほどだ。側背を衝《つ》く軍勢は用意してある。しかし、間に合うまい。直資が再び突っこむことは、計算に入れていない。

「愚かな」

頼尚はそう呟いただけである。すでに、直資は敵に包みこまれていた。

左翼の二万が突き破られた。兵をまとめた武藤がそれに当たった。突き破られたといっても、二万は四散したわけではない。武藤の軍との挟撃をとるのは、難しくはなかった。

本陣の近くまで攻めこまれている。陣構えを作る時、それは想像していたことだった。本陣の後ろに構えた二万を、まだ動かしてはいない。動かさなくとも、敵を懐《ふところ》に引きこんで叩《たた》くことが、いまはできる。頼尚は、ひとつのことだけを待っていた。原野は、叫喚と馬蹄《ばてい》の音に満ち溢れている。その中で、頼尚がいる場所だけが、別の世界のように静かだった。

「直資様、お討死」

注進が入った。直資を討った敵の先鋒に、備えの兵がようやく襲いかかっている。頼尚は床几から腰をあげなかった。本陣の両翼より離れた戦線からも、次々に討死の注進が入ってくる。全戦線で押され気味にあるようだ。しかし本陣にむかってくる敵の力は、すでに限界に達しているはずだ。

懐良は、武光と馬を並べて、動く気配のない少弐の四ツ目結いの旗を見据えていた。武光は、微動だにしない。注進に、短く下知を与えるだけである。

正面と正面でぶつかり合っている。武明の第一陣は、本陣のすぐそばまで迫り、赤星武貫らの第二陣は、側面から二万の魚鱗を突き破った。二面から敵の本陣を攻めつけられる態勢だが、いま一歩進みきれないでいる。

正面以外の戦線でも、名和一族、新田一族を中心にして、押し気味の戦を展開している。しかし少弐頼尚は動かない。

敵の副将、頼尚の嫡男《ちゃくなん》直資の首を、武明の軍が取った。それに続くようにして、武明の討死の注進が入った。このままでは、やがて七万と四万の兵力差が出てくるだろう。

「待っております。少弐頼尚は、二万余の軍勢をじっと動かさずに耐えて、われらをただ待っております」

こちらも、武光の第三陣、自分の第四陣の合わせて七千は、まだ動かしていない。武光も、待っているのだ。

すでに、どれほどの時が過ぎたのか。懐良の心の中では、風が吹き荒れていた。血の匂いのする風である。

第一陣は、武明を失いながらも、敵の本陣の前に踏みとどまっていた。指揮をしているのは、夜襲隊を率いていた武政のようだ。生きのび、第一陣と合流することができたのか。第二陣は、腹背に敵を受け、苦戦の様子が懐良のところからもはっきりわかった。

「御所様。このまま待てば、やがて第二陣が潰《つぶ》され、第一陣が腹背に敵を受けます」

「第三陣、第四陣を合わせて、決戦を挑むしかあるまい」

「武光は、そこへむかいます。御所様には五十騎の供回りしか残していけませぬ」

「ならぬ。ならぬぞ武光。儂《わし》もともに行く」

「少弐頼尚の二万は、まだ無傷でござる」

「なればこそ。あの二万を、儂が出ることによって引き出そうではないか」

「少弐軍の二万は筑前の精鋭。激しい戦になります。御所様は、どうかこれにて」

武光がなにを考えているか、懐良には手にとるようにわかった。

「これは、儂とおまえの戦だ、武光。これまでも、運に恵まれて何度も勝ちを拾った。儂の運は尽きてはおらぬ。それは、おまえが信じるべきことなのだ」

少弐の本陣にむいていた武光の眼が、束の間自分にむけられてきた。一度だけ、懐良は頷いてみせた。

「城武顕、先鋒となって敵の中央を突破せよ」

武光の声に、凜《りん》とした力が籠《こも》った。城武顕の皆朱《かいしゅ》の槍が宙で躍る。騎馬槍隊が突っこんでいった。武光が太刀の鞘《さや》を払った。懐良も、敵に眼を据えて手綱を握り直した。

白い光。宙で躍る。懐良は馬腹を蹴った。一瞬、すべての音が聞えなくなった。心の中を吹いていた風は、やんでいる。おのが躰《からだ》が、馬が、風だった。

敵が二つに割れていく。城武顕の騎馬槍隊だった。しかし、敵も散りはしない。

「頼治」

懐良は叫んだ。すぐ後ろを、頼治は駈けている。

「征西府旗を掲げよ。高く掲げよ。牧宮懐良がこれにあると、味方にも敵にも知らさしめよ」

「心得ました」

矢の唸《うな》り。太刀のひらめき。城武顕に蹴散らされた敵が、再び両側から押し包んでくる。乱戦になった。乱戦の中でも、懐良も武光も前にむかって駈け続けていた。

少弐頼尚は、床几から腰をあげた。

征西府軍の本隊が、一直線に突っこんでくる。先頭の皆朱の槍は城武顕。そこまで見てとれた。ただひとりの人間を、ただひとつの旗を、頼尚は捜していた。

「お舘様、下知を」

「まだだ、耐えよ」

味方が蹴散らされていく。武藤は後退していた。後退しながらも、さすがに陣形は崩していない。退《さ》がれ。そのまま退がってこい。頼尚は呟いていた。騎馬槍隊に続く、敵の第二波。来た。頼尚の心の中が、一瞬だけ白くなった。ついに、来た。征西将軍宮とその旗。はっきりと、自分の眼で認めた。

「時じゃ。いまが時ぞ。全軍であの旗を押し包め。いまこそ時じゃ」

太刀を抜き放っていた。二万の軍勢が、一斉《いっせい》に動き出す。勝てる。頼尚はそう思った。抜いた太刀の切先を近づいてくる旗にむけたまま、もう一度頼尚は声を絞り出した。

全軍がぶつかり合った。頼尚の周囲にも、百騎ほどが残っているだけである。征西府軍の、前へ押し出してくる力が鈍った。勝てる。声に出ていた。征西将軍宮も菊池武光も、すでにわが手中にある。この時を、この時だけを、待ち続けてきたのだ。

激しい白兵戦になった。総力をくり出して両軍は入り乱れている。

懐良は、襲いかかってくる敵を払うようにしながら、なんとか前へ進もうとした。すでに武光も、城武顕もどこにいるかわからない。頼治だけが、まるで懐良自身であるかのように、背後に付いて離れようとしない。

矢が、脇腹《わきばら》に箆深《のぶか》く突き立った。見えるもののすべてが、瞬間色を失った。襲いかかってきた敵兵を二人、薙《な》ぎ倒す。躰が揺れた。馬が前脚を折り、倒れ、懐良は草の上に放り出された。起きた。唸りを生じて襲いかかってくる太刀を、躰を沈めるようにしてかわした。下から斬りあげる。血が飛んだ。頼治が、馬から跳ぶようにして、懐良のそばに立った。

「御所様」

「大事ない。敵にむかえ」

背後から馬が駈け抜け、肩にひと太刀食らった。その兵に頼治が摑《つか》みかかり、引き摺《ず》り降ろして、脇差を突き立てる。

少弐頼尚は、太刀を握ったまま、十歩ほど前進していた。征西将軍宮が矢を受けた。次には馬が矢を受けた。いまひとつ、いま一矢。そう思うと、足は前へ出ていく。征西将軍宮は、まだ立っている。血にまみれながらも、立っている。味方の兵が斬りかかるが、身をもって将軍宮を庇《かば》おうとする敵も、次々に現われる。将軍宮が、一度膝《ひざ》をついた。深手だ。自分では立っていられないほどの、深手を負っている。おのが太刀で斬り倒すように、頼尚は無意識に太刀を振っていた。敵の血を浴びながら、武光はなんとか退がろうとしていた。敵は、牧宮だけを狙って蝟《い》集《しゅう》している。その牧宮が馬から放り出されるのを、視界の端に捉《とら》えていた。離れすぎている。太刀を振いながら、武光の心は焦《あせ》りで真黒になった。斬っても斬っても、敵は襲いかかってくる。牧宮に近づいていくのは、容易ではなかった。高く掲げられた征西府旗が揺れるのが、むなしく眼に入るばかりだ。牧宮を庇う人垣はあるが、それがひとり残らず倒れるのも、時の問題だった。

　襲いかかる敵を斬り倒すしか、いまはなかった。そうやって、一歩でも牧宮に近づこうとした。

　一千ほどの騎馬隊が、乱戦の中央に雪崩《なだ》れこんできた。新田の一族が、倒れかかった征西府旗を認めて、突っこんできたようだ。牧宮を囲む人垣が厚くなった。敵の攻撃も一層熾烈《しれつ》になっているが、それでも後方に少しずつ移動できているようだ。

　武光は、頭上で太刀を激しく何度も振り回した。周辺にいた騎馬隊が集まってくる。

「御所様は？」

「いま、後方に退かれております。新田軍、谷山軍など、二千ほどが集まっておりますれば、やがては戦線を離れられます」

三カ所の深手を負ったが、戦線を離脱し得たと、牧宮からの注進が入った。

武光の胸の中が、怒りで燃えあがった。自分でも抑えようのない咆哮《ほうこう》が口から飛び出していく。

「菊池の者ども。ここが死に場所ぞ。ただ死ねや。ひとり残らず、われに続いて死ね」

太刀を振り、駈け出した。武政が続く。城武顕が続く。馬が倒れた。敵にとびつき、叩き落として馬を奪う。見ているのは、少弐頼尚の本陣の旗だけだった。菊池の兵だけが、吸い寄せられるように、二千、三千と集まりはじめていた。また馬が倒れ、敵の馬を奪った。何度か、それをくり返した。

武光が倒れるたびに、少弐頼尚はかっと眼を見開いた。しかし、何度でも武光は起きあがってくる。進む武光の周囲は、いつの間にか菊池の兵が集まっているようだ。近づいてくる。倒しても倒しても起きあがり、近づいてくる。かすかなおののきに似たものに、頼尚は襲われた。

「射よ。射落とせ」

叫び続けた。武光は、何本の矢を躰に突き立てているのか。おそらくは、革と鉄の板を鎧《よろい》の内側に縫いつけているに違いない。矢は、まったく効いていないようだ。

将軍宮は死んだのか。それとも、生きて後方に運ばれたのか。残るは、菊池武光ひとり。これを倒せば、間違いなく勝利は自分のものだ。頼尚の胸中には、さまざまなものが去来した。すべてを賭けた一戦が、菊池武光を倒すことによって終る。しかしなぜ、武光は倒れないのか。

「馬だ、馬曳《ひ》けっ」

「お館様、しばしここで。武藤様が奮戦なされております」

武藤という名を聞いて、頼尚はかすかだが気を鎮めた。武藤は、少弐一族随一の武将である。菊池にも、いや九州にも、武藤ほどの武将はいない。

武藤の姿を、頼尚は混乱の中で見つけ出そうとした。菊池武光の姿がさきに眼に入ってくる。馬と馬がぶつかるように、騎馬武者がひとり、武光と擦れ違った。その騎馬武者は打ち倒されたが、同時に武光の首も飛んだ。頼尚の眼には、そう見えた。武光は馬から落ちなかった。飛んだのは兜《かぶと》だけだ。髪を振り乱した武光が、阿修羅《あしゅら》のような形相で駈け進んでくる。味方の兵は、おそれをなして二つに割れた。武光を、一騎の武者が遮《さえぎ》った。

武藤だった。

一騎討ちという恰好《かっこう》になった。周囲の兵は遠巻きにしている。武藤が、さきに馬腹を蹴った。馬と馬。ぶつかり合う音が、頼尚のところにまで聞えてきそうだ。組打ちになった。組んだまま、二人が馬から落ちた。武藤。顔。立った。いや、立ったのは武光だ。武藤の首が、武光の太刀のさきに突き立てられている。武光は馬に跳び乗り、武藤の首を中天に翳《かざ》すようにして駈けはじめた。無言である。血が引いていくのを、頼尚は感じた。

味方が浮足立った。武光に続く騎馬の軍勢は、前にも増して勢いがある。太刀のさきに突き立てられた武藤の首が近づくのを見て、頼尚は言い様のない恐怖に襲われた。

「馬曳け」

言っていた。馬に跨《また》がると、頼尚は馬首を返した。駈ける。ただ駈ける。征西将軍宮は死んだかもしれない。ならば、自分さえ生き残れば、この戦は勝ちということだ。それだけを考えて、頼尚は駈け続けた。供回りは付いてくる。百騎ほどだろうか。大宰府まで。宝満山の本城まで駈け抜ければ、自分は勝てる。

　少弐の全軍が崩れた。

「兵をまとめよ、武政。ただちに追撃じゃ」

方々で声があがった。太刀のさきの少弐武藤の首を、武光は草の上に捨てた。城武顕の騎馬槍隊が、追撃を開始していた。少弐頼尚の姿は見えない。いずれ、逃げこむ場所は大宰府宝満山の本城しかないはずだ。騎馬隊が駈けはじめた。

潰走《かいそう》していくのは、七万の大軍である。追い撃ちに討ったが、討ち切れる人数ではなかった。

「目指すは宝満山だ。少弐頼尚の息の根を止めるまで、休むでないぞ」

兵を叱咤した。叱咤しながら、武光の頭には牧宮のことしかなかった。

「父上、兵が疲れきっております。大宰府には、少弐の留守居の軍勢もおりますぞ」

武光は、馬の脚を緩めた。疲れきった兵を新手にむかわせるのは、到底無理である。それは、わかっていた。

「全軍を止めよ、武政。先頭の城武顕にも伝令を出せ。すべての戦線を、そこでとどめよ」

武光は天を仰いだ。運は、頼尚にあったのか。それとも自分の方か。

武光は馬を降りた。小川にしゃがみこみ、血にまみれた太刀を洗う。全身に浅手を受けていた。どれも大したものではない。

兵をまとめる、武政の声が聞える。もう一度、武光は天を仰いだ。闘えるだけ、闘った。少弐頼尚も同じであろう。天は、どちらに運を分けたのか。

雲が厚く、大粒の雨が落ちてきていた。遠くには、雷鳴もある。

「旗を立てよ」

言って、武光は手綱をとり、鐙《あぶみ》に足をかけた。

6

おびただしい数の死者だった。

軍勢の中で、手負っていない者の方が少なかった。武光は、菊池軍の中からまだ闘える者を千五百ほど選び出し、星野村に陣を張って配置した。大保原から五里ほど南の、妙見城を警固するためである。

はじめ、大保原にある谷山城に運びこまれた牧宮は、そこで応急の手当てを受け、妙見城に移されていた。

重い傷である。特に、脇腹の矢傷がひどかった。深く刺さった矢は、肺腑《はいふ》まで破っているらしく、何度も血を吐いた。大保原の会戦から三日経《た》って、吐く血はようやく少なくなってきた。それが、躰の血が減ったためなのか、肺腑の傷が塞《ふさ》がりはじめたためなのか、誰にもわからなかった。

牧宮に、意識はない。菊池から駈けつけた筐子《しょうこ》がずっとそばに付いているが、手を握られても、声をかけられても、わからぬ容子《ようす》だった。

「闘っておられます。懸命に、自らの死と闘っておられる」

報告にきた、医師の中村玄禄《げんろく》が言った。武光は、黙ってそれを聞いていた。

「いま、まさに死の淵《ふち》に立っておられます。並の人間なら、落ちておりましょう。なにかが、あのお方を支えております。医師として、不思議なものを見る思いでございますな」

中村玄禄が、牧宮の身分に気づいているのかどうかは、わからなかった。高貴な身分だとはわかっているだろうが、なにも訊いてくることはしない。

「強いお方でございます。あのように強いお方を、私は知りません」

武光は、かすかに頷いた。それ以上なにを言うでもなく、中村玄禄は武光の前に坐り続けている。

武光もかねてから名を知っている医師だったが、会ったのは星野村に滞陣してからであった。失われた血の足しになるのか、薬湯だけは頻繁《ひんぱん》に飲ませているようだ。

五条頼元が、見舞いに来た。頼元でさえ、腕と脚に手傷を負っていた。

戦に加わった武士たちへの対応もあり、五条頼元、良遠父子は菊池の征西府館に戻っていた。星野村にいるのは、武光と頼治だけである。菊池の束ねは、武政と赤星武豊に任せてあった。

参集した武士も、深手を負った者を除いては、軍忠状を手にし、それぞれの領地に戻りはじめているようだ。

「御所様は、相変らずのようじゃのう、武光殿」

「ここ一両日が峠、とそれがしは見ております」

「眠っておられぬな。それはよくない。武光殿が眠られぬからとて、御所様の容体がよくなるわけでもあるまい。命は天が与えるもの。そして御所様が、天に見離されることはない、と儂は信じておりますぞ」

「眠っております。戦の疲れが、いまごろ出てきたのでござろう」

頼元に指摘された通り、一睡もしてはいなかった。牧宮が闘っているものと、自分も闘いたかった。それができなければ、眠らず祈るだけである。頼治も、眠っていないはずだ。

「菊池の城下は、もういつもと同じでござるよ。ただ、御大将の凱旋《がいせん》がない」

御大将が武光のことなのか牧宮のことなのか、わからないような言い方を、頼元はした。

八月で、まだ暑い日が続いている。緑の深い妙見城の周辺は、蟬《せみ》の鳴声がかまびすしかった。

「いつ、都へ攻め上れるであろうか、武光殿？」

「都へ？」

「御所様は回復なさる。それは信じておる。九州に、すでに大敵はおらぬ。となれば、上洛《じょうらく》の軍勢を出すのも容易であろう」

「少弐頼尚との戦が、終ったばかりでございますぞ」

「許されい。年寄は、いつも気が急《せ》いておる。なにしろ、後がありませんのでな」

「御所様が回復されてからでござる、すべては。いまは、それがしの頭に、都の景色など浮かんでは参りませぬわ」

「御所様は回復なさる」

頼元は、いつになく執拗《しつよう》だった。不安を、こういうかたちで押しこめようとしているのかもしれない、と武光は思った。

夕刻、十数里の菊池への道を、頼元はわずかな供回りで戻っていった。

妙見城へ呼ばれたのは、五日目の朝だった。

館の奥の一室が、牧宮の病室だった。武光は、頼治とともに茵《しとね》のそばへ寄った。

「気づかれたというのだな？」

「はい。武光様を、確かに呼ばれました。眼をお開きになられて」

笙子も、ほとんど眠っていないのか、やつれが目立っている。

武光は、一刻《いっとき》ほどじっと茵のそばに坐り続けていた。風がなく、暑い日で、じっとしていても汗が滲《にじ》み出してくる。しかし牧宮の顔の肌は、驚くほど乾いていた。

「武光か？」

牧宮の唇《くちびる》から、かすかな声が洩《も》れた。武光の全身に、ふるえが走った。確かに、牧宮が自分の名を呼んだ。

「これに、これに控えております」

「武光、戦は？」

「はい。少弐頼尚は、大宰府へ敗走いたしました」

「勝ったのか」

牧宮の表情が、一瞬だけ綻《ほころ》んだように武光には見えた。しばらく、牧宮はなにも言わなかった。

「休め、武光。兵も休ませよ。激しい戦であった」

「御意」

平伏した。手の甲に、涙が続けさまに落ちてきた。

「さきの帝《みかど》が、ずっと儂を呼んでおられた。儂は行かなかった。何度も、何度も呼ばれたわ」

「後醍醐《ごだいご》帝の御霊《みたま》が、でございますか」

「父なる人の言うことを、儂は聞かなかった。もはや、子とは言えまいな」

それ以上、牧宮はなにも言わなかった。眠りに就いたようだ。息は、乱れもなく安らかだった。

正午をいくらか回ったころ、牧宮が粥《かゆ》の上澄みを口に入れたと、笙子からの報告が入った。医師の中村玄禄も、すでに容体が峠を越えたと知らせにきた。

「まこと、強き方であります。守護神がついているとしか思えませなんだ」

中村玄禄も、疲労の色が濃かった。

「笙子殿が疲れておられよう。そちらも、よろしく頼む」

「あの女性《にょしょう》の力も大きい。眠っていても、自分を支えてくれる者のことは感じるものです」

中村玄禄が、笑って声をあげた。

仮の陣屋に、客人があったのは夕刻だった。祖禅寂照。出家した先代惣領《そうりょう》の武士《たけひと》である。

「まれに見る、激しい戦だったようですな」

「それがしの生涯《しょうがい》にも、あれほどの戦は二度とありますまい」

武光は、従者を呼んで夕餉《ゆうげ》の仕度を命じた。

「よろしいのですか。食を断ち、眠るのもやめていたと見ましたが」

「わかりますか」

「われらは、勤めとしてよくそれを行います。武光殿は、願をかけられましたな」

「だから、もうよろしいのです」

久しぶりに、武光は自分が笑顔を浮かべているような気がした。

祖禅寂照は、大保原で数十人の僧とともに戦死者の慰霊をしてきたところだという。残暑の中でひどい臭《にお》いを放つ屍体《したい》も、ひとつにまとめて焼いたらしい。

「九州の戦が、これで終ればよいが」

寂照は、衣から発する臭いを気にするでもなく、そう言った。夕餉の匂いが、いつの間にかそれを消した。


大宰府の館から、少弐頼尚は一歩も出なかった。

征西将軍宮は大保原で死んだ、という噂《うわさ》が戦の直後は流れていた。それがほんとうなら、少弐軍は勝ったということだ。すぐに信用はしなかった。勝敗は、天に預けたのである。

やがて、征西将軍宮が、星野村で傷を養生している、という正確な情報が伝わってきた。

菊池武光もそこに滞陣しているところを見ると、生死の境にあると思われた。その武光が、軍勢の半数を残して菊池に引き揚げた、という知らせが入ったのは、つい数刻前だ。大保原の戦から、すでに十二日が経っていた。

「負けじゃな」

伺候してきた饗庭宣尚に、頼尚はぽつりと洩らした。宣尚も、息子を死なせている。

大宰府に溢《あふ》れるほど参集していた諸将の姿も、いまはもうない。それどころか、筑前や豊前の中からも、背反する武士が出てくるだろう。それを押さえこむだけの力も、すでに失《う》せている。

「あのような戦ができた。儂はそれでよい。負けは、天が決めたことよ」

「まこと、激しい戦でございました。いま生きているのが、不思議に思えます」

「儂は、生きようとした。儂の勝ちであった。勝ったかもしれぬという思いが、儂をそうさせたのよ。将軍宮が死んでいれば、儂は、死に場所を失ったのかもしれぬな」

大宰府の館は静かである。その静けさの中に、頼尚の心も溶けこんでいた。

「冬資様が、盛んに軍勢を立て直そうとなさっておりますが」

「好きにさせるがよい。あれはまだ、これから生きねばならぬ」

「弱気になられては困りますな、お館様も」

「天の命ずるままよ。いまは、そう思っておる」

宣尚はなにも言わず、庭に眼をやった。この庭を鏡として、この数年間どれほどの自分を見つめてきただろう、と頼尚は思った。だから庭を前にすれば、いまも落ち着いていられる。

蟬の声。それが静寂をいっそう深くしていた。これから、なお数年生きのびるとしたら、夏を迎えるたびに、自分は蟬の声の中になにを聞こうとするだろうか。

「秋が近うございますな」

「蟬の声がひときわ盛んになると、いつの間にか秋だったものじゃ」

「秋も冬も越えれば、再び春が」

「それは、冬資に言ってやればよい」

かすかに、宣尚が眼をうるませたようだった。頼尚は、軽く手を打って従者を呼び、湯を運ばせた。二人の間に、蟬の声だけが途切れることなく流れ続けている。

懐良が菊池に帰還したのは、九月に入ってからだった。

傷は、すっかり癒《い》えていた。中村玄禄の処方する薬草で、傷が膿《う》むこともなかった。

軍勢は五百。中央に征西府旗を掲げ、三十騎の麾下《きか》を従えた。大保原の戦場では、自分を守ろうとして、麾下の半数近くが死んだのである。頼治も、かなりの刀創《かたなきず》を負っていたが、きれいに塞がったようだ。

妙見城の病室であったのだ。
気づいた時は、脇腹に矢を受けてからのことは、途切れ途切れにしか憶《おぼ》えていない。

武光が、供回り十騎ほどで迎えに出ていた。先導して城下に入っていく。道沿いに並んだ人々の中に、懐良は無意識に月王丸の姿を求めていた。見つからなかった。

隈府城へ登る坂道にさしかかった。女がひとり平伏している。

「安見藤敏の姉でございます」

武光がそばへ来て言った。懐良は、不自由な右手で手綱を引いた。肩の傷のせいなのか、右腕は真直ぐにのびなくなったのである。

「忘れぬぞ、藤敏のことは」

女は、平伏したまま一度も顔をあげなかった。いつもの通りの城が、近づいてきた。見知った顔が、いくつも出迎えている。

征西府館の大広間には、五条頼元をはじめとする公家《くげ》たちと、諸将が居並んでいた。

武光が、口上を述べる。

「大儀であった。大保原の戦で、征西府はほぼ九州を制圧した。しかし、まだ戦は絶えぬであろう。そこもとら、征西府の旗を掲げ、九州のどこへでも出陣いたす心構えは失わぬよう」

懐良が言うと、全員が平伏した。

帰還の儀式が終ると、懐良は居室へ入った。

出かける前と、なにひとつ変ってはいない。

笙子が、直垂《ひたたれ》を着せかけてくる。ずっと懐良は直衣《のうし》より直垂を好んできた。武人として生きてきた。心のどこかに、そういう思いがある。

笙子は、懐良が戻っただけで満足そうだった。二十日近く、懐良の床のそばにいたのだ。はじめの五、六日は、不眠不休だったという。笙子に抱かれて、回復したようなものだった。

「武光様が」

笙子が告げに来た。

いつもなら大声で自ら訪《おとな》いを入れるのに、今日は遠慮をしたというところなのか。

「一族郎党、みな胸を撫《な》でおろしております。回復されたといくら言ったところで、やはりその御姿を拝するまで、どこか不安だったのでございましょう」

「減ったな、顔が」

「新しい顔も増えております」

笙子が湯を運んできた。

「ただの挨拶《あいさつ》ではあるまい、武光」

「はい。御所様は、うなされた時、さきの帝の子ではない、と言っておられました」

「うなされてではない。さきの帝の子である宿命は避けられぬ。しかし志は別に持つことができる。そう言ったのだ」

「わかり申した」

「なにを確かめようとしておる、武光？」

「夢でござる。御所様が抱かれ、それがしもおのが夢といたしたものが、深手とともに消えてしまったのではないかと思いまして」

「頼元あたりが、上洛《じょうらく》の軍勢の催促をはじめおったか」

「すぐに、というわけには参りますまい」

「上洛の軍勢は出さぬ。征西府に背く者が九州にいなくなったとしてもだ」

武光が頷いた。二人で、しばらく湯を啜《すす》った。その間は無言だった。

おのが命を拾った、と懐良は思っていなかった。新しく与えられた。夢にむかうための命を、新しく与えられた。そうとしか思えないのだった。

「九州が、国になっている。ひとつの国にな。壱岐《いき》も対馬《つしま》も、それに入っておる。高麗から、月王丸と南浦《なんぽ》がその国に高麗も加えてくれと訴えておった。眠って見た夢ではない。しっかりと眼醒《めざ》めて見た夢だ」

「そうでございますか」

「夢を語れる友がいる。儂はいま、それが幸福だと、しみじみと思う」

武光は、一度頷いただけだった。

すでに夕刻で、庭の蟬の声が、いっそうかまびすしくなっている。

懐良は眼を閉じた。はじまる。新しく、なにかがはじまる。波が打ち寄せるように、その思いが、くり返し何度も懐良を包みこんだ。

束《つか》の間の、静寂の時である。

（下巻につづく）

一九八九年九月　新潮社刊
一九九三年八月　新潮文庫

中公文庫

武王《ぶおう》の門《もん》（上《じょう》）

2024年1月25日　初版発行

著　者　北《きた》方《かた》謙《けん》三《ぞう》

発行者　安部順一

発行所　中央公論新社

〒100-8152　東京都千代田区大手町1-7-1
電話　販売 03-5299-1730　編集 03-5299-1890
URL https://www.chuko.co.jp/

ＤＴＰ　平面惑星
印　刷　大日本印刷
製　本　大日本印刷

Published by CHUOKORON-SHINSHA, INC.
Printed in Japan　ISBN978-4-12-207464-4 C1193